AtV

Eva Maaser wurde 1948 in Reken (Westfalen) geboren. Sie studierte Germanistik, Pädagogik, Theologie und Kunstgeschichte in Münster.

Außer den historischen Romanen »Der Moorkönig« (1999), »Der Paradiesgarten« (2001) und »Die Astronomin« (2004) veröffentlichte sie die Kriminalromane »Das Puppenkind« (2000), »Tango Finale« (2002) und »Kleine Schwäne« (2002), in denen das Team um Kommissar Rohleff bereits drei spektakuläre Fälle löste.

Der neue Fall beginnt mit einer verschwundenen Leiche und einem bald darauf verschwindenden Ermittler. Als Hauptkommissar Rohleff und sein Team schließlich auf der Müllkippe die Überreste des Toten gefunden haben, sehnen sie sich fast in die Zeiten zurück, in denen sie es mit ausnehmend schönen Leichen zu tun hatten. Aber auch die Begleitumstände des Falles sind unschön: Im Verdacht stehen neben einigen Bikern mit ausgesprochen rüden Umgangsformen ein Werkstattbesitzer mit unausgeglichener Bilanz und leider auch der verschwundene Kollege Patrick Knolle, der sich in den letzten Tagen eigenartig benommen hatte.

Als würden diese Schwierigkeiten nicht ausreichen, wird Rohleffs Abteilung eine bösartige Falle gestellt. Und während die Ermittler nur quälend langsam vorankommen, rast Knolle auf seiner BMW durch Südfrankreich und weiß nicht mehr, ob er Verfolger oder Verfolgter ist.

Eva Maaser

DIE NACHT DES ZORNS

Kriminalroman

Aufbau Taschenbuch Verlag

ISBN 3-7466-2096-1

1. Auflage 2005

Einbandgestaltung Torsten Lemme
unter Verwendung eines Fotos von Dennis O'Claire, Getty Images
Druck Oldenbourg Taschenbuch GmbH, Plzeň
Printed in Czech Republic

www.aufbau-taschenbuch.de

Auch wenn es einigen Steinfurtern sicherlich anders lieber wäre: Alle Personen und die Handlung sind frei erfunden. Und wenn die eine oder andere dieser Figuren rote oder schwarze Haare hat, diesen oder jenen Namen trägt, so ist das kein Hinweis auf eine real existierende Person, sondern schlichter Zufall. Irgendwie muß ja auch ein erfundener Mensch heißen dürfen.

Kapitel 1

1

Die Maus ließ sich nicht stören. Emsig schob sie mit ihren Vorderpfoten irgend etwas hin und her. Der Kopf zuckte vor und zurück, manchmal verschwand er in Grasbüscheln, braunen Blättern und dem Unrat, der sich in einer winzigen Mulde zwischen einer Tanne und einem Rhododendrongebüsch nicht weit vom Friedhofstor entfernt angesammelt hatte.

Hauptkommissar Karl Rohleff spähte zu dem Tierchen, um sich abzulenken. Aber eine Bewegung schräg gegenüber zog in der allgemeinen Starre seine Aufmerksamkeit auf sich. Patrick Knolle, sein junger Assistent, hatte den Kopf gewandt, und die Sonne, die sich vor zehn Minuten aus dem Dunst eines verhangenen Nachmittags gequält hatte, ließ sein Karottenhaar rotgolden aufschimmern. Wie einen Heiligenschein. Patrick gehörte zu den Leidtragenden, aber seine Miene spiegelte eher steinernen Trotz als Trauer.

Vielleicht war er für eine neue Trauer noch nicht empfänglich. Es war erst ein paar Monate her, daß genau auf diesem Friedhof, in dieser Familiengrabstätte, sein Großvater, an dem er sehr gehangen hatte, beigesetzt worden war. Auch Rohleff hatte Opa Knolle sehr gemocht.

Ein Stück weiter stand Patricks älterer Bruder, flachshaarig, rundschädelig und rotbackig, unverkennbar ein Bauer im Sonntagsstaat, steif, stur, mit absolut unbewegter Miene. Die Mutter klammerte sich an ihn, ihr schwarzgewandeter Arm war fest mit seinem verhakt, als könnte sie sich aus eigener Kraft nicht mehr aufrecht halten. Scheinbar blicklos starrten ihre Augen am Sarg vorbei in das Dunkel der Grube.

Rohleff mußte plötzlich daran denken, wie ihm Knolle kürzlich erzählt hatte, er habe als Kind Wyandotten gezüchtet und einmal sogar bei einem Wettbewerb einen Preis gewonnen, einen kleinen, nicht sehr wertvollen, mit einer Gravur versehenen Pokal, den der Vater an sich genommen und im Schrank weggeschlossen hatte. Was sind Wyandotten, überlegte Rohleff. Eine Art Meerschweinchen?

Lilli Gärtner, die einzige Frau in Rohleffs vierköpfigem Ermittlungsteam, stand mit ihrem Kollegen Harry Groß so weit abseits, daß sie sich gedämpft unterhalten konnten.

»Warum gehen mir Trauerbirken und dunkelgrüne Tannen mit hängenden Zweigen als Friedhofsbepflanzung so auf die Nerven?« Sie deutete auf die riesige Tanne. »Und überhaupt Friedhöfe?«

Groß' Blick glitt flüchtig über Lillis kräftige, untersetzte Gestalt und haftete einen Moment an ihrem breiten, flächigen Gesicht, auf dem sich deutlich Widerwillen spiegelte.

»Solltest du an so einer Art schlechtem Gewissen leiden, weil unser Broterwerb mehr oder weniger von Leichen abhängig ist? Ich hätte nicht gedacht, daß du so empfindlich bist, Lilliken. Es ist doch sehr friedlich auf diesem Friedhof. Guck mal, diese Wühlmaus läßt sich überhaupt nicht von uns stören.« Groß deutete mit vorgerecktem Doppelkinn auf die Mulde unter dem Baum.

»Die Ratte«, zischte Lilli zurück, »und wo eine auftaucht, gibt es wenigstens zehn. Was machen wir überhaupt auf dieser Beerdigung?«

»Unsere Anteilnahme bekunden, es ist immerhin Patricks Vater, der unter die Erde gebracht wird.« Groß hatte die Stimme gesenkt, sie kam jetzt wie ein unterirdisches Grollen tief aus seinem Bauch heraus, als müßte sie durch all seine Fettschichten nach außen dringen. »Und schließlich haben wir den Alten gekannt.«

Lilli wollte widersprechen. Patricks Vater waren sie nur einmal begegnet, als sie alle zusammen, das ganze Team, im gerade vergangenen Sommer auf Knolles elterlichem Hof ein Grillfest mitgemacht hatten. An diesem Tag war der Großvater gestorben, und das Fest hatte sich in Chaos und Trauer aufgelöst. Mit Patricks Vater verband sie kaum mehr als eine undeutliche Erinnerung an einen nicht übermäßig freundlichen Mann.

»Was ist mit Patrick los?« fragte sie. Beide betrachteten abschätzend das Gesicht des Kollegen. »Er schaut irgendwie finster drein, oder irre ich mich? Finster, als wenn er …«

»Der Anzug kneift unter den Achseln. Patrick fühlt sich nur in Lederkluft wirklich wohl«, fiel ihr Groß ins Wort.

»Armleuchter.« Lilli rückte ein Stück ab, als sie bemerkte, daß einige aus der Trauergesellschaft sie mit mißbilligenden Blicken bedachten.

Groß rückte nach.

»Bleib mir weg«, fuhr sie fort, »deine unmittelbare Gegenwart verleitet mich dazu, mich danebenzubenehmen. Das ist eine Beerdigung.«

»An der du rumgemäkelt hast, nicht ich. Dir paßt was nicht daran.«

»Patrick steht weder bei seinem Bruder noch bei der Mutter …« Sie stockte und schaute zu Rohleff hinüber.

Offensichtlich fühlte er sich ebenfalls unbehaglich, so wie er die junge Ratte studierte, die unter dem Rhododendron herumhuschte. Seine Miene wirkte so altersgrau und vergrämt, als würde er als einziger aus seinem Ermittlungsteam echte Anteilnahme wenn nicht sogar Trauer empfinden.

Er ist mit seinem eigenen Kummer beschäftigt, er hätte ganz bestimmt nicht herkommen sollen, dachte sie.

»Wann können wir endlich gehen?« flüsterte sie Harry ins Ohr.

»Jetzt.«

Die Trauergesellschaft löste sich tatsächlich auf. Wenig später drückte Rohleff den Onkeln und Tanten, den zahllosen Vettern und Cousinen als Beileidsgeste knapp und präzise die Hand, Knolles Mutter, dem Bruder und der Schwägerin etwas länger, strich der Ältesten des Bruders mit einer verlorenen müden Geste über das Flachshaar und wandte sich abrupt ab, als schämte er sich auf einmal dieser Zärtlichkeit. Knolle legte er die Hand auf die Schulter.

»Morgen sehe ich dich wieder im Büro, oder?«

Einen flüchtigen Augenblick lang weiteten sich Knolles Augen in einem Anflug von Panik, dann zogen sich die Lider zusammen, und Rohleff nahm irritiert ein Aufflackern von Ärger oder sogar Wut wahr.

Der Kerl ist völlig durcheinander, dachte er.

»Ich könnt jetzt schon, ist doch erst drei«, wandte Knolle ein.

Verständnislos schüttelte Rohleff den Kopf.

»Kommt nicht in Frage. Kümmere dich um deine Angehörigen.«

Mit einer ruckhaften Kopfbewegung schaute Knolle zu der kleinen Gruppe, in der sein Bruder stand.

»Besser nicht.«

Rohleff tat so, als hätte er nichts gehört. »Geh schon.« Müde schob er ihn auf die Gruppe zu, dann signalisierte er Harry Groß und Lilli Gärtner mit einer Handbewegung, daß sie ihm über den Hauptweg zum Ausgang folgen sollten.

2

Knolle zog die schwere alte Eichentür heftig ins Schloß, sekundenlang zitterte sie in der Zarge nach, während die erregten Stimmen aus der Diele wie abgeschnitten verstummt waren. Das Glas der Kugellampe über der Tür klirrte, das Licht flackerte und erlosch. Jetzt erleuchtete nur noch das Neonlicht, das aus den Lüftungsschlitzen des neuen Schweinestalls an der gegenüberliegenden Seite hervorblitzte, in schmalen Bahnen den gepflasterten Hof. Regungslos verharrte Knolle leicht vornübergebeugt vor der Tür, die Kiefer verkrampft, die Hände derart zu Fäusten geballt, daß sich die Nägel tief ins Fleisch gruben, während das Neonlicht seine Gestalt als seltsames buckliges Ungeheuer auf der Tür nachzeichnete.

Als ihm niemand nach draußen folgte, drehte er sich um, stapfte zu seiner an der Hauswand abgestellten BMW, riß sie mit einem Ruck von ihrem Ständer, trat heftig das Gaspedal durch und ließ den Motor derart aufröhren, daß sich der Schall an den Mauern brach, in seine Glieder fuhr und überlaut und herrisch als schwindelerregendes Dröhnen im Gehirn festsetzte. Ungeschickt schwang er sich in den Sitz, prellte sich das Knie dabei und spürte doch nicht mehr als einen dumpfen Schlag. Sobald er dicht am Schweinestall vorbeibretterte, hörte er, wie Unruhe unter den zweihundert Tieren ausbrach, der ungewohnte Lärm machte sie wild, sie begannen zu schreien.

Nachdem er den Hof verlassen und das Stück Wald bis zur Straße nach Burgsteinfurt durchquert hatte, bog er in Richtung Ochtrup ab, außerstande, direkt nach Hause zu fahren. Eine Stunde später, es ging auf elf Uhr zu, war er noch immer unterwegs und hatte wenigstens dreimal die Strecke Ochtrup, Burgsteinfurt, Borghorst und retour zurückgelegt. Wieder fuhr er am Friedhof vorbei und schwenkte diesmal nach rechts in eine Neubausiedlung. Der Scheinwerfer irrlichterte über Vorgärten, die mit ihren kleinen Steinstelen, dem geschnittenen Buchs und der blühenden Sommerheide allesamt wirkten, als wären in ihnen Hunde und Katzen begraben.

Das Viertel gehörte zu den verkehrsberuhigten Zonen, hier und da zweigten Stichstraßen ab, die nur für Fußgänger gedacht waren, aber Knolle ignorierte hartnäckig sämtliche, im Licht der Laternen blauweiß mahnenden Schilder. Seine Wut machte ihn zeitweise so gut wie taub und blind für die Außenwelt.

Aufmerksam wurde er erst wieder, als in der absolut leeren, verlassenen Straße schräg von links eine Harley-Davidson auf ihn zuhielt. Einen seltsam abgehobenen Moment verlor er sich in eine Vision von langen breiten Teerstraßen, von Freiheit und Abenteuer bis zum tiefliegenden Horizont. Einen entrückten Moment staunte er nur, völlig selbstvergessen und hingegeben an die chromschimmernde Erscheinung, dann aber schreckte ihn ein hochtouriges Dröhnen von rechts hinter ihm auf. Ein

Vorderrad erschien neben seinem, und er sah sich neben der von links kommenden Harley auf der anderen Seite von einem weiteren Motorrad eskortiert. Von einem Reiskocher, einer Guzzi.

Die fremden Motorräder schlossen zu dicht auf, sie zwangen ihn unmißverständlich, stur geradeaus der Straße zu folgen, die aus der Stadtrandsiedlung führte. Knolle spürte, wie sich die gerade eben noch vergessene Wut wieder Bahn brach.

Er trat hart auf die Bremse. Das Pflaster unter ihm schien die Maschine wie ein ungeheurer Magnet festzuhalten, sein Körper dagegen gehorchte weiter der Fliehkraft, er spürte, wie sich sein Hintern hob, wie er im Begriff stand, über den Lenker zu fliegen. Und erst kurz vor dem unwiderruflichen Drehpunkt gelang es ihm, hinter den beiden anderen Maschinen eine enge Kurve zu ziehen und sich aus der Umfesselung zu lösen. Den Kopf rückwärtsgewandt, gewahrte er, wie die vierschrötige Gestalt auf der Harley ebenfalls zu wenden versuchte. Ein grüner verwaschener Fleck wie ein Clubabzeichen schimmerte am Helm des Verfolgers auf.

Dann mußte Knolle auf engem Raum hastig ausweichen, vor und hinter ihm kreischten schwere Maschinen, um ein Haar hätte er eine davon gerammt. Das gefährliche Manöver forderte jede Aufmerksamkeit, aber gerade an der fehlte es ihm wohl, denn ihn traf ein harter Schlag in den Nacken, dicht unter dem Helm. Knapp, bevor er mit dem Visier auf dem Lenker aufgeschlagen wäre, riß er den Kopf hoch.

Von einem in schwarzes Leder verpackten Arm schwang eine Motorradkette drohend im Fahrtwind und näherte sich seinem Knie. Zu der Kette gehörte eine Honda. Noch einmal riß Knolle die BMW herum und fuhr beinahe der Harley in die Seite. Ein weiterer Schlenker brachte ihn auf Abstand.

Trotz zunehmender Wahrnehmungsschwierigkeiten gelang es ihm festzustellen, daß er von fünf Bikes umkreist wurde. Der Ermittler in ihm war aufgestachelt, Details zu erfassen. Die Harley kam ihm so nahe, daß er den Fleck auf dem Helm genauer sah, einen kleinen, stummelschwänzigen Drachen. In diesem Moment erwischte ihn die Kette oberhalb des Knies. Sie durchschnitt die Lederhose wie Butterbrotpapier und drang ins Fleisch ein, es tat so höllisch weh, daß weiße Blitze vor den Augen explodierten, er schwankte auf dem Sitz, eine gemeine Schwäche überkam ihn und zum ersten Mal, wie ein flüchtiger Schatten, Angst.

Das Schauspiel, das sechs röhrende Bikes boten, rief inzwischen den ersten Zuschauer auf den Plan, flüchtig erhaschte Knolle den Anblick längsgestreifter, schlotternder Schlafanzughosen, während er sich tief geduckt zwischen der Honda und der Harley durchwand. Verbissen wehrte er den Versuch, ihn erneut in die Ausfallstraße zu drängen, ab, er wollte auf keinen Fall wissen, was die Biker ihm in der einsamen Gegend, die hinter dem Wohngebiet lag, mitzuteilen hatten. So plötzlich, wie es die Maschine zuließ, gab er Gas, zog das Vorderrad hoch, setzte über einen Randstein mitten zwischen niedrige Astern und Azaleen, preschte weiter und schnurrte, eh die anderen sein Manöver begriffen, an der Guzzi vorbei, die an der Spitze der anderen auf der Straße geblieben war.

Noch bewegten sie sich in die falsche Richtung, daher riß er die BMW ein paar Vorgärten weiter herum und bretterte zurück, drehte sich aber um, sobald er die letzten beiden Bikes passiert hatte, statt unter Vollgas weiterzufahren.

Zwei Nummernschilder leuchteten im Licht der Rückscheinwerfer. Das eine gehörte zur Harley, aber das andere? Im Vorüberflitzen hatte er nur dunklen Lack und Vollverkleidung ausgemacht. Auf alle Fälle handelte es sich nicht um die Honda.

Die Hose klebte an seinem Bein. Unerträgliche Hitze stieg aus der Wunde auf, das Bein glühte. Einige Abzweigungen weiter, auf der Straße Richtung Ochtrup, zeigte ihm ein Blick in den Rückspiegel, daß eines der Motorräder weit vor den übrigen rasend schnell aufholte.

Geschicklichkeit nutzte ihm nichts mehr, es kam nur auf die Geschwindigkeit an, und dabei war seine BMW unterlegen.

Eine winzige Fluchtmöglichkeit blitzte auf, als rechts der

erste Weg auftauchte, der nur für landwirtschaftliche Fahrzeuge zugelassen war. Hinter der Abzweigung lag vertrautes Gebiet. Maisfelder, Wiesen, Wallhecken. Knolle schlug Haken wie ein Feldhase, bis Feld und Wiese von Wald abgelöst wurden. Die BMW stöhnte, röchelte, am Ende würgte er den Motor ab und kippte in Zeitlupentempo seitwärts, bis ihn ein Baumstamm aufhielt.

Erst nachdem er sich den Helm und die Sturmhaube vom Kopf gerissen hatte und die glühend heiße Wange an der glatten Rinde kühlte, ging ihm auf, wie still es um ihn war. Nicht einmal eine Eule klagte. Den Verfolger hatte er längst abgehängt, er war allein.

Um so überraschender und heimtückischer überkam ihn Panik. Der Schmerz im Nacken verdichtete sich und griff aufs Herz über. Beschleunigter Herzschlag füllte die Brust aus, hämmerte von innen gegen die Rippen, dröhnte wie Gewitter in den Ohren. Knolle krümmte sich unter diesen Schlägen, sank auf den Waldboden ins trockene Laub und zitterte so, daß ihm die Zähne klapperten. Kein Atemzug konnte das Hämmern dämpfen, im Gegenteil, es zog bis unter die Kopfhaut und ließ die Haare senkrecht stehen. Da waren keine Muskeln mehr in Armen und Beinen spürbar. Ströme von Schweiß liefen ihm über das Gesicht, er schmeckte Salz auf den Lippen. Gerade noch gelang es ihm, die Arschbacken zusammenzukneifen, aber der Innendruck wurde stärker, er mußte mit einer Hand gegendrücken, doch damit ließ sich am Ende auch nichts aufhalten.

Auf dem Weg nach Hause verfuhr er sich zweimal, weil er die Hauptstraßen aus verschiedenen Gründen mied, vor allem aber, weil er mehr oder weniger im Stehen fuhr.

3

Der Tag hatte noch gar nicht richtig angefangen, als Knolle nach einer nahezu schlaflosen Nacht benommen aufstand. Das Septemberlicht kämpfte draußen noch mit der Dunkelheit.

Vorsorglich stellte er den Wecker ab, damit Maike nicht aufwachte, bevor er mit sich selbst ein bißchen mehr im reinen war. Er konnte sich ihre Fragen vorstellen, vor allem, nachdem er ihnen in der Nacht halbwegs geschickt ausgewichen und den meisten sogar zuvorgekommen war.

Maike hatte ihn zusammengerollt in der Sofaecke erwartet, und er hatte ihre Hilfe in Anspruch nehmen müssen, um die Wunde im Nacken zu versorgen. Die schlimmere oberhalb des Knies hatte er selbst desinfiziert, bandagiert und mit einem Gelbeutel aus dem Eisfach gekühlt, während Maike auf dem Badewannenrand saß und ihm wie einem ungezogenen Jungen in einer entnervend mütterlichen Art gut zuredete.

»Hast du Meldung gemacht?«

Er hatte nur abwehrend gebrummt.

»Warum nicht?« hatte sie nachgehakt.

Im kumpelhaften Ton früherer Tage hatte er ihr eine ausgemachte Lügengeschichte erzählt, aber vor ihrem fast schon beleidigend nachsichtigen Blick war sein Redestrom langsam versiegt, während er nun ihr lauschte und das aufnahm, was sie zugleich als Mahnung wie als Trost meinte.

Er schlurfte ins Badezimmer.

Die ganze Nacht hatte der Verband im Nacken gedrückt und gescheuert, vorsichtig zupfte er jetzt eine Seite ab, griff nach dem Handspiegel, drehte sich halb herum und betrachtete die Wunde, sie hatte sich bereits geschlossen. Die Finger gespreizt, fuhr er oberhalb des roten Rands in den Haaransatz und ganz durch den Schopf. Im Halbschlaf hatte er den vergangenen Abend immer wieder durchlebt, jede Wiederholung ein Alptraum, und auch jetzt, beim Anblick der Verletzung, kroch die Angst auf ihn zu, eine demütigende Angst, die in einer peinlichen Hilflosigkeit geendet hatte. Die Erinnerung belebte das flaue Gefühl im Magen, hastig legte er den Handspiegel fort und lehnte die Stirn an das kühle Spiegelglas über dem Waschbecken.

»Wieso bist du schon auf? Kannst du nicht mehr schlafen?«

Maike rüttelte an der Klinke, während wieder diese mütterliche Besorgtheit durch die Tür zu ihm drang.

»Laß mich, ja? Ich muß nachdenken.« Im Bemühen, fest und beherrscht zu klingen, hatte er gebrüllt.

Prompt erhob sich ein Zwitscherstimmchen aus dem angrenzenden Kinderzimmer, immerhin ließ ihn Maike sofort in Ruhe.

Er hätte gern weitergebrüllt. Statt dessen mußte er wirklich dringend nachdenken, scharf nachdenken.

Nachdenken.

Sein Blick fiel auf eine Schale mit Lippenstiften auf der Marmorablage, er wühlte einen der Stifte heraus und begann zu malen. DO schrieb er auf das Spiegelglas und wiederholte die Buchstaben gleich noch einmal. Zumindest dabei war er sich sicher, aber bei den Zahlenfolgen versagte sein Gedächtnis weitgehend, denn inzwischen drängten sich andere Szenen in den Vordergrund, nämlich die einer ungeheuren Kränkung. Verrat und Verlust waren im Spiel, damit hatte am Abend alles angefangen, ohne den Streit auf dem Hof wäre nichts passiert. Fast hätte er jetzt bei der Erinnerung auf den Spiegel eingeschlagen, er stützte sich aber nur am Waschbeckenrand ab und starrte angewidert auf all die ausgefallenen roten Haare, die sich dort ringelten.

4

Um sieben Uhr morgens war die Luft bei klarem Himmel angenehm kühl, seidenweich und frisch. Hannes Altorf drehte bedächtig ein paar Zigaretten auf Vorrat, während er auf Beat wartete. Als dieser kurz darauf am Müllaster aufkreuzte, nickte Hannes dem jungen Kollegen halb wohlwollend, halb brummig zu.

»Hast du alles? Nichts vergessen?«

Der Junge streckte ihm ungehalten ein Blatt entgegen.

»Die Fahrtroute.«

»Kenn ich auswendig, steig auf.«

Hannes hatte eine Theorie, was den Verlauf eines Tages betraf, und achtete mit einigen Kunstgriffen darauf, daß sich die Theorie auch bewahrheitete. Dieser Tag versprach, angenehm zu werden. Erstens des Wetters wegen, das an diesem Freitagmorgen keinerlei sicht- und fühlbare Anzeichen einer Änderung verriet und auf ein ungetrübtes Wochenende hindeutete. Und zweitens hatte er ohne vorwurfsvolles Japsen Beats in aller Gemütsruhe die erste Zigarette genießen können. Schon deshalb ging ihm drittens die schlaffe Haltung des dünnen, sommersprossigen, ewig bleichen Knaben nicht so wie sonst gegen den Strich. Er schwang sich in den Fahrersitz, schaute in den Rückspiegel, bis er Beats Hand mit dem nach oben gereckten Daumen sah, und fuhr an.

Sie machten sich auf die Tour durch Burgsteinfurt, drei Stunden später waren sie nach einer Zwischenentleerung oben an der Ochtruper Straße angelangt und schlängelten sich schwerfällig durch die gewundenen Straßen des Neubaugebiets, in denen aggressiv in die Fahrbahn vorgeschobene Bauminseln und Pflanzkübel die Orientierung und das Durchkommen erschwerten. Eine Zwangsverkehrsberuhigung, die mehr Unfallgefahren barg als jede herkömmlich gerade Straßenführung.

Hannes fluchte verhalten und fädelte sich behutsam an den Rand des Hofs, der hinter dem einzigen Mehrfamiliengebäude des Viertels lag. Er kurbelte das Seitenfenster herunter und sah im Rückspiegel zu, wie sich Beat anstrengen mußte, um den ersten von drei Großcontainern an die hydraulische Müllrampe zu bugsieren. Zeit für eine schnell gerauchte Zigarette. Erst nachdem er den Stummel ausgedrückt und in den Hof geschnippt hatte, ging ihm auf, daß schon eine Weile kein Rumpeln und kein Scharren der schweren metallenen Gleitdeckel mehr zu ihm herüberklang. Er schaute in den Außenspiegel.

Der Junge hatte eine Hand an den Seitengriff des letzten Behälters geklammert, die andere auf die Brust gepreßt und hechelte. Geduldig wartete Hannes. Die Zeit tropfte vor sich hin, das rechte Bein drohte ihm einzuschlafen.

»Was ist?« raunzte er schließlich und wandte den Kopf.

Unter dem Mülldeckel lugte etwas in der Farbe von Bleichsellerie hervor, etwas mit fünf Fingern, und wahrscheinlich dachte der Einfaltspinsel Beat noch darüber nach, ob für den Gummihandschuh der gelbe Sack zuständig war.

Ohne das Bürschchen ein weiteres Mal mit einem Ruf aufzuscheuchen, wuchtete Hannes seine vorwiegend im Rumpf konzentrierten einhundertundfünf Kilo aus dem Fahrerhaus, stapfte zum Müllcontainer und schob den Deckel halb auf. Innen war alles voll Blut. Während er noch starrte, machte sich der Deckel selbständig und glitt wieder herunter. Beim zweiten Mal stemmte er ihn mit beiden Fäusten hoch und hielt ihn fest.

Hätte es nicht die Hand gegeben und den Arm daran, hätte er denken können, daß da jemand den Abfallbehälter mit Resten aus einer Schlachterei gefüllt hatte. Den Inhalt grausig zu nennen überstieg im Grunde genommen bereits Altorfs Fassungsvermögen.

Er trat zurück und ließ den Deckel herabschnellen, stupste aber im letzten Moment mit dem Feuerzeug, das er aus der Overalltasche gerissen hatte, die fünf Finger an und sah zu, wie sie im Bauch des Containers verschwanden. Benommen schüttelte er den Kopf, stakste steifbeinig zum Laster und fingerte ungeschickt das Sprechfunkgerät aus der Ablage. Nachdem er etwas in die Tastatur getippt hatte, hielt er es sich ans Ohr.

»Funktioniert nicht«, sagte er geradeaus zur Windschutzscheibe.

Etwa dreihundert Meter weiter hörten vor ihm die Bürgersteige auf, und die Straße ging in einen geteerten Feldweg über. An der Schnittstelle machte die Straße eine Schleife als letzte Wendemöglichkeit für einen tonnenschweren Laster.

Während Beat die beiden ersten Müllcontainer entleert hatte, war der Motor weitergelaufen, seine Vibrationen ließen die Fahrerkabine leise erzittern. Den Fuß auf dem Gaspedal, wandte sich Altorf zum Fenster hinaus und brüllte den Kollegen an, obwohl er gar nicht schreien wollte.

»Wieso ist das Funkgerät kaputt? Hast du das gewußt? Was sollen wir denn jetzt machen?« Unmerklich schob sich der Laster vorwärts. »Wie kommen wir denn jetzt an ein Telefon?« brüllte Altorf weiter.

Beat näherte sich dem Seitenfenster, er mußte etwas schneller gehen, um Schritt zu halten, antwortete aber nicht, sondern starrte nur mit schreckgeweiteten Augen zu Altorf auf.

»Du bleibst bei dem Container, du rührst dich nicht vom Fleck. Ich fahr durch die Wendeschleife, um den Pott zu drehen.«

Der Junge verschwand aus Altorfs Blickfeld, aber einige Augenblicke später schwang die Seitentür auf, und Beat kletterte hinein.

»Ich hab dir gesagt ...«, fing Altorf an, verstummte aber, als er das jetzt besonders fahle Gesicht seines Beifahrers bemerkte.

»Warum soll ich neben dem Container bleiben?« fragte Beat.

»Um die Leute wegzuscheuchen, falls welche mit ihrem Müll kommen.«

Der Lastwagen hoppelte, weil Altorf abwechselnd Gas gab und auf die Bremse trat.

»Die nehmen den ersten Container, warum sollten sie bis zum letzten gehen? Der erste ist leer, der zweite auch, also hat keiner einen Grund, bis zum letzten zu gehen, die Leute sind doch nicht doof.« Beats Gerede klang abgehackt, sein Atem ging unruhig.

Altorf stand der Schweiß auf der Stirn, während er die Wendeschleife durchfuhr.

»Ich meine, es muß jemand hier bleiben. Für alle Fälle.«

Sie näherten sich wieder den Containern. Der letzte stand ein bißchen zurückgesetzt, vom Haus aus war er nur zu erreichen, wenn jemand um die beiden vorderen herumlief.

»Aber vielleicht hast du recht mit den Leuten und dem Müll«, fuhr Altorf fort, »wir fahren jetzt direkt zur Polizeiwache. Ehe ich bei wildfremden Leuten klingele und denen erst lange was erklären muß, fahr ich lieber direkt zur Polizei. In fünf Minuten sind wir da oder in sechs.«

5

Der Mann hatte, wie der Wachhabende knapp berichtete, zuerst versucht, sich ohne Anmeldung Zutritt zum Polizeigebäude zu verschaffen, war aber am Sicherungssystem gescheitert und hatte vor der Tür randaliert, bis ihn zwei Polizisten draußen unter den Armen ergriffen und zur Vernehmung hereingeschleift hatten.

Schwer angeschlagen lehnte er nun an der Wand und hustete.

Rohleff diagnostizierte ihn schon der Ausdünstungen wegen als unverbesserlichen Raucher. Er griff nach dem Telefon, es fiel ihm nicht ein, an der Grundaussage des gerade gehörten Gestammels zu zweifeln oder höchstens ein bißchen. Vielleicht handelte es sich ja doch um Schlachtabfälle. Falls aber der Mann recht hatte, hatten sie es mit einem Novum zu tun. Denn in den letzten beiden Jahren hatte Rohleff ausschließlich in Fällen ermittelt, in denen es um geradezu beängstigend schöne Leichen gegangen war.

»Warum um Himmels willen sind Sie persönlich hergekommen statt anzurufen?«

»Das hab ich Ihnen doch schon erklärt. Das Funkgerät ist kaputt.«

»Sie haben kein Handy dabei?«

»Wozu? Wenn ich schon ein Funkgerät mitschleppe.«

Rohleff sah ein, daß es wenig Sinn hatte, auf diesem Punkt weiter herumzureiten. Ohnehin traten jetzt die Kollegen ein, zuerst Knolle, der ein bißchen bedrückt wirkte und sichtlich schlecht gelaunt. Nach Knolle drängte Harry Groß, der Spurensicherer, herein, zusammen mit Lilli Gärtner.

»Harry, hol alle zur Spurensicherung zusammen, die du auftreiben kannst. Es gibt häßlich viel zu tun. Ich fahr mit dir, Lilli. Was du über den Leichenfund wissen mußt, erklär ich dir unterwegs.«

Draußen vor der Wache versperrte der Müllaster die Ausfahrt. Rohleff wandte sich an Altorf und seinen blassen Kollegen, der bisher kaum zwei Worte gesagt hatte.

»Sie folgen mir. Ich muß Sie am Fundort vernehmen. Parken Sie Ihren Laster vor den Containern exakt so wie vorhin.«

Auf der Fahrt hatte ihm Lilli zugehört, ohne ihn zu unterbrechen.

»Karl, so etwas gibt es nicht, nicht bei uns«, begann sie dann, »die beiden Müllfahrer haben überreagiert, so ungewöhnlich scheint mir das gar nicht. Die haben den Deckel zugeknallt und sind völlig verstört zu uns gerast. Wer kann denn schon der eigenen Wahrnehmung trauen? Gestern auf dem Friedhof hat Harry eine Ratte für eine Wühlmaus gehalten. Wenn wir schon versagen …«

»Es war eine Maus, Lilli, eine Feldmaus, Friedhofsmaus oder Vertreterin einer ähnlichen Mausspezies.«

»Nichts gegen deinen Scharfblick«, Lilli klang mitleidig, »aber es war wirklich nicht die erste Ratte, die ich gesehen habe.«

»Ich hätte gar nichts dagegen, wenn sich der Fund als Irrtum herausstellte.«

6

Die drei Großcontainer waren leer, sie sahen sogar so blitzsauber aus, als wären sie noch nie mit Müll in Berührung gekommen. Und drum herum fehlte alles, was Müllplätzen die abrundende Note verlieh: Papierschnitzel mit Resten von Mayonnaise und Ketchup, Kippen, Glasscherben und andere Rudimente zivilisierten Lebens. Um die Container herum, durch staubige Erde und verdorrtes Gras, zogen sich Rechenfurchen.

Verdutzt trat Altorf neben Rohleff, seine breite Hand schob den Deckel der letzten Tonne ein paarmal auf und zu, wie geölt bewegte er sich lautlos in seinen Scharnieren.

»Leute, packt gar nicht erst aus. Ihr habt Feierabend. Heute ist der erste April.« Harry Groß hatte die Arme ausgebreitet und zuckte mit den Schultern.

Die Situation schien eindeutig, Rohleff fing einen halb mitleidigen, halb ironischen Blick von Harry Groß auf.

»Kleine Überraschung, was?« wandte er sich bedächtig an Altorf. »Oder sollten Sie sich in der Adresse geirrt haben? Diese Stadtrandsiedlungen sehen doch überall gleich aus.«

Gelbe, grüne und weiße Kreidemalereien erstreckten sich über die Fahrbahn, unglaubliche Fabelwesen wanden sich in einer Richtung unter dem Müllaster durch und verloren sich in der anderen im Asphalt. Auf gleicher Höhe mit Rohleff befand sich ein mit Reißzähnen bewehrtes Riesenmaul. Im Bauch des Untiers tummelten sich weitere bizarre Kreaturen. Rohleff riß seinen Blick los.

Altorf schnaufte hörbar.

»Sie mögen mich ja inzwischen für beknackt halten, aber ich bleibe bei meiner Aussage. Es ...«

Eine belegte Stimme mischte sich ein.

»Mensch, Hannes, das sind nicht die Container von vorhin.«

Rohleff wartete ab.

Altorf atmete tief aus. »Hast recht, Junge, hätte ich auch sofort bemerken müssen.«

»Und wo sind die richtigen?« fiel Harry laut ein. »Könnten Sie uns einen Tip geben?«

»Harry, halt dich zurück«, fuhr Rohleff dazwischen. »Ich wünsche keine Einmischung, bis es definitiv etwas für dich zu tun gibt.« Er starrte den jüngeren Kollegen so lange an, bis dieser den Blick senkte und zurücktrat.

Fühlbar lastete die Spannung jetzt auf allen, nur Knolle blieb scheinbar unbeeindruckt, er studierte die Kinderzeichnungen. Die Augen auf die Straße gerichtet, entfernte er sich, als ginge ihn die ganze verworrene Geschichte nichts an. Rohleff spürte das dringende Bedürfnis, ihn aufzuhalten und ein paar Worte mit ihm zu wechseln, aber dafür war jetzt nicht die Zeit. Lilli lief in der Gegenrichtung auf einen Mann im grauen Kittel zu, der am Rand des Hofs aufgekreuzt war. Als würde es keiner seiner engsten Mitarbeiter mehr in seiner Nähe aushalten. Rohleff fühlte sich allein gelassen.

»Nun?« fragte er Altorf scharf.

»Seit drei Jahren fahre ich diese Tour, ich kenne sie in- und auswendig, wir waren vorhin hier und haben ...« Altorf stockte, klopfte sich auf die Brust, holte mit schlecht koordinierten Bewegungen Feuerzeug und Zigaretten heraus und fuhr erst fort, nachdem er einen tiefen Zug inhaliert hatte.

»Beat, hol die Fahrtroute. Wir haben die Tour ja schwarz auf weiß mit. Sie können sich zumindest davon überzeugen, daß wir hier richtig sind.«

Nachdem sich Beat entfernt hatte, näherte sich Lilli mit dem Mann im Kittel.

»Hier ist jemand, der uns eventuell weiterhilft.«

Bis auf den Kittel sah er nicht nach Hausmeister aus. Durch seinen wuscheligen steingrauen Haarkranz und die kleine runde Brille ganz vorn auf der Nase entsprach er viel eher Rohleffs Vorstellung von einem grün angehauchten, alternativen Gelehrten. Lilli stellte ihn vor.

Herr Decker schüttelte den Kopf, als würde er das Polizeiaufgebot wegen eines abhanden gekommenen Müllcontainers zutiefst mißbilligen.

»Sie versehen hier den Hausmeisterposten?« mutmaßte Rohleff, da sich Lilli nicht weiter zu dem Mann geäußert hatte.

»Sozusagen.«

Wenn Rohleff etwas haßte, vor allem wenn er schlecht drauf war, dann unklare Antworten in einer ohnehin verworrenen Lage.

»Ein einfaches Ja oder Nein«, forderte er gereizt.

»Jein«, antwortete Decker renitent.

»Immerhin«, Rohleff gab sich Mühe, ruhig zu bleiben, »können Sie uns zweifelsfrei bestätigen, daß vor einer halben Stunde noch andere Container mit Müll statt diesen hier standen.«

Das Kopfschütteln hielt an.

»Gestern standen hier noch die alten. Ob diese da bereits Müll enthalten, kann ich Ihnen nicht sagen. Als ich die neuen bemerkte, habe ich die herumliegenden Reste zusammengefegt. Falls Sie mich noch fragen wollen, ob ich oder andere im Haus von der Austauschaktion gewußt haben, sag ich Ihnen schon einmal, daß das zuständige Entsorgungsunternehmen uns größtenteils entmündigte Bürger einer solchen Mitteilung nicht für wert befunden hat. Unter uns gesagt, ich bin froh, die alten Container los zu sein. Die Deckel quietschten, und die Frauen beklagten sich über die Schwergängigkeit. Kann ich sonst noch was für Sie tun?« Unverdrossen schüttelte er weiterhin den Kopf, fraglos wollte sie der Mann ein bißchen auf den Arm nehmen.

Trotz zunehmender Gereiztheit erlaubte sich Rohleff keine Unhöflichkeiten. Menschen wie Decker irritierten ihn und setzten ihn in Verlegenheit. Unauffällig spähte er zu Knolle, denn der neigte am ehesten zu Ausbrüchen. Aber augenscheinlich hörte er nicht einmal zu, sondern blieb in die Kinderzeichnungen vertieft. Er schritt, ein Bein leicht nachziehend, selbstversunken einen Riesendrachen ab.

Knolle hinkte? Und warum trug er bei geschätzten und gefühlten zweiundzwanzig Grad Lufttemperatur einen Rollkragenpullover unter der Lederjacke? Ohne aufzuschauen deutete Patrick auf den Müllaster.

»Frag da mal nach.«

Groß und deutlich standen über der Ladeklappe Name und Telefonnummer des Müllunternehmens. Rohleff zog das Diensthandy aus der Jackentasche und warf es Knolle zu.

»Wenn du schon so geistreiche Einfälle hast, mach's selbst.«

Knolle ging beim Auffangen mit einem leichten Aufstöhnen in die Knie, und sein Blick signalisierte, daß jede Nachfrage nach seinem Befinden unerwünscht war. Augenscheinlich wollte er unbehelligt in seiner schlechten Verfassung weitersumpfen. Rohleff erwog kurz, ihn nach Hause zu schicken, wandte sich aber dann Decker zu und entließ ihn mit einer knappen Handbewegung.

»Sie können gehen, aber geben Sie meiner Kollegin, Frau Gärtner, Ihre Telefonnummer für eventuelle spätere Rückfragen.«

Decker unterbrach das Schütteln durch ein kurzes Kopfnicken, während Rohleff bereits Altorf heranwinkte. So rasch wie möglich wollte er die Sache jetzt beenden.

»Sie haben also eine Leiche gesehen. Machen Sie mal ein paar nähere Angaben. Wie sah sie aus? Mann, Frau, Alter, äußerlicher Typ und so weiter.«

Altorfs Gesicht überzog sich mit einer fleckigen Röte.

»Was da im Müll lag, sah aus wie durch den Fleischwolf gedreht. Da war kein Gesicht mehr.« Die bullige Gestalt Altorfs krampfte sich zusammen, der Mund zuckte. Er fuhr sich über die Wange und hielt sich dann die Hand vor Augen. »Die Hand sah nicht wie die hier aus. Das war eine junge Hand, die heraushing. Kann sein, eine Jungenhand. Er hat solche Hände.« Flüchtig wies er mit dem Kinn zu Beat, der sich, mit einem Blatt Papier in der Rechten, nicht aus dem Schatten des Lasters gerührt hatte. »Und wenn ich so darüber nachdenke! Hab's wohl für eine Perücke gehalten, aber wenn da schon Haare waren, muß auch ein Kopf dagewesen sein. Strohhaare, so wie seine.« Wieder nickte er zum semmelblonden Beat.

Beat hustete, das Husten ging nach ein paar trockenen Stößen in ein Keuchen über. Die Augen quollen hervor, das Blut wich aus den Wangen, die Haut lief bläulich an. Der Zettel, den der Junge geholt hatte, segelte zu Boden. Haltlos fuhren Beats Hände durch die Luft, er begann zu würgen. Atemblokkade. Keine Luft mehr von außen. Eingesperrt, versiegelt. Nahezu alle glotzten wie paralysiert.

»Mein Gott, mein Gott«, schrie Altorf auf, »hast du denn dein Spray nicht dabei?« Beim Rennen stolperte er, fing sich aber und fiel gegen den Jungen, den er mit beiden Händen packte. Zwei im Veitstanz. Der schmächtige Körper Beats zuckte konvulsivisch. Endlich bewegte sich auch Rohleff, bekam einen Ärmel zu fassen, danach einen Arm und hielt Beat im Drehgriff fest.

»Patrick, ruf den Notarzt.«

Altorf klopfte mit einer gewissen Routine die Taschen des zappelnden Jungen ab und zog schließlich aus der Gesäßtasche einen kleinen buntbedruckten Zylinder hervor, wobei er Beat beinahe aus seinem Overall schälte. Eine Hand legte er ihm um das Ding und half ihm, es an den Mund zu führen.

Das fürchterliche Röcheln verebbte nur langsam. Jeden der mühsamen Atemzüge vollzog Rohleff in Gedanken mit, als könnte er so helfen, daß die Luft auch wirklich in die Lungen strömte.

»Asthma«, sagte Altorf lakonisch.

»Ein Asthmatiker bei der Müllabfuhr? Wo gibt's denn so was?« Knolle hatte sein Telefongespräch mit der Entsorgungsfirma beendet, unterließ es aber, die Notrufnummer in die Handytastatur einzugeben.

Altorfs Blick flackerte. »Gibt's, wenn es für junge Leute nicht genug Jobs gibt. Der eine versauert zu Hause, der andere nimmt, was er kriegen kann.« Ihm war sichtlich unbehaglich zumute, wahrscheinlich dachte er im Grunde genauso wie Knolle.

»Braucht er noch einen Arzt?« setzte Knolle lakonisch nach.

Beat stand vornübergebeugt auf der Straße, die Arme vor der Brust verschränkt, und wiegte sich vor und zurück. Als er antwortete, war seine Stimme nicht mehr als ein heiseres, wundes Krächzen.

»Kein Arzt, mir geht's gut.«

Knolle schielte zu Rohleff, der sich mit fragendem Blick Altorf zuwandte.

»Jetzt kann der Arzt auch nichts mehr machen. Setz dich ins Fahrerhaus und warte da. Oder legen Sie noch auf eine Befragung Wert?«

»Nicht sofort.« Rohleff winkte ab und sah zu, wie der Junge in gebückter Haltung zum Laster schlurfte. Nach zwei vergeblichen Versuchen gelang es ihm, die Tür zu öffnen.

»Hat er das öfter?«

Auf einmal wirkte Altorf brummig, mehr belästigt als besorgt um seinen Kollegen.

»Na, lassen wir das, damit müssen Sie klarkommen«, fuhr Rohleff fort und drehte sich zu Knolle um. »Was herausgefunden?«

»Die Container sind routinemäßig ausgetauscht worden, weil sie überaltert sind, und landen in der Presse.« Knolle steckte das Handy in die Hosentasche.

»Mit Müll oder ohne?« mischte sich Groß ein.

Rohleff enthielt sich einer weiteren Zurechtweisung, schließlich hatte Groß die einzige Frage von Belang gestellt.

Knolle faßte sich in den Nacken.

»Hast du schon einmal versucht, etwas herauszufinden, wenn du bei einer Behörde von einem zum anderen weitervermittelt wirst?« sagte er mürrisch.

»Das Müllunternehmen ist privat«, erklärte Lilli, die gerade zurückkam, nachdem sie Decker zum Haus begleitet hatte.

»Davon hab ich nichts gemerkt, die müssen unsere Verwaltungsstrukturen übernommen haben.«

»Ist doch völlig wurscht. Haben wir uns jetzt mit einer Leiche zu befassen oder nicht?« fiel Groß erneut ein. »Meine Leute stehen sich die Beine in den Bauch. Braucht ihr uns, oder können wir abschieben?«

Grimmig musterte Rohleff die Wampe, die Groß herausgereckt hatte. Der Kerl nahm sich kein bißchen zurück.

»Du darfst hier abgrasen, was Decker übriggelassen hat. Auf so was verstehst du dich doch.«

»Tu ich das?« Milde lächelnd zog Groß die lachsfarbenen Augenbrauen hoch. »Erst mal knöpf ich mir den Spastiker vor, wo ist er hin?«

Rohleff war wieder drauf und dran, Groß zurechtzuweisen. Daß Decker offensichtlich an Schüttellähmung litt, war kein Grund, ihn als »Spastiker« zu bezeichnen.

»Kleiner Arsch«, zischte Lilli aufgebracht.

»Klein würde ich meinen nicht nennen«, entgegnete Harry jovial, »ich muß wissen, was der Fritze mit dem zusammengefegten Müll gemacht hat.«

»Mach, was du willst. Wir fahren zum Müllunternehmer und fahnden nach dem fraglichen Container und dem verschwundenen Inhalt. Halt dich bereit, uns nachzukommen, egal, wobei du hier gerade bist.« Rohleff hatte sich soweit gefangen, daß er in neutralem Ton seine Anweisungen geben konnte.

Altorf durfte seine Mülltour mit seinem Kollegen fortsetzen, falls dieser dazu in der Lage war, denn das Gesicht, das zum Fenster herausschaute, wirkte immer noch ungesund bläulich.

Statt den Dienstwagen anzusteuern, rannte Lilli zu den Müllwerkern und schwang sich auf der Beifahrerseite aufs Trittbrett, beide Hände ans offene Fenster gekrallt.

»Soll ich Sie nicht lieber doch rasch nach Hause fahren? Sie müssen uns ja für Unmenschen halten, mich und meine Kollegen. Erst bringen wir Sie in diese Lage, und dann überlassen wir Sie einfach sich selbst. Sie müssen sich vollkommen zerschlagen fühlen, ich seh es doch an Ihren Augen.«

Eine von Lillis breiten, kräftigen Händen hatte sich über die fremde gelegt, eine zarte kühle mit langen Pianistenfingern. Beats Augen schwammen in ihren Höhlen wie dunkle Teiche ohne Spiegelung. Lilli sprach in erster Linie zu diesen Augen.

Knolle nagte an seiner Unterlippe, eine Hand im Nacken, Harrys massige Schultern zuckten, nur Rohleff hörte äußerlich gelassen Lillis Ausbruch ostentativer Mütterlichkeit zu.

»Verstehen Sie?« fuhr sie eindringlich fort. »Sie sollten unbedingt ein paar Stunden ausruhen. Über einen derart schweren Anfall kann man doch nicht einfach hinweggehen. Es war schon auf der Grenze …«

… zum Ersticken hatte sie sagen wollen, brachte es aber nicht fertig, weil sich die Hand unter der ihren, die sich stetig erwärmt hatte, langsam zurückzog, wie auch das Gesicht zurückwich, das nichts außer einem Anflug von Erstaunen gezeigt hatte. Die brüchige Stimme des Jungen tat Lilli weh.

»Frische Luft ist alles, was ich brauche, einfach nur atmen, dann geht's wieder.«

Neben ihm pustete Altorf mit einer raschen Kopfdrehung Qualm zum Fenster hinaus und schnippte die halb gerauchte Zigarette hinterher.

Rohleff zog Lilli vom Trittbrett herunter und führte sie bedachtsam, als hätte er es mit einer Geisteskranken zu tun, zum Streifenwagen.

»Wieso kannst du dich so gut in einen Asthmatiker einfühlen?« fragte er in einem Ton, als würde er sich nach Intimitäten erkundigen, und schämte sich eigentlich für eine Grenzüberschreitung.

»Weißt du, so ein Anfall schädigt nachhaltig die Bronchien.« Lillis Stimme verlor sich in einem Aufseufzen.

7

Zunächst schien niemand zu wissen, was mit dem gesuchten Container passiert war.

»Bei denen da unten ist er garantiert nicht, die Registriernummern stimmen nicht überein.« Knolle stupste Rohleff an.

Rohleff wurde sich bewußt, daß er durchs Bürofenster des Müllunternehmers in den Hof starrte, wo einige ausgemusterte Container standen, die auf den Abtransport in die Schrottpresse warteten, und daß er eigentlich über sich selbst nachgedacht hatte.

Lilli hatte währenddessen leise im Hintergrund herumtelefoniert.

»Nur einer der drei ausgetauschten Container war noch voll, das wissen wir von Beat«, erklärte sie nun.

»Das ist nichts Neues, was uns interessiert, ist …«, brummte Knolle gereizt.

»Warte, bis ich fertig bin. Es waren zwei Laster unterwegs. Der eine zur Müllentleerung und der zweite, der den Austausch vornehmen sollte. Ich hab den Fahrer des zweiten per Funk erreichen können. Er hat die zwei leeren und die volle Mülltonne mitgenommen, einen anderen Müllaster unterwegs angehalten und den Kollegen gebeten, den vollen Container zu leeren.«

»Hat er reingeschaut?« fragte Knolle rasch.

»Er sagt, nein, und der andere auch nicht. Sie waren beide sauer auf Altorf und Beat. Es mußte alles sehr schnell gehen. Wie es ausschaut, ist der Inhalt von Nummer drei inzwischen auf der Deponie abgekippt worden. Wenn überhaupt, sollten wir uns dort umschauen.«

Rohleff betrachtete Lillis kurzen Rock und die hochhackigen Sandaletten. Sie war seinem Blick gefolgt.

»Ich fahr schnell nach Hause, mich umziehen.«

Mit der Erlaubnis zögerte Rohleff einen Augenblick. »Ruf vorher Harry an. Er soll für jeden von uns Schutzanzüge mitbringen und mit dem größten Teil seiner Truppe bei der Deponie aufkreuzen.«

Eine halbe Stunde später traf Lilli hinter dem Tor der Deponie auf Gestalten in aufgeplusterten Raumanzügen mit Kapuzen über den Köpfen und Atemfiltern vor dem Gesicht, die Markierstangen verteilten.

»Wird Zeit, Prinzessin«, nölte Harry und hielt einladend einen der Anzüge für sie bereit, half ihr sogar mit einem gutmütigen Herumzupfen an Armen und Beinen hinein.

Aus einem offenstehenden Karton angelte sie sich den letzten Mundschutz, zog das Gummiband über den Kopf und ließ das kleine weiße Ding bis auf weiteres unter einem Ohr baumeln. Rohleff winkte ungeduldig, er preßte mit der anderen Hand eine Karte an die Wand eines Einsatzwagens, ihm gegenüber hielt der Manager der Deponie die andere Hälfte fest.

»Diese schraffierten Zonen hier …«, der Manager fuhr mit einem Finger der freien Hand auf und ab, »… sind dicht. Dort wird nicht mehr abgeladen, dieser Bereich dagegen ist offen.« Der Finger beschrieb einen Kreis. »Hier ist seit heute früh Müll angekarrt worden, der Bulldozer fährt das Zeug zusammen, sonst wäre die Deponie in ein paar Tagen belegt.«

»Kommt der Bulldozer denn nicht den Müllastern ins Gehege?« fragte Rohleff.

»Zwei Mann weisen den ganzen Tag ein. Jetzt allerdings ist Feierabend und Wochenende. Ich habe einen von den Einweisern abgestellt, damit er Ihnen zur Hand geht.«

»Darf ich jetzt?« fragte Groß höflich. »Leute, dann wollen wir mal. Habt ihr eure Markierstangen? Wir stecken in geraden Linien das Gelände mit dem Müll von heute ab und arbeiten uns dann daran entlang. Abstand der Linien exakt anderthalb

Meter. Immer zwei bilden ein Team. Einer untersucht, einer macht Fotos, die wir nachher zum Auswerten haben, falls sich die Sache hinzieht. Auf geht's.« Nach ein paar weiteren Anweisungen wandte er sich an Lilli.

»Offen gestanden, brauch ich dich da oben nicht. Es wäre mir lieber, wenn du mit Karl und Patrick wartest, bis wir auf was Verdächtiges gestoßen sind.«

Lilli nickte erleichtert.

»Ich steh doch hier nicht rum, bis du pfeifst.« Patrick schickte sich an, dem Suchtrupp zu folgen.

»Du hast keinen Mundschutz«, stellte Lilli fest und zupfte an ihrem, »kannst meinen haben.«

»Brauch ich nicht.« Knolle stapfte an ihr vorbei.

»Herkules hat den Stall des Augias auch ohne Atemmaske ausgemistet«, erläuterte Groß süffisant, »und Patricks Bruder macht in Schweinen.«

Überraschend setzte sich Rohleff ebenfalls in Bewegung. »Ich schau mich auf dem Müllberg mal um.«

Nachdem Groß als letzter der Männer zum Einsatz gegangen war, sah Lilli ihm nach. Als auf einmal über ihr in der Luft ein ungeheures Vogelgekreisch einsetzte, schreckte sie zusammen und begann zögernd, den anderen zu folgen. Nach wenigen Schritten schob sie den Mundschutz hoch. Es roch nicht eben angenehm.

Die tanzende Wolke von Flügeln verdunkelte die immer noch strahlende Sonne. Lilli wußte nicht, ob die Vögel in diesen Massen gefährlich werden konnten, unaufhörlich kreisten sie über ihr, stießen herab, hackten, zerrten an irgend etwas, schossen in die Höhe, auch mal so dicht an ihr vorbei, daß sie den Flügelschlag spürte, obwohl sie ängstlich zurückwich. Krähen, schwarz-weiße Elstern, graue Tauben. Auf der Flucht vor den Vögeln stolperte sie vorwärts, geriet mit einem Fuß in ein Loch und schrie panisch auf.

»Wird aber lästig, wenn wir hier auf dich aufpassen müssen.« Knolle war herangestakst, kniete sich ungelenk neben sie und packte oberhalb ihres festsitzenden Fußes das Bein. Sein Griff war viel zu hart, mit einer aggressiven Kraft riß er sie los. Schmatzend gab der weiche Grund sie frei, ein Anfall von Übelkeit überkam sie, den sie hastig verdrängte.

»Ist aber schon ekelhaft hier«, sagte sie tapfer und rieb das schmerzende Bein.

»Da vorn beginnt die richtige Scheiße. Aber wenn du hier mitmachen willst, dann mach's richtig oder verschwinde.« Er drückte ihr einen armlangen Metallstab mit einem Widerhaken in die Hand.

Verblüfft schaute sie zu ihm hoch.

»Du schnauzt mich an? Ich hab heute abend bestimmt blaue Flecken von deinem Polizistengriff, und du schnauzt mich auch noch an. Warum?«

Einen Augenblick sah es so aus, als würde er die Beherrschung verlieren und ihr etwas über seine Hilfsbereitschaft und ihre Dämlichkeit zubrüllen wollen, sie bemerkte die harte Kinnlinie, den verkniffenen Mund, aber Knolle wandte sich abrupt um und schloß zu den anderen auf.

Der kocht ja, dachte sie verwundert. Ich hätte alles andere erwartet, Niedergeschlagenheit, unterdrückte Trauer, Unbehagen, aber wieso hat er diese Wut? Doch nicht meinetwegen.

Gegen sechs Uhr abends machte sich eine gewisse Abstumpfung breit und gleichzeitig der Eindruck, eine Strafe für ein nicht näher bestimmbares Vergehen abzubüßen. Bis in alle Ewigkeit auf einen Müllberg verbannt. Die wenigsten Schutzanzüge sahen jetzt noch reinweiß aus. An den meisten klebte auch Blut, denn in unregelmäßigen Abständen fand sich die Truppe zusammen, um etwas blutigen Abfall zu untersuchen, den einer von ihnen freigelegt hatte. Jedesmal wurden die Vögel besonders zudringlich. An Knolles wilden Blicken merkte Lilli, wie er in Gedanken alle abknallte.

Die Leiche, die dann hervorkam, unter Kartoffelschalen, zerrissenen Kontoauszügen, alten Socken, breiigen Gemüseresten mit handtellergroßen grünen Schimmelflecken, während jeder Huckel schwere, lange Schlagschatten warf und sich das Licht langsam verabschiedete, hatte tatsächlich kein Gesicht mehr. Dem Brustkorb, dem Bauch, den Oberschenkeln und Armen war auch allerhand passiert. Mit dem Auftauchen der Leiche hatte niemand mehr so richtig gerechnet, und das vorläufige Ende der Suche drang nur zögerlich ins Bewußtsein. Einer Elster gelang es, mitten zwischen die Ermittler zu stürzen und ein blutiges Klümpchen herauszupicken, bevor jemand reagierte.

Lilli ging neben dem Toten in die Hocke, niemand hinderte sie daran.

»Aber auch ein Toter muß doch ein Aussehen haben«, stammelte sie, »man kann doch so einem Toten nicht jegliches Aussehen nehmen und nichts mehr davon übriglassen. Das ist ja teuflisch, ein unheimliches, gnadenloses Verschwinden.«

Rohleff beugte sich zu ihr herunter und sprach leise auf sie ein.

»Selbst so ein erbärmlich entstellter Toter hat noch ein Aussehen, sieh ihn dir an, begreif, daß wir nun die Hand des Täters sehen, die vor allem, das ist hier unsere Aufgabe, um diesem Toten wieder zu einem Gesicht zu verhelfen und zu Ansehen. Wir lassen uns doch jetzt nicht, wo wir am Anfang der Aufklärung stehen, kleinkriegen, nicht wahr, Lilli?«

Harry ließ den Blick so weit wie möglich in die Ferne schweifen.

»Zumindest haben wir nun einen Fall.« Signalrot stand sein Lockenhaupt scharf gezeichnet gegen den dunkelnden Abendhimmel.

Knolle, die Hand im Nacken, sprach ins Handy. »Rechtsmedizin? Schicken Sie uns ...«

Flutlicht würde bald den Müllberg gleißend hell erleuchten, gegen jeden Schatten ankämpfen, gegen den kleinsten Hauch von Dunkelheit, in der sich etwas im Müll verbergen konnte. Sie würden die ganze Nacht weitersuchen und nicht wissen, wonach. Der Müll war eine große, grauenhafte See mit unruhig schwappenden Wogen, die die Dinge in ihren Tiefen heimlich verschoben und unkenntlich machten.

Knolle schien mit dem Toten am besten zurechtzukommen,

er blieb völlig ruhig, eventuell rührte das von seinen Erfahrungen als Jäger. Vielleicht war er ein bißchen zu ruhig, wie er da mit markiger Metallstimme ins Handy sprach.

8

Dem Wagen aus Münster entstieg ein knochendürrer, etwa vierzigjähriger Mann, dessen schmales Gesicht hinter einer riesigen Hornbrille verschwand, die ihm das Aussehen einer besonders wachsamen Eule verlieh. Die Eule musterte Rohleff und Lilli nachdenklich, bevor sie die Hand ausstreckte und sich lässig bekannt machte.

»Mahler, Rechtsmedizin. Ich bin hierherversetzt worden, und das ist mein erster Einsatz. Also, wo ist die Leiche?«

Da der Mann keine Umstände machte, hielt sich auch Rohleff mit Erklärungen zurück.

»Hier lang«, sagte er knapp und wies mit einer Handbewegung den Weg zur Fundstelle. Nachdem Dr. Mahler ein Stück gegangen war, rief er ihm aber doch nach: »Oder wollen Sie, daß ich mitkomme?«

Dr. Mahler lief unbeirrt weiter, seine Einsatztasche unter den Arm geklemmt.

Als Lilli bemerkte, wie sich Knolle aus dem verdreckten Schutzanzug schälte, zog sie ebenfalls den Reißverschluß auf.

»Und was nun?« fragte sie.

Rohleff schien angestrengt nachzudenken und warf einen Blick in die Richtung, in der der Rechtsmediziner verschwunden war. Wahrscheinlich hatte er genau wie Lilli fest damit gerechnet, daß Dr. Overesch oder Dr. Lamash, mit denen sie bisher immer zusammengearbeitet hatten, auch diesen Fall übernahm.

»Oder müssen wir noch einmal zurück in den Müll?« Unschlüssig ratschte Lilli den Reißverschluß auf und zu, dabei wäre sie die Montur nur zu gern losgeworden. In ihrer Nase hatte sich ein Geruch festgesetzt, der auch dem Anzug entströmte, ein Geruch nach Fäulnis und auf jeden Fall nach Tod.

Knolle erschien ihr in seiner schwarzen Lederkluft, die unter dem ehemals weißen Zeug hervorgekommen war, wie ein überdimensionierter Rabe, ein Galgenvogel. Noch immer trug er unter seiner Lederjacke den schwarzen Rollkragenpullover, er wirkte aber nicht erhitzt, eher kühl und leichenfahl. Eine Blässe, die sein Flammenhaar unterstrich. Er reckte sich und zuckte ein bißchen, als er den Kopf in den Nacken legte, um den kreisenden Schwarm im Abendhimmel zu beobachten.

»Ich fahr dann mal in die Siedlung, wo die Leiche zuerst aufgetaucht ist, dort müssen wir ja wohl anfangen.«

Als wüßte er nur zu genau, wie unverkennbar männlich er in der Lederkluft aussah, schritt er in lässigem Panthergang auf sein Motorrad zu, das am Zaun neben dem Tor zur Deponie abgestellt war.

»Wirst du nicht!« bellte ihm Rohleff nach. »Du wirst deinen Hintern ins Büro bewegen und auf deinen Drehstuhl schwingen. Hier bestimme ich, wer was macht. Ich will nicht, daß auch nur irgend etwas bei dieser Ermittlung durch Eigenmächtigkeit aus dem Ruder läuft. Verstanden?«

»Und was soll er im Büro?« fragte Lilli konsterniert.

Knolle hatte sich durch den Redeschwall nicht aufhalten lassen und war weitergegangen. Vom Rücksitz der BMW riß er den Helm an sich, zog die Sturmhaube heraus, eine Art schwarzer Strickstrumpf mit Augenlöchern, und vermummte sich. Das Visier blieb aber offen. Mit einer langsamen Bewegung grätschte er über die Maschine und stand dann breitbeinig da, das Motorrad zwischen den Schenkeln haltend, ein eindeutiges Potenzgehabe gegenüber Rohleff, der mit Vorliebe Fahrrad fuhr, ein Rentnerrad mit geschwungener Gabel.

»Du gehst sämtliche Vermißtenmeldungen durch, die im Kreisgebiet in den letzten zwei oder sagen wir drei Wochen eingegangen sind«, rief Rohleff Knolle zu.

»Was soll das, Karl«, protestierte Lilli, »wir wissen doch noch nichts über die Leiche, nicht einmal, ob es sich um einen Mann oder eine Frau handelt.«

»Doch, wissen wir. Alter bis schätzungsweise dreißig, auf alle Fälle ein Erwachsener, männlich und blond.«

Schlagartig sah Lilli die Leiche wieder vor sich, und aus dem grauenhaften Gesamteindruck schälten sich ein paar Einzelheiten wie strubbeliges helles Haar, eine Hand, wie sie Altorf bereits vorher hinlänglich beschrieben hatte, und zwischen den zerschmetterten Schenkeln hatte etwas Weiches, Weißes gelegen, in dem man mit einiger Phantasie tatsächlich die Reste eines Penis erkennen konnte.

Mit einem deutlichen Klacken schloß Knolle das Visier. Als er in der Dämmerung verschwand, befiel Lilli das merkwürdige Gefühl, daß sie ihn wohl nie wiedersehen würde. Erregt wandte sie sich an Rohleff.

»Warum hast du ihn so abgekanzelt? Patrick ist nicht richtig beieinander, den ganzen Tag schon, ich denke, es ist die Trauer, die ihn so unausstehlich macht, vielleicht setzen ihm auch Schuldgefühle zu, jedenfalls hab ich das Gefühl, es brodelt schrecklich in ihm, und das letzte, was er gebrauchen kann, ist ein sturer Vorgesetzter, der unsensibel genug ist, ihn runterzuputzen.«

»Ich hab ihn nicht runtergeputzt, sondern ihm lediglich klar und deutlich gesagt, was Sache ist. Wenn er hier ist, muß er seine Arbeit machen und zwar ordentlich. Wir haben alle unsere Probleme.«

Jetzt denkt er an Sabine, dachte Lilli. Sie war sich ganz sicher, daß Rohleff an seine Frau dachte und das große Leid, das die beiden auszuhalten hatten, denn vor drei Monaten war ihr kleiner Sohn gestorben, ein Wunschkind, ein heiß herbeigesehntes, das erst nach sieben Jahren Ehe geboren worden war. Lilli hatte die schöne Sabine immer für ein bißchen zu kapriziös gehalten für den siebzehn Jahre älteren Rohleff, aber jetzt hatte auch sie voll und ganz ihr Mitgefühl. Gegen Rohleffs war Knolles Kummer um seinen Vater, dessen Tod ja noch etwas relativ Normales darstellte, gar nichts – oder fast nichts, schwächte sie in Gedanken ab.

»Und wir?« fragte sie mit belegter Stimme.

»Wir«, antwortete Rohleff müde, »begleiten die Leiche in die Rechtsmedizin und sehen zu, was die erste Untersuchung bringt.«

Lilli überlegte, ob sie sich prophylaktisch übergeben sollte, ihr war jetzt endgültig danach.

9

Die Leiche knöpften sie sich zu zweit vor. Der eulenhafte Dr. Mahler und der kürbisköpfige Dr. Lamash murmelten mit monotonen Stimmen einem Gerichtsprotokollanten und den anwesenden Kommissaren ihre Kommentare zu, ohne sich darum zu scheren, ob sie verstanden wurden. Metall klapperte überlaut auf Ablagen, Bohrer surrten, Geräusche wie beim Zahnarzt, der aufgeplatzte Darm des Toten verströmte allerdings Gerüche, gegen die die einer Jauchegrube appetitlich anmuteten. Der gelbe Kopf von Dr. Lamash schwebte über der Leiche.

»Doppelte Kieferfraktur, Nasenbeinfraktur – nein, eine Zerbröselung, wenn Sie mir die unsachliche Erklärung gestatten.« Lamash schien sich der Zuschauer erinnert zu haben. Langsam und betont deutlich folgte eine Aufzählung sämtlicher Knochen und Knöchelchen, die der Zerstörungswut anheimgefallen waren.

Die Kleidung war größtenteils vom Körper gefetzt. In den Resten, die Stück für Stück mit Stahlpinzetten und Skalpellen heruntergepflückt oder geschabt wurden, fand sich nicht ein einziger Identitätshinweis, keine persönliche Habe, kein Kleinkram in der Gesäßtasche, der einzigen, die noch halbwegs intakte Nähte aufwies. Penibel breitete der Doktor das doppelte Stoffviereck mit den fransigen Hosenresten auf einem Tablett aus, zog es zurecht, wendete es, kratzte darin herum und betrachtete es sinnend wie vorher die blankgelegten Knochen. Was genau die Untersuchung einer leeren Tasche bezweckte, verstand Rohleff nicht.

Der Tote blieb jedenfalls ein Mann ohne Namen, ein Mensch, der von einem Moment zum anderen in eine auslöschende Ewigkeit katapultiert worden war.

»Todesursache?« unterbrach Rohleff die beklemmende Stille.

»Viele, viele.« Dr. Lamash hob eine gummibekleidete Hand und hielt das Skalpell in die Luft.

Wie mochte der Junge gestorben sein, fragte sich Rohleff, wie viele Schläge hatte er gespürt, wie weit und wie lange hatte er bei Bewußtsein das mitmachen müssen, was ihm angetan wurde, bis sich sein Körper in eine blutige Masse verwandelte, bis von seinem Menschsein kaum etwas übrig war. Unwillkürlich setzte sich Rohleff einem Schmerz aus, der nicht seiner war, der eine grelle, heiße Spur in einen nebeltrüben Alltag zog.

»Kommissar Rohleff?« Dr. Mahler hatte ihn angesprochen, vielleicht bereits zum zweiten Mal, denn er runzelte fragend die Stirn.

»Ja?«

»Zum Alter läßt sich sagen, daß es sich um einen sehr jungen Mann von vielleicht zwanzig, einundzwanzig Jahren handelte. Und die Verletzung, die zum Tode führte, werden wir diese Nacht nicht mehr bestimmen. Was den Todeszeitpunkt betrifft: Wir vermuten, daß der Tod gestern zwischen dreiundzwanzig und ein Uhr eintrat.«

Die Eulenaugen glitten einmal zwischen Rohleff und Lilli hin und her und schienen jede Anspannung in den Gesichtern zu registrieren.

»Es nimmt einen jedes Mal mit, nicht wahr?« Dr. Mahler lächelte wissend. »Aber Sie halten sich sehr gut.«

»Na, da danken wir Ihnen auch schön für das Lob«, sagte Rohleff trocken.

»Was für ein Schnösel«, murmelte Lilli, und Dr. Mahler lächelte noch etwas breiter.

Nachdem sie noch ein, zwei dringende Maßnahmen besprochen hatten, konnten sie sich verabschieden.

Bei der Rückkehr nach Steinfurt stand zu ihrer Verwunderung Knolles BMW auf dem Parkplatz vor der Dienststelle, und er selbst saß brav, aber schräg vor seinem Computer, ein Bein auf einem zweiten Stuhl abgelegt. Zögernd nahm er es herunter, faßte sogar beidhändig zu, und machte den Stuhl für Lilli frei.

»Du hast nicht etwa Gicht?« fragt sie mit einem Nicken zum Bein.

Knolle ging auf das Geplänkel nicht ein, griff statt dessen nach ein paar Blättern und hielt sie Rohleff hin.

»Die Vermißtenliste. Übrigens hast du bis jetzt nichts über den Zeitpunkt des Ablebens von dir gegeben. Der Kerl könnte schon länger im Container gelegen haben.«

»Kaum.«

»Wieso? Schaust du jedesmal mit Röntgenblick in deine Mülltonne, wenn du etwas reinwirfst?«

»Der Tod muß gestern nacht zwischen elf und eins eingetreten sein. Das ist der neueste Befund.«

»Elf und eins«, wiederholte Knolle und hielt sekundenlang die Augen auf seinen Monitor gerichtet.

»Spät genug jedenfalls, daß keiner aus dem Haus noch das Bedürfnis verspürte, seinen Müll zu entsorgen – oder vielleicht doch?« Rohleff hatte laut gedacht.

»Also Befragung aller Leute im Haus und der Bewohner der Einfamilienhäuser ringsum«, warf Lilli ein.

»Sofort?« fragte Knolle desinteressiert.

Lilli musterte unauffällig ihre Armbanduhr. Es ging mittlerweile auf zwölf zu, ungefähr sechzehn Stunden Dienst lagen hinter ihr, sie hatte nur einmal kurz zu Hause angerufen und Bescheid gesagt, daß sie in einer dringenden Ermittlung steckte, Ende ungewiß. Detlev nahm es leicht, zu leicht, wie sie fand. Er käme, was die Versorgung der beiden Töchter beträfe, ohne sie zurecht, hatte er erklärt.

Rohleff gab weitere Erläuterungen ab, während er gleichzeitig nach dem Telefon angelte, um eine größere Einsatzgruppe anzufordern.

»Wir werden in Zweierteams arbeiten, wichtige Aussagen

werden hier in der Dienststelle wiederholt und zu Protokoll genommen, bis sich eine brauchbare Spur herausstellt. Von der Rechtsmedizin bekommen wir Röntgenaufnahmen des Gebisses, soweit es noch vorhanden ist, damit werden wir ab Montag alle Zahnärzte im Kreis konfrontieren.«

»Also Tretmühle«, meinte Knolle mißmutig.

»Routine, Patrick, Routine nach allen Regeln. Und was dich betrifft, du bearbeitest deine Liste von Vermißten weiter, bis du einen nach dem anderen eindeutig ausschließen kannst. Wie weit bist du damit gekommen?«

Eine halbe Stunde später trafen nacheinander die Beamten ein, die von nun an im Schichtdienst rund um die Uhr an der Ermittlung beteiligt sein würden. Erst nach zwei Uhr war die Besprechung beendet und die Versammlung aufgelöst. Rohleff schickte auch Knolle und Lilli für ein paar Stunden nach Hause, er selbst fuhr zurück zur Mülldeponie.

Bei den Einsatzfahrzeugen, die eine Art Wagenburg hinter dem Tor der Deponie bildeten, traf er keine Menschenseele an. Nach einigem Herumsuchen fand er einen verdreckten Anzug, in den er sich mühsam hineinzwängte, darauf bedacht, nichts von dem Dreck an die Finger zu bekommen. Vom Licht wachgehalten, das die Deponie in einigen Arealen taghell erleuchtete, kreischten die Vögel immer noch aufgebracht in der Luft, ihre Schreie gellten ihm in den Ohren wie Nadelstiche. Vor lauter Müdigkeit gehorchten ihm seine Beine kaum noch, und jedes seiner vierundfünfzig Jahre erwies sich als Zentnerlast, die er mit sich herumschleppte. Noch befand er sich in einem Bereich, wo kein Müll mehr abgeladen wurde. Ab und zu ragten aus der Masse Lüftungsrohre, an die er sich klammern konnte, wenn der Boden nachgab. Er schob sich von hinten an den Einsatztrupp heran, um niemandem in die Quere zu kommen und sich ungesehen einen Überblick zu verschaffen.

Am Rand der Schattenzone hielt er inne, weil er einige Meter voraus eine Gestalt bemerkte, die sich ebenfalls abgesondert zu haben schien. Mit einigem Erstaunen erkannte er Groß, der in den Müll pinkelte. Er war sich ziemlich sicher, daß es sich um Groß handelte, denn die untersetzte Figur und das rote Haar kamen in dieser Kombination nur einmal im Ermittlungsteam vor, Knolle, der andere Feuerkopf, hatte eine ausgeprägte Athletenstatur. Er überlegte, wie es wäre, wenn er sich von hinten heranschliche und Harry Groß einen Tritt in den Hintern verpassen würde, bevor er zurück in die Dunkelheit entwich. Mit Kapuze und Mundschutz würde er nicht zu identifizieren sein, der Anzug bot eine perfekte Tarnung. Der pingelige Harry würde mit dem Gesicht voran in den durch seine Pisse durchweichten Dreck fliegen. Rohleff spann seine Szene weiter aus, er konnte gar nicht von ihr lassen. In Gedanken trat er immer wieder zu. Groß in den fetten Arsch treffen, ihn in die Seite kicken, sobald er auf der Schnauze lag. Ihn aufjaulen hören, voller Angst und Überraschung. Gedemütigt auf den Knien, im Begriff, sich aufzurappeln, und dann noch einmal zulangen, einen wirklich Schuldigen bestrafen, denn niemand, der seine Sinne beieinander hatte, konnte Groß' Schuld leugnen. Seit etwa zwei Wochen schlief der Einschleimer Groß mit Sabine, ihre und seine, Rohleffs, verzweifelte Situation ausnutzend. Er hatte Sabine geschickt auf seine Seite gezogen, ein Okkupant, ein Beutemacher, ein mieses Schwein.

Inzwischen war Groß fertig geworden und schaute sich um.

»Heh?« fragte er. »Wer bist du?«

Rohleff hörte die Unsicherheit heraus und stellte sich vor, wie er da bedrohlich im Dunkeln stand, durch die Kapuze größer als sonst und durch das Geisterlicht, das ihn nur streifte, noch weiter ins Riesenhafte verzerrt. Langsam kam er heran, die Nemesis persönlich.

Groß wich folgerichtig zurück und schwankte dabei auf dem nachgiebigen Boden.

»Was gibt's Neues bei euch?« fragte Rohleff so neutral wie möglich.

Erst schreckte Groß zusammen, dann faßte er sich.

»Karl?« vergewisserte er sich. »Du hast vielleicht eine Art, hier aufzutreten.« Ganz war Groß noch nicht wieder im

Gleichgewicht, er hielt Abstand. »Was schleichst du herum, ich dachte du liegst längst in der Klappe.«

»Und du, machst du durch?«

Der Mundschutz von Groß war fleckig, er hatte ihn heruntergezogen, Schatten lagen unter seinen rot unterlaufenen Augen, seine Haut wirkte gerötet. All das machte es Rohleff leichter, über seine Gewaltphantasien ein bißchen Scham zu empfinden.

»Sozusagen«, nuschelte Groß, »wir können doch nicht so eine Leiche ausbuddeln, sie uns bedauernd anschauen und dann nach Hause gehen. Für einfachen Totschlag habe ich zur Not Verständnis, aber für so was? Und der Lahmarsch? Was sagt er zu der Leiche?«

Rohleff berichtete knapp über seinen Besuch in der Rechtsmedizin.

»Haben sie keine Vermutung zur Tatwaffe geäußert?«

»Du bist doch kein Anfänger, Harry. Mit was kriegt man Knochen klein?«

»Lieber Mann, hast du eine Ahnung, was die Leute in den Müll schmeißen? Und die Scheiße ist, daß der Bulldozer den ganzen Quark kräftig durchgequirlt hat. Was ursprünglich mit der Leiche zusammen im Container gelegen hat, ist jetzt sonstwo verteilt.«

»Klingt, als erwartest du tatsächlich, daß der Täter das Tatwerkzeug gleich hinterhergeschmissen hat.«

»Komm mal mit.« Harry ging voraus, wich unterwegs einigen Leuten aus, die die beiden übernächtigt musterten, als sie sich vorbeischoben, und rutschte einen flachen Abhang auf dem Hintern hinunter, augenscheinlich hatte er sich mit dem Müll bereits sehr vertraut gemacht.

Die Funde waren wie eine Jagdstrecke auf ebenem Boden ausgebreitet.

»Wir haben alles herausgeklaubt, was wenigstens ein Kilo wiegt und einigermaßen gut in der Hand liegt«, erläuterte Groß, »oder spitz und scharf ist. Auf eine Dampframme sind wir nicht gestoßen, die wäre eigentlich das logischste.«

»Nicht anfassen«, fügte er hinzu, weil Rohleff die Hand nach einer gebrochenen Fahrradkette ausstreckte.

»Habt ihr in der unmittelbaren Umgebung der Leiche Kleidungsfetzen gefunden oder etwas, was der Tote hätte dabeihaben können?«

Groß lächelte verzweifelt. »Du meinst Feuerzeug, Portemonnaie, ein Tütchen Hasch?«

»Laß dich ablösen, Harry, hau dich ein paar Stunden aufs Ohr, oder du redest um sieben nur noch Blech, ich geh jetzt auch schlafen.«

Kapitel 2

1

Die drei Stunden, die Rohleff im Bett verbrachte, versuchte er, die kalte Betthälfte neben sich mitzuerwärmen. Nachdem er kurz vor sechs endlich einen Körper an seiner Seite spürte, fiel er in einen Tiefschlaf, war aber nicht einmal verärgert, sondern nur traurig, beim Aufschrecken Berni vorzufinden, den Berner Sennenhund, der sich ins Schlafzimmer eingeschlichen hatte. Hartnäckig schellte das Telefon. Sobald er begriff, daß die Anruferin jemand anders war, als er erwartet hatte – ein Funken Hoffnung durchmischt mit Furcht war aufgeflackert –, gab er sich mufflig.

Berni trottete ihm ins Badezimmer nach, wartete, bis er fertig war, und steckte den Kopf in die Kloschüssel, als käme ihm der dunkelgelbe Urin darin auch komisch vor. Rohleff rechnete aus, daß er etwa achtzehn Stunden lang nichts gegessen und getrunken hatte, Grund genug, sich elend zu fühlen. Bevor Berni zu schlabbern beginnen konnte, riß er ihn am Halsband zurück. Wie lange war der Hund nicht versorgt worden?

Seine Näpfe in der Küche waren leer.

»Für dich hat sie auch nichts mehr übrig«, teilte er, gegen die Einbauschränke gelehnt, etwas später Berni mit. Nach Frühstück war ihm nicht zumute, als er aber doch an Spiegeleier und gebratenen Speck denken mußte, kamen ihm vor Verlangen nach Sabine fast die Tränen, Eier und Speck briet sie nur für ihn. Bernis langes Zottelfell sah filzig aus, er hatte aber keine Zeit, ihn zu bürsten, und konnte gerade noch fünf Minuten erübrigen, um den Hund im Garten etwas herumzujagen. Berni schiß mitten auf den Rasen.

Eine Viertelstunde später betrat Rohleff sein Büro und überflog die Meldungen, während er auf Lilli und Groß wartete. Die erste Frage, die er ihnen stellte, überraschte beide.

»Hat einer von euch Patrick gesehen, gesprochen oder was von ihm gehört?«

»Wann, heute morgen?« fragte Lilli zurück.

Rohleff wirkte ungeduldig.

»Maike hat mich um sechs wachgeklingelt, weil Patrick nicht nach Hause gekommen ist. Wo also kann er sein, oder wo hat er sich bis jetzt herumgetrieben? Ich habe ihn nämlich genau wie dich, Lilli, nachts um zwei für ein paar Stunden entlassen.«

»Soll vorkommen, daß einer nachts nicht nach Hause kommt«, warf Groß ein und wartete darauf, daß Rohleff ihn durchdringend anstarrte. »Zumal in unserem Job«, fuhr er fort. »Da war noch was, das ich vergessen hatte, dir mitzuteilen, als du wie der Komtur aus Don Giovanni in der Nacht auf dem Müllberg erschienen bist, Karl. Unser abwesender Kollege ist gestern irgendwann bei meinen Leuten in der Siedlung aufgekreuzt, und sie haben nicht herausgefunden, was er eigentlich wollte. Hast du ihn geschickt?«

»Wann war das?«

»Muß jedenfalls nach dem Auffinden der Leiche gewesen sein, also gegen Abend.«

Rohleff begegnete Lillis Blick.

»Als wir aus der Rechtsmedizin zurück waren, saß er am Schreibtisch«, sagte sie, »war doch so, oder?«

»Fragt sich nur, wie lange er dort schon saß. Offensichtlich hat er vorher eine kleine Extratour geritten.«

»Vielleicht ist er auf dem Hof seiner Eltern«, bemerkte Groß, »bei der Verwandtschaft.«

»Ist er nicht.«

»Hat Maike versucht, ihn auf seinem Handy zu erreichen?« erkundigte sich Lilli. »Sein Handy wird er doch wohl mithaben.«

»Ich werde sie bei nächster Gelegenheit fragen«, antwortete Rohleff.

»Können wir jetzt anfangen, nachdem das geklärt ist?« fiel Groß ein.

»Mach deinen Bericht so kurz wie möglich, wir haben noch was zu tun«, gab Rohleff knurrig zurück.

»Ich mach's rasend kurz. Wir haben nichts in der Hand, rein gar nichts.« Groß faltete die Hände vor dem Bauch. Falls er geschlafen hatte, dann noch weniger als die drei Stunden, die sich Rohleff zugestanden hatte, denn Groß war frisch rasiert und sah überhaupt wie aus dem Ei gepellt aus. Rohleff trug dagegen das Hemd vom Vortag, es roch ein bißchen.

Er wartete. Auf seinem Schreibtisch lagen einige Papiere, von denen er das oberste in die Hand nahm und überflog. Erst danach schob er die Lesebrille auf die Stirn und musterte Groß erneut.

»Spielt ihr was Bestimmtes?« fragte Lilli.

»Harry ringt um die Zusammenfassung seiner Untersuchungsergebnisse. Nach so einem Nachteinsatz dauert das ein wenig länger als sonst.«

»Wenn das so mit euch weitergeht, werden wir mit der Ermittlung nicht weit kommen«, sagte Lilli leise.

Groß warf ihr einen mißtrauischen Blick zu, bevor er begann.

»Den Müll, den Decker bei seiner Harkerei in zwei Eimer gesammelt und noch nicht in einen der Container geworfen hatte, werten wir gerade aus, aber bisher gibt es nichts, was mit dem Opfer zweifelsfrei in Verbindung gebracht werden könnte oder dem Täter, falls es sich nur um einen handelt. Was das Umwühlen der Deponie betrifft, ist es wie mit der Nadel im Heuhaufen, nur daß wir nicht einmal davon ausgehen können, daß wir überhaupt einer Nadel auf der Spur sind. An dem ganzen Küchenmüll wie Nudelhölzern, Fleischklopfern, abgebrochenen Messern und ähnlichem, dem Bau- und Werkzeugschrott haben wir keine Blutspuren gefunden, und selbst wenn es so wäre, könnten diese durch die Arbeit des Bulldozers verursacht worden sein. Ein paar Kleiderfetzen will ich mit denen an der Leiche vergleichen, ich warte auf Stoffproben aus der Rechtsmedizin. Selbst wenn wir an diesen Resten eine fremde DNA-Spur festmachen, bedeutet das wenig. Die Deponie ist der große Gleichmacher und Umverteiler. Anders hätte es ausgesehen, wenn wir die Leiche direkt aus dem Container in die Finger bekommen hätten – aber so.«

Das Telefon auf Rohleffs Schreibtisch dudelte.

»Nein, Maike«, sagte er gleich darauf, »Patrick ist nicht hier. Ich verspreche dir, dich zu benachrichtigen, sobald er auftaucht und ich mit ihm fertig bin. Wie? Ja, ich weiß, daß er sich schlecht fühlen muß, man beerdigt nicht alle Tage seinen Vater, das nimmt jeden mit. Hast du versucht, ihn auf seinem Handy zu erreichen?« Rohleff lauschte, legte nach einer knappen Verabschiedung den Hörer zurück und fuhr sich mit beiden Händen übers Gesicht. Einen Augenblick hielt er die Augen geschlossen. »Sein Handy liegt zu Hause. – Wo waren wir gerade?« fragte er dann.

»Dabei«, faßte Lilli zusammen, »daß wir bis jetzt nichts in der Hand haben.«

»Also machen wir weiter wie geplant. Wir befragen als nächstes Decker. Leute, die wie er mit Besen oder Rechen auf Ordnung achten, wissen meist auch genau, was in der Nachbarschaft läuft. Denen entgeht so rasch nichts.«

2

Decker empfing sie in einem fleckigen, verschlissenen Bademantel an der Wohnungstür und bat sie ohne Anzeichen von Erstaunen herein.

»Die Müllforscher«, sagte er bloß und ging in einen großen Raum voran, der offenkundig als Wohn- und Arbeitszimmer diente, wobei der Arbeit dem Anschein nach der Vorrang eingeräumt wurde. Regale bedeckten so gut wie jede verfügbare Wandfläche, sie waren in mehreren Schichten oder doppelten Reihen mit Büchern vollgestopft. Dem Fenster zugewandt, stand ein Schreibtisch, das Fenster selbst war so dicht mit einer Gardine verhängt, daß die Vermutung nahelag, weder die Aussicht noch das Tageslicht spiele für Decker eine Rolle. Auf dem Schreibtisch brannte auch jetzt eine Lampe.

Dem Wohnbedürfnis dienten eine edel anmutende, aber durchgesessene schwarze Ledercouch und zwei dazu passende

Sessel mit einem schlichten niedrigen Mahagonitisch davor. Im großen und ganzen machte das Zimmer mit den auf dem Fußboden abgelegten alten Zeitungen den Eindruck, als würde es sein Bewohner nie so richtig wahrnehmen und daher auch keinen Gedanken auf seine Pflege verwenden. Deutlich sichtbar hingen von der Decke Spinnweben.

Decker bot ihnen Kaffee an, der wie Tee aussah und irgendwie auch so schmeckte.

Nachdem er sie versorgt hatte, ließ er sich in dem Sessel nieder, in dem er gesessen haben mußte, als sie an der Haustür schellten. Auf der breiten Lehne stand eine Tasse, ein Marmeladenbrötchen lag daneben. Eine Brötchenhälfte tunkte Decker in sein Kaffee-Teegemisch, lutschte den aufgeweichten Teil ab und fixierte Rohleff über den Rand seiner Brille.

»Wir stören Sie ungern so früh«, begann Rohleff leicht angeekelt, »aber wir brauchen ein paar Auskünfte und dachten, wir könnten sie am ehesten von Ihnen erhalten.«

Decker kam ihm mit keiner Geste entgegen, sondern musterte ihn nur weiter stumm und kopfschüttelnd.

»Wir hätten gern gewußt, was für Leute im Haus wohnen. Es ist das einzige im ganzen Viertel mit mehreren Parteien.«

»Und das macht es für die Polizei interessant?«

»In einem bestimmten Zusammenhang schon.«

»Ach ja, und in welchem?« Aus Deckers Augen leuchtete milde Neugier und Unwissenheit.

»Der Kollege, der Sie gestern nach dem zusammengerechten Müll gefragt hat, hat Sie nicht über unsere Ermittlung aufgeklärt?«

Ein Nein aus dem Kopfgeschüttel herauszulesen war unmöglich.

»Hätte er das tun sollen?«

Rohleff ging nicht darauf ein, der Schmuddelhaushalt deprimierte ihn, deshalb wollte er die Befragung rasch hinter sich bringen.

»Was können Sie uns über die Leute im Haus sagen?«

»Ziemlich viele von ihnen kenne ich überhaupt nicht, ich

wohne erst seit drei Jahren hier, und um Leute in Steinfurt zu kennen, muß man mit ihnen im Sandkasten gespielt haben, hab ich mir sagen lassen. Außerdem gibt es zwei Hauseingänge, wie Sie sicher bemerkt haben. Auf meiner Etage lebt seit einem halben Jahr eine junge Frau, die mich inzwischen nicht mehr anschaut, als wollte ich an ihrer Tür hausieren, und mich manchmal grüßt, wenn ich ihr begegne. Falls Sie wissen wollen, was sie beruflich macht, ob sie viel Besuch empfängt und so weiter, sollten Sie sich bei ihr selbst erkundigen. Von meinen übrigen Nachbarn weiß ich nur, daß keiner durch irgend etwas auffällt, zumindest mir nicht.«

Die Auskünfte überraschten Rohleff nicht, sie paßten zu dem, was ihm der Raum, in dem sie saßen, über seinen Bewohner verriet. Daß Decker allein wohnte, daran bestand für ihn kein Zweifel. Vor ihm auf dem Tisch lag ein Buch, dessen Titel Rohleff nur in Spiegelschrift sah, es war etwas über Quanten oder Quadrate, aber so genau konnte er den Titel nicht entziffern.

»Was machen Sie beruflich?«

Deckers Blick schweifte zu den Bücherregalen.

»Ich habe Physik an der Fachhochschule gelehrt und bin seit zwei Jahren in Pension.«

Also hatte Rohleff mit seinem ersten Eindruck von Decker beinahe recht gehabt. Er fragte sich, ob er von ihm etwas Genaueres über die physikalischen Auswirkungen von Gewalt auf organische Körper erfahren könnte, als Ergänzung zu dem, was die Rechtsmedizin herausfinden würde.

»Was hat mein Beruf mit Ihrer Befragung zu tun? Bin ich Ihnen verdächtig? Wenn Sie nicht auf ein kafkaeskes Verwirrspiel aus sind, wäre ich für eine Aufklärung dankbar.« Deckers Stimme klang schärfer, und für einen Moment hielt er seinen Kopf ruhig.

»Ist Ihnen in der Zeit von elf bis eins vorgestern nacht etwas Ungewöhnliches aufgefallen?«

Lilli half nach. »Grob gesagt, ums Haus herum, oder genauer im Hof bei den Müllcontainern. Leute, die dort nicht hingehören, weil sie nicht hier wohnen, auffällige Geräusche.«

Decker schwieg eine Weile. »Versteh ich Sie richtig? Weil Sie mich mit dem Rechen in der Hand erwischt haben, glauben Sie, ich gehöre zu denen, die ständig mit einem Ohr an der Tür des Nachbarn lauschen und wie ein Hund gegenüber Fremden ihr Revier verteidigen? Wahrscheinlich ist Ihre Vermutung nicht mal abwegig, solche Leute gibt's genug in Steinfurt.«

Ungefähr als letztes war Rohleff auf eine sozialphilosophische Debatte erpicht.

»Also haben Sie oder haben Sie nicht?«

Den Rest des zweifelhaften Gebräus schlürfte Decker aus der vollgeschwappten Untertasse und schien sich dabei über seine Besucher und ihr Bemühen, darüber hinwegzuhören, zu amüsieren.

»Mein Schlafzimmer liegt zwar zum Hof hinaus, aber ich habe bis etwa halb zwölf hier im Arbeitszimmer gesessen und bin dann direkt zu Bett gegangen. Sie horchen besser die Nachbarn aus.«

Der Mann wollte nicht mit ihnen reden.

»Wohnt in diesem Block oder einem der Nachbarhäuser ein etwa zwanzigjähriger junger Mann mit blonden Haaren?«

»Hm«, machte Decker, »ich hab doch kürzlich noch so einen gesehen.«

»Hier?« hakte Rohleff ein.

»Was soll der Junge ausgefressen haben?«

»So weit wir bisher wissen, nichts«, erklärte Lilli.

Beim ungeschickten Versuch aufzustehen, stieß Decker die Tasse von der Lehne, ein Rest brauner Brühe sickerte in den Teppich neben ältere Flecken.

»Wenn mir einfällt, wann ich den Jungen gesehen habe, sag ich Ihnen Bescheid, lassen Sie mir Ihre Telefonnummer da. Und sagen Sie noch mal Ihren Namen, Sie heißen?«

Auf dem Schreibtisch stand das Foto einer lächelnden Frau mittleren Alters. Auf einmal überkam Rohleff die Schreckensvision, wie er selbst, alleingelassen, in ein paar Jahren zusammen mit Berni unaufhaltsam in die Verwahrlosung glitt, und nichts schien diesen Verfall aufhalten zu können. In seiner störrischen Art war ihm Decker sogar sympathisch, so etwas wie Verwandtschaftsgefühl kam auf. Haben Sie Kinder? hätte er gern gefragt, sich auf so ein Tretminenfeld aber nie vorgewagt.

»Übrigens«, Decker gab ihm im Flur die Hand, »den jungen Mann, so einen blonden, schmächtigen, hab ich gestern gesehen. Sie auch. Es war der von der Müllabfuhr.«

Als Lilli zum Fahrstuhl ging, stand Decker noch in seiner Wohnungstür.

»Motorradgeräusche sind nichts Besonderes, oder? Hört man hier ab und zu.«

Rohleff nickte zerstreut, er trat ebenfalls in den Hausflur hinaus, besann sich dann anders und kehrte zu Decker zurück.

»Früher oder später lesen Sie es in der Zeitung. In Ihrem Müllcontainer lag gestern früh die Leiche eines jungen Mannes.«

Der Kopf schlug einige Male heftiger nach links und rechts aus, dann fixierte Decker Rohleff wieder, und diesmal glomm in seinen Augen Wut auf.

»Und diese Mitteilung machen Sie mir zwischen Tür und Angel? Ist das Ihre Vorstellung vom Umgang mit Ihren Mitmenschen? Anscheinend teilen Sie uns nur in Verdächtige, Belanglose und Trottel ein. In welche Rubrik falle ich?«

Mit einer solchen Empfindlichkeit hatte Rohleff nicht gerechnet, eher schon mit Betroffenheit über den Fund.

»Sie haben recht, Herr Decker«, brachte er etwas mühsam hervor, »und ich muß mich bei Ihnen entschuldigen. Sie haben auch ein Recht auf Aufklärung, und ich gebe zu, in meinen Ermittlungen zuweilen so vernagelt zu sein, daß ich nur den Fall im Visier habe und zu wenig diejenigen, für die ich letztlich Aufklärung betreibe.« Es war nur ein Lippenbekenntnis, aber Decker schien besänftigt.

»Haben Sie im Ernst geglaubt, ich hätte angenommen, daß Sie mit einem guten Dutzend Polizeibeamten im Hof herumschwirren, um die korrekte Müllentsorgung zu überprüfen? Wer ist der junge Mann, nach dem Sie mich gefragt haben? Die Leiche?«

Rohleff trat wieder einen Schritt auf den Flur hinaus.

»Fragen Sie mich nicht nach weiteren Einzelheiten. Bislang wissen wir weder, wie er zu Tode kam, noch warum.«

»Und warum hier?«

»Auch das ist unklar«, fiel Lilli ein und streckte, um die Diskussion zu beenden, die Hand nach dem Fahrstuhlknopf aus. »Wir danken Ihnen jedenfalls, daß Sie Zeit für uns hatten. – Oder können wir jetzt nicht gehen?« wandte sie sich an Rohleff.

Er hob noch einmal leicht die Hand, eine kleine Geste zu Decker, der daraufhin seine Wohnungstür schloß. Zielstrebig ging Rohleff zur Nachbarwohnung und schellte, aber es rührte sich nichts. Dagegen öffnete sich Deckers Tür wieder, er streckte den Kopf heraus.

»Die junge Dame ist verreist, Sie brauchen nicht zu warten.«

»Woher wissen Sie das?« fragte Lilli verblüfft.

»Sie ist am Wochenende selten daheim und fährt meist schon Freitagnachmittag los. Als ich nach dem Aufstehen in den Hof schaute, stand ihr Auto nicht da.«

Lilli hielt den Mund, bis sich die Fahrstuhltür geschlossen hatte.

»Für einen, der angeblich nichts mitbekommt, weiß er doch so allerhand.«

»Das ist bei den meisten so, aber sie geben es ungern zu. Für wie alt hältst du ihn?«

Der Fahrstuhl stoppte ein Stockwerk tiefer.

»Decker?« fragte Lilli, als Rohleff sich nicht rührte.

»Meiner Ansicht nach ist er noch keine sechzig. Allerdings könnte seine Frühpensionierung mit seinem Gebrechen zu tun haben. Auch wenn er über seine Nachbarn Bescheid weiß, macht er auf mich den Eindruck eines sehr zurückgezogen lebenden Menschen. Er hat sich zwischen seinen Büchern eingeigelt und schottet sich gegen seine Mitmenschen ab.«

»Schon, aber was meinte er mit Motorradlärm?«

»Er meinte Patrick, der gestern abend ein bißchen im Hof herumgekurvt ist, um Harrys Leute zu ärgern.« Die Tür hatte ein paarmal auf- und zugeschnappt. »Wir fahren ganz runter und laufen ums Haus herum. Das hätten wir als erstes machen müssen. Lilli, ich geh nicht sehr methodisch vor.« Rohleff strich sich über sein graues Drahthaar. »Oder hast du einen anderen Eindruck?«

Sie waren im Erdgeschoß angekommen, Lilli hielt Rohleff die Haustür auf.

»Die Methode ist doch völlig gleichgültig, es kommt nur aufs Ergebnis an.«

»Wir haben keins, meine Methode ist chaotisch, und wir haben kein Ergebnis. Außerdem mache ich mir Sorgen um Patrick, das blockiert mich richtig.«

»Mich auch. Wo steckt der blöde Hund?«

Rohleff sah an der Backsteinfassade hoch, die von weiß gestrichenen Betonbändern belebt und von eingebauten Balkonen unterbrochen wurde. Das Gebäude hatte drei Geschosse, jeweils einer der zwei Eingänge führte zu sechs Wohnungen, insgesamt waren es zwölf.

»Kleine Wohnungen von zwei oder drei Zimmern, gehobener Standard, die Bewohner kann ich mir gut vorstellen. Nur Alleinstehende und ältere Ehepaare, denn die Familien mit Kindern wohnen drum herum. Leute, die streng darauf achten, einen inneren Zaun um sich zu ziehen, die nichts sehen und hören wollen, was sie nicht unmittelbar betrifft. Laß uns in den Hof gehen.«

Gegenüber, etwas weiter die Straße hinauf, werkelte ein Mann in einem Vorgarten, eine Schubkarre mit Erde stand auf dem Bürgersteig. Der Mann schien ganz in seine Arbeit vertieft. Allerdings waren Rohleff und Lilli nicht mit einem Streifenwagen unterwegs, sondern mit einem Zivilfahrzeug. Zwei unauffällige Menschen in einem unauffälligen Hauseingang.

Hinten im Hof blieb Rohleff vor den neuen Müllcontainern stehen.

»Ich versteh nicht, wie die Leiche in den Container gelangt ist.«

»Eigentlich«, sagte Lilli und schaute die Straße entlang,

»willst du wissen, ob der Tote direkt hier umgebracht worden ist.«

»Dann hätten wir zumindest Blutspuren im Gras gefunden, die unmittelbare Umgebung der Container ist gestern von Harrys Leuten gründlichst untersucht worden. Nein, sie kommt als Tatort nicht in Frage. Denk mal nach. Wie stellst du dir die Reaktion eines Menschen vor, den jemand so heftig ins Gesicht schlägt, daß ihm das Nasenbein zertrümmert oder der Kiefer gebrochen wird?«

»Schon der erste Schlag kann ihn so außer Gefecht gesetzt haben, daß er nicht einmal geschrien hat. Auf die Schreie willst du doch hinaus, auf sie hätten die Bewohner des Hauses reagieren müssen.«

»Kann ich mir nicht wirklich denken.«

Zwei Beamte näherten sich ihnen aus einem Seitenweg, Rohleff winkte sie zu sich. Leider hatten die beiden nicht viel zu berichten, nur daß sich ein- oder zweimal Anwohner über Motorradlärm beklagt hatten.

»Das ist schon geklärt«, würgte Rohleff die Ausführung des Beamten ab, er wollte vermeiden, daß die Rede auf Knolle kam. Je weniger Aufmerksamkeit auf ihn fiel, desto besser konnte er über sein Fehlen im Dienst hinweggehen. Er wies die beiden an, die Befragung in Deckers Wohnblock fortzuführen, und fuhr mit Lilli zurück zur Dienststelle. Einer Laune folgend, bog er in die Straße ein, die aus der Siedlung ins Feld führte. Auf der rechten Seite schob sich im stumpfen Winkel eine Hecke vor, hinter ihr lag der äußerste Zipfel des Friedhofs, auf dem sie vor zwei Tagen Knolles Vater beerdigt hatten. Etwa auf gleicher Höhe der Wendeschleife folgten Schrebergärten mit zauseligen Obstbäumen. Dahinter erstreckte sich eine Wiese ohne Zaun, und auf der anderen Seite begleiteten Schienen den Teerweg, in den die Straße übergegangen war. Zwischen den Gleisen wuchs jede Menge Unkraut, außerdem wurden sie von Büschen gesäumt, so daß sie nur sporadisch zu sehen waren.

Auf der Wiese lagerten walzenförmige Heuballen, in schwarzen Kunststoff verpackt, nur einer leuchtete hell. Zwei Jungen von sieben oder acht Jahren übten Bogenschießen und zielten auf die Ballen. Rohleff wurde wehmütig ums Herz, weil er angesichts der selbstgebastelten Flitzebögen an seine eigene Kindheit denken mußte. Die beiden Kinder wirkten wie Relikte aus einer alten, friedlichen Zeit.

Ein Stück weiter überquerte der Weg die Schienen und lief nach dreihundert Metern auf eine Unterführung zu. Bis dorthin mochte Rohleff nicht fahren und wendete deshalb über den von Unkraut überwachsenen Randstreifen.

»Ich wollte mir nur mal einen Überblick verschaffen. Wenn wir schon ohne Sinn und Methode im trüben fischen, dann sollten wir das wenigstens gründlich tun«, erläuterte er Lilli, sobald er wieder zuverlässigen Asphalt unter den Rädern spürte. Hinter der Kreuzung mit den Schienen kam ihnen eine Abfolge weißer Kreidepfeile entgegen, die er bei der Herfahrt offensichtlich übersehen hatte. Die Spitzen waren ihnen zugekehrt. Die Pfeile gingen schließlich in einen langen Strich über, der bis zu den gemalten, bunten Fabelwesen reichte.

Als sie aus der Siedlung herausfuhren, sahen sie direkt vor der Abzweigung zur Ochtruper Straße zwei Streifenbeamte in einem Hauseingang stehen.

»Die klappern anscheinend die gesamte Siedlung ab«, sagte Lilli.

»Lieber zuviel Befragung als zu wenig, in diesem vertrackten Fall kann's gar nicht genug geben. Rufst du Maike noch einmal an und fragst, ob sich Patrick inzwischen bei ihr gemeldet hat?«

3

Ein Mann von der Wache am Eingang brachte einen Stapel Post, den Rohleff auf den Schreibtisch zu den anderen Papieren klatschte. Ein Umschlag von der Rechtsmedizin lag obenauf, deshalb ergriff er ihn, schaute kurz darauf und hielt ihn dem Beamten wieder hin.

»Bring das Harry in den Keller. Es ist für ihn.« Auf dem

braunen Papier prangte ein Eilvermerk. In der Tür hielt er den Mann noch einmal auf. »Hattest du gestern auch vorne Dienst?«

»Seit Mittwoch schon.«

Rohleff wußte nicht, wie er am besten die Rede auf Knolle bringen konnte, ohne den Kollegen hellhörig zu machen.

»Ich habe Patrick gestern irgendwann zu euch geschickt, sich nach Meldungen zu erkundigen. Aber ehrlich gesagt, hab ich's dann vergessen. War er bei euch?«

Es sollte nur ein Versuch sein, aber der Mann nickte tatsächlich.

»Er war sogar zweimal da. Hat alle Meldungen durchgesehen. Ob was Interessantes für euch dabei war, kann ich dir nicht sagen.«

»Wann war das?«

Jetzt glitt doch so etwas wie Erstaunen über das Gesicht des Mannes. Er kam zurück und stützte die Hände auf den Schreibtisch.

»Gleich morgens, ziemlich früh, und nochmals gegen Abend, wir mußten ja gestern alle länger machen wegen des Leichenfunds, sonst hätte ich längst Dienstschluß gehabt. Wenn ihr auf was Bestimmtes aus seid, wär's hilfreich, wenn ihr uns etwas darüber sagt.«

Rohleff fragte sich, inwieweit sich Knolles Fehlen bereits herumgesprochen hatte, allmählich begann er, sich aus mehr als einem Grund Sorgen um ihn zu machen. Er hatte sein Gesicht bei der Beerdigung vor Augen, die trotzige Verschlossenheit, die überhaupt nicht zu ihm paßte, und das mürrische Verhalten, das er den ganzen Freitag über an den Tag gelegt hatte. Urplötzlich aber überfiel ihn der Gedanke, daß Knolle längst in seinem Büro über den Akten sitzen könnte, deshalb stand er hastig auf, redete aber weiter auf den Kollegen, der ihm nachkam, ein.

»Ob etwas interessant ist, wissen wir meist erst hinterher. Und nimm den Umschlag mit zu Harry, du hast ihn auf dem Schreibtisch liegengelassen.«

Der Anblick von Knolles verwaistem Büro war für Rohleff wie ein Schlag in die Magengrube. Der abgeschaltete Computer und die Papiere auf dem Schreibtisch strahlten eine Art endgültiger Verlassenheit aus, gegen die er sich zu wehren suchte, indem er begann, den Raum zu durchsuchen. Auf einem Hocker neben der Tür fand er Knolles Einsatztasche, die dieser üblicherweise zu Untersuchungen mitnahm, trug sie zum Schreibtisch, schob die Papiere beiseite und kippte sie aus. Taschenlampe, Meterband, ein Stück abgebrochene Kreide, Leichenthermometer und Handschellen fielen heraus, es war das Übliche. Eine Weile starrte er darauf, dann riß er die Schreibtischschublade auf.

Gleich vorn lag Knolles Dienstwaffe, säuberlich in den Schultergurt gewickelt, daneben die Hundemarke, beides hätte nicht hiersein dürfen. Der Anblick erschütterte Rohleff.

Deprimiert zog er noch einmal die Schublade auf, nahm Waffe und Dienstmarke heraus und steckte die Pistole unter seine Jacke, um sie unauffällig in sein Büro zu schaffen. Ein Blick zurück zeigte ihm das Durcheinander, das er auf dem Schreibtisch hinterlassen hatte, er mußte daher umkehren, um die Tasche wieder einzuräumen. Die weiße Kreide behielt er in der Hand. Das Stück war nicht abgebrochen, sondern beinahe aufgebraucht und ganz allmählich und vorsichtig gestattete er sich den Einfall, daß Knolle genau mit dieser Kreide einen sehr langen Strich auf einem geteerten Feldweg gezogen hatte, einen Strich, der in Hinweispfeilen endete. Damit ergab sich als nächste Frage, vor wem oder was Patrick auf der Flucht war.

In Rohleffs Büro wartete Maike. Sie hatte ihren knapp zweijährigen Sohn mitgebracht, und Lilli war gerade damit beschäftigt, dem Kleinen einen Radiergummi aus der Hand zu winden, den Sven, genannt Svenni, wohl hätte für ein Bonbon halten können. Maike sah Lillis Bemühungen mit einer Gemütsruhe zu, die darauf schließen ließ, daß sie keinen Grund sah, selbst aktiv zu werden, solange sich jemand anders um ihr Kind kümmerte.

Svenni streckte Rohleff die freie Hand entgegen und brabbelte aufgebracht. Mit seinen roten Ringellöckchen glich der

Kleine seinem Vater, aber das war es nicht, was Rohleff einen Stich versetzte. Maike ließ ihm keine Zeit, sich eine Strategie zu überlegen, wie er seinen Neid, die unerfüllbare Sehnsucht und die immer gegenwärtige Trauer in Schach halten konnte.

»Lilli sagt, ihr wißt immer noch nicht, wo Patrick ist, und ihr sucht auch nicht nach ihm.«

»Mußtest du ihn mitbringen?« polterte Rohleff und wich der schmierigen Patschhand aus, die nach seinem Hosenbein langte.

»Verzeihung«, sagte Maike steif, »ich wollte dich nicht daran erinnern, daß ...« Sie verstummte abrupt.

»Ach was«, versetzte Rohleff, »ein Polizeikommissariat mitten in einer Mordermittlung ist kein Kinderspielplatz.«

»Mord?« Maike riß entgeistert die Augen auf. »Doch nicht Patrick?« Die Frage endete in einem Schreien, und sofort fing auch Svenni an zu weinen.

Lilli nahm das sich windende Kind auf den Arm, mußte es aber absetzen, weil es nicht zu halten war. Maike zog ihren heulenden Sohn an sich. Unbemerkt hatte sich unterdessen die Tür geöffnet, Groß trat, einen Umschlag schwenkend, herein, schaute sich um, ging dann auf Mutter und Kind zu, während er einen Schlüsselbund aus der Hosentasche zog. Vor den Augen des Kleinen klimperte er damit herum, bis Svenni das Weinen vergaß und nach dem neuen Spielzeug griff.

»Große oder kleine Katastrophe?« fragte Groß und angelte mit dem Fuß nach einem Bürostuhl. Nachdem er sich niedergelassen hatte, zwinkerte er dem Kind zu, lachte es an, lockte es zu sich und beschäftigte es in den nächsten Minuten mit einer derartigen Leichtigkeit, daß Rohleff nur staunen konnte. Seine angeschlagene Laune hob dieses zur Schau gestellte Babysittertalent kein bißchen.

»Wir haben uns nicht mit Patrick befaßt, weil wir vollauf mit anderen Dingen beschäftigt sind. Ich nehme an, er hat dir nichts von unserem Fall erzählt, wahrscheinlich ist er nicht dazu gekommen. Und wenn du schon nicht weißt, wo er ist, laß dir sagen, daß wir es ebensowenig wissen, leider, es gäbe nämlich verdammt viel für ihn zu tun.«

»Er könnte doch einen Unfall gehabt haben. Ihr habt nicht in den Krankenhäusern nachgefragt?«

»Du hättest die Krankenhäuser abklappern müssen, das ist nicht unsere Aufgabe«, stellte Harry freundlich fest und kitzelte Sven. Er gluckste vergnügt.

»Ihr macht euch überhaupt keine Sorgen, daß er, ohne eine Nachricht zu hinterlassen, verschwunden ist?« fragte Maike scharf zurück.

»Doch, natürlich, aber wir hatten nicht einmal die Zeit, uns darüber auszutauschen, geschweige denn Nachforschungen einzuleiten. Bist du hier, um eine Vermißtenanzeige aufzugeben?« warf Lilli ein.

Erschrocken sah Maike sie an. »Eine Vermißtenanzeige?«

»Ist er schon jemals abgehauen?« mischte sich Groß wieder ein. »Könntest du dir einen Grund für so ein Verhalten denken?«

Rohleff hätte seine Mitarbeiter jetzt gern allein gesprochen und versuchte, Lilli unauffällig ein Zeichen zu geben, als er ihren Blick einfing, aber sie verstand ihn nicht und zuckte die Schultern.

»Er hat so etwas noch nie getan, zumindest nicht für eine so lange Zeit, und ein Grund …«

»Nach Streitigkeiten hat er aber doch schon mal türenschlagend die Wohnung verlassen und ist Stunden später bezecht wieder nach Hause gekommen?« Harry sprach bemüht in einem neutralen Ton.

Maike stellte sich ans Fenster und sah hinaus, die drei anderen konnten, als sie sprach, nur ihren Rücken sehen.

»Wir hatten keinen Streit, und es gibt keinen vernünftigen Grund, daß er mir so etwas antut, gerade jetzt. Wirklich, beim besten Willen nicht, wir vertrauen doch einander und reden über alles, damit sich erst gar keine gravierenden Unstimmigkeiten einstellen, und Kräche stehen wir auch durch. Wir haben keine Angst davor, unterschiedlicher Meinung zu sein, und wir erdrücken uns nicht gegenseitig.«

Je länger sie diese Darstellung mit Details ausschmückte, als hätte sie einen Ratgeber über Eheführung gelesen, desto mehr verfestigte sich bei Rohleff der Eindruck, daß sie einem Wunschdenken erlag und einiges verschwieg. Den anderen beiden schien es ähnlich zu gehen, sie schauten mißtrauisch und ungläubig drein. Harrys schräg geneigter Kopf mit den ein wenig spitzen Ohren wirkte wie der eines Fauns, als er rasch mit einem zynischen Lächeln oder unterdrückten Lachen zum Fenster spähte.

»Komm, Maike, ich begleite dich hinaus. Mit der Anzeige würde ich bis morgen abend warten und lieber noch etwas herumtelefonieren, meinetwegen auch mit den Krankenhäusern. Es wäre schön blöd, wenn Patrick morgen wieder bei dir aufkreuzt, und wir hätten inzwischen eine Großfahndung eingeleitet«, sagte er.

»Hat er etwas mitgenommen, sagen wir, für eine Wochenendtour?« erkundigte sich Rohleff rasch, sobald sich Maike vom Fenster abwandte und die Arme nach ihrem Sohn ausstreckte, um ihn hochzuheben.

Alle sahen, wie Maike zusammenzuckte.

»Jetzt schießt du aber ganz schön scharf, Karl«, wandte Lilli ein, »aber trotzdem: Hast du zu Hause nachgesehen?«

Rohleff hoffte, daß die junge Frau die Fassung behielt, schon des Kindes wegen. Das rote Lockenköpfchen schmiegte sich an ihre Schulter, und der Kleine äugte verschmitzt zu ihm herüber. Unwillkürlich mußte er ihm zulächeln.

»Ihr haltet mich bestimmt für blöd, aber alles, was mir einfällt, ist eine Flasche Bier«, sagte Maike kläglich.

Harry lachte auf. »So genau zählt ihr die Flaschen?«

»Ich sag doch, es klingt blöd. Aber es war das letzte Rolinck Friedensreiter in der Bügelflasche. Die Flasche steht nicht mehr im Kühlschrank, und im Kasten mit den leeren fehlt nur diese eine. Patrick hatte sie sich aufgehoben, und ich trink ihm doch nicht das letzte Bier weg.«

4

Kaum hatte Groß mit Maike und dem Kind das Büro verlassen, da führte ein Beamter Beat Wüllner und seinen Kollegen Hannes Altorf herein. Rohleff hatte Lilli nach dem Leichenfund gebeten, die beiden zu einer zweiten Vernehmung einzubestellen. Noch während des Gesprächs schlüpfte Groß wieder herein und lehnte sich unauffällig an die Wand.

Altorf sagte gerade etwas über den übrigen Müll im Container aus, soweit er sich daran erinnerte.

Lilli behielt das blasse Gesicht Beats im Auge, als fürchtete sie, daß das neuerliche Heraufbeschwören der schrecklichen Eindrücke einen weiteren Asthmaanfall auslösen könnte. Aber der junge Mann blieb gelassen, solange er nicht selbst antworten mußte. Er saß vorgebeugt, in schlapper Haltung da, die Hände zwischen den Knien.

»Wie war das mit Ihrem Tourenplan, den sie gestern erwähnten? War auf ihm etwas über die Austauschaktion vermerkt? Es hat Sie doch überrascht, nicht mehr die alten Container vorzufinden.«

»Tja«, Altorf schien nur ungern darauf einzugehen, »es war wohl eine kleine Änderung der üblichen Tour vorgesehen, die mir entgangen war. Wie hätte ich das denn auch ahnen sollen? Wir hätten an der Ochtruper Straße beginnen müssen.«

»Hätten Sie sich an den schriftlichen Plan gehalten, wären Sie früher auf die Leiche gestoßen?«

Altorf atmete heftig aus und nickte.

»Wer von Ihnen hatte darauf zu achten, daß die Tour wie vorgeschrieben durchgeführt wurde?«

»Ich hatte die Fahrtroute aus dem Büro geholt und wollte …« Beim Sprechen hatte sich Beat aufgerichtet und seinem Kollegen zugewandt.

»Laß man«, winkte Altorf ab, »es ist allein meine Schuld. Du wolltest mir den Plan rüberreichen, aber ich hab ihn mir nicht angeschaut, weil ich meine Tour auswendig kenne.«

Es sah nicht so aus, als sagte einer der beiden die Unwahrheit.

»Ich habe nur noch eine Frage«, fuhr Rohleff mit der Vernehmung fort, »Sie erklärten vorhin, daß Sie sich entschlossen hatten, direkt hierher zur Dienststelle zu fahren, weil Ihr Funkgerät ausgefallen war. Wie sind Sie hergefahren?«

»Über die Ochtruper Straße quer durch die Stadt«, sagte Altorf verwundert.

»So wie Ihr Fahrzeug geparkt war, mußten Sie erst einmal wenden. Haben Sie die Wendeschleife benutzt?«

»Na sicher, rückwärts in die nächste Straße rein und dann drehen, ist nicht so mein Ding, wenn's auch anders geht.«

»Ist Ihnen ein weißer Kreidestrich aufgefallen, haben Sie gesehen, daß sich ein Stück weiter dieser Strich in lauter Pfeile auflöst?«

Altorf wandte sich verwirrt an Beat. »Ein weißer Kreidestrich? Da war überall Gekrakel auf der Fahrbahn. Aber ein weißer Strich? Wieso soll man denn auf so was achten?«

Rohleff entließ die beiden, ohne weiter nachzufassen.

»Was sollte die Einlage mit dem Kreidestrich? Weißt du mehr als ich oder meine Leute, die gestern vor Ort waren?« Groß löste sich von der Wand, nachdem Rohleff hinter den Müllmännern die Tür geschlossen hatte.

»Als Lilli und ich den Feldweg hinter der Wendeschleife befahren haben, ist uns der weiße Kreidestrich aufgefallen. Er paßt nicht zu den Kinderzeichnungen. Und anscheinend war er gestern früh noch nicht da, und ich möchte, daß du deine Leute dazu befragst.«

»Und warum?«

Rohleff kramte aus seinen Unterlagen eine vergrößerte Übersichtskarte von Burgsteinfurt heraus und breitete sie auf dem Schreibtisch aus. Zuletzt fischte er das Stück Kreide aus der Hosentasche und legte es mitten auf den Plan.

»Den Stummel fand ich in Patricks Einsatzkoffer. Du hast selbst erzählt, daß er gestern gegen Abend bei deinen Leuten aufgekreuzt ist und sie nicht wissen, warum. Wie es scheint, hat er aber etwas herausgefunden. Vielleicht ist er in der Nacht nochmals zurückgekommen. Wir haben fast Vollmond, und er hatte keine Mühe, sich umzuschauen.« Rohleff dachte an die Taschenlampe, die Knolle offenkundig nicht mitgenommen hatte. Wenn er etwas gesucht hatte, warum dann nicht mit der vollen Ausrüstung? »Mit dem Kreidestrich wollte er uns auf etwas aufmerksam machen. Lilli und ich hätten auf der Straße weiterfahren sollen, aber den Strich haben wir erst auf der Rückfahrt bemerkt. Schick ein paar Männer aus, die sich das ganze Gelände, vor allem an den alten Bahngleisen bis zur Unterführung und dahinter vornehmen.«

Seine Vermutungen hörten sich selbst für ihn gewagt an. Um Zweifel aufkommen zu lassen, brauchte er Harrys geringschätziges Hochziehen der Augenbrauen gar nicht.

»Du glaubst, Patrick ist auf wichtige Spuren gestoßen, hatte aber keine Zeit oder Lust, uns direkt darüber aufzuklären, und hat uns statt dessen in Pfadfindermanier mit seinem Kreidestrich – wenn er denn von ihm stammt – einen Hinweis geben wollen. Und ist anschließend wegen weiterer dringender Recherchen mit einem Fläschchen Rolinck als Notration für trockene Zeiten auf und davon? Ein einsamer Aufklärer auf dem Ritt durch die westfälische Pampa? Für das Verschwinden des lieben Kollegen habe ich eine bessere Erklärung parat, und ich werde niemanden für die Untersuchung von Kreidestrichen abstellen, weil ich nämlich mit der ganzen Mannschaft immer noch dabei bin, Müll zu sieben. Wie ich Maike entlocken konnte, leidet Patrick eben doch an einem durchaus nicht ungewöhnlichen Problem.« Er wartete, bis Rohleff und Lilli ihn gespannt ansahen. »Zoff mit dem älteren Bruder, der jetzt, wo der Vater tot ist, auf Familienpatriarch macht. Einzelheiten wollte Maike nicht preisgeben, das Eingeständnis schien ihr schon peinlich genug zu sein. Der Alte ist kaum unter der Erde, und schon raufen sich die trauernden Hinterbliebenen um das Familiensilber.«

»Nur wegen Erbstreitigkeiten soll Patrick abgehauen sein? Das leuchtet mir nicht ein. Über so etwas kann man doch reden.«

»Nicht jeder. Es geht selten nur um die Silberlöffel. Da brechen plötzlich häßliche alte Konflikte auf. Der Tod des Vaters hat eine Ausnahmesituation geschaffen, die wir als Außenstehende nur nicht begreifen. Nee, Karl, gib deinen Einfall mit dem Kreidestrich auf, auch wenn er gut gemeint war. Für eine persönliche Krise Patricks spricht auch sein Verhalten von gestern. Es ist nur Pech, daß ihn diese Krise in so einem ungünstigen Moment überkommt. Morgen abend dürfte er wieder da sein. Er hat sich nur das Wochenende für eine besinnliche Auszeit frei genommen, der Armleuchter.«

»Auch wenn mir Harrys Ausdrucksweise nicht gefällt, stimme ich ihm zu, Karl«, hakte Lilli ein. »Mir kam es auch so vor, als wüßte Maike sehr viel mehr, als sie uns erzählt hat. Sie möchte uns gern einspannen, um Patrick aufzuspüren und zur Raison zu bringen.«

»Dann hoffe ich nur, daß ihr recht habt. Überlegt euch trotzdem, ob euch noch etwas einfällt, damit er früher wieder auftaucht. Montag bekommen wir Besuch vom Oberrat aus Greven. Eine kleine Inspektion der gesamten Dienststelle steht bevor. Aber darüber sprechen wir später, jetzt machen wir weiter. Harry, du wolltest doch vorhin nicht einfach nur mal Maike guten Tag sagen?«

Auf einmal wirkte Groß konzentriert und sachlich. »Es geht um eine vorläufige Rekonstruktion vom Gesicht des Toten. Wie sollen wir einen Mord aufklären, wenn wir nicht wissen, wer der Tote ist? Ich habe mich mit dem Lahmarsch in Verbindung gesetzt. Er ist tatsächlich dabei, zusammen mit dem Neuen, mit Mahler, die Gesichtsknochen zusammenzuflicken, um möglichst rasch Fotos des vollständigen Schädels machen zu können. Ich vertrau voll auf die Geschicklichkeit des einen und spekuliere auf die Fähigkeit des anderen, unseren Gründlichkeitsfanatiker anzutreiben. Sobald ich die Fotos habe, jage ich sie durch ein Computerprogramm, das mir zu dem Schädel ein Gesicht liefert.«

»Das dürfte zwar kaum die Arbeit eines Rekonstrukteurs ersetzen, aber immerhin.«

»Immerhin hätten wir Fotos mit einer Beschreibung für die Montagsausgabe der Zeitungen, wenn alles klappt.«

Die Besprechung war beendet. Bevor sich Rohleff in das bisher zusammengetragene Material vertiefte, schob er Knolles Waffe und die Dienstmarke ganz nach hinten in seine Schreibtischschublade und schloß sie ab. Danach wählte er seine eigene Nummer zu Hause. Sobald er hörte, wie jemand das Telefon am anderen Ende der Leitung abhob, legte er wieder auf. Wenigstens war Berni jetzt nicht mehr allein.

5

Der Rest des Tages verging weitgehend mit der Durchsicht der Protokolle und dem Verfassen eigener. Als Rohleff beschloß, nach Hause zu fahren, füllten die Unterlagen drei dicke Aktenordner, und er fragte sich, welche Hinweise falsch gedeutet oder in diesem Wust von beschriebenem Papier bereits verlorengegangen waren.

Bei der Wache im Eingang blieb er stehen, um Bescheid zu sagen, wo er für die nächsten Stunden zu erreichen sein würde. Anscheinend hatte inzwischen eine Ablösung stattgefunden.

»Von euch hatte keiner gestern abend Dienst?«

Entgegen seiner Erwartung nickte der eine Beamte.

»Von vier bis zwölf.«

Einen Moment zauderte Rohleff, die Sache, die ihm im Kopf herumging, weiterzuverfolgen. »Dann warst du auch dabei, als sich Patrick nach den eingegangenen Meldungen erkundigte?«

»Ich bin sie sogar mit ihm durchgegangen.« Der junge Beamte schien Hemmungen zu haben, seinerseits Fragen zu stellen. Rohleff erinnerte sich, daß der Kollege Alfred Soundso hieß.

»Könnte ich die Meldungen von gestern sehen, Alfred?« Als der Ordner vor ihm lag und er ihn aufschlug, zog sich Alfred zurück, aber Rohleff winkte ihn heran. »Patrick hat mir was zeigen wollen, aber wir hatten in verschiedenen Bereichen zu tun. Eben ist mir wieder eingefallen, daß da noch was zu klären war. Laß uns die Sachen rasch zusammen durchgehen, und sag mir, was er herausgefischt hat, das spart Zeit.«

Vor allem hätte er sich die langatmige Erklärung sparen können, denn in Alfreds Gesicht spiegelte sich kein Fünkchen von tieferem Interesse oder Nachdenken.

»Richtig herausgepickt hat er sich eigentlich gar nichts«, sagte der junge Mann, als sie den Ordner fast durchgeblättert hatten.

»Er hat nirgendwo nachgefaßt und keine Bemerkungen gemacht?«

»Höchstens bei dieser Meldung hier, darüber haben wir uns kurz unterhalten.« Alfred hatte zurückgeblättert und tippte auf eine Meldung. Jemand hatte Anzeige erstattet, weil Rowdys seinen Vorgarten verwüstet hatten. Was an dieser Nachricht wichtig war, verstand Rohleff nicht, bis er das Datum und die Adresse voll erfaßte.

»Es ist in der Nacht zum Freitag passiert, und der Garten liegt an einer Seitenstraße der Ochtruper im Neubauviertel.«

»Das ist korrekt«, sagte Alfred diensteifrig.

»Hat Patrick eine Vermutung geäußert, wer die Rowdys waren?«

»Er hat gefragt, wer der Sache nachgeht. Soviel ich weiß, hatte erst heute jemand Zeit, rauszufahren und sich den Vorgarten anzusehen.«

»Danke, das war's dann, Alfred. Ich melde mich ab, wenn ich Schluß mache, vorerst bin ich weiter im Büro.«

»Geht klar, übrigens …«

Rohleff hatte es eilig, drehte sich aber noch mal um.

»Ich heiße Erwin.«

Verdutzt sah Rohleff in das ernsthafte Gesicht.

»Dann bis später, Erwin.« Er verdrückte sich schleunigst.

Im Büro nahm er sich die drei Ordner wieder vor, und nach einer Stunde hatte er ein paar Hinweise zusammengetragen, denen er vorher keine Beachtung geschenkt hatte. In den Befragungen, die im Laufe des Tages durchgeführt worden waren, tauchte zweimal eine Bemerkung über Motorradlärm auf, und Decker hatte ihn ebenfalls erwähnt. Außerdem erinnerte sich Rohleff an die zwei Beamten, die er mit Lilli vor einem Haus in der Nähe der Ochtruper Straße gesehen hatte. Es mußten diejenigen gewesen sein, die der Anzeige nachgingen, das hieß, sie hatten mit seiner Mordermittlung nichts zu tun.

Mit ein paar Anrufen verschaffte er sich das Untersuchungsprotokoll, denn die Beamten selbst hatten am Wochenende keinen Dienst. Aus dem Bericht ging hervor, daß der Hausbesitzer in seinem Vorgarten die Spuren breiter Reifen entdeckt hatte. Von beispiellosem Vandalismus war die Rede. Sogar ein Polaroidfoto lag bei, leider waren die Details, auf die es ankam, nämlich die Reifenspuren, im Gegensatz zu dem mißhandelten Grünzeug nur undeutlich zu erkennen.

In derselben Nacht waren etwa zur gleichen Zeit ein Vorgarten verwüstet und ein Mensch ermordet und grauenhaft zugerichtet worden, und die Frage stellte sich automatisch, ob beide Ereignisse in einem Zusammenhang standen. Denn der Vorgarten befand sich etwa sechshundert Meter vom Müllcontainer entfernt, in dem die Leiche abgeladen worden war. Rohleff merkte, daß sein Hirn nicht mehr richtig arbeiten wollte. Während er die Akten wieder schloß, ging ihm der Gedanke im Kopf herum, daß Knolle eventuell doch auf etwas gestoßen war und daß es Zeit wurde, sich ernsthafter mit seinem Verschwinden zu befassen.

6

Aus dem Wohnzimmer klang der helle hastige Schlag der kleinen Pendule, die in der Regalwand stand, und verkündete, daß es halb eins sei. Rohleff streifte in der Diele die Schuhe von den Füßen, zog die Jacke aus und bereitete sich darauf vor, mit abgestumpftem Verstand schleunigst sein Bett in einem Geisterhaus aufzusuchen. Seltsamerweise aber drang aus der Küche Licht, und er hörte auf dem Weg dorthin das typische Geräusch, mit dem Berni Wasser schlabberte. Vermutlich brannte das Licht aber nur für den Hund. Der Hoffnungsschimmer erlosch.

Als Rohleff die Küche betrat, sah ihm die Frau, die an der

Unterschrankzeile lehnte und Kaffee trank, ruhig und gelassen entgegen.

Auf einmal war seine Müdigkeit einer Art luzidem Wachzustand gewichen, in dem er sich selbst beobachtete. Überdeutlich nahm er zur Kenntnis, wie schön diese Frau auch ohne Schminke war. Sie trug einen schwarzen Hausanzug, der ihre durchscheinende Blässe betonte.

»Sabine? Ich habe nicht mit dir gerechnet.«

»Ich wohne hier.«

Dem hätte er widersprechen können, denn unter Wohnen verstand er etwas anderes als dieses gelegentliche Auftauchen, vor allem unter gemeinsam Wohnen. Allerdings hatte sie nicht »leben« gesagt.

»Warum kommst du erst so spät?«

»Ich dachte, das wüßtest du.«

»Nein, Harry erzählt mir nichts.«

Rohleff erinnerte sich daran, wie ihn seine Schwester Mechthild vor Jahren gewarnt hatte, eine siebzehn Jahre jüngere und zudem außergewöhnlich schöne Frau zu heiraten. Nie könne er ihr bieten, was sie von ihm erwarte, hatte sie behauptet und am Ende wohl recht behalten, stellte er bitter fest.

»Wir haben eine Mordermittlung am Hals«, gab er widerstrebend Auskunft, sprach aber dann weiter, um wenigstens eine kleine Emotion auf ihrem verschlossenen Gesicht hervorzurufen.

»Ein junger Mann ist umgebracht und in einen Müllcontainer geworfen worden. Der Täter hat ihn so übel zugerichtet, daß er nicht mehr zu erkennen ist, von niemandem mehr. Lilli sagt, es ist, als ob er ausgelöscht worden wäre, als Mensch sozusagen.«

»Ich habe dich schon verstanden, du brauchst nicht ausführlicher zu werden.« Sie stellte die Tasse ab und fuhr sich nachdenklich durch die dunkle Mähne, die ihr bis auf die Schultern fiel. »War der Junge tot, als er im Müll landete?«

Früher hätte sie nie derart gefaßt auf eine solche Greuelmeldung reagiert und hätte auch nicht so kühl Fragen gestellt. Er zwang sich zu antworten.

»Mit diesen Verletzungen kann er nicht mehr gelebt haben.«

»Und vom Täter keine Spur?«

Früher hatte sie sich für seinen Berufsalltag nicht sonderlich interessiert, sie wollte mit unangenehmen Einzelheiten nicht behelligt werden. Jetzt bot der Fall überraschend die Gelegenheit, überhaupt miteinander zu sprechen.

»Wir haben jede Menge Spuren, geradezu tonnenweise, aber welche gehören zum Täter? Außerdem haben wir ein riesiges Problem, denn Patrick ist seit gestern nacht ohne eine Erklärung oder irgendeinen Hinweis verschwunden«, schloß er mit einem Anflug von Verzweiflung, der zeigte, wie nahe ihm die Sache ging.

Sabine nahm eine Tasse aus dem Hängeschrank, goß Kaffee ein, fügte Milch hinzu und setzte die Tasse vor ihn hin. Eine alltägliche häusliche Szene, ihm war aber, als spielten sie nur Theater, während er folgsam dankte.

»Versteh ich nicht. Was sagt Maike denn?«

»Was sagt eine Ehefrau, deren Mann in der Nacht nicht heimkehrt und auch den folgenden Tag nicht? Sie versteht es nicht.« Sarkasmus war in seiner Stimme aufgeklungen, er zügelte sich, bevor er fortfuhr. »Heute vormittag war Maike bei mir im Büro und verlangte, daß wir Nachforschungen betreiben. Wir haben sie gerade noch davon abgehalten, eine offizielle Vermißtenanzeige zu erstatten. Solange wir davon ausgehen, daß er freiwillig verschwunden ist – und dafür spricht einiges –, können wir unter der Hand klären, welche Gründe es dafür gibt. Noch hoffen wir, er kommt bald von allein zurück.«

»Du vermutest, es hinge mit dem Tod seines Vaters zusammen?«

»Zum Beispiel. Maike rückt nicht so richtig mit der Sprache heraus, möglicherweise gibt es Familienquerelen. So besonders gut hat sich Patrick mit seinem Vater nicht verstanden, er hing in erster Linie an seinem Opa.«

»Ich weiß nur von Zwistigkeiten zwischen dem Bruder und dem Vater, wenn es um die Führung des Hofs ging.«

Sabine war lebhaft geworden, sie hatte sich zu ihm an den

Tisch gesetzt. Rohleff überlegte, wie er die Klatschgeschichte ausweiten könnte, um noch etwas mehr Wärme daraus zu schlagen. Wenn er bloß nicht dieses bohrende Verlangen nach echter Nähe gehabt hätte. Eine Hand vergrub er in Bernis Nackenfell, um überhaupt jemanden zu berühren. Berni drückte sich mit seinem ganzen Gewicht gegen ihn, froh, ein wenig Beachtung zu finden. Er seufzte verzückt.

»Stimmt, das hatte ich vergessen. Wie es sich tatsächlich verhält, kann aber nur Maike wissen. Es wäre eine Hilfe, wenn du mit ihr reden würdest, vielleicht bekommst du etwas heraus.« Der Vorschlag war ein spontaner Einfall, von dem er sich aber auf einmal nicht nur für sich selbst etwas versprach.

»Ich habe keinen Kontakt mehr zu Maike und nicht mehr mit ihr gesprochen, seit«, sie legte eine Pause ein, »Thomas nicht mehr bei uns ist.«

Mich schmerzt es auch, den Namen unseres Kindes zu hören, dachte Rohleff wütend, als er sah, wie sie aufstand und, ohne sich umzudrehen, die Küche verließ. Er lauschte auf die Geräusche im Stockwerk über sich, das Pendeln zwischen Bade- und Schlafzimmer, die hastigen Schritte die Treppe herab und das Klappen der Haustür. Mutlosigkeit und Resignation überfielen ihn.

7

Rohleff rang mit seinen Hemmungen, Sonntag morgens um acht an einer fremden Haustür zu schellen. Beim dritten Klingeln plagten ihn bereits weniger Skrupel, dafür ein Anflug von Gereiztheit. Verstohlene Geräusche hatten ihm verraten, daß die Bewohner daheim waren. Während er noch wartete, studierte er die frische Bepflanzung rechts und links eines roten Plattenwegs. Die Tatsache, daß der Vorgarten erst kürzlich hergerichtet worden war, ließ nicht unbedingt auf etwas Schlimmes schließen. Er war so versunken in seine Betrachtung, daß er nicht bemerkte, wie die Tür in seinem Rücken leise geöffnet wurde, daher erschrak er, als er angesprochen wurde.

»Ja?« sagte eine Stimme betont unfreundlich.

Sie gehörte einem stoppelbärtigen Mann in den Vierzigern, der ein Handtuch über der Schulter trug und sich mit einem Zipfel den Nacken wischte. Rasch schielte Rohleff auf das getöpferte Klingelschild und las aus dem Arrangement verschlungener, regenwurmartiger Tonwülste den Namen Schlichter heraus.

»Ich komme wegen Ihrer Anzeige. Wie ich sehe, haben Sie Ihren Vorgarten wieder in Ordnung gebracht, Herr Schlichter. Das ist schade, Sie haben damit sämtliche Spuren verwischt.«

»Können Sie sich ausweisen?« sagte Schlichter knapp.

Rohleff wies ihm seine Dienstmarke vor. »Sind Sie jetzt bereit zu einem Gespräch?«

Schlichter musterte ihn abwägend. »Wenn ich Sie richtig verstanden habe, ist das Gespräch doch schon beendet oder nicht? Ohne Spuren keine Untersuchung, das haben mir gestern Ihre Kollegen bereits zu verstehen gegeben. Hat sich an dieser Sachlage etwas geändert?«

»Warum haben Sie Ihren Vorgarten so rasch neu bepflanzt?« fragte Rohleff aus reiner Neugier.

»Weil meine Frau sich so aufgeregt hat.«

Aus dem Hintergrund rief eine ärgerliche Stimme. Rohleff verstand so etwas wie »Wer ist das denn um diese Zeit, Klaus?«

Die Frau, die danach zur Tür kam, machte genau wie ihr Ehemann den Eindruck, als hätte sie sich hastig angezogen. Unsicher und mißtrauisch flog ihr Blick zwischen Rohleff und ihrem Mann hin und her.

»Jemand von der Polizei. Wegen des Vorgartens. Ich habe gerade erklärt, wie du dich aufgeregt hast«, sagte Schlichter zu ihr.

Erstaunlicherweise schossen der Frau Tränen in die Augen.

»So etwas habe ich noch nie erlebt, mir drückt es jetzt noch das Herz ab, wenn ich nur daran denke, wie es hier aussah. So eine Gewalttätigkeit und Gemeinheit …«

Rohleff überlegte, ob sich die Gemütsverfassung der Frau ändern würde, wenn er kurz von dem Toten berichtete, der nicht weit entfernt gleichfalls »Gewalttätigkeit und Gemeinheit«

erfahren hatte. Frau Schlichter sprach weiter von Niedertracht und Verrohung der Sitten, und Rohleff sah sich immer stärker in dieses unverhältnismäßige Leid einbezogen, für das er sogar ein gewisses Verständnis aufbrachte. Der plötzliche Verlust gewohnter Sicherheit hatte die Bürgerin Schlichter erschreckt, sie hatte feststellen müssen, daß die Wölfe nicht mehr in den Wäldern hausten, sondern bis vor ihre Tür gelangt waren.

Schlichter hatte den Arm um seine Frau gelegt. »Jetzt wissen Sie, warum ich den Vorgarten sofort wieder in Ordnung gebracht habe.«

Erschöpft vom Zuhören, atmete Rohleff auf. »Daran ist nun wirklich nichts mehr zu ändern. Aber so eine Zerstörung ist ja nicht lautlos vor sich gegangen. Was haben Sie gehört oder beobachtet?«

»Wissen Sie, dreihundertsechzig Nächte im Jahr ist es hier absolut ruhig, und nur in den restlichen fünf müssen wir mit Grillpartys und Abiturfeten bis in die Morgenstunden leben oder mit ein paar Verrückten, die durch die Siedlung brettern. Die Kerle biegen von der Ochtruper Straße ab und fahren hier ein bißchen Slalom. Im großen und ganzen hat der Spuk knapp zwanzig Minuten gedauert. Ich war drauf und dran, die Polizei zu verständigen, aber dann war alles schon vorbei.«

»Sie haben also gar nicht reagiert?«

»Wir haben die Rolläden weiter heruntergelassen«, sagte Frau Schlichter.

»Niemand in dieser Straße hat etwas beobachtet?« fragte Rohleff ungläubig.

»Wir haben einen Blick nach draußen geworfen, und das hat uns gereicht. Es waren mehrere, und sie haben sich ja nicht nur meinen Vorgarten vorgenommen. Gucken Sie sich nur um, Sie begreifen dann schon, wen Sie fragen müssen.«

Eine Stunde später wußte Rohleff nicht viel mehr. Gegen elf Uhr in der Nacht zum Freitag hatte eine Bande von Motorradfahrern – die Schätzungen schwankten zwischen vier und sechs – die Siedlung heimgesucht und die Bewohner kurzzeitig aufgestört. Niemand hatte sie wirklich wahrgenommen, weil mit der hereinbrechenden Dämmerung die Fenster durch Roll- oder Klappläden verdunkelt worden waren.

Drei weitere Vorgärten waren in den zwei Tagen danach in aller Eile instand gesetzt worden, sie lagen nicht weit von dem einzigen Mehrfamilienblock entfernt in der gleichen Straße. Jetzt wußte Rohleff, warum dort am Samstagmorgen eine Schubkarre gestanden hatte. Der Besitzer erklärte ihm, daß nur ein geschlossenes Bild von Gepflegtheit und Gediegenheit vor Nachahmern schütze. Rohleff kam das hastige Ungeschehenmachen wie eine kultische Vertreibung ungebetener Geister vor.

Als nächstes fuhr er noch einmal den Kreidestrich ab, denn er hatte beschlossen, selbst diesem Hinweis nachzugehen, da sich Groß ja weigerte. Etwa auf der Höhe der Pfeile lag die Wiese mit den verpackten Heuballen, deshalb hielt er den Wagen an und lief quer durch das gemähte Gras. Den einen, der hell schimmerte, hielt nur ein weißes Kunststoffnetz zusammen. Vor dem Ballen, zwischen den stoppeligen Halmen, halb in die Erde getreten, konnte Rohleff einige Stückchen weißer Kreide aufklauben. Eins steckte sogar in einem Loch, den wohl ein Holzpfeil in einem der Heuballen hinterlassen hatte.

Die Kreidestückchen in der Hand wiegend, verabschiedete sich Rohleff von der Idee, mit dem weißen Strich einen Hinweis von Knolle erhalten zu haben, eindeutig hatten Kinder diese Zeichen hinterlassen.

Trotzdem folgte Rohleff dem geteerten Feldweg weiter geradeaus. Zu der Unterführung, vor der er mit Lilli umgekehrt war, gehörten zwei Bögen. Sie spannten sich in wenigen Metern Abstand über dem Feldweg und dem alten Bahngleis, darüber lief der spärliche Sonntagsverkehr der Umgehungsstraße. Unten herrschte Stille; eine merkwürdig entrückte Abgeschiedenheit im verhangenen Glanz der Frühherbstsonne bewog Rohleff, wieder auszusteigen. Er ließ die Schultern rollen, und wohlige Wärme durchdrang den Stoff seiner Jacke. Der Punkt zwischen den Schultern, der ihm in letzter Zeit häufig Verspannung signalisiert und sich durch Schmerzattacken gemeldet hatte, hielt sich ruhig.

Der Damm und das Buschwerk, das verdorrte Gras, das unter seinen Schritten raschelte, die sachte Verwahrlosung des nicht mehr genutzten Gleises hatten für ihn etwas Anheimelndes und erinnerten an Abenteuerspielplätze seiner Kindheit. Abgebrochene Zweige schienen darauf hinzudeuten, daß auch heutige Kinder solche Plätze liebten. Auf dem Boden zog sich eine Schleifspur durchs Gras bis zur Gleisunterführung, ein paar Stoffetzen lagen am Rand, und dann trat Rohleff um ein Haar in eine eingetrocknete braune Lache. Ganz eindeutig Blut.

Nachdem er minutenlang unbeweglich stehengeblieben war, fingerte er in der Jackentasche nach seinem Handy, fand es nicht und zog sich schließlich Schritt für Schritt, beinahe auf Zehenspitzen, zurück.

Harry rief er vom Büro aus an, nachdem er erfahren hatte, daß dieser wieder auf der Deponie arbeitete.

»Wenn mich nicht alles täuscht«, teilte er ihm sachlich mit, »bin ich auf den Tatort gestoßen. Schick ein paar Leute rüber, und komm selbst mit. Ich erklär dir, wo's ist …«

8

Am Tatort hatte er Harry das Feld überlassen müssen, was ihm einigermaßen schwerfiel, er selbst hatte mit Lilli auf die ersten Ergebnisse der Spezialisten gewartet. Schon bald ergab die minutiöse Sichtung weitere Blutspuren, es klebte eingetrocknet und unscheinbar an Gräsern, dem Buschwerk, den Stoffetzen. Damit deutete der Schauplatz auf einen verzweifelten, mörderischen Kampf hin. Und an einer Stelle, wo kein Gras wuchs, war eine Reifenspur zu erkennen, ein schwacher Abdruck in staubiger Erde. Groß maß ihn selbst aus und leierte für seinen Protokollanten Zahlen herunter.

»Und?« rief Rohleff von der Straße aus.

»Wahrscheinlich Motorrad.«

»Wieso Motorrad?«

»Siehst du eine Möglichkeit für ein Auto, ohne steckenzubleiben von der Straße bis hierher zu gelangen?«

Rohleff kam sich blöd vor, nicht selbst diesen Gedanken gehabt zu haben.

Groß schaute nicht auf, sondern arbeitete eine Weile auf den Knien und in der Hocke weiter, er hatte schon vor Beginn erklärt, daß die Untersuchung bis in den Abend dauern würde.

Diesmal ging Rohleff zu Fuß die Feldstraße entlang. Er sah, wie die Pfeile ihm entgegenkamen, sah den Heuballen, der immer noch hell schimmerte, und schritt den ganzen langen Kreidestrich bis zu den Ungeheuern ab, die sich über den Asphalt schlängelten, weiter und weiter, bis zu den Müllcontainern. Auch dort traf er zwei von Harrys Leuten an, einer kam ihm entgegen und betrachtete ebenfalls die Fabelwesen.

»Das hier ist komisch«, sagte er, sobald Rohleff nah genug heran war. »Ich hatte es mir bisher gar nicht so richtig angeguckt. Wo steckt Patrick eigentlich?«

Rohleff machte eine abwehrende Geste. »Was ist komisch?«

»Als Patrick Freitag abend hier herumkurvte, hat er nicht groß mit uns geredet, sondern sich das da angesehen.«

»Und was soll das sein?« fragte Rohleff.

Der Beamte bückte sich und fuhr mit dem Finger ein paar Linien entlang, schälte praktisch aus dem Durcheinander eine Gestalt heraus. »Sieht aus wie ein Motorrad fahrender Drache.«

Jetzt erkannte es Rohleff auch, und er erinnerte sich außerdem, daß Knolle bereits frühmorgens am Freitag, als sie noch keine Leiche gefunden hatten, als alles noch offen und ungewiß war, schon diese Zeichnungen mit Interesse studiert hatte. War ihm dieser Drache aufgefallen, und war er seinetwegen zurückgekommen? Und wenn ja, warum?

Sobald er wieder neben Lilli an der Unterführung stand, sagte er zu ihr: »Wir müssen unbedingt die Kinder befragen, die die Zeichnungen auf der Straße hinterlassen haben. Anscheinend sind sie aufmerksamere Beobachter als ihre Eltern. Halt das bei deinen Notizen fest. Hat sich Harry schon geäußert?«

»Er hat ja grad erst richtig angefangen, aber frag ihn selbst.« Lilli wirkte nervös oder bedrückt, Rohleff konnte aber nicht ahnen, was ihr im Kopf herumging. Ihn selbst hatte Ungeduld gepackt, er spürte, daß er versuchen mußte, die wenigen Bruchstücke zu ordnen und einen Zusammenhang aufzuspüren. Das Gefühl beschlich ihn, daß Eile geboten war, irgendwo braute sich etwas Furchtbares zusammen. Denn vor allem eins bedurfte unbedingt der Klärung: Was war mit Patrick Knolle passiert?

Endlich kam Groß zu ihnen heran. »Ihr macht so einen verlorenen Eindruck.«

»Red nicht dumm daher. Was hast du bisher herausgefunden?« blaffte ihn Rohleff an. Was ihn früher an Groß amüsiert hatte, die Selbstzufriedenheit, das überlegene Getue, brachte ihn jetzt nur noch auf, und gleichzeitig ärgerte er sich über sich selbst, über seine Unfähigkeit, Privatleben und Beruf auseinanderzuhalten. Der Mann vor ihm drohte, schon allein durch seine Anwesenheit, seine Kompetenzen zu untergraben, als Kommissar wie als Mitmensch, und damit den verbliebenen Rest von Selbstwertgefühl.

»Deine Intuition war goldrichtig, Karl«, begann Groß gar nicht gönnerhaft, und erstaunt hörte Rohleff sogar echte Anerkennung heraus, »wir sind hier am Tatort. Wie es aussieht, hat es eine tödliche Auseinandersetzung gegeben, an der mehr als zwei Personen beteiligt waren. Das Opfer und mehrere Gegner.«

»Wir suchen eine Gruppe von Motorradfahrern«, nahm Rohleff den Faden auf, »die auf der Wiese eine schwarze Plastikplane von einem Heuballen entfernt haben, um die Leiche darin einzuwickeln und sie so verpackt bis zu den Müllcontainern mitzunehmen.« Groß pfiff anerkennend durch die Zähne.

»Das mit der Plastikplane leuchtet mir ein. Wie man einen Toten auf einem Motorrad transportieren soll, weniger.«

»Zusammengerollt, verschnürt und festgebunden auf dem Rücksitz. Schade, daß wir Patrick nicht für die Klärung solcher Einzelheiten hierhaben.«

Groß winkte einen seiner Leute heran.

»Warte«, bat Rohleff, »sag mir zunächst, was du über die Täter weißt. Was verrät dir der Schauplatz über sie?« Allmählich fand er zu seiner gewohnten Arbeitshaltung.

»Sie haben sich keine große Mühe gegeben, ihre Spuren zu verwischen. Der Platz ist allerdings ziemlich abgelegen, mit einer schnellen Entdeckung mußten sie nicht unbedingt rechnen. Und einen Müllcontainer zu benutzen, ist eine unorthodoxe Art, eine Leiche unauffällig zu entsorgen, es hätte durchaus klappen können. Die Kerle mußten eine Mordswut auf das Opfer gehabt haben. Haben so richtig die Sau rausgelassen. Alles in allem komme ich zu dem Schluß, daß sie entweder total besoffen oder zugekifft waren.«

Rohleff berichtete rasch von seiner Unterhaltung bei den Müllcontainern und seiner Mutmaßung über Knolle.

Lilli schrieb emsig, hielt endlich den Stift still und starrte nur noch vor sich hin, als suchte sie einen bestimmten, außergewöhnlichen Gedanken zu fassen.

»Was ist?« erkundigte sich Groß. »Was überlegst du?«

»Ich dachte über Patrick nach. Freitag morgen hat er also etwas entdeckt, dem er erst abends und dann noch mal in der Nacht nachgegangen ist. Und dabei ist er bestimmten Leuten in die Quere gekommen. Es gab vielleicht zwei Opfer und nicht nur eins.«

Rohleff ging auf, daß er genau zu dem gleichen Schluß gekommen war, es sich aber nicht hatte eingestehen wollen. »Ihr macht hier weiter, und ich fahre zum Hof von Knolles Eltern, ein paar Nachforschungen anstellen.«

»Mensch, Karl«, stieß Lilli hervor, »was kann ich denn tun? Soll ich mitkommen?«

»Warte gefälligst mit der Panik, bis eindeutig feststeht, mit wessen DNA wir es bei den Blutspuren zu tun haben«, sagte Groß scharf.

»Es könnten aber zwei verschiedene sein«, wandte Rohleff ein und ging zu seinem Auto.

Auf dem Hof von Knolles Eltern gab sich die Tante, die die Tür öffnete, reserviert. Vorsichtig fragte er nach den Brüdern Knolle, um die Alte zum Reden zu motivieren.

»Die Jungen wissen oft gar nicht, was sie wollen«, fing die Tante an, während sie quer über den gepflasterten Hof auf ein neues Stallgebäude zuging. Rohleff folgte ihr verdutzt, es kam ihm so vor, als hätte ihn die alte Frau gar nicht richtig wahrgenommen.

»Ich hab immer gesagt, es kommt, wie's kommen muß, daran ist nicht zu rütteln.« Die Frau führte ein Selbstgespräch. »Und wer kein Bauer sein will, macht eben was anderes, aber reinreden tun sie alle. Sind doch alles nur Bengels heutzutage, ist nichts Richtiges mehr dabei. So, da wär'n wir.« Sie zog die Tür auf.

Ein Schwall warmer, streng riechender Luft schlug Rohleff entgegen. In einer niedrigen Halle lagen rechts und links eines betonierten Mittelganges Boxen, in denen Rücken an Rücken Schweine standen. Unmittelbar nachdem Rohleff einen Schritt vorwärts gewagt hatte, erhob sich gellendes Geschrei, und die Masse der Leiber geriet in hektische Bewegung. Rigoros wurde Rohleff nach draußen gezerrt. Strafend sah ihn die Alte an.

»Ich hab nicht gesagt, Sie sollen mitkommen. Warum haben Sie nicht am Haus gewartet? Sie können doch nicht einfach so in den Schweinestall rein. Das macht die Viecher verrückt. Hören Sie sich das an.« Der Lärm drang durch die geschlossene Tür. »Früher waren die nicht so empfindlich. Und was wollen Sie hier?«

Geduldig wiederholte Rohleff sein Anliegen. Die Frau war nicht Knolles Tante, sondern die Großtante, die Schwester des verstorbenen Opas, wie er sich entsann. Auf einmal schien die Alte hellwach zu sein.

»Den Kleinen hab ich seit der Beerdigung nicht mehr gesehn. Ist pampig geworden, und dann ist er weg. Aber Hendrick ist zur Geflügelschau, jetzt fällt's mir wieder ein. Wenn Sie auf ihn warten wollen, setzen Sie sich nur rein. Kann aber noch was dauern. Der trifft sich da mit der halben Nachbarschaft.«

»Wann ist Patrick nach der Beerdigung weggefahren? Und es hat also vorher Streit gegeben?«

»Ach was«, unwirsch schüttelte die Tante den Kopf, »das fragen Sie man Hendrick, ich sag da nichts zu.«

Es hatte dann noch etwas gedauert, bis Rohleff wußte, wo die Geflügelschau stattfand.

Ein Hahn krähte durchdringend. Der Schrei, dem sofort etliche antworteten, und der beißende Gestank, der in der Halle herrschte und sich intensivierte, sobald Rohleff die schmale Gasse zwischen zwei Käfigreihen betrat, machten ihm zu schaffen. Völlig unbeeindruckt davon, frühstückten ein paar junge Leute an den Resopaltischen im Vorraum, den ein breiter Durchgang mit der eigentlichen Ausstellungshalle verband. Rohleff hatte, ohne zu knurren, die geforderten zwei Euro Eintrittsgeld entrichtet und mehr aus Neugier für drei weitere einen Katalog erstanden. Erst als er das Nummernschildchen an einem der Käfige studiert hatte und die Nummer im Katalog samt einer Erläuterung wiederfand, verstand er das System. Vor ihm plusterte sich eine braune Wyandottenhenne auf. Gar kein so übler Vogel, fand Rohleff, er stellte sich das Vieh gerupft und ausgenommen in einer Bratreine vor, mochte aber der Henne dabei nicht in die punktgroßen Augen schauen.

Knolle hatte also früher Hühner gezüchtet, jetzt begriff er eine Bemerkung, die schon eine Weile zurücklag.

Bis Rohleff Hendrick in einer Gruppe anderer Besucher entdeckte, strich er weiter an Käfigen mit Amrocks und Australorps entlang, deren Namen er wahrscheinlich für die von Känguruharten gehalten hätte. Die Amrocks waren gestreift wie Ringelpullover. Allmählich übte das Federvieh trotz des Gegackers und des Gestanks eine gewisse Faszination auf ihn aus. In einem Verschlag wechselte eine Gruppe von langhalsigen, stelzbeinigen Laufenten in einem monotonen Rhythmus von einer Seite auf die andere, ihren Namen schienen sie nicht ohne Grund zu tragen. Rohleff wartete, bis die beiden anderen Besucher ihr Gespräch mit Hendrick Knolle beendet hatten.

Zwischendurch hatte ihn Patricks Bruder erkannt und mit einem minimalen Nicken seine Anwesenheit zur Kenntnis genommen. Endlich trat er neben ihn und deutete auf die Enten.

»Sind die reinsten Müllschlucker. Die fressen einfach alles. Und ihre Eier sind was für Leute, die keine Hühnereier vertragen.«

»Dann könnte sich die Zucht ja für Sie lohnen.«

Hendrick ließ die rechte Hand in die Jackentasche gleiten. »Für die Kinder zum Spaß vielleicht. Ich würd mich damit nur verzetteln. Hat Maike Sie hergeschickt? Sollen Sie jetzt Patrick suchen?«

»Ich hätte gern zunächst etwas über den Donnerstag abend nach der Beerdigung erfahren. Ihre Großtante deutete an, daß Ihr Bruder in Unfrieden weggefahren ist.«

»Patrick ist schon seit Opas Tod ein bißchen von der Rolle. Es wird Zeit, daß er erwachsen wird und die Realität sieht. Aber das fällt dem Kasper schwer. Ich habe gedacht, der ist hart am Durchdrehen, aber irgendwann fängt er sich schon wieder.«

»Sie hatten keinen Streit miteinander?«

Die Brüder glichen sich weder äußerlich noch im Verhalten. Hendrick hatte eine Art, die in der Steinfurter Gegend zwar verbreitet war, mit der Rohleff aber trotzdem nicht gut klarkam. Er hätte nicht sagen können, daß der Bruder unsympathisch oder abweisend war, und doch setzte er allzu deutliche Grenzen zwischen Zugehörigen und Nichtzugehörigen, und Rohleff fühlte sich als letzteres. Als wäre er, Rohleff, es nicht wert, daß Hendrick seinetwegen auch nur den Schatten einer Emotion, egal welcher, zeigte, blieb seine Miene geradezu steinern unbewegt, und sein Blick glitt beständig über ihn hinweg.

»Zwischen uns war alles klar«, antwortete Hendrick unbeteiligt.

»Patrick hat am Donnerstag abend nicht gesagt, wohin er wollte?«

»Der ist ohne Vorankündigung abgehauen. Vielleicht hatte er was vor, denn er ist mit dem Motorrad gekommen, Maike mußte mit dem Kurzen allein im Auto fahren.«

»Und gestern hat er sich den ganzen Tag nicht bei Ihnen blicken lassen?«

Hendrick ließ seine Ungeduld erkennen. Halb von Rohleff abgewandt, winkte er grüßend jemandem zu und erwiderte Grüße.

»Das habe ich Maike mehr als einmal gesagt: Donnerstag abend habe ich das letzte Mal etwas von ihm gesehen und gehört. Aber abgehauen ist er ja wohl erst einen Tag später.«

9

Für den Abend hatte sich Rohleff mit Groß und Lilli in der Stammkneipe verabredet, in der sie seit Jahren mit Knolle auf ihre Aufklärungserfolge zu trinken pflegten. Es war Rohleffs Idee gewesen, die Besprechung an diesen inoffiziellen Ort zu verlegen. Da sie noch auf Groß warten mußten, hatte Rohleff Zeit, sich auf ein halbprivates Zusammensein mit dem Mann einzustellen, den er seit wenigen Wochen aus ganzem Herzen haßte.

Groß stürmte regelrecht herein, auch das mißfiel ihm, das sensationslüsterne dieses Auftritts und die Signale, die er damit bei den Frauen in der Kneipe setzte. Die roten Haare malerisch zerrauft, ein edles, seidig schimmerndes T-Shirt unter dem Designerjackett, drängte er sich breitschultrig durch. Alles an Groß war Gepränge, aber so raffiniert inszeniert, daß es echt wirkte. Eine hübsche, junge Beamtin, die mit ein paar Kollegen ebenfalls auf ein Tagesabschlußbier an der Bar saß, zog Groß mit einem unverkennbaren Schmachtblick zu sich heran. Er wehrte sie ab, spähte über ihren Kopf zu Rohleff und Lilli und schwang sich wenig später neben Lilli auf einen Barhocker.

»Ich bin noch rasch nach Münster gefahren, um die Proben im Labor abzuliefern. Wir haben so viele, wie nur irgend möglich, genommen, praktisch von jedem Blutfleck. Und die Labormäuse wollten sich sofort daransetzen. Ich habe ihnen begreiflich gemacht, wie brisant und brandeilig die Sache ist.«

Rohleff gewann den Eindruck, daß jeder in der Kneipe ihrer Unterhaltung zuhörte, was auch nicht schwer war, da Groß laut genug gesprochen hatte. Langsam verfluchte er den Einfall, gerade dieses Lokal für ein leicht konspiratives Treffen vorgeschlagen zu haben.

»Kannst du nicht noch ein bißchen mehr schreien, der Herr da hinten in der Ecke hat dich eventuell nicht verstanden. Wiederhol's doch einfach noch mal«, fauchte er Groß an.

»Wieso?« fragte Groß immer noch zu laut. »Haben wir was zu verbergen?«

Rohleff nahm sein Bierglas und rutschte vom Hocker. Mit dem Kinn wies er auf ein eben freiwerdendes Tischchen, das ein bißchen abseits stand, soweit man in einer vollen Kneipe von abseits sprechen konnte. Ohne auf die beiden anderen zu warten, schob er sich auf den Tisch zu, damit ihnen niemand zuvorkam.

»Kannst du dich nicht mal ein bißchen zurücknehmen?« zischte Lilli Groß an, während sie ebenfalls ihr Bierglas in die Hand nahm.

»Wieso?« fragte Groß mit Unschuldsblick zurück.

»Hältst du mich für blöd? Ich weiß genau, was zwischen dir und Karl läuft.«

Sein Gesicht verschloß sich. »Das ist eine Privatangelegenheit, über die ich nicht mit dir reden will. Wieso weißt du überhaupt davon?«

»Weil ich gemeinhin meine Augen offenhalte und zwei und zwei zusammenzählen kann. Und besonders diskret behandelst du deine Affäre ja nicht. Und was ich dir noch sagen wollte: ich finde es stinkig von dir, die Situation von Karl und Sabine so auszunutzen.«

Jetzt wirkte Groß betroffen, fast schon beleidigt. So nah rückte er mit seinem roten Wuschelkopf an Lilli heran, daß sie sein teures Aftershave roch.

»Warst du nie verliebt? Mit Haut und Haaren?«

Lilli schob ihn von sich. »Komm mir nicht mit der Masche. Daß dir der Schwanz steht, soll eine Rechtfertigung für deine Hinterhältigkeit sein?« Aus ihrer Stimme klang Verachtung.

»Was ist? Kommt ihr endlich?« Rohleff wurde ungeduldig.

Von nun an schien Groß gedämpfter, er mied Rohleffs Blick, sah jedoch immer wieder zum Eingang, als ob er es kaum erwarten könnte, das Lokal zu verlassen.

»Was soll dieses Treffen hier überhaupt?« fragte er mürrisch.

»Wir müssen uns über Patrick unterhalten«, begann Rohleff, »darüber, wie wir in seinem Fall vorgehen wollen. Wir haben Sonntag abend, und er ist nicht wieder aufgetaucht.«

»Was gibt es da zu überlegen? Variante eins: Die Kerle, die die Mülleiche auf dem Gewissen haben, haben auch ihn plattgemacht. Das heißt Großfahndung. Wir fordern zusätzliche Leute aus Rheine und Greven an und stellen was auf die Beine. Von mir aus sofort. Variante zwei: Patrick ist getürmt, um sein altes Fernweh auszuleben, und zwar aus Gründen rein privater Natur. Das heißt klipp und klar Disziplinar…«

»Denkst du mal ein bißchen schärfer nach, bevor du eine dicke Lippe riskierst?« fiel ihm Lilli honigsüß ins Wort. »Du bist zwar unser Mann fürs Aufräumen, aber ein wenig mehr eigenständiges Denken trauen wir dir schon zu.«

»Hübsch formuliert, Lilli«, murmelte Rohleff.

»Dann hol ich mir erst mal noch ein Bier zur Anregung meiner Gehirntätigkeit.« Abrupt stand Groß auf und drängelte sich zur Bar durch.

»Du denkst an Patricks Familie, nicht wahr?« fragte Lilli gedämpft. »Ich auch.«

»Und daran, daß wir keine Automaten sind. Wie lange arbeiten wir nun schon mit Patrick zusammen?«

»Manchmal geht er einem durchaus auf den Keks mit seinem Machogehabe, aber wenn einer von uns mal danebentappen würde, könnte er sich auf seine Kollegialität verlassen, meinst du das?«

»Das und verschiedenes anderes.« Abgespannt schwenkte Rohleff das Bier im Glas. »Das dumme ist, daß wir nicht wissen, woran wir sind. Wenn Patrick tatsächlich etwas zugestoßen ist, vergeuden wir hier wertvolle Zeit und machen uns dadurch schuldig. Schuldig, weil wir schlecht von ihm gedacht haben, schuldig, weil wir vor lauter Bedenken nichts unternommen haben.«

»Nehmen wir mal die schlimmste Variante an. Dann müßten wir Aufklärung in einem weiteren Mordfall betreiben, wirklich helfen würden wir Patrick damit nicht. Also geht's eher um die andere Möglichkeit. Warum hast du Harry hierherbestellt?«

Unglücklich sah Rohleff auf. »Es war ein Fehler, ich seh's ein. Ich habe gedacht, unser Team bedeutet ihm etwas. Meine Idee war, wir könnten mit Harrys Unterstützung unter der Hand eine Fahndung nach Patrick durchführen. Wenn wir sie offiziell einläuten, müssen wir auch offiziell publik machen, daß Patrick nicht zum Dienst erschienen ist. Die Konsequenzen wären nicht mehr aufzuhalten.«

Von der Tür wehte ein kühler Luftzug herein, als ein weiterer Gast die Kneipe betrat.

Lilli setzte sich kerzengrade auf.

»Hast du Sabine auch gebeten herzukommen?« fragte sie entgeistert.

Rohleff gab keine Antwort. Schweigend sah er zu, wie seine Frau neben Groß, ihren Liebhaber, trat, der noch an der Theke auf sein Bier wartete. Schon bevor die beiden ihre kurze Unterhaltung beendet hatten und sich mit zwei Gläsern in der Hand heranschlängelten, hatte sich eine finstere Spannung an dem Tisch aufgebaut, an dem Lilli und Rohleff saßen. Hölzern ließ Rohleff Sabines beiläufiges Streicheln seiner Schulter über sich ergehen.

»Guten Abend, Lilli.«

Lilli starrte sie eisig an. »'n Abend, Sabine, schön dich zu sehen.«

»Bist du sicher?« Sabine lächelte ironisch. »So ohne weiteres würde ich eure Konferenz nicht zu stören wagen, aber Harry hat mich eingeladen, oder vielleicht sollte ich sagen, ich habe mich selbst eingeladen.«

An Rohleffs Miene und Haltung die Zeichen von Zorn auszumachen, war nicht so einfach, weil er sich eisern in der Hand hielt. Trotzdem entgingen sie Lilli nicht. Der zusammengepreßte Mund, die Hand, die das Bierglas umfaßte und an der die Knöchel weiß hervortraten. Rohleff, fuhr ihr durch den Kopf, fürchtet die Demütigung mehr als die Provokation.

Auf einmal gelang es ihm sogar, zu lächeln. Mit einer Hand umfaßte er Sabines Hals, und ehe sie sich wehren konnte, hatten seine Lippen zart und flüchtig ihre Schläfen berührt.

»Schön, daß du da bist.« Jetzt beherrschte er die Situation, Lilli atmete auf. »Und was verschafft uns konkret das Vergnügen, dich hier zu haben? Du hast dir doch was dabei gedacht.«

Sabine wandte sich Rohleff zu, in ihrem Blick flackerte Belustigung auf. »Ich habe deiner Bitte entsprochen und mich mit Maike in Verbindung gesetzt, ich bin sogar zu ihr gefahren.«

Rohleff blinzelte und seine Stimme klang bewegt. »Das hast du getan?«

»Ja, und?« mischte sich Groß ein. »Hat's was gebracht?«

»Vielleicht.« Sabine hatte den Kopf gesenkt und drehte das Colaglas in den Händen. »Aber erzählt doch, was ihr inzwischen wißt. Möglicherweise sind meine Neuigkeiten belanglos, dann würde ich sie lieber für mich behalten. Ich begehe nicht gern einen Vertrauensbruch.«

Beinahe wäre Lilli herausgeprustet. Sie verschluckte sich aber, und Groß mußte ihr auf den Rücken klopfen.

»Wie unglaublich edel«, brachte sie schließlich mühsam hervor.

Rohleff hatte ruhig abgewartet. »Dann fange ich mal an.« Kurz und knapp berichtete er von seiner Unterredung mit Knolles Großtante und seinem Bruder und fügte die Überlegungen an, denen er zusammen mit Lilli und Groß nachgegangen war. »Hast du uns nun etwas zu sagen?« wandte er sich zum Schluß an Sabine.

Sie sah, während sie zu reden begann, niemanden am Tisch an. »Ich glaube schon. Und nach dem, was Karl eben erzählt hat, sieht es nicht gut für Patrick aus, was sein Verhalten betrifft. Es hat Streit unter den Brüdern gegeben, und zwar massiven Streit aus gutem Grund. Es hat ein paar Tage nach dem Tod des Vaters angefangen und eskalierte am Abend der Beerdigung.

Patrick und Hendrick haben sich so angeschrien, wie sie es nie für möglich gehalten hat, vor allem Patrick geriet völlig außer sich, es sah danach aus, als wäre er drauf und dran, gewalttätig zu werden. Deshalb waren alle froh, als er einfach den Hof verließ. Maike macht sich jetzt Vorwürfe, daß sie ihm nicht nachgegangen ist und versucht hat, ihn zu besänftigen. Sie hat dann bei seiner Heimkehr in der Nacht mit ihm reden wollen, aber er hat vollständig abgeblockt. Allerdings kannte er ihre Meinung, und er hatte schon vorher behauptet, daß alle, sie eingeschlossen, gegen ihn seien.«

»Und worum ging's?« fragte Lilli rasch dazwischen.

»Wie sich nach dem Tod des Vaters herausgestellt hat, hatte dieser den Hof auf Hendrick überschrieben. Das muß schon ein paar Jahre zurückliegen, nur hat es keiner Patrick verraten. Genau genommen wurde er damit enterbt.«

»Aber es gibt Gesetze, was das Erben betrifft. Was ist mit dem Pflichtteil?« warf Lilli ein.

»Bei den Bauern ist wohl alles anders. Patrick hat Hendrick immer für ein Vorbild gehalten, an das er nicht heranreichte. Sein großer Bruder war für ihn die Rechtschaffenheit in Person. Und jetzt fühlt er sich von ihm gnadenlos hintergangen, und jeder stellt es so dar, als hätte er nur etwas nicht mitgekriegt. Er muß sich wie ein Depp vorkommen. Eigentlich hat sich der Vater in den letzten Jahren besser mit ihm als mit Hendrick verstanden. Um so überraschender diese Erbverteilung. Die Mutter hat auch Bescheid gewußt, eigentlich jeder aus der Verwandtschaft, der was zu sagen hatte, nur eben Patrick nicht. Maike hat es mir genau erklärt. Heutzutage kannst du nur als Großbauer überleben, oder wenn du das Glück hast, Acker als Bauland verkaufen zu können. Dann kriegst du genug Geld rein, um einen unrentablen Hof zu halten. Hendrick besitzt jetzt nicht nur den Hof, sondern er hat auch mit dem Einverständnis des Vaters das Geld ausgegeben, das als Reserve gedacht war, und außerdem eine Hypothek auf den Besitz aufgenommen, um seine Schweinemast zu vergrößern. Damit der Hof eine Zukunft hat, kriegt der eine alles, und der andere geht leer aus. Anscheinend ist das in bäuerlichen Kreisen nicht unüblich.«

»Auch heute noch? Anscheinend ist Patrick von seinem Vater und dem Bruder ganz schön hintergangen worden«, stellte Lilli fest.

»Ein klassischer Fall von Erbschleicherei, würde ich mutmaßen«, fügte Groß hinzu. »Hatte der Vater nicht vor Jahren den ersten Schlaganfall? Erst der zweite hat ihn erledigt, und dazwischen hat sich Hendrick den Alten gefügig gemacht.«

»Hat Patrick daran gedacht, gegen seinen Bruder rechtlich vorzugehen?« fragte Rohleff.

»Das habe ich Maike auch gefragt. Er schreckt davor zurück. Solche Familiengeschichten durch einen Prozeß an die Öffentlichkeit zu zerren, gefällt ihm nicht. Er tobt einfach nur und weiß nicht, wohin mit seinem Zorn.«

»Und da ist er erst einmal getürmt«, sagte Groß.

»Und das Schlimmste war wirklich, daß sich die gesamte Verwandtschaft geschlossen auf die Seite Hendricks stellte.«

»Auch Maike, das sagtest du schon. War das alles?« fragte Rohleff, der seine Frau die ganze Zeit beobachtet hatte.

»Wenn man von der eigenen Familie derart reingelegt wird, sollte es reichen, damit jemand genug hat«, sagte Groß, »ich frage mich nur, warum er nicht gleich Donnerstag abend abgehauen ist. Aber vielleicht mußte er noch warten, bis seine Wut den richtigen Grad erreicht hatte.«

»Es dauert meist ein bißchen, bis der inneren Kündigung die äußere folgt«, murmelte Rohleff.

»Aber er läßt doch seinen Sohn nicht im Stich«, wandte Lilli ein.

Sabine sah auf. »Das glaubst du? Maike hat ihm noch einen Grund zur Flucht geliefert, aber sie begreift es gar nicht. Sie hat mir etwas mitgeteilt, was bisher niemand wissen sollte. Donnerstag nacht, als Patrick nach diesem letzten Streit mit seinem Bruder von einer ausgedehnten Motorradtour nach Hause gekommen ist, wollte sie ihn trösten, und deshalb hat sie ihm verraten, daß sie wieder ein Kind erwartet.«

Stille machte sich breit, eine Weile wagte keiner, Sabine anzuschauen, deren Augen eindeutig Trauer verrieten. »Ja, das ist schon seltsam«, fuhr sie verhalten fort, »daß sich jemand über so eine Nachricht nicht freut. Patrick geriet jedenfalls nicht gerade aus dem Häuschen vor Glück, was Maike sehr enttäuschte.«

»War das zweite Kind denn nicht zwischen den beiden abgesprochen?« fragte Lilli.

»Danach habe ich mich nicht erkundigt.« Sabine trank ihr Glas leer. »Und noch etwas«, fügte sie rasch hinzu, »eine Kleinigkeit, ich erwähne sie nur der Vollständigkeit halber. Patrick trägt sich mit einem geheimen Kummer, auf den Maike so nach und nach gekommen ist. Er leidet nämlich neuerdings unter Haarausfall.«

Lilli erholte sich als erste von ihrer Verblüffung. »Unter Haarausfall?« rief sie.

Ein paar Köpfe drehten sich zu ihnen herum.

Harrys Wampe zuckte verdächtig, er schüttelte ungläubig den Kopf, warf ihn in den Nacken und lachte hemmungslos. Als er sich beruhigt hatte, schüttelte er noch einmal demonstrativ den Kopf.

»Nicht zu fassen. Wenn ich alles mal zusammenfassen darf: Den Knilch plagt mit dreißig das untrügliche Gefühl, daß ihn die Schlingen des bürgerlichen Lebens zu erwürgen drohen. Deshalb hat er sich abgesetzt, um noch was zu erleben, bevor er alt und kahlköpfig wird. Der Streß mit seinem Bruder war da nur der Auslöser, sozusagen der Tritt in den Hintern, der ihm noch fehlte. Immerhin brauchen wir uns damit keine Gedanken mehr über ein gewaltsames, vorzeitiges Ableben zu machen. Also ich tipp auf Portugal, davon hat er doch ständig geschwärmt.«

»Hoffen wir, daß du recht hast«, sagte Rohleff, wenig überzeugt.

»Und hoffen wir, daß er in der Gegend von Aachen oder Lüttich auf die blendende Idee kommt umzukehren«, fügte Lilli hinzu.

»Aachen oder Lüttich? Der dürfte mittlerweile durch die Pyrenäen sein, wenn er sich rangehalten hat.«

Kapitel 3

1

Nachdem ihn Rohleff Freitag nacht nach Hause geschickt hatte, überkam Knolle auf der Heimfahrt das sichere Gefühl, daß er sich nicht in der Hand haben würde, wenn Maike begann, alles aufzurühren, was nach der Beerdigung den Abend zuvor vorgefallen war. Er haßte sie dafür, daß sie keine Ruhe geben und noch mal jede Einzelheit aus ihm herausfragen würde, um sie mit Kommentaren, Erklärungen und Vorwürfen zu versehen. Er mußte noch ein wenig mit sich allein sein und fuhr daher, statt rechtzeitig abzubiegen, die Leerer Straße weiter geradeaus. Wie ein durchgegangenes Vollblut bretterte die BMW die Straße entlang.

Von Mal zu Mal nahm Knolle die Kurven schärfer. Einem Lastwagen, der unvermittelt auftauchte und sich viel zu rasch näherte, konnte er gerade noch durch ein Seitwärtsschlenkern ausweichen. Der Schwung trug ihn über den Randstreifen weit aufs freie Feld hinaus. Zum Glück war der Boden so hart, daß die Reifen nicht einsanken. Die Straße, auf die er anschließend gelangte, war die nach Heek, deshalb bog er für einen Abstecher auf die A31 Richtung Süden ein. Er gab sich eine Stunde, bevor er unwiderruflich zurückkehren mußte.

Die A31 bot sich um halb drei Uhr morgens in prächtiger, geradezu majestätischer Einsamkeit dar und rief ein Gefühl der Erhabenheit hervor, verführte aber bereits nach kaum zehn Minuten zum ersten Sekundenschlaf. Als das Hinweisschild auf die Ausfahrt Coesfeld im Scheinwerferlicht auftauchte, beschloß Knolle, die Autobahn zu verlassen und über Rosendahl zurück nach Burgsteinfurt zu fahren, obwohl sich noch immer alles in ihm dagegen sträubte. Er fuhr nun langsamer, eigentlich schlich er dahin. Die ersten Häuser von Coesfeld, für die

Nacht wie Bunker verrammelt, machten einen abweisenden Eindruck.

Er würde sich wieder rechtfertigen müssen, und schon deshalb breitete sich Bitterkeit aus und das Gefühl, von niemandem verstanden zu werden. Aber alle anderen erwarteten von ihm Verständnis. Mit der Ankündigung des zweiten Kindes hatte ihn Maike völlig überrumpelt. Seiner Erinnerung nach hatte es keine konkrete Absprache gegeben, nur eine Absichtserklärung auf eine vage Zukunft hin. Überall erkannte er die gleichen Muster, bei Maike wie bei Hendrick. Sie zersetzten ihn.

Hinter Coesfeld – er hatte nicht gemerkt, wie er es überhaupt durchquert hatte –, hallte noch einmal die letzte Auseinandersetzung mit Hendrick in seinem Kopf nach, anscheinend mußte er sie wieder durchspielen, sie ließ ihn nicht los.

»Verklag mich«, hatte Hendrick aufbrausend gefordert, »wenn du den Mumm dazu hast. Dann werde ich aber allen deutlich machen, daß du dich nie für den Hof interessiert hast. Du hast immer nur kassieren wollen. Wie das Geld für dein dämliches Motorrad. Und wer hat sich nach dem Schlaganfall um Vater gekümmert und die ganze Arbeit gemacht? Du doch nicht! Wie oft bist du denn hier? Du kommst mal zum Essen und fährst wieder.«

Hendrick wußte genau, wo er ansetzen mußte, um Unsicherheit und schlechtes Gewissen hervorzurufen, schon als Kind hatte sich Knolle von ihm manipuliert gefühlt.

»Du Arsch, gleich kommst du noch mit den ollen Kamellen, wie ich mich früher ums Heumachen gedrückt habe.«

»Ja, hast du denn nicht?«

»Du warst doch immer der Große und Vernünftige, hatte ich denn je eine Chance neben dir? Habt ihr je darüber nachgedacht, du und Vater, daß ich den Hof vielleicht auch hätte weiterführen wollen?«

»Du und Bauer? Das ist das neueste.«

»Als ich den Preis für meine Wyandottenhenne gekriegt hab, hast du Vater erzählt, wie du sie gefüttert hast.«

»Hab ich ja auch.«

»Höchstens zweimal, du Arsch. Du hast mir bei Vater keine Chance gelassen, nichts, was ich machte, war ihm wirklich recht, dafür hast du schon gesorgt.« Von da an hatte er sich immer weniger in der Hand gehabt, Kiefer, Hals, Schultern, jeder Muskel war versteift bis zur Schmerzgrenze, er konnte kaum schlucken.

»Du wiederholst dich, Kleiner«, sagte Hendrick verächtlich. Er nannte ihn immer Kleiner, obwohl Knolle ein ganzes Stück größer war.

»Na und? Daß dir mal der Hof gehört, dagegen war ja nicht wirklich was zu sagen, aber gegen die Art, wie du die Übergabe geregelt hast«, schrie er heiser, »du hast Vater den Hof aus dem Kreuz geleiert, als er schwach und abhängig war, und meine Ansprüche sind dabei glatt übergangen worden. Du bist ungefähr das mieseste Schwein, das mir je untergekommen ist. Und mit dem Hof hattest du den Hals noch nicht voll. Damit auch ja für mich nichts übrigbleibt, hast du die Hypothek aufgenommen. Maike und ich hatten bauen wollen.«

»Mit anderen Worten: Du hast nicht nur nie was Gescheites für den Hof getan, sondern auch noch auf Vaters Tod spekuliert und auf das Erbe. Möchte wissen, wer hier der Arsch ist.«

Hendricks Stimme dröhnte lauter, Knolle hätte sie gern überschrien, überhaupt ergriff eine so mörderische Wut von ihm Besitz, daß er nicht mehr wußte, was er schrie und was er tat. Auf einmal hatte er einen der hundert Jahre alten Bierkrüge in der Hand und schmetterte ihn mit voller Wucht ins Herdfeuer. Danach war er gegangen.

Sobald er die Straße wieder bewußter wahrnahm, stellte er fest, daß er sich in einer hügeligen Gegend befand, die ihm unvertraut war. Wenig später passierte er Schapdetten, er war also weiter westlich abgedriftet. Auf einmal hatte er das dringende Bedürfnis, eine Rast einzulegen. Zwei Kilometer hinter dem Örtchen entdeckte er auf einer Obstwiese eine offenstehende Scheune und fuhr sachte darauf zu, nachdem er das Tor im

Zaun aufgehakt hatte. Die BMW schob er so weit hinter die Scheune, daß sie von der Straße nicht zu sehen war. Vorsichtig lehnte er sie an die selbst im fahlen Mondlicht morsch wirkende Bretterwand.

Das Heu und der Strohrest in der Ecke, in der er sich niederließ, rochen muffig, als wären sie vom vergangenen Jahr übriggeblieben, aber das störte ihn wenig. Die Wunde am Bein hatte sich gemeldet, sobald er abgestiegen war, auch das kümmerte ihn nicht. Ein beklemmendes Gefühl füllte seinen ganzen Brustkorb aus wie ein Panzer von innen, sobald er nur an zu Hause dachte. Sein Puls schlug laut und heftig wie ein Hammer. Fast kam es ihm so vor, als wenn er vor Zorn Fieber bekommen hätte. Der Pullover kratzte, er zog ihn aus und rollte ihn zusammen als Kopfkissen. Ihm war elend zumute, er krümmte sich zusammen, während er in den Schlaf glitt.

Als er aufwachte, stellte er fest, daß seine Uhr stehengeblieben war. Seinem Empfinden nach hatte er nicht länger als drei oder vier Stunden geschlafen, und er rechnete sich aus, daß er es über die A43, die A1 und die B54N bis spätestens neun Uhr früh schaffen müßte, im Büro zu erscheinen, früh genug jedenfalls, um mit einem kleinen Rüffel von Rohleff durchzukommen. Schließlich wußte auch Karl, wie unbeliebt Samstagsarbeit war.

Sobald er die Scheune verlassen hatte, ging ihm auf, daß er sich gründlich geirrt hatte.

Dem Sonnenstand nach durfte es etwa acht Uhr sein, aber nicht morgens, sondern abends, ihm war ein ganzer Tag abhanden gekommen. Um sich zu beruhigen, konzentrierte er sich aufs Wetter.

Anscheinend war den Tag über etwas feuchtere Luft von Westen herangedriftet, die nun abzog und in der das letzte Sonnenlicht in tiefem Rot erstrahlte und sich nach Osten in blassen rosa Streifen verlor. Zumindest, was das Wetter betraf, würde der nächste Tag schön werden. Trotz des langen Schlafs, an den er immer noch nicht recht glauben mochte, fühlte sich Knolle matt bis in die Knochen. Um seinen Hunger zu stillen, aß er ein paar saure Äpfel und Birnen mit Roststippen, die er von den Bäumen gepflückt hatte. Er sehnte sich nach einer Zigarette, aber die Schachtel in seiner Lederjacke war leer. In seinem Koffer hinter dem Soziussitz stieß er auf eine Flasche Rolinckbier, die er am Donnerstag vor dem Abendessen mit der Verwandtschaft aus dem Kühlschrank geholt und mitgenommen hatte. Sie steckte nun, in seine Regenhaut gewickelt, zwischen den Werkzeugen. Eine Schachtel Camel wäre ihm lieber gewesen. Einen Moment war er versucht, den Bügel hochzureißen und die Flasche an den Hals zu setzen. Durst hatte er schließlich auch, ahnte aber, daß saure Äpfel im Verein mit Bier eine verheerende Wirkung entfalten könnten. Ohnehin grummelte es verdächtig in seinen Gedärmen.

Den Pullover hatte er im Heu vergessen, aber ihm war ohnehin zu warm.

2

Diesmal war er ausreichend munter, um den Wechsel von der A43 auf die A1 problemlos zu bewältigen. Er fuhr aber nach Süden statt nach Norden, denn mittlerweile war ihm seine Lage etwas mehr zu Bewußtsein gekommen, zumindest die berufliche. Einen Tag unentschuldigtes Fehlen vom Dienst würde eine dicke Eintragung in seine Personalakte ergeben. Die Möglichkeit einer Strafversetzung hielt er dagegen für gering. Er hatte auf einen Ausweg gesonnen, eine halbwegs akzeptable Erklärung, die er Rohleff präsentieren konnte, und als ihm klar wurde, wo er sich befand, hatte er auch einen Einfall, der ihm vielversprechend genug erschien, um ihm nachzugehen, selbst wenn ihn das weitere Zeit kostete.

In der Gegend von Dortmund fuhr er an eine Tankstelle, die, wie er wußte, den wichtigsten Treffpunkt für Biker im ganzen Ruhrgebiet bildete, zumindest für reisende. Von hier aus war es nicht weit bis zu den großen Autobahnkreuzen, der Treff daher eine Art Drehscheibe. Wenn überhaupt, dann konnte er hier ein paar nützliche Erkundigungen einziehen. Das Gelände der Tankstelle war recht weitläufig, in einer großen Runde fuhr er die Parkzone ab und musterte vergeblich die Motorräder, die in Gruppen zwischen den Autos standen. Ihm ging auf, wie sinnlos diese Aktion war, denn nicht eins der vielen Bikes lieferte ihm auch nur den kleinsten Anhaltspunkt. Einige kamen sogar aus Skandinavien.

Zuletzt näherte er sich dem Parkstreifen vor der Cafeteria. Eine größere Gruppe von Motorradfahrern stieg auf ihre Maschinen. Ein rascher Blick auf die Kennzeichen sagte ihm, daß er es mit Ruhrgebietlern zu tun hatte. Elegant fuhr er an sie heran, stoppte, klappte das Visier hoch und hob grüßend die Hand.

Einer der Männer betrachtete ihn halb erstaunt, halb amüsiert.

»Wolltste was?« fragte er.

»Nee«, Knolle schüttelte den Kopf, er hatte sich dafür entschieden, ziemlich direkt vorzugehen, »ich such bloß wen.«

»Einen von uns?« Der Mann tippte sich auf die Brust.

»'ne Harley. Dortmunder.«

»Suzuki. Recklinghausen«, sagte der Mann und grinste breit. Er ließ die Maschine an.

»Herne und BMW«, krähte ein anderer.

Offensichtlich war Knolle in den Augen der Männer zwar Biker, aber kein Biker-*Bruder*, etwas an seinem Auftreten stimmte nicht, aber er kannte sich bei den Brüdern auch nicht aus. Als bereits alle auf ihren Maschinen saßen, versuchte er es trotzdem noch einmal.

»Grünes Clubabzeichen. Kleiner grüner Drache.« Er tippte an seinen Helm.

Der Mann aus Herne lachte dröhnend und ruckte mit dem Kopf zum Fenster der Gaststätte. »Viel Spaß auch«, sagte er und zog eine Kußschnute.

Die Biker tauschten Handzeichen aus und formierten sich zu einer Schlange, während sie davonfuhren.

Knolle fragte sich, was der Herner gemeint haben konnte, als ihm auffiel, daß ein Motorrad stehengeblieben war. Ein

Blick darauf bewog ihn, seine Maschine genau daneben abzustellen und die Gaststätte zu betreten.

Im Gastraum waren beinahe alle Plätze besetzt. An einem Fenstertisch, nicht weit von den draußen geparkten beiden Motorrädern entfernt, bemerkte er einen Mann in Bikerkluft, der für sich saß. Mit einer randvollen Tasse Kaffee, die er sich vom Selbstbedienungstresen geholt hatte, ging er zu ihm und stellte sie vorsichtig ab, weil ihm seltsamerweise die Hand zitterte. Den Mann am Tisch schätzte er auf circa dreißig und sobald er hochschaute auf fünfundzwanzig. Etwas unförmig hockte er auf seinem Stuhl und blickte Knolle aus runden, verwunderten Augen an. Das ganze Gesicht hatte etwas schwabbelig Weiches wie das einer Babybulldogge.

»Noch frei?« fragte Knolle.

Eilfertig begann der andere eine Karte, die er halb auseinandergefaltet hatte, zusammenzuraffen.

»Schon gut«, winkte Knolle ab, »ich hab Platz genug.« Mit einem Seitwärtsschielen stellte er fest, daß es sich um eine Karte von Frankreich handelte. Hier und da war ein Ort mit einem dunklen Strich eingekreist.

»Auf Tour in den Süden?«

Der Mann zögerte merklich. »Eigentlich ja.«

Knolle fuhr sich mit einer Hand, alle Finger gespreizt, durchs Haar, weil ihn der ein bißchen zu interessierte Blick des Mannes verlegen machte.

»Eigentlich gibt's nicht.«

Eingeschüchtert senkte der andere den Kopf und widmete sich seiner Karte. Knolle starrte dagegen zum Fenster hinaus, während er seinen Kaffee trank, und musterte das Motorrad neben seiner BMW. Eine Honda mit Dortmunder Kennzeichen. Wie viele Hondas mit Dortmunder Kennzeichen gab es? Leider schwebten seine Erinnerungen an Donnerstag abend ein bißchen im ungenauen.

Als er den Blick von den Motorrädern abwandte, sah er, daß sein Tischnachbar damit beschäftigt war, Zigaretten zu drehen, das machte den Kerl im Handumdrehen sympathisch. Würziger

Tabakgeruch wehte zu ihm herüber, mit einer süßlichen Unternote, aber seine Hand tastete bereits über den Tisch.

»Haste auch eine für mich?« Die nackte Gier trieb ihn, den Kerl gegenüber anzulächeln.

Wieder zögerte der andere mit der Antwort, in seinen Augen lag eine gewisse Spannung, gemischt mit Vorsicht.

»Ich rauche nur Selbstgedrehte.«

Ein schwer deutbarer Unterton schwang in der Stimme, aber Knolle hatte nach einer Zigarette gegrabscht und setzte sie, beide Hände wegen des Zitterns zu Hilfe nehmend, in Brand. Nach dem ersten, vorsichtigen Zug sog er den zweiten tief in die Lunge ein und spürte, wie sich ein saurer, häßlicher Geschmack von der Speiseröhre in seinen Mund drängte. Er spie die Zigarette in die Kaffeetasse gegenüber. Danach quoll alles mögliche, vorwiegend nach vergorenem Obst Stinkende wie eine quirlige Fontäne aus seinem Magen hoch und klatschte ungebremst dem Mann jenseits der Frankreichkarte ins Gesicht.

Die Hand vor den Mund pressend, schoß Knolle vom Stuhl hoch und rannte aufs Klo. Auf dem Klo ging die Bescherung auch nach hinten los. Den Kopf seitwärts haltend, kotzte er die Klopapierrolle voll und hatte danach Mühe, mit dem durchgeweichten Papier zurechtzukommen. Richtig unzumutbar wurde die Situation aber erst, als er den angekotzten Mann vor dem Waschbecken entdeckte und sich quasi rückwirkend mit diversen Geräuschen und Gerüchen konfrontiert sah, die allesamt für Peinlichkeit im oberen Bereich der Werteskala sorgten.

Entgegen sämtlicher Erwartungen lächelte ihn der andere unverkrampft und entschuldigend an.

»War das dein erster Joint?«

Zehn unsägliche Minuten fummelte Marco – so hieß sein neuer Kumpel – hingebungsvoll an ihm herum, bis sich Knolle dank dieser Mithilfe einigermaßen gesäubert hatte und sich aus dem Klo heraustraute. Dem Mann im weißen Kittel, der, einen Wischer neben sich, an einem Tischchen Zeitung las, legte er einen fünf Euroschein auf den Trinkgeldteller und verdrückte sich rasch.

Marco holte ihn ein und faßte ihn zutraulich am Arm.

»Du mußt was essen.«

»O.k.«, stimmte Knolle zu, obwohl er die Schwuchtel am liebsten losgeworden wäre, »ich lade dich ein. Du hast was gut bei mir.«

Marco schüttelte den Kopf. »Setz dich lieber wieder. Ich geh uns was vom Tresen holen.«

Knolle dachte an den Gestank, den er nicht ganz losgeworden war.

»Einverstanden.«

Die Frankreichkarte hatte einige Stippen abbekommen, die er mit einer Papierserviette abtupfte. Dabei sah er sich die Karte genauer an.

»Ich wollte mit ein paar Kumpels runter nach Santiago de Compostela, aber ich warte noch auf sie. Um ehrlich zu sein, weiß ich nicht, wo sie geblieben sind«, erklärte Marco. Er war mit einem beladenen Tablett an den Tisch getreten.

»Scheinen sich ohne dich verdrückt zu haben, wann wolltet ihr los?«

»Eigentlich gestern früh, aber dann war was mit einem Bike. Der Kumpel wollte noch kurz in die Werkstatt. Jedenfalls hat er mich angerufen, bevor er mit den anderen losgezogen ist, das war Donnerstag, sie hatten noch was am Abend zu erledigen.«

Marcos Blick flackerte und glitt über das Rauchzeug.

»Noch 'nen bißchen Proviant besorgen? Wo kriegt ihr das Zeug her, aus Holland?« erkundigte sich Knolle. Das Gerede über Werkstattbesuche, Abendpläne und Aufbruchstermine fand er etwas verworren, aber sein Jagdinstinkt hielt ihn am Tisch fest.

Marco schien kein grenzenloses Vertrauen gefaßt zu haben, denn er antwortete nicht, sondern wies zum Fenster hinaus.

»Was fährst du für eine Maschine?«

»Ach nee. Ich dachte 'ne Harley ist immer zu erkennen.«

Marco klopfte sich auf den Schenkel vor Vergnügen, Knolle

selbst fand sich nicht wirklich witzig. Kurz überlegte er, ob er den Typ wegen Drogenbesitzes hochnehmen sollte, damit hätte er ihn für eine Vernehmung schon mal sicher, aber da fiel ihm ein, daß er seine Dienstmarke in den Schreibtisch gelegt hatte.

»Ein Freund von mir fährt eine Harley«, erklärte Marco, »sie ist bildschön, aber ...«

»... sie kann nur geradeaus fahren, rüttelt dir die Eingeweide durch und fällt alle hundert Kilometer auseinander.« Knolle erhob sich, um so zu tun, als wollte er sich verabschieden. »Gehört die Harley einem der Freunde, auf die du wartest?« Und so beiläufig wie möglich: »Mit Dortmunder Kennzeichen?«

»Warum fragst du?«

Knolle griff nach seinen Schlüsseln und betrachtete sie versonnen.

»Dein Freund trägt nicht zufällig einen Helm mit einem kleinen grünen Drachen drauf?«

»Mensch«, Marco langte über den Tisch und puffte ihn, »du bist mir aber einer. Hättest auch gleich sagen können, daß dich die anderen geschickt haben. Aber warum kommst du so spät? Hat am Donnerstag alles geklappt?«

Vorsichtig ließ sich Knolle wieder auf den Stuhl nieder. Auf dem Klo hatte er entdeckt, wie blutdurchtränkt der Verband am Bein war, er klebte an der Wunde fest und riß bei jeder Bewegung daran. Vor allem hätte er längst gewechselt werden müssen. Trotz der Schmerzen und obwohl ihm der Schweiß ausbrach, gelang es Knolle, nach außen hin lässig zu wirken. Dabei wußte er nicht, wie er sich Gewißheit verschaffen sollte.

»Scheint so, als hätten sie dich abgehängt. Die haben sich bestimmt gestern schon abgesetzt. Ich würde nicht mehr mit ihnen rechnen.« Er betrachtete unwillkürlich einen der eingekreisten Orte auf der Karte. Ganz allmählich begann sich eine neue Idee herauszuschälen. »Ich kann mich nicht daran erinnern, daß dich einer erwähnt hätte. Ich hab nur kurz mit dem Guzzi-Mann geredet.«

Marco faltete die Karte bedächtig zusammen und schielte zu ihm herüber.

»Mir langt's jetzt. Ich habe den ganzen Tag hier gehockt, von zehn Uhr an, und mach jetzt die Fliege.«

»Vorhin fuhren gerade welche aus Recklinghausen und Herne los. Kennst du sie?«

»Nicht so direkt«, Marco stockte, »hab mich nur mit ihnen unterhalten. War ja langweilig, das Warten. Aber die hatten früher mal was mit Drag zu tun gehabt.« Er stand auf.

»Und wo geht's hin?« fragte Knolle möglichst ruhig und behielt die Karte im Auge. Marco steckte sie in seine Brusttasche, sie ragte oben heraus. Es bedurfte nur eines Griffs, um sie an sich zu reißen. Innerlich machte sich Knolle zum Sprung bereit.

»Ich hab da so ein Quartier draußen. Willst du mit zu mir? Oder wolltest du den anderen nach?«

»Welchen anderen? Der Gang, die vorhin von hier losgezogen ist?«

Erstaunt schüttelte Marco den Kopf. »Doch nicht die. Was ist jetzt?«

Groß schien Marcos Hoffnung nicht zu sein, daß Knolle ihn begleitete.

»Wo ist da draußen?« Unruhig spähte Knolle im Lokal umher, um zu sehen, ob jemand zur Kenntnis nahm, wie dicht Marco an ihn herantrat, er schmiegte sich schon fast an seine Seite. Scheinbar in größtem Einverständnis folgte er ihm vor die Tür, weil er darauf setzte, an einem weniger belebten Ort noch ein paar Informationen mehr aus ihm herauszuholen, bevor er eine endgültige Entscheidung traf.

Während er hinter ihm herfuhr, hatte er zunächst den Verdacht, daß Marco versuchte, ihn abzuhängen. Vielleicht wollte er doch allein seinen Unterschlupf aufsuchen.

Sie wanden sich quer durch Dortmund, Schilder nahm Knolle nur am Rande wahr. Seine Aufmerksamkeit war voll darauf gerichtet, die Honda vor ihm nicht aus den Augen zu verlieren. Was Marco mit »draußen« gemeint hatte, wurde immer unklarer, auch als sie das eigentliche Stadtgebiet hinter sich ließen. Dann spukte ihm die Frage im Kopf herum, ob er nicht in eine Falle gelockt werden sollte, denn von nun an sah sich Marco wiederholt nach ihm um.

Er selbst hatte am Donnerstag abend den Mann auf der Honda nicht genau genug gesehen, um einwandfrei ausschließen zu können, daß der dickliche Marco mit ihm identisch war. Nach allem, was er bisher erfahren hatte, war diese Lösung sogar die wahrscheinlichste. Das Gesicht war durch den Helm sowieso vollkommen verhüllt gewesen. Eine schwere Motorradkette, die an einem Arm hin- und herschwang. Es war durchaus möglich, daß der Arm zu Marco gehörte. Knolle hielt es für sehr wahrscheinlich, daß ein Motorschaden die Bande aufgehalten hatte, und wenn Marco sich noch hier herumtrieb, würden die anderen ebenfalls in der Nähe sein. Alles in allem mußte er damit rechnen, daß er direkt seinem Untergang entgegenfuhr. Trotzdem hielt ihn etwas entschieden davon ab, umzukehren und sich davonzumachen.

3

Oberrat Adolf von Ganten galt als ambitionierter Liebhaber der Sekundärtugenden Sauberkeit und Ordnung. Er selbst wirkte mit seinem runden Kopf, dem langen Hals, den abfallenden Schultern und dem schwergewichtigen Hinterteil auf zu dünnen Beinen wie zusammengesetzt aus diversen disparaten Einzelteilen, aber heute fand Rohleff im Licht neueren Wissens, daß er Ähnlichkeit mit einer Laufente aufwies, und er überlegte, ob sich von Ganten auch als Müllschlucker eignete. Seine Nase sah eindeutig wie ein Entenschnabel aus, lang und vorne breit, ein hervorragendes Instrument zum Gründeln oder Schnüffeln.

Schon zweimal war von Ganten den Flur entlanggelaufen und hatte pedantisch alle Türen in Augenschein genommen, das zugige Flurfenster einmal auf- und zugeklappt und ließ sich nun anscheinend zu einem längeren Gespräch in Rohleffs Büro nieder. Bevor sein Gast etwas sagte, begann Rohleff einen Aktenstapel auf seiner Schreibtischplatte zurechtzurücken, bis Kante auf Kante lag, und widerstand dann der manischen Aufforderung in von Gantens Blick, mit dem Ordnen fortzufahren.

»Sie haben meine Ankündigung gelesen?« erkundigte sich der Oberrat einleitend. »Die Maßnahmen betreffen nicht nur Ihre Abteilung, sondern alle. Ich habe die ganze Woche dafür vorgesehen, sämtliche Arbeitsvorgänge zu überprüfen, und werde am Ende ein paar vorläufige Ergebnisse meiner Untersuchung formulieren. Glauben Sie mir, die Anordnungen betreffs der Einsparungen von Arbeitspotential gefallen mir auch nicht. Aber ...«

»Reden wir doch Klartext. Einige Stellen sollen gestrichen werden, und die übriggebliebenen Beamten müssen als Folge davon demnächst länger arbeiten, denn die Arbeit selbst nimmt nicht ab.«

»Fast jede Arbeit läßt sich effizienter gestalten. Ich hoffe, Sie haben meinen Rat beherzigt, Ihre Mitarbeiter nicht im Vorfeld zu beunruhigen. Ich möchte das normale Dienstgeschehen erleben, kein Aufplustern stupider Routinevorgänge, um Betriebsamkeit und Überlastung vorzutäuschen. Außerdem bin ich hier wegen der notwendigen Renovierung und der Umbauarbeiten, die auch dazu dienen sollen, die Arbeit zu erleichtern. Ihr Eingangsbereich ist eine Katastrophe.«

»Hier bei uns täuscht keiner etwas vor, wir haben nicht die Zeit dazu, und wir sind überlastet. Meine Kollegen und ich arbeiten seit Freitag früh an einem brisanten Mordfall, und ich weiß nicht, ob für Ihre Untersuchung jetzt der richtige Zeitpunkt ist. Das beste wäre«, hoffnungsvoll richtete Rohleff seinen Blick auf den Entenschnabel gegenüber, »Sie würden sich zunächst auf die anderen Abteilungen und wirklich auf Renovierung und Umbau konzentrieren, nötig wäre beides. Die Wache am Eingang ist unübersichtlich und unpraktisch, und sieht, da haben Sie recht, nach beinahe zwanzig Jahren ohne Renovierung außerdem lausig aus.«

Von Ganten langte nach einem flachen Koffer, den er neben

seinem Stuhl abgestellt hatte, legte ihn auf seine Knie und klappte ihn auf. Rohleff erkannte, daß es sich um einen Laptop handelte.

»Es ist eine Frage des Systems oder der Systematisierung. Man kann sämtliche Vorgänge in eine fast mathematische Ordnung bringen, wenn man die nötigen Bewertungsmaßstäbe vorher festgelegt hat. Ordnungsstrukturen auf dieser Ebene sind äußerst effizient.«

»Wir hier«, wandte Rohleff aufsässig ein, »arbeiten seit Jahren sehr erfolgreich nach der Chaosmethode.«

»Die«, sagte von Ganten, »müssen Sie mir schon erklären. Falls Ihre Methode etwas mit der gleichnamigen Theorie zu tun hat, darüber weiß ich sehr gut Bescheid. Ich habe Mandelbrot gelesen.«

Zum Glück meldete sich Rohleffs Telefon. Aufatmend nahm er den Hörer ab, hielt lauschend seinen Kopf schräg, machte sich Notizen und deckte zwischendurch den Lautsprecher mit der Hand ab. »Meine Ermittlung. Würden Sie mich bitte entschuldigen? Das Gespräch wird etwas länger dauern.«

Als er auflegte, tippte von Ganten in seinen Laptop. Über den Kofferdeckel sah er zu ihm herüber.

»Sie machen mir weder meine noch Ihre Aufgabe leichter, wenn Sie sich gegen eine Zusammenarbeit sperren. Ich schlage vor, Sie informieren mich zunächst so umfassend wie möglich über Ihren Fall und Ihr momentanes Vorgehen, dann kann ich mir viel schneller ein Bild machen und muß Sie und mich nicht ständig mit unnötigen Fragen aufhalten.«

Rohleff fühlte sich durchschaut, denn offensichtlich hatte von Ganten gemerkt, daß er das Telefongespräch absichtlich in die Länge gezogen hatte. Außerdem hatte er seine Antworten so einsilbig gehalten, daß sich daraus kaum ein Zusammenhang erschließen ließ. Er lief Gefahr, den Mann zu unterschätzen, und lenkte ein. Nach einer dreiviertel Stunde war er von Ganten zwar los, traf ihn aber zehn Minuten später in Lillis Büro an. Lilli zwinkerte ihm verschwörerisch zu.

»Gut, daß du kommst, Karl, da brauche ich nicht alles für

dich zu wiederholen. Herr von Ganten informiert sich gerade über meinen Anteil an der Ermittlung. Über den Fall selbst ist er ja schon im Bild.«

»Hast du was aus der Rechtsmedizin gehört?« fragte Rohleff.

»Wegen der Gesichtsrekonstruktion per Computer? Frag lieber Harry, er wollte doch die Sache weiterverfolgen.«

»Fällt so etwas nicht in Ihr Ressort, Herr Rohleff? Kommissar Groß ist meinen Unterlagen zufolge allein für die Spurensuche zuständig.«

»Selbstverständlich«, entgegnete Rohleff, »aber im Zuge von Crossover-Ermittlungen ergeben sich oft ganz neue Gesichtspunkte. Harry Groß sieht die Dinge aus einer anderen Perspektive als wir. Indem wir den Fokus immer wieder verschieben, treffen wir meistens früher ins Schwarze als andere. Wir lassen sozusagen bewußt dem Zufall eine Chance, der ja rein mathematisch gesehen kein Zufall ist. Das war jetzt eine kurze Ausführung zu unserer Chaosmethode, sie ist ein bißchen umständlich zu erklären.«

Von Ganten musterte ihn scharf aus mißtrauisch zusammengekniffenen Augen, und Rohleff ärgerte sich, daß er seinem Bedürfnis, den Mann hochzunehmen, schon wieder nachgegeben hatte. Lange würde er sich das nicht bieten lassen, und am Ende würde er, Rohleff, als renitenter Eigenbrötler noch mit einer Versetzung rechnen müssen oder sogar mit vorgezogenem Ruhestand. Von Ganten selbst war vor Rationalisierungsmaßnahmen sicher, weil auf seiner Dienstebene eher selten Kürzungen vorgenommen wurden, gerade das vergrätzte Rohleff besonders.

»Harry hat angerufen. Er hat die Fotos vom Tatort ausgewertet und etwas herausgefunden, von dem er noch nicht weiß, was davon zu halten ist. Hat er dich nicht informiert?«

Unsicher sah Lilli zu von Ganten. So eine Frage hätte sie wahrscheinlich gar nicht stellen dürfen, denn sie warf eventuell kein gutes Licht auf die Zusammenarbeit in der Abteilung oder Rohleffs Stellung als Chef. Was genau der Oberrat mit diesem

Besuch bezweckte, wußte sie nicht. Rohleff hatte ihn zwar erwähnt, aber sich nicht näher dazu geäußert. Es war nicht die erste Visite der vorgesetzten Behörde aus Greven, insofern mochte es keinen Grund zur Besorgnis geben. Meist endete so eine Inspektion in allgemeinen Mitarbeiterkonferenzen und einem gemeinsamen Kantinenessen. Dennoch spürte sie Nervosität und war instinktiv auf der Hut, weil sich Rohleff etwas merkwürdig benahm.

»Vorhin hat sich die Wache bei mir gemeldet, meine Leitung war eine Zeitlang blockiert. Es sind einige Anrufe auf den Zeitungsbericht vom Leichenfund und unsere vage Beschreibung des Toten eingegangen. Meistens stimmte aber das Alter oder die Haarfarbe nicht. Warum Leute in solchen Fällen überhaupt anrufen, versteht keiner. Wie machen wir das jetzt mit den Kindern?« fragte Rohleff übergangslos.

Lilli begann zu ahnen, was für ein Spiel er inszenierte, auch wenn sie nicht hätte sagen können, warum.

»Ich hatte noch keine Zeit, mich dahinterzuklemmen, aber vor Schulschluß lohnt es auch nicht. Um zwei starte ich mit der Befragung, oder hast du einen anderen Auftrag?«

»Tja«, Rohleff schien unschlüssig zu sein, »wir sollten bei Harry nachschauen, was es gibt.«

Von Ganten blickte auf seine Armbanduhr. Rohleff erwog die Wahrscheinlichkeit, daß sich der Oberrat in die Kantine zur Kaffeepause verzog.

»Kommissar Groß wäre der dritte in Ihrer Abteilung, der mit dem Fall befaßt ist. Ich brauche dann nur noch den vierten, Kommissar Knolle«, erläuterte von Ganten, und Lilli begann die Schwierigkeiten zu ahnen, in denen sie alle bald stecken würden.

4

Auch Harry Groß wartete mit einer Inszenierung auf. Großformatige Fotos bedeckten einen Arbeitstisch. Bei näherem Hinsehen stellte sich heraus, daß es sich bei allen um die gleiche Abbildung handelte, nur in der Tiefenschärfe oder im Schwarzweißkontrast variierten sie. Präzise ausgerichtet, Kante an Kante aneinandergelegt, wirkten sie wie ein einziges Bild, fast wie ein Kunstwerk. In dieser Gesamtschau versanken erst einmal die Einzelheiten. Rohleff nahm nichts Konkretes wahr, sondern nur ein wirres Muster.

Harrys Augen hatten aufgeleuchtet, sobald er von Ganten bemerkte, der als letzter eingetreten war. Lilli dachte ärgerlich, daß Groß die Gelegenheit nutzen würde, um sich hervorzutun. Vielleicht hatte er sogar auf eine solche Chance gehofft, seit Rohleff am Freitag oder Samstag den Oberrat erwähnt hatte.

Nach der Begrüßung war von Ganten an den Tisch getreten und hatte Harry erwartungsvoll angesehen. Offensichtlich gefiel ihm die Fotoschau auf dem Tisch.

»Was erkennst du, Karl?« fragte Groß nachlässig.

Lilli ahnte, daß Rohleff mit der Frage überfordert war, sie selbst sah ebenfalls immer nur den gleichen Ausschnitt: ein ausgedehnter dunkler Fleck, in dem sie die Blutlache vermutete, und plattgewalztes Gras. Ein bißchen gestreift kam es ihr vor.

Von Ganten begann, um den Tisch herumzulaufen, einmal, zweimal, beugte sich einen Moment über das eine oder andere Foto, betrachtete es näher und strich weiter an der Tischkante entlang.

Unweigerlich sah Rohleff eine Laufente vor sich und hatte Mühe, bei der Sache zu bleiben.

Von Gantens Finger beschrieb ein Zickzack. »Es handelt sich immer wieder um die gleiche Spur. Ein Vor- und Zurücksetzen, ein Hin und Her, hier abgebrochen und dort weitergeführt und das wohl ein dutzendmal oder öfter. Ein Hindernis in der Mitte, über das die Spur verläuft.«

Lilli zog scharf die Luft ein, von einem viel bunteren Bild als dem vorliegenden bedrängt. »Ein Motorrad, das über einen liegenden Körper setzt. Ein Mensch, der wieder und wieder überfahren wird.«

»Du nimmst wirklich an, er ist mit dem Motorrad erledigt

worden? Dann hätte die Leiche anders ausgesehen. Wahrscheinlich aufgeplatzt, nicht so zerfetzt«, wandte Rohleff ein und mühte sich, das Schema der Spuren ebenfalls zu erkennen.

»Du glaubst mir nicht, was?« Groß war neben ihn getreten und hielt eine letzte Aufnahme in der Hand. »Die habe ich heute morgen entwickelt, vor Dienstbeginn.«

»In deinem eigenen Labor?« fragte Rohleff. Er wußte, daß Groß in seiner Wohnung ein Fotolabor eingerichtet hatte, in dem er oft herumtüftelte und zu erstaunlichen Ergebnissen kam. Auch diese Aufnahme war ein Beweis dafür. Was sich auf den anderen Fotos eher ahnen ließ, wurde auf diesem offensichtlich. Fast alles Gegenständliche war herausgeblendet, übrigblieb das Muster einer nachvollziehbaren Bewegung. Rohleff hatte geargwöhnt, daß Groß die übrigen Fotos nur zur theatralischen Selbstdarstellung vor dem Oberrat so kunstvoll arrangiert hatte, war aber zu ehrlich, um sich nicht einzugestehen, daß das letzte Foto ohne die anderen, die den Kontext aufdeckten, nichts wert war.

»Ein Motorrad?« fragte er langsam. »Hatten wir das nicht schon?«

Groß nahm ihm das Foto ab. »Aus diesem hier geht hervor, daß ich mich mit meiner Annahme, es mit einer Tätergruppe zu tun zu haben, wahrscheinlich irrte. Ich dachte, ich hätte die Spuren von mehreren Tätern gefunden, aber es ist nur einer. Ein Motorrad und ein Täter. Mit den Verletzungen hast du natürlich recht. Außer dem Bike muß noch etwas anderes im Spiel gewesen sein.«

»Zwei parallele Ereignisse, die nichts miteinander zu tun haben? Eine Gruppe von Rowdies, die ein Viertel unsicher machen, und ein Mord, begangen von jemandem, der mit dem Motorrad unterwegs ist?« faßte Lilli zweifelnd nach.

Von Ganten schaute wieder auf die Uhr und wandte sich an Groß. »Sie halten mich über die weiteren Ergebnisse auf dem laufenden? Ihre Demonstration hat mir gefallen.« Groß schien sich geschmeichelt zu fühlen, aber der Oberrat hielt sich nicht länger mit ihm auf. »Ich beginne zu ahnen, was Sie mit Ihrer

Methode meinen.« Er sprach zu Rohleff. »Und wo finde ich nun Ihren vierten Mitarbeiter, Patrick Knolle?«

Es war die Frage, die Rohleff befürchtet hatte, seit sich von Ganten auf einem Stuhl in seinem Büro niedergelassen hatte.

»Sie haben ja selbst die Motorradspur auf den Bildern herausgearbeitet. Die ganze Ermittlung dreht sich inzwischen um diese Motorradtruppe. Wir fahnden nach Zusammenhängen, aber Patrick Knolle ist derjenige, der sich mit Motorrädern auskennt, er fährt selbst eins.«

»Es gibt da einen Motorradfahrertreff in Ochtrup, etwa fünfzehn Kilometer von Burgsteinfurt entfernt«, warf Lilli ein.

Von Ganten schien ein bißchen verwirrt. »Hatten Sie nicht gerade noch die Vermutung geäußert, daß die Motorradbande mit dem Mord nichts zu tun hat, Frau Gärtner? Auch bei mir zu Hause in Ibbenbüren haben wir gelegentlich unter solchen Typen zu leiden, aber wenn sie nicht gerade zu den Hell's Angels gehören, hält sich der Schaden, den sie anrichten, in Grenzen.«

»Es gibt nicht nur die Hell's Angels, die gefährlich werden können«, hakte Rohleff ein, »und wir leben hier im Grenzgebiet, das seine eigene Deliktskala aufweist.«

»Drogen, aus den Niederlanden rübergeschmuggelt? Ist das nicht zu einfach, immer gleich auf so etwas zu spekulieren? Wie dem auch sei. Wenn Kommissar Knolle von seiner Erkundungsfahrt nach Ochtrup zurück ist, würde ich ihn gerne sprechen.«

Nachdem von Ganten samt Laptop verschwunden war, raffte Groß eilig seine Fotos zusammen. Lilli hatte sich an den Tisch gesetzt und eins davon aufgenommen. Er nahm es ihr ab.

»Patrick ist also in Ochtrup am Bikertreff? Abgesehen davon, daß an einem Montagmorgen vermutlich niemand außer einem übereifrigen Polizeibeamten dort aufkreuzen würde, muß Patrick sehr früh aufgebrochen sein oder sich den Sprung ins Büro gleich ganz gespart haben. Ich wollte ihn nämlich wegen der Reifenspuren etwas fragen. Aber weder um sieben noch um acht stand seine BMW auf dem Parkplatz, und in seinem Büro war er auch nicht.«

»Du könntest ihn zwischen sieben und acht verpaßt haben«, sagte Lilli ausdruckslos.

»Halt mich nicht für blöd. Vorhin habe ich wegen des Ganters nicht gesagt, was mir bei der Auswertung der Spuren durch den Kopf geschossen ist.«

»Der Ganter?« wiederholte Rohleff.

»Ist euch noch nicht aufgefallen, daß unser Oberrat wie eine männliche Gans aussieht?«

»Wir haben nicht deinen magischen Blick«, meinte Rohleff und sah davon ab, sich über Laufenten zu verbreiten.

»Mir ist es gleich, ob von Ganten wie ein Ganter oder wie ein Erpel aussieht. Was hast du über Patrick nicht gesagt, Harry?« fragte Lilli nach.

Groß setzte sich auf den Stuhl vor seinem Computer, den Rücken an die Tischkante gelehnt, einen Fuß auf dem Knie des anderen Beins.

»Wenn wir davon ausgehen, daß wir es mit einem einzigen Täter zu tun haben, der außerdem mit dem Motorrad unterwegs war, könnte es sich auch um Patrick gehandelt haben. Für sein Verschwinden hätte er dann einen noch triftigeren Grund, als wir bisher angenommen haben.«

»Das möchte ich nicht gehört haben«, fuhr Rohleff auf.

»Du kämst ganz schön in die Bredouille, nicht wahr? Flüchtiger Polizeibeamter, des Mordes verdächtig. Die schöne Theorie von der Motorradgang, auf deren Spur sich Patrick gesetzt haben könnte, wäre hinfällig.«

Rohleff fingerte angestrengt in seiner Jackentasche herum. »Ich räume ein, daß du rein theoretisch recht haben könntest«, brummte er unwillig.

»Seid ihr beide verrückt geworden? Nie im Leben hat Patrick etwas mit diesem Mord zu tun, warum auch?« regte sich Lilli auf.

»Es muß ja kein vorsätzlicher Mord gewesen sein, es könnte sich sogar um einen tödlichen Unfall gehandelt haben als unbeabsichtigte Folge eines Streits. Patrick hat, bis zur Oberkante geladen vor Wut, den Hof seiner Eltern verlassen und hatte anschließend einen Zusammenstoß mit dem Opfer. Der brauchte doch nur einen Funken, um zu explodieren.«

Rohleff stützte den Kopf in die Hände. »Und die Brutalität, mit der die Leiche zugerichtet war? Traust du die Patrick ebenfalls zu?«

»Wann dem Toten welche Wunde zugefügt wurde, steht noch nicht eindeutig fest, wenn ich den ersten Bericht aus der Rechtsmedizin richtig interpretiert habe. Die Zurichtung der Leiche sollte eventuell nur der Unkenntlichmachung dienen.«

»Dann werden wir auch diese Möglichkeit einer Täterschaft in Betracht ziehen«, sagte Rohleff widerstrebend, »überzeugt bin ich aber nicht. Ich wollte gerade Maike anrufen, jetzt werde ich sie auch gleich um etwas bitten, was eine DNA-Analyse zuläßt.«

»Frag sie nach Haaren, das ist das einfachste.«

»Meinst du, sie hebt Patricks ausgefallene Haare wie eine Reliquie auf?« erkundigte sich Lilli.

»Kamm oder Bürste, Hauptsache wir erhalten ein Haar mit intakter Wurzel. Lilli, es ist besser, wir untersuchen Verdachtsmomente, die sich irgendwann sowieso aufdrängen werden, wenn wir weiter über Patricks Verschwinden rätseln müssen. Wenn wir ihn als Täter ausschließen können, wird uns wohler sein«, entgegnete Groß.

»Das glaubst du doch selbst nicht. Aufgrund so eines DNA-Abgleichs ergibt sich bei nicht nachzuweisender Übereinstimmung mit den Proben vom Tatort noch lange kein Ausschluß. Wir hätten keinen eindeutigen Unschuldsbeweis. Und denk auch daran, daß wir vor kurzem noch über Patrick als zweites Opfer nachgedacht haben. Das eine schließt das andere aus, wenigstens davon können wir ausgehen. Aber immerhin hast du etwas aufgebracht, das uns noch mehr belastet. Wie sollen wir unter diesen Voraussetzungen weiterarbeiten? Am liebsten würde ich mich krank melden.«

»Lilli, hör auf zu jammern«, sagte Rohleff erschöpft, »ich weiß nicht, wo ich mein Handy gelassen habe. Ich geh rauf und telefoniere vom Büro aus, da habe ich auch Maikes Nummer.«

»Dann komm ich mit.«

Auf dem Weg die Treppe hinauf ins Erdgeschoß machte sich Lilli Gedanken über das merkwürdige Gespräch, das Rohleff mit von Ganten in ihrem Büro geführt hatte. Rohleff versuchte, die Schnüffelnase absichtlich zu verwirren, aber geschah das nur, um den Mann von Patricks Spur abzulenken?

Bei einer Sichtung der neuen Meldungen, die auf die Opferbeschreibung eingegangen waren, stieß Rohleff auf den Anruf eines Mannes, der angegeben hatte, daß ein Mechaniker seiner Autoreparaturwerkstatt nicht zur Arbeit erschienen war, er fehlte bereits seit Freitag.

Ein Telefongespräch mit dem Werkstattbesitzer ergab, daß er schon seinerseits bei den Eltern nachgefragt hatte. Diese hatten ihren Sohn, der noch bei ihnen wohnte, seit Donnerstag nicht mehr gesehen. Eine Vermißtenanzeige war bisher unterblieben, weil der junge Mann gelegentlich ohne Vorankündigung ein paar Tage fernblieb, gewöhnlich aber nur übers Wochenende. Rohleff schrieb sich die Adresse auf und beschloß, die Werkstatt persönlich aufzusuchen. Er wurde aber bis Mittag aufgehalten, was sich als Glücksfall erwies.

Die Rechtsmediziner waren Groß zuvorgekommen, hatten mittels eines Computerprogramms das mutmaßliche Gesicht des Toten zusammengesetzt und die Fotos per e-mail an den Rechner von Groß geschickt. Er druckte sie aus und brachte sie Rohleff ins Büro.

Rohleff warf einen Blick darauf und benachrichtigte Lilli.

Schweigend musterten sie zusammen die Serie, die ein etwas unbestimmtes Gesicht, ein Wachsfigurengesicht ohne individuellen Ausdruck, in mehreren Variationen wiedergaben, die alle wie geklont wirkten. Vor allem der Eindruck von Künstlichkeit blieb haften.

»Ob wir damit was anfangen können?« sagte Rohleff zweifelnd.

5

Knolle achtete jetzt mehr auf die Straßenschilder. Herdecke hatte auf dem letzten gestanden. Die Dämmerung war inzwischen der Dunkelheit gewichen und von der Umgebung nicht mehr viel wahrzunehmen. Sie fuhren durch offenes Land, hin und wieder streifte sie Licht aus einem einsamen Haus am Straßenrand. Wieder erwog er umzukehren, aber das hätte Flucht bedeutet und das Ende seiner Nachforschung. Was dann?

Er versuchte, sich darüber klarzuwerden, wann er Marco in der Cafeteria so lange aus den Augen verloren hatte, daß sich dieser mit seinen Kumpeln hätte in Verbindung setzen können. In Frage kam dafür höchstens die Zeit, bevor er ihm ins Klo gefolgt war, und als er an der Theke anstand. Lange genug hatte es gedauert, bis er mit den Brötchen zurückgekehrt war. Knolle selbst war vollkommen in die Karte vertieft gewesen.

Es schien ihm jetzt mehr als wahrscheinlich, daß Marco ihn wiedererkannt hatte. Am Donnerstag abend hatten er und die anderen ihn in einer bestimmten Absicht angegriffen. Und während er es mit fünf aufnehmen mußte, hatten sie nur einen Gegner gehabt. Marco mußte wissen, mit wem er es zu tun hatte. Die Beweiskette wurde immer lückenloser.

Und er war dumm genug, der Bande nun Gelegenheit zu geben, die Sache vom Donnerstag abend noch einmal aufzurollen. Es war ein Wagnis, das er einging, aber ein stumpfer Trotz zwang ihn, sich darauf einzulassen.

Am Rand einer Siedlung bog Marco auf einen großen Parkplatz ein, der von Hecken und Büschen gesäumt war. Hinter den Hecken lag eine Schrebergartenanlage. Auf dem Parkplatz standen einige wenige Autos, aber keine Motorräder. Die anderen würden also noch eintreffen, und daraus ergab sich für Knolle die Chance, erst einmal das Terrain der anstehenden Auseinandersetzung zu erkunden.

Marco hatte seine Honda neben dem großen Tor zur Anlage abgestellt, ein deutlicher Hinweis auf seine Anwesenheit.

Knolle zog eine enge Schleife und plazierte seine BMW so hinter einen dunklen Mercedes, daß sie von der Einfahrt nicht zu sehen war und er sofort ohne Wendemanöver den Platz verlassen konnte. Ob das viel nutzen würde, wußte er allerdings nicht.

»Warum hast du dein Bike nicht neben meins gesetzt?« fragte Marco verwundert, sobald er zu ihm geschlendert war.

»Weil's mir so paßt. Wo geht's lang?«

Knolle versetzte Marco einen Schlag auf die Schulter, der ihn leicht einknicken ließ. Ruckhaft riß Marco den Kopf zu ihm herum. Das Licht der trüben Laterne, die über dem Torbogen brannte, offenbarte seine Verunsicherung.

»Ich mach ja schon.«

Der Garten, in den Knolle geführt wurde, sah, soweit es die Dunkelheit erkennen ließ, ein bißchen ungepflegt aus, als hätten die Pächter nach einem langen Sommer die Lust an der Gartenarbeit verloren. Das einzig Erfreuliche an der Holzhütte mit ihren Laubsägeornamenten bildete eine rundum verglaste und überdachte Veranda, deren Scheiben von innen mit geblümten Gardinen verhängt waren. Nach kurzem Zögern widerstand er der Versuchung, sie aufzuziehen. Ein unverhülltes Fenster würde im Dunkeln eher die Sicht von draußen nach drinnen als umgekehrt begünstigen. Er würde sich auf sein Gehör verlassen müssen, um die Ankunft der übrigen rechtzeitig zu bemerken.

Marco wuselte geschäftig herum, rückte Stühle zurecht, schüttelte Kissen auf, stellte Kerzen auf den verkratzten Tisch in der Veranda und ließ sich ausschweifend über »Stimmung« und »Atmosphäre« aus. Daß die elektrische Beleuchtung durch das Schummerlicht von Kerzen abgelöst wurde, kam Knolles Absichten entgegen. Während Marco mit Gläsern und diversen Flaschen mit Hochprozentigem hantierte, griff er nach einer der fertig gedrehten Zigaretten, die samt Tabak und Feuerzeug schon auf dem Tisch bereitlagen.

»Ich hab auch was Stärkeres da, aber das heben wir uns besser für später auf.« Marco wischte die Gläser mit einem Spültuch aus. »Es sei denn, du möchtest gleich was, du brauchst es nur zu sagen.« In der Stimme klangen so allerlei Verheißungen mit, die Knolle mit dem süßlichen Rauch von sich wegwedelte.

Ungeniert sah er sich in der eigentlichen Hütte um, vor allem das Fenster interessierte ihn. Leise hakte er es auf, spähte nach draußen in die Dunkelheit und ließ es trotz eines gewissen Risikos angelehnt.

Marco hatte mehrfach eine Andeutung einfließen lassen, daß Knolle über Nacht bleiben könne. Überhaupt nahm sein Herumhuschen etwas Devotes und Kriecherisches an. Sein ganzes Gehabe ließ sich immer schlechter mit dem Bild einer düsteren, kettenschwingenden Gestalt vereinbaren, das hier und da blitzhaft in Knolles Kopf aufschien.

Als er zurück in die Veranda ging, um zu sehen, wie weit die Vorbereitungen für ein gemütliches Besäufnis gediehen waren, trat Marco hinter ihn und legte ihm die Hände auf die Schultern. Er strich sanft und gefühlvoll über sie, der leichte Druck wanderte das Rückgrat hinunter, um dann energischer zu den Schultern zurückzukehren, und Knolle merkte erstaunt, wie gut es tat, daß sich jemand seiner Verspannungen annahm. Irgend etwas mußte er gebrummt haben, oder er hatte zustimmend geseufzt, denn Marco rückte dichter an ihn heran.

»Hast du früher mal geboxt? Ich seh sofort, ob jemand etwas für seinen Körper tut. Aber viel Bodybuilding braucht einer wie du nicht, da gibt's nichts zu verbessern. Du machst grad ein bißchen, um in Form zu bleiben. Deine Schultern sind so breit wie die von Drag, du bist überhaupt gebaut wie er, das ist mir gleich aufgefallen.«

Nur zu bereitwillig überließ sich Knolle der Vorstellung seiner Wohlgestalt, kam aber auf den Teppich, als ihm aufging, mit wem er verglichen wurde.

Zweifellos war von dem Mann auf der Harley die Rede, dem Anführer der Bikertruppe. Drag mußte die Kurzform von Dragon – also Drache – sein. Nur wenn er sich die vierschrötige Gestalt des Harley-Fahrers vor Augen hielt, erschien ihm der Vergleich wenig stimmig.

Marcos Finger kneteten kundig einige neuralgische Punkte durch.

»Boxt Drag auch?« krächzte Knolle, hin- und hergerissen zwischen schlichtem Wohlbehagen und unterschwelliger Abscheu vor intimeren Berührungen, auf die die Behandlung unweigerlich hinauslaufen mußte. Alle seine Muskeln sehnten sich nach einer Fortführung, als Marco unversehens die Arme um ihn schlang und seine Hände vorn nach der Jacke faßten.

»Zieh die doch aus.«

Entsetzt riß sich Knolle los.

»Was ist mit dir?« Er deutete auf Marcos Kluft, genaugenommen auf die Karte, deren oberer Rand noch aus der Brusttasche lugte. Mit einem erwartungsvollen Lächeln schälte sich Marco aus seiner Kombination. Er trug Textil, kein Leder, und darunter Jeans und T-Shirt. Zunächst faltete er die Kombination zusammen, schien aber unschlüssig, wo der richtige Ort dafür sei, schüttelte sie wieder auseinander und hängte sie schließlich an einen Garderobenhaken an der Hüttenwand. Beim Schütteln war die Karte herausgefallen. Blitzschnell hob Knolle sie auf, ebenso geschwind zog sie ihm Marco aus den Fingern.

»Danke.«

Ehe Knolle sich versah, hatte Marco eine Schublade in einem altmodischen Küchenschrank neben den Haken aufgezogen und die Karte dort verstaut. Daß er so geistesgegenwärtig reagierte, gab Knolle zu denken. Beinahe wäre er auf das Schwuchtelgetue hereingefallen. Der Kerl spielte ihm etwas vor.

»Gehört die Hütte Drag?« fragte er.

Marco kicherte albern.

»Du bist scharf darauf, etwas über Drag zu erfahren, stimmt's? Das werde ich mir aber überlegen.«

Knolle erwog, ob es nicht das einfachste wäre, die Informationen über Drag und die anderen aus Marco herauszuprügeln, und war drauf und dran, damit anzufangen, als er Geräusche von draußen wahrnahm. Er hatte zuviel Zeit vertrödelt. Außerdem fiel es ihm schwerer, Marco einzuschätzen. Am liebsten hätte er sich auf einen Stuhl fallen und die Dinge an sich herankommen lassen. Wer oder was war Marco wirklich?

Von draußen war nun Gegröle zu hören. Hastig löschte Marco die Kerzen und rannte im letzten Augenblick zur Verandatür, um sie abzuschließen, offensichtlich hatte er doch nicht mit Besuch gerechnet.

Bevor Knolle Fragen stellen konnte, hämmerten schwere Schläge gegen die Tür, nachdem jemand ein-, zweimal vergeblich die Klinke heruntergedrückt hatte.

»Mach auf, Schwuchtel, wir wissen, daß du da bist.«

Knolle wich, die Tür im Blick behaltend, zum Küchenschrank zurück und griff in seinem Rücken nach dem Knopf der Schublade.

»Freunde von dir?« erkundigte er sich halblaut. Marco gab nur ein Zischen von sich.

Im nächsten Augenblick splitterte Glas, und zwei heftige Atemzüge später knirschte der Schlüssel im Schloß. Mit einem Ruck zog Knolle die Schublade auf, tastete nach der Karte und bekam sie zu fassen. Während die ungebetenen Gäste in die Veranda stürmten, hastete er schon durch die Hütte auf das hintere Fenster zu, riß es auf und schwang sich in den Garten hinaus. Leider so ungeschickt, daß er erst einmal zu Boden ging.

Sein Bein schmerzte höllisch, Schwäche machte sich breit, die ihn zwang, auf allen vieren hinter die Hütte zu kriechen, in einen schmalen Streifen zwischen der Wand und der Hecke, die das Grundstück zur Nachbarparzelle hin begrenzte. Geradezu schwindelerregend stank es hier nach Urin. Die Bretterwand neben ihm war dünn genug, um die Geräusche von drinnen nur unwesentlich zu dämpfen. So hörte er deutlich die dumpfen Schläge, die Schreie Marcos und konnte sich problemlos die Fußtritte und Würgegriffe dazudenken, die er vor kurzem noch selbst hatte anwenden wollen. Sobald der Lärm nachließ, rutschte er unter Schmerzen zur Hüttenecke und streckte vorsichtig den Kopf vor. Es dauerte nicht lange, da konnte er undeutlich zwei Gestalten erkennen, die sich über den Gartenweg davonmachten.

Knolle wartete ab, bis er einen Motor anspringen hörte – die Besucher waren offenkundig mit einem Auto, nicht mit Motorrädern gekommen –, erst dann schlich er, sich mehrfach umblickend, zurück in die Veranda.

Mit zitternden Händen entzündete er eine Kerze und leuchtete damit herum, bis er Marco zusammengekrümmt in einer Ecke liegend fand. Er stöhnte leise. Knolle ging zum Tisch zurück und stellte die Kerze ab. Danach faßte er Marco an den Beinen und schleifte ihn so weit in den Raum hinein, daß er ihn besser sehen konnte. Die Augen begannen gerade zuzuschwellen, auf den Wangen bildeten sich Blutergüsse, Lippen und Augenbrauen waren aufgerissen, Blut lief ihm über das Gesicht. Marco krümmte sich wieder und stöhnte, anscheinend war er auch in die Seiten getreten worden.

Knolle zog sich einen Stuhl heran und setzte sich.

»Jetzt, Sportsfreund, können wir uns in aller Ruhe unterhalten. Die Typen sind weg.«

Marco streckte hilfeheischend eine Hand nach ihm aus.

Knolle ignorierte die Geste.

»Wer waren deine Freunde?« knurrte er. »Und warum haben sie dir diese Dinger verpaßt?« Er deutete auf Marcos Augen. Nur noch ein winziger Spalt war offen geblieben.

Marco wimmerte nur. Knolle beugte sich herab, faßte nach seinem Arm und quetschte ihn, bis sich das Wimmern verstärkte.

»Ich verstehe dich nicht. Mach gefälligst den Mund auf. Besonders geduldig bin ich nicht. Gehören die beiden zu Drag und seiner Bande?«

Geradezu mitleiderregend vorsichtig schüttelte Marco den Kopf. »Konkurrenz«, stieß er hervor.

»Dann haben sie auch was über Drag erfahren wollen? Hast du geredet?«

Aus Marcos Augenwinkeln quollen Tränen hervor.

»Erzähl's mir jetzt«, fuhr Knolle fort. »Was haben Drag und seine Leute vor? Warum fahren sie nach Spanien? Und erzähl mir was von Donnerstag abend. Ich habe da ein paar Lücken in meinem Hirn, die würde ich gern füllen.«

Mit einer gewaltigen Anstrengung öffnete Marco die Augen so weit, daß er Knolle anschauen konnte.

»Donnerstag?« Der Blick wurde immer klarer. »Ich sag gar nichts«, nuschelte er beinahe unverständlich.

Knolle wunderte sich, daß der Haufen Elend vor ihm auf dem Boden tatsächlich diesen Widerstand leistete, und drückte wieder zu. Immer noch starrte ihn Marco an. Auf seiner Stirn hatten sich tiefe Falten eingegraben, aber aus seinen Spaltaugen blitzte ungebrochene Sturheit.

Knolle ballte die Faust.

»Wirst du das Maul aufmachen?«

Er drohte nur, aber Marcos Augen schlossen sich scheinbar unwiderruflich.

»Scheiße«, fluchte Knolle, »verdammte Scheiße.« Ungelenk stand er auf und rieb sich die Fingerknöchel seiner Rechten.

6

»Du glaubst nicht ernsthaft, daß Patrick der Täter sein könnte, Karl?« fragte Lilli beschwörend, während sie nach Ochtrup fuhren.

Rohleff fuhr ungern selbst Auto. Er hatte sie gebeten, das Steuer zu übernehmen, und sich in eine Wegbeschreibung vertieft und gab deshalb keine Antwort.

»Patrick gerät, wenn er genügend gereizt wird, ziemlich in Fahrt, das wissen wir alle, im großen und ganzen hat er sich aber in der Hand. Jemanden totschlagen, nur weil er einem dumm gekommen ist? Es müßte schon ein etwas besseres Motiv zwischen Täter und Opfer geben«, fuhr sie fort.

»Sag das den Opfern von Wirtshausprügeleien – du mußt rechts abbiegen.«

Lilli setzte folgsam den Blinker.

»Wie Harry solch einen Verdacht hat konstruieren können, versteh ich nicht. Ich mache mir Sorgen, wie das weitergehen soll, und bin ratlos, wenn ich an von Ganten denke.

Glaubst du, die Schnüffelnase ist noch da, wenn wir zurückkommen?«

Sie fuhren durch das Industriegebiet, das westlich vom Ochtruper Stadtkern sehr günstig zur Autobahn und zur Schnellstraße nach Gronau und weiter nach Holland lag. Angestrengt starrte Rohleff durch die Windschutzscheibe.

»Hier müßte es irgendwo sein. Siehst du ein Schild ›Autoreparaturwerkstatt Kleingreber‹?«

Ärgerlich hielt Lilli den Wagen an. »Ich denke, du weißt, wo es ist.«

»Angeblich ist es nicht zu übersehen.«

Lilli schaute durch ihr Seitenfenster zur gegenüberliegenden Straßenseite. »Ehe wir sinnlos herumgurken, warten wir, bis wir einen Passanten fragen können. Um noch mal auf Harry zurückzukommen: Ich habe das Gefühl, du spielst ein kleines Verwirrspiel mit von Ganten, frag mich aber, ob Harry das mitmacht.«

Rohleff zerknüllte seinen Notizzettel. »Um Harry mache ich mir überhaupt keine Gedanken«, sagte er etwas brüsk. »Aber auch wenn es uns schwerfällt, müssen wir dem Verdacht gegen Patrick nachgehen, weil sich dadurch eventuell die Frage nach seinem Verbleib klärt. Darum geht es letztendlich.«

»Das überzeugt mich nicht. Übrigens«, Lilli hatte sich ein wenig geduckt und durch das Fenster an Rohleffs Seite geschaut, »siehst du dieses breite Schild über dem Flachbau da? Wenn ich mich nicht vertue, stehen wir direkt vor der Werkstatt.«

Rohleffs Blick folgte der Richtung, die Lilli wies. »Direkt nicht, da ist noch der Parkplatz dazwischen, aber du kannst hier stehenbleiben. Die zehn oder zwölf Meter bis zum Eingang schaffen wir zu Fuß.«

»Du willst nicht mit Blaulicht auf den Hof preschen? Wir hätten in Sekundenschnelle alle beisammen, die wir nach dem Opfer befragen müssen.«

Sie gingen in die Werkstatthalle und liefen zwischen aufgebockten Autos herum, Lilli zwei Schritte hinter Rohleff. Der Mann, der dann aus einer Seitentür trat und sie ohne große Umschweife rasch in ein kleines, zur Halle hin verglastes Büro führte, war Kleingreber selbst. Ein Mann Ende Dreißig mit dunklem, militärisch kurzem Haar und sportlicher Figur, der sie musterte und gleichzeitig den Monitor auf seinem Schreibtisch nicht aus dem Blick verlor, sobald er Platz genommen hatte.

»Was kann ich für Sie tun?« erkundigte er sich knapp und deutete einladend auf die zwei Besucherstühle vor dem Schreibtisch.

Rohleff übernahm die nötigen Erklärungen.

»Sie sind aber fix«, meinte Kleingreber am Ende. »Um ehrlich zu sein, rechne ich damit, daß Alex heute noch wieder aufkreuzt.«

Auf Rohleffs Gesicht zeichnete sich ein Hauch von Enttäuschung ab, er erhob sich.

»Dann hat sich der Vermißte bei Ihnen gemeldet?«

Das Telefon neben Kleingreber dudelte. Mit einer Hand Rohleff zurück auf seinen Stuhl winkend, sprach er in den Hörer. Nach drei Sätzen war das Gespräch beendet.

»Meine Frau ist heute nicht da.« Er hackte, während er weiterredete, auf die Computertastatur ein. »Um den Schreibkram kümmert sie sich sonst. Und heute morgen beim Frühstück hat sie mich so lange bekniet, bis ich ihr versprochen habe, eine Meldung zu machen, falls Alex nicht zur Arbeit erscheint. Wir wissen nicht, wo er steckt.«

Lilli holte die Fotos heraus. »Sieht er ungefähr so aus?«

Rasch blätterte Kleingreber die Abbildungen durch. »Bessere haben Sie nicht?«

»Wenn wir bessere hätten, was glauben Sie, was wir damit gemacht hätten?« fragte Rohleff mild ironisch.

»Verstehe.« Kleingreber kratzte sich heftig hinter dem Ohr und hielt eins der Fotos hoch. »Das kommt ihm am nächsten.«

»Aber direkt erkennen würden Sie ihn danach nicht?« hakte Lilli ein. »Haben Sie eventuell eins von ihm?«

Kleingreber rollte mit dem Stuhl zurück und löste eine Fotografie von einer Korktafel an der Seitenwand. »Die Aufnahme stammt von einer Betriebsfeier nach unserem Umbau im Frühjahr. Der zweite von rechts neben meiner Frau.«

Lilli und Rohleff verglichen das Foto mit dem Phantombild, das Kleingreber zuletzt herausgesucht hatte. Eine typmäßige Übereinstimmung gab es zweifellos, mehr aber auch nicht.

»Erzählen Sie uns etwas über Ihren Angestellten. Sein Name ist Alexander Schröder, das haben Sie mir bereits am Telefon erklärt. Ist er häufiger so unzuverlässig?«

Kleingreber rutschte unbehaglich auf seinem Stuhl herum. »Das haben Sie mich bereits vor einer Stunde gefragt, als ich anrief. Direkt unzuverlässig würde ich nicht sagen. Ein bißchen unstet vielleicht. Herrgott, der Bursche ist einundzwanzig und kein Chorknabe. Über Kleinigkeiten kann man doch hinwegsehen, wenn sonst alles stimmt. Am liebsten wäre es mir, Sie vergessen die Angelegenheit vorerst. Ist mir peinlich, daß Sie gleich zu uns herausgekommen sind.«

Das Büro machte nicht den Eindruck, als ob auch nur irgend etwas am falschen Platz liegen würde. Obwohl seine Aufmerksamkeit durch zwei Kriminalbeamte beansprucht wurde, führte Kleingreber seinen Schreibkram am PC und am Schreibtisch weiter. Vor ihm lagen Papiere mit verschiedenen Firmenzeichen im Kopfbogen, wahrscheinlich handelte es sich um Materialbestellungen oder Rechnungen. Kleingreber schien ein Mann zu sein, der mit größter Effizienz arbeitete. Wieso sollte er dann einen unzuverlässigen Mitarbeiter dulden, fragte sich Rohleff.

Lilli war wohl zu dem gleichen Schluß gelangt. »Warum lassen Sie einen Mann bei sich arbeiten, der sich Unregelmäßigkeiten erlaubt?« fragte sie.

Wider Erwarten ließ Kleingreber seine Hände endlich ruhen. Er faltete sie sogar und legte sie auf seinen Schreibtisch. »Weil seine Mutter eine Cousine meiner Frau ist.«

»Dann sehen wir doch schon etwas klarer«, meinte Rohleff leichthin. »Ihre Rücksichten in Ehren, jetzt müssen Sie uns aber doch etwas weniger Zurechtgestutztes über Alexander Schröder sagen.«

»Nicht, bevor ich richtig begriffen habe, um was es geht. Sie haben eine Leiche gefunden und glauben, daß es sich um Alex handelt?«

»Das erste stimmt, das andere nicht. Wir haben eine Leiche und versuchen, ihre Identität zu klären. Also zunächst einmal, damit wir vorankommen: Wann haben Sie Alexander am Donnerstag zuletzt gesehn? Hat er normal seine Arbeit hier beendet, hat er Bemerkungen fallenlassen, was er am Abend vorhatte, an was erinnern Sie sich?«

Kleingreber fuhr sich mit einer Hand übers Gesicht und sah zur Seite.

»Ich muß mich erst einmal mit dem Gedanken vertraut machen, bisher war es ja nur so eine Idee, daß ...«

»Chef?« Einer der Mechaniker, ein junger Mann in einem verschmierten Overall, hatte die Glastür zur Halle geöffnet. »Können Sie mal kommen?«

»Nein, aber du kannst eine Frage beantworten.«

Kleingreber winkte den jungen Mann herein. Zögernd kam er dieser Aufforderung nach und schaute dann, neugierig geworden, Lilli und Rohleff an. Kleingreber machte sie nicht miteinander bekannt.

»Hat Alex am Donnerstag gesagt, was er am Abend vorhat?«

»Wieso?«

»Na, ihr redet doch miteinander«, Kleingreber wurde ungeduldig, »da könnte er doch was gesagt haben. Disco, kleine Spitztour?«

»Ich weiß von nichts.« Die Antwort war eindeutig.

»Dann verschwinde, ich komme gleich nach. In fünf Minuten.«

»Wenn Sie sich da mal nicht täuschen«, wandte Rohleff ein.

»Wie heißt Ihr Mitarbeiter, und ziehen sich Ihre Mechaniker nach der Arbeit direkt hier um?« erkundigte sich Lilli und deutete in die Halle, auf die sich entfernende Gestalt.

»Sie meinen den da? Niklas Scheipers, aber wenn der sagt, er weiß von nichts, dann weiß er nichts. Die beiden waren nicht befreundet, nicht daß ich wüßte.«

»Und wie ist das mit dem Umziehen?« hakte Lilli nach.

»Jeder hat einen Spind, in den er seine Klamotten hängt.«

Lilli entriegelte routiniert das Schloß mit einer umgebogenen Büroklammer, zum großen Erstaunen Kleingrebers, der sie mit sichtlichem Widerstreben in den Personalraum im hinteren Bereich der Halle geführt hatte.

»Wie sieht es mit was Offiziellem aus? Haben Sie was Schriftliches? Ich mache Alex nicht gern klar, daß jemand von der Polizei seinen Schrank durchwühlt hat«, sagte er nervös.

»Es gibt zwei Möglichkeiten, Herr Kleingreber. Wenn Sie es uns verweigern, den Spind nach persönlichen Dingen Ihres Mitarbeiters durchzusehen, müssen wir uns direkt an Ihre Cousine wenden. Oder weiß Sie bereits von Ihrer Vermutung?«

Rohleff hielt den Spind offen, während Lilli die obere Ablage inspizierte.

»Worauf sind Sie aus?« fragte Kleingreber.

»Etwas wie dieses reicht uns für eine DNA-Analyse vermutlich schon.« Vorsichtig einen Kamm an einem Ende haltend, wandte sie sich Rohleff zu, der aus seiner Einsatztasche eine Plastiktüte herauskramte.

»Ich dachte, Sie bräuchten dafür Speichelproben«, sagte Kleingreber.

»Die Haare im Kamm«, erklärte Lilli und ließ ihn in die Tüte rutschen, »tun's hoffentlich auch.«

Beim Gang zurück durch die Halle war nicht zu übersehen, daß die drei Mechaniker sie mißtrauisch beobachteten.

»Was mach ich jetzt mit Hedwig, was sag ich ihr?« fragte Kleingreber, leicht aus der Fassung geraten, sobald sie wieder in seinem Büro waren.

»Ihrer Cousine? Wenn sie sich nicht von sich aus meldet, weil sie sich Sorgen um ihren Sohn macht, vorerst gar nichts.

Aber geben Sie uns ihre Adresse und die Telefonnummer. Die Haare schicken wir heute noch per Eilboten ins Labor der Rechtsmedizin in Münster, ich hoffe, Ihnen morgen im Laufe des Tages sagen zu können, ob der Tote mit Alexander Schröder identisch ist. Falls es sich so verhält, werden wir allerdings vorher mit den Eltern Kontakt aufnehmen. Sie haben in erster Linie ein Anrecht auf die Benachrichtigung.«

Bei der Verabschiedung hatte Kleingreber noch eine Frage. »Wie ist der Tote ums Leben gekommen?«

»Das wird noch untersucht«, antwortete Rohleff ausweichend.

Bevor sie nach Burgsteinfurt zurückfuhren, nahmen sie einen Happen an einer Imbißbude zu sich. Lilli hatte den Vorschlag gemacht, und Rohleff war sofort darauf eingegangen. Das Essen in der Polizeikantine wurde als Alternative nicht mal in Erwägung gezogen.

Schweigend sahen sie zu, wie der Mann hinter dem Tresen hantierte. Fett zischte.

»Ich weiß nicht, wie es dir geht, Lilli«, begann Rohleff bedächtig, sobald ein paar gefüllte Pappschälchen vor ihm standen, »mich befällt Beklemmung, wenn aus einer anonymen Leiche ein richtiger Mensch mit einem Namen wird.«

Lilli schrieb dieses Bekenntnis der angespannten privaten Lage Rohleffs zu. Früher hätte er sich zu solchen Äußerungen nicht hinreißen lassen.

»Sobald er einen Namen hat, hat er auch ein konkretes Schicksal.«

»Genau das macht mir Sorgen, denn zu dem einen konkreten Schicksal gehören immer gleich weitere. Nehmen wir mal diesen Niklas. Glaubst du ihm?« fragte er, pickte ein Stück Currywurst auf und betrachtete es zweifelnd.

»Was soll ich ihm glauben?«

»Denk doch an die Verhältnisse in der Werkstatt. Vier Angestellte, wenn ich richtig gezählt habe. Zwei davon deutlich älter als die anderen beiden. Zwei junge Männer im gleichen Alter sollten kaum etwas miteinander zu tun haben? Es wäre doch nur normal, wenn sie sich über die Freizeit unterhalten.«

»Und abends gemeinsam einen drauf machten? Vielleicht mögen sie sich nicht. Es könnte sein, daß Alexanders Familie zu den Alteingesessenen gehört. Von denen zieht keiner weg, auch in der zweiten oder dritten Generation nicht. Alex hat daher Dutzende von Kumpels, die er vom Sandkasten her kennt. Wenn Niklas nicht dazugehört, hat er von vornherein schlechtere Karten.«

Vor einem Tabakgeschäft gegenüber hielt ein Motorrad. Der Fahrer stieg ab, streifte den Helm vom Kopf, fuhr sich durch die Haare und holte ein paar größere Umschläge aus dem Behälter unter dem Sitz heraus. Bevor er den Laden betrat, warf er die Umschläge in den Briefkasten an der Hausecke.

»Wenn man vom Teufel spricht«, murmelte Rohleff, »er fährt Motorrad, dieser Niklas.«

»Macht ihn das bereits verdächtig oder erst, daß er den Auftrag, die Post zu besorgen, dazu nutzt, sich Zigaretten zu holen?«

7

Lilli wunderte sich, als Rohleff darauf bestand, sich an der Suche nach den Kindern, die die Straße bemalt hatten, zu beteiligen. Er hatte sie das Auto in der Straße abstellen lassen, in der Decker wohnte.

»Und die Haarprobe von Alexander Schröder?« fragte sie.

»Wir drücken sie dem ersten Beamten aus Harrys Truppe in die Hand, der uns über den Weg läuft, und schicken ihn damit zur Rechtsmedizin. Wenn wir keinen finden, lassen wir jemanden aus der Dienststelle kommen.« Er klopfte auf seine Brusttasche und sah Lilli danach mit komischer Verzweiflung an. »Seit ein paar Tagen vermiß ich mein Handy.«

»Das hast du schon mal gesagt. Wenn's dir geklaut worden ist, solltest du langsam was unternehmen, oder du darfst dich demnächst über eine opulente Telefonrechnung freuen.«

Die Haarprobe wurden sie tatsächlich an einen der Spurensucher los, der gerade vom Tatort heraufkam, an dem immer noch einige beschäftigt waren.

Zwei Stunden später lag die Aussage eines Kindes über den Motorrad fahrenden Drachen vor. An der Straßenmalerei waren insgesamt fünf Kinder zu wechselnden Zeiten seit ungefähr zwei Wochen beteiligt gewesen. Ein siebenjähriges Mädchen hatte vor etwa zehn Tagen einen Mann auf einem über und über glänzenden riesigen Motorrad gesehn, der einen Drachenhelm trug und langsam im Slalom über die Zeichnungen fuhr. Da das Kind allein war, war es verängstigt fortgelaufen, hatte aber noch gesehen, wie dem ersten Motorrad andere gefolgt waren. Wie viele, wußte es nicht. Nur den Zeitpunkt. Es war direkt nach der Erledigung der Hausaufgaben gewesen, und die Kleine hatte nicht viel aufgehabt.

»Vorletzten Donnerstag oder Freitag, also eine Woche vor dem Mord, zwischen zwei und halb drei«, mutmaßte Lilli abschließend, »und was machen wir nun? Zurück ins Büro?«

Rohleff schien unschlüssig, er schaute auf seine Armbanduhr. »Halb vier«, murmelte er nachdenklich, »laß uns noch zum Tatort fahren.«

Lilli wunderte sich wieder, brachte aber keine Einwände vor. Am Tatort würden sie Beamte antreffen, die das Gelände noch immer mit dem Läusekamm durchgingen. Mehr als dumm herumzustehen und die Leute mit unnötigen Fragen aufzuhalten, konnte bei einer neuerlichen Tatortbesichtigung kaum herausspringen, und so war es auch.

Nach zehn Minuten wurde Lilli ungeduldig. »Was sollen wir noch hier?« fragte sie unverblümt.

Rohleff ging wortlos an ihr vorbei auf einen Mann zu, der die Straße entlangkam. Erst beim zweiten Blick erkannte sie Decker.

»Was tun Sie hier?« hörte sie Rohleff als nächstes fragen und trat näher.

Deckers Blick flog über die Männer im Hintergrund und versuchte dann, sich auf Rohleff zu konzentrieren.

»Haben Sie Einwände, daß ich diese Straße benutze?«

»Nicht direkt, ich frage nur.«

»Wenn Sie nicht amtlich fragen, sehe ich keinen Grund zu antworten.« Decker setzte sich wieder in Bewegung.

»Wie Sie wollen, dann frage ich eben amtlich: Was tun Sie hier?«

»Was glauben Sie?« fragte Decker zurück, und Lilli spürte förmlich, wie Rohleff gereizt Luft holte. »Ich gehe hier spazieren«, fuhr Decker betont liebenswürdig fort, »oder was haben Sie sich gedacht? Ich komme hier gelegentlich vorbei und habe nicht die Absicht, meine Gewohnheiten Ihretwegen zu ändern. Ich wünsche Ihnen noch einen schönen Tag.« Abrupt ließ er Rohleff stehen.

»Was ich dich noch fragen wollte«, wandte sich Rohleff, Decker nachstarrend, halblaut an Lilli, »was war mit diesem langen, weißen Kreidestrich? Darüber hatten wir vorhin nicht gesprochen.«

»Mit dem haben die Kinder nichts zu tun, zumindest die nicht, die ich befragt habe. Ach übrigens, ich weiß, wo dein Handy geblieben ist.«

»Und wieso fällt dir das jetzt ein?«

»Decker hat mich darauf gebracht. Du hast es am Freitag morgen Patrick zugeworfen, damit er beim Müllentsorger anruft. Entweder steckt es noch in seiner Tasche, oder es liegt in seinem Büro oder bei Maike zu Hause.«

»Hast du nicht eben behauptet, du wüßtest es?«

Lilli lachte und hakte sich bei ihm ein. »Werd bloß nicht kleinlich.«

»In seinem Büro liegt mein Handy nicht, das weiß ich genau.«

»Woher? Machst du neuerdings Bürokontrollen?« Lilli musterte ihn ein bißchen mißtrauisch. »Warum hast du Patrick überhaupt dein Handy zugeworfen? Er hat schließlich selbst eins.«

»Warum hat er es dann benutzt? Weißt du immer genau, warum du was machst?«

»Nein, und noch weniger weiß ich, was wir hier länger zu tun haben.«

»Nichts, wir fahren zurück ins Büro.«

»Einen Augenblick noch.« Sie kramte ihr Handy heraus. »Sag mir die Nummer von deinem Handy.«

»Warum?« Rohleff starrte sie an. »Ja, natürlich, sofort.« Er sprach die Ziffern langsam genug aus, damit sie sie zeitgleich eintippen konnte. Danach hielt sie den Apparat ans Ohr, lauschte und ließ ihn nach einer Weile enttäuscht sinken.

»Zumindest ist dein Handy nicht ausgeschaltet. Entweder will Patrick den Anruf nicht entgegennehmen, oder er kann nicht, oder er hat dein Handy doch nicht mit.«

»Versuch's später noch einmal, wir müssen jetzt dranbleiben.«

Diesmal setzte sich Rohleff ans Steuer. Statt die Ringstraße zu benutzen, fuhr er durch die Innenstadt. Peinlichst genau hielt er sich an die Geschwindigkeitsvorschriften, und das hieß, mit acht Stundenkilometern über den Markt zu schleichen, der als verkehrsberuhigter Bereich ausgewiesen war. Kurz nach vier bogen sie auf den Parkplatz vor der Dienststelle ein.

»Kennst du von Gantens Auto? Ich achte nie auf so was«, sagte er, als er ausstieg.

»Ein dunkler BMW.«

Auf dem Parkplatz standen nur noch vier oder fünf Wagen, ein dunkler BMW war nicht dabei. Lilli überlegte, ob es nur die Erkundigungen nach Knolles Verbleib waren, die Rohleff bewogen, dem Oberrat auszuweichen, oder ob es weitere Gründe gab. Die Frage nach Patrick reichte natürlich schon, bei Licht besehen.

8

Maike reagierte nicht so hysterisch, wie Rohleff befürchtet hatte, als er sie um Haare aus Patricks Bürste oder Kamm bat, alternativ dazu um getragene Unterhosen, ein T-Shirt oder etwas anderes, was sich für eine DNA-Analyse eignete. Sie trug

Schwarz, was ihn schmerzlich an Sabine erinnerte. Es kam ihm übertrieben vor, daß sie sich wegen ihres Schwiegervaters auf Trauerkleidung versteifte. Es ging ihm auf, wie wenig er Maike trotz jahrelanger Bekanntschaft einzuschätzen vermochte. Bisher hatte er nur das Anhängsel von Patrick in ihr gesehen.

»Ihr unternehmt endlich was? Ich wäre ja auch dankbar, wenn ich nicht so sauer wäre, weil ihr jetzt erst anfangt. Hendrick terrorisiert mich mit Schmähanrufen, bei denen er mir Patricks schlechten Charakter unter die Nase reibt. Und ich habe alle seine Freunde, auch die vom Fußballclub, mit meinen Erkundigungen nach Patrick aufgescheucht, obwohl ich mich bemüht habe, meine Nachfragen harmlos klingen zu lassen. Kannst du dir denken, was ich mir von denen anhören mußte?«

Weil er sich angekündigt hatte, hatte Maike den Kaffee bereits fertig und setzte sich nun mit dem Tablett, auf dem alles Nötige zu einer vertraulichen Plauderrunde stand, zu ihm an den Wohnzimmertisch. Überall auf dem Boden lag Spielzeug herum, und mittendrin auf einer hellblauen Babydecke hantierte Svenni mit Bauklötzen. Rohleff konnte angesichts des Kindes nicht verhindern, daß ihm die Kehle eng wurde wie bei einer Erkältung.

»Was hast du gesagt?« fragte er abgelenkt.

Sofort griff Maike über den Tisch nach seiner Hand. »Dir geht's auch nicht so gut, nicht wahr?«

Er entzog sich ihr und schüttelte den Kopf. »Ich komme von dem Gedanken nicht los, daß Patricks Verschwinden mit unserer Mordermittlung verknüpft ist. Hat er dir denn gar nichts erzählt?«

»Über den Mordfall? Nein. Wir haben ja auch kaum miteinander geredet. Freitag früh war er unausgeschlafen und gräsig und hat mir nicht einmal die Badezimmertür aufgemacht. Und Donnerstag nacht hatte er nach dem Unfall heftige Schmerzen. Genauer gesagt, so fertig habe ich ihn selten gesehen. Wenn das nicht pathetisch klingen würde, würde ich sagen, er war regelrecht am Boden zerstört. Kannst du dir vorstellen, was ich meine?«

»Was für ein Unfall?« hakte Rohleff scharf ein.

Maike hielt sich in der klassischen Geste plötzlicher, unangenehmer Besinnung die Hand vor den Mund.

»Was für ein Unfall?« wiederholte Rohleff nachdrücklich.

»Eigentlich hat Patrick mich gebeten, nichts davon zu erzählen, aber jetzt sollte ich wohl darüber reden. Wer an dem Unfall schuld war, war anscheinend nicht ganz klar, verstehst du?«

Unversehens schlug eine kleine geballte Faust Rohleff aufs Knie.

»Onkel böse«, stieß Sven hervor.

Mit beiden Händen ergriff Rohleff das strampelnde Kerlchen und setzte es wieder auf die Decke. Mahnend drohte er mit ausgestrecktem Zeigefinger. »Onkel nicht böse, und du gibst jetzt Ruhe.«

Maike mußte ihren vor Wut kreischenden Zweijährigen besänftigen und erläuterte ihm umständlich die Situation, während Rohleff über seinen Mangel an pädagogischen Fähigkeiten nachsann, obwohl dieser für ihn persönlich nun keine Rolle mehr spielte. Endlich konnte er das Gespräch fortsetzen.

»Berichte mir alles, was du über den Unfall weißt: wann, wo und mit wem am besten.«

»Soviel habe ich gar nicht aus Patrick herausgelockt. Er kam um halb eins nach Hause und wollte nur ins Bett. Angeblich ist er auf der Straße geschnitten worden. Kann auch sein, daß er zu spät bemerkt hat, wie einer von rechts kam, jedenfalls hat er scharf bremsen müssen und ist über den Lenker gegangen. Er hat eine heftige Prellung im Nacken abgekriegt, die Haut war aufgeplatzt, aber wahrscheinlich hat der Helm das meiste abgefangen. Schlimmer war die Verletzung oberhalb des Knies. Das Leder seiner Hose war glatt aufgeschnitten, er hat Freitag morgen seine andere anziehen müssen, er hat zwei gleiche. Soll ich dir die kaputte zeigen?«

»Später, erzähl mir mehr über den Unfall.«

»Mir hat er gesagt, er habe sich überschlagen und sei auf Steine in einem Vorgarten gefallen. Diese Steine müssen so scharfkantig wie Rasierklingen sein. Das fällt mir jetzt erst auf.

Meiner Ansicht nach hätte zumindest die Wunde am Bein genäht werden müssen, aber das hat er glatt abgelehnt, darum wollte er sich, wenn überhaupt, am Freitag kümmern. Ich hätte nach einem Notarzt telefonieren sollen. Aber als ich das auch nur erwähnte, hat er mich angeschrien, ich soll mich nicht einmischen. Inzwischen habe ich in allen Krankenhäusern der Umgebung angerufen und heute morgen auch in den Arztpraxen. Ihr hattet ja nicht nachfragen wollen.«

»Und?«

»Er ist nirgendwo gewesen.«

»Von diesem Vorgarten hat er nicht mehr erzählt?«

»Karl, ich war nicht an Vorgärten interessiert, sondern an den Verletzungen meines Mannes.«

»Versuch trotzdem, dich auf die Frage zu konzentrieren. Oder hat er dir gesagt, wo genau der Unfall stattfand?«

»Ich war sehr aufgeregt. Einmal über die Art, wie er den Hof seiner Eltern verlassen hat, und zum anderen, weil er so spät nach Hause gekommen ist, und dann natürlich wegen des Beins. Ich habe nicht einmal richtig hingehört, ich hätte mir am Freitag sowieso alles noch einmal erzählen lassen. Wenn ich jetzt darüber nachdenke, habe ich den unbestimmten Eindruck, es hätte sich in der Nähe des Friedhofs an der Ochtruper Straße abgespielt.«

»Und wer ist ihm in die Quere gekommen?«

Maike zuckte bedauernd die Schultern. »Irgendein Auto, nehme ich an.«

Eine Stunde später fuhr Rohleff zurück in die Neubausiedlung, betrachtete angelegentlich zwei frisch bepflanzte Vorgärten und die Steine, mit denen sie dekoriert waren. Anschließend ging er zu seinem Auto, das er ein Stück zurück vor dem Mehrfamilienhaus abgestellt hatte, schaute hoch und bemerkte eine Bewegung an einem Balkonfenster im dritten Stock. Einen Moment dachte er, sich geirrt zu haben, denn das Fenster wurde von dem weit überstehenden Dach beschattet. Trotz seines Zweifels ging er zur Haustür und schellte bei Decker.

»Fanden Sie doch etwas verdächtig an meinem Spaziergang?« empfing ihn Decker.

»Bis jetzt noch nicht«, knurrte Rohleff und ging an ihm vorbei ins Wohnzimmer. Er zog die Gardine vor dem Balkon auf, öffnete die Tür, trat hinaus und wartete auf Decker.

»Sie haben mich bei unserem ersten Gespräch gefragt, ob Motorradlärm etwas Besonderes sei, und ich antworte Ihnen nun, es kommt darauf an, was Sie von hier oben sonst noch wahrgenommen haben, als sie sich bis etwa zwölf Uhr in der Nacht zu Freitag in ihrem Arbeitszimmer aufhielten. Ich möchte alle Einzelheiten wissen. Sollte ich mit Ihren Ausführungen unzufrieden sein, lasse ich Sie in mein Büro kommen und alles vor meiner Assistentin und einem weiteren Protokollführer dreimal wiederholen.« Es ärgerte ihn, daß er Lilli nicht zur Verstärkung mitgenommen hatte.

»Sie wollen den unerbittlichen Polizisten heraushängen lassen? Darf ich raten, was Sie für den zweiten Schritt Ihrer Taktik vorgesehen haben? Daumenschrauben?«

Rohleff mäßigte sich, da ihm blitzartig klar wurde, daß er mit seinem Verdacht recht hatte, bisher hatte hinter seiner Frage nur eine vage Vermutung gestanden.

»Was haben Sie beobachtet und wann?«

Decker trat an das Geländer und umklammerte den obersten Holm mit beiden Händen.

»Wie kommen Sie darauf, daß ich etwas gesehen haben könnte?«

»Weil man einem alten Hasen wie mir so leicht nichts vormacht. Ich merke, wann man mir etwas vorenthält. Auf dieser Straße hat sich in der Nacht zu Freitag etwas abgespielt. Was?«

»Motorräder sind gegen elf die Straße heruntergefahren und haben Lärm gemacht. Ist es das, worauf es Ihnen ankommt?«

»Sie haben noch nicht verstanden. Ich will jede Einzelheit wissen, und bis dahin stehen wir beide hier.«

Rohleff winkte, weil im Haus gegenüber jemand am Fenster aufgetaucht war und zu ihnen heraufschaute.

»Wir stehen hier, bis alle Ihre Nachbarn ausreichend von uns Notiz genommen haben.«

Gegenüber wurde die Gardine wieder vorgezogen.

»Na schön. Ich bin aufgestanden, um das Fenster zu schließen. An sich interessiert mich nicht, was draußen vorgeht, aber der Lärm störte mich. Und dann bin ich nicht sofort zum Schreibtisch zurückgegangen. Ein Motorrad kam in Kurven die Straße herunter, wendete und fuhr wieder zurück. Und unversehens waren weitere da, insgesamt waren es dann sechs, und weil mir das merkwürdig vorkam, ging ich auf den Balkon hinaus. Ich habe gesehen, wie das erste durch die Vorgärten dort hinten fuhr, um einem der anderen auszuweichen. Tja und dann ...« Decker schien sich besinnen zu müssen. »Ich habe mich ein paarmal gefragt, was ich überhaupt gesehen habe. Haben Sie bemerkt, daß ich die ganze Zeit von Motorrädern spreche, als hätten sie sich aus eigenem Antrieb bewegt? Die Menschen darauf nimmt man nur wahr, als wären sie ein technisches Detail. Eventuell sind die Helme daran schuld. Es kam mir so vor, als hätte es eine Rempelei gegeben. Danach habe ich etwas völlig Unlogisches getan. Ich bin ins Erdgeschoß runtergefahren und nach draußen gegangen. Im Schlafanzug stand ich vor der Tür, bot einen lächerlichen Anblick und wußte nicht, was ich machen sollte. Da kamen die Motorräder noch einmal an mir vorbei und verschwanden.«

»Alle sechs?«

»Jedenfalls hatte ich diesen Eindruck. Vor allem wollte ich mich wohl vergewissern, ob nicht einer der Fahrer blutend auf der Straße lag.«

»Und weil das nicht der Fall war, haben Sie sich in Ihre Wohnung zurückgezogen und die Sache für sich *ad acta* gelegt, noch ein bißchen erschüttert von Ihrem eigenen Verhalten.«

»Muß wohl so gewesen sein. Was hätte ich gegen solche Kerle ausrichten können, wenn Sie den einen ernsthaft angegriffen hätten?« setzte Decker nach.

»Und die ruinierten Vorgärten Ihrer Nachbarn?«

»Die fand ich nicht so wichtig. Sind mir sowieso zu pingelig, diese Vorgärten.«

»Warum wollten Sie mir von dem Vorfall nichts erzählen?«

»Ich hasse es, wenn man Ereignissen nachträglich mehr Gewicht verleiht. Und Sie haben etwas Heimtückisches an sich, wie Sie Details erfragen. Ich nehme an, Sie stellen Zusammenhänge her, ohne auch nur in Erwägung zu ziehen, sie mir mitzuteilen.«

»Aber daß ich in einer Mordermittlung hier bin, ist Ihnen noch bewußt?«

Decker antwortete nicht.

Rohleff ging zurück ins Wohnzimmer und schaute sich wieder in dem ungepflegten Raum um.

»Wenn Sie nicht soviel Wert auf Ordnung legen, warum betätigen sie sich dann draußen mit einem Rechen?«

Decker spreizte die Hände. »Sie versuchen mein Verhalten zu schematisieren? Da Sie ein so überaus scharfsinniger Beobachter sind, dürfte Ihnen mein Gebrechen nicht entgangen sein.« Herausfordernd blickte er Rohleff an.

»Mit Parkinson kenne ich mich nicht aus«, gab Rohleff zu, und Decker lachte trocken.

»Warum haben Sie mich nicht offen gefragt? Hatten Sie Hemmungen? Wie die meisten schauen Sie lieber nicht so genau hin oder höchstens, wenn ich es selbst nicht wahrnehme, sozusagen von der Seite. Ich hatte vor ein paar Jahren einen Schlaganfall im Kleinhirn. Daher die Wackelei mit dem Kopf. Um wenigstens, was den restlichen Körper betrifft, Herr der Motorik zu bleiben, fege ich gelegentlich oder beschäftige mich mit ähnlich überflüssigen Arbeiten. Von mir aus sehen Sie darin auch eine Art von Selbstkasteiung.«

Später saß Rohleff mit Lilli und Harry im Büro zusammen, um ihnen von den Gesprächen zu berichten.

»Hat Decker auch Angaben zu den Motorrädern machen können?« fragte Lilli.

Rohleff dachte flüchtig an Deckers Bemerkung über die Fahrer.

»Eins davon beschrieb er als riesig und chromglänzend, es hatte beinahe etwas Futuristisches an sich, es wirkte wie eine Erscheinung.«

»Immerhin deckt sich die Beschreibung mit der des Mädchens, das den Motorrad fahrenden Drachen gesehen hat.«

»Ein Alien?« warf Harry ein. »Kommen wir doch mal auf den Teppich. Jetzt sieht es so aus, als wäre Patrick Donnerstag abend einer Bikertruppe in die Quere gekommen. Und offensichtlich war der Anführer mit seinen Leuten schon früher, eventuell genau eine Woche früher, in der Gegend gewesen.«

»Die Biker waren mit dem Opfer verabredet, möglicherweise gab es ein regelmäßiges Treffen. Etwas ist beim letzten schiefgegangen, und Patrick hat genug beobachtet, um den Trupp mit dem Mord in Verbindung zu bringen«, ergänzte Rohleff.

»Nur schade, daß er vergessen hat, uns das mitzuteilen«, sagte Lilli, »und hast du bei Maike nach deinem Handy geforscht?«

»Es liegt nicht bei ihr herum.«

9

Knolle überlegte, ob Marco auch ein paar gebrochene Rippen aus der Auseinandersetzung mit den beiden Schlägern davongetragen hatte, so reglos, wie er jetzt dalag. Halbwegs methodisch filzte Knolle die Hütte auf Hinweise, aus denen sich die eine oder andere Erkenntnis über Drag und Konsorten gewinnen ließe. In der Schublade, in der die Karte verstaut worden war, fanden sich neben einigen Plastiktütchen mit weißem Pulver oder braunen Bröckchen einschlägige Hefte, deren Eselsohren und geknickte Seiten von häufigem Gebrauch zeugten. Unter einer Art Zwang starrte Knolle auf prachtvolle Männerkörper, von denen einige paarweise in verschiedenen, ihm weitgehend ungeläufigen Stellungen verbunden waren. Er konnte nicht umhin, den einen oder anderen Vergleich anzustellen, was ihm gleich darauf ebenso unverzeihlich erschien wie die so nachgiebig akzeptierten Zärtlichkeiten Marcos. Schwer auslotbare Abgründe taten sich auf. Es widerstrebte ihm, Marco noch einmal zu berühren, aber er hockte sich doch vor ihn und stand erst erleichtert auf, als er sich nach einer Weile leise stöhnend rührte. Dies Lebenszeichen nahm Knolle als Beweis dafür, daß Marco keinen ernsthaften Schaden erlitten hatte und ohne ihn zurechtkommen würde.

Erst nach der Ausfahrt aus der Schrebergartensiedlung und einem Stück die Landstraße entlang kam ihm die Idee, umzudrehen und im ersten Gang zurückzuschnurren, bis er ein Straßenschild entdeckte. Er mußte schon sehr dicht heranfahren, um die vor seinen Augen verschwimmenden Buchstaben zu erkennen, schaffte es aber dann, durch den dichten Pelz auf seiner Zunge ziemlich behindert, die Aufschrift probeweise laut zu lesen.

Das Handy, das sich in der linken Seitentasche fand, betrachtete er wohl eine Minute, bis er ganz sicher wußte, daß es nicht sein eigenes war. Endlich ging ihm auf, daß er seit gestern Rohleffs Handy mit sich herumschleppte. Er hätte sich nun mit Rohleffs Handy bei Rohleff melden können, im Büro oder zu Hause, die Nummern kannte er auswendig. Rohleff würde ihn augenblicklich zurückpfeifen, dessen war er sich nur allzu sicher, und er würde sofort Maike verständigen und Maike die restliche Familie, und der Krieg begann von neuem, eigentlich hatte er ja auch gar nicht aufgehört, das innere Wüten ging immer weiter. Keine Chance, Rohleff, dachte er.

Aber etwas konnte er doch tun, um Marco gegenüber nicht als komplettes Schwein dazustehen. Er tippte die Notrufnummer ein und machte, als er eine Stimme hörte, stockend Meldung.

Mit letzter Anstrengung wischte er das Bild Marcos weg, das sich mit allen Einzelheiten bei ihm eingenistet hatte, schließlich war der Wichser für seinen Zustand selbst verantwortlich.

Hinter Aachen fuhr er langsamer, weil sich die Autobahn in großen Wellen von ihm wegbewegte und ihn zum Narren hielt. Ein Ungetüm mit rotglühenden Augen, das er in einem weniger komatösen, von Haschzigaretten benebeltem Zustand als LKW identifiziert hätte, schob sich von hinten dicht heran und röhrte ihm in die Ohren, bevor es ausscherte und an ihm vorbeizog. Dadurch geriet er in eine Seitwärtsdrift, die ihn an einer Autobahnmeisterei vorbei auf eine leicht abschüssige Bahn trug. Er umkurvte eine Schranke, fuhr weiter, bog in einen holprigen Waldweg ein und wurde vorübergehend wieder halbwach. Jedenfalls war er ausreichend bei sich, um das Motorrad ordentlich abzustellen und die Regenkluft aus dem Koffer hervorzuzerren, wobei etwas herausglitt und mit einem sanften Plopp im Moos landete. Zusammengerollt, die dünne Regenhaut als Zudecke um sich gewurschtelt, den Kopf gegen den Vorderreifen gelehnt, hielt er die Rolinckflasche umklammert. Der Wald ringsum roch ein bißchen nach Rauch und Asche, Gerüche, die im Weggleiten an Kindheit erinnerten.

Beim Erwachen tat ihm außer der pochenden Wunde am Bein das Kreuz weh, und sein Genick mit der Prellung fühlte sich an wie nachlässig und leider falsch eingeschraubt. Aber in der Luft hing immer noch etwas von den Erinnerungen an verbotenes Zündeln im Wald, das ihm genügend Vertrauen in die fremde Umgebung einflößte. Er folgte Lauten, die seinen Durst anfachten.

Auf einem Tümpel, in den aus einem Abflußrohr Wasser rieselte, dümpelte ein bißchen braune flockige Grütze. Knolle entsann sich undeutlich der Autobahnmeisterei. Mehr noch verriet ihm ein Rauschen, das wie Brandung klang, daß er sich nicht allzuweit von der Autobahn entfernt haben konnte. Wegen naheliegender Bedenken filterte er das Wasser mühsam durch ein Tempotaschentuch und ließ es in seine Hand tröpfeln. Er trank gerade soviel, daß ihm die Zunge nicht mehr am Gaumen klebte. Übel wurde ihm erst, als er die Wunde am Bein freilegte. Die Ränder waren aufgequollen, blaßgrün verfärbt und sonderten eine dicke gelbe Flüssigkeit ab, die ein bißchen süßlich nach fauligem Fleisch roch. Knolle spürte, wie sich ein Schluchzen den trockenen Hals heraufquälte, drängte es zurück und humpelte zu seinem Motorrad. Dort ließ er die Hose noch einmal herunter, fischte aus dem Fach unter dem Sitz einen in Folie eingeschweißten Wundverband und legte ihn an. Danach fühlte er sich vorübergehend besser. Hunger hatte er überhaupt keinen.

Nach einem Blick auf Marcos Karte schob er die BMW im Leerlauf zurück auf den Waldweg und dachte daran, daß Drag immer noch zwei Tage Vorsprung hatte.

Bis Nancy brauchte er dank einiger Umwege und einer längeren Einkehr in einem Gasthaus drei Stunden. Hinter Nancy fuhr er über die Bundesstraße auf Saarbrücken zu, und gegen Mittag bog er nach Süden ab. Unterwegs hatte er nach Motorrädern Ausschau gehalten, die sich aber rar machten. Dafür häuften sich in der Gegend, in die er nun kam, Nepomuks mit Kruzifixen in den Armen, efeuüberwucherte Friedhofsmauern und an den Straßenkreuzungen in Stein gehauene Kalvarienberge. Er steuerte, auf Marcos Karte vertrauend, Faulquemont an, ein Örtchen von der Größe Burgsteinfurts, das er einmal von Norden nach Süden, und danach in der Querrichtung durchfuhr, bis er ratlos die Karte wieder auseinanderfaltete. Die schwarze Linie kreiste gar nicht den Ort ein, sondern beschrieb einen Kringel etwas unterhalb in einer kleinen, dreieckigen leeren Fläche. Auf Verdacht schlug er die Straße nach Han–s–Nied ein. Plötzlich befielen ihn Zweifel, ob er jemals sein unbestimmtes Ziel erreichen würde, und er sah sich schon gescheitert nach Hause zurückkehren. Um die Strafversetzung würde er nun nicht mehr herumkommen. Schon verstrickte er sich in Gedanken in Erklärungsnöte seinem Sohn gegenüber, der allerdings erst in ein paar Jahren würde wissen wollen, warum sein Vater so ein Versager war, und daraus ergab sich die Frage, warum er nicht früher schon an Sven gedacht hatte. Unwillkürlich hatte er das Gas zurückgedreht und bremste schließlich, weil er in dieser elenden Stimmung außerstande war weiterzufahren. Obstbäume säumten die Straße. Ein paar

Meter weiter lag eine Hofeinfahrt. Graue verwitterte Gemäuer duckten sich zwischen tristen Pappeln und Erlen. An einem Bildstock mit der unvermeidlichen Kalvarienszene vorbei lenkte Knolle die BMW auf den Hof und wartete, bis ein alter Mann in ausgebeulten Hosen, von dem brummenden Motor angelockt, aus einer Scheune trat.

Knolle wedelte mit der Karte und versuchte, genug Brocken Französisch zusammenzuklauben, um sich verständlich zu machen. Während er an seinem Satz würgte, umrundete der Alte die BMW.

»Mit mir könne Sie Deutsch rede«, sagte der alte Bauer schmunzelnd, »woher komme Sie denn?«

Knolle atmete auf. »Sie sind hier zweisprachig wie wir im Grenzgebiet zu Holland? Wir sprechen Deutsch, Platt und drei Brocken Niederländisch. Ich hätte jetzt gern gewußt, welches Kaff zwischen Falquemont, Han-s-Nied und Baronville liegt, falls es dazwischen überhaupt so was wie einen Ort gibt.«

»Wohin wolle Sie denn?«

Angestrengt blickte Knolle in den Himmel auf, um die Ruhe zu bewahren. Über das Blau zogen sich die Pinselstriche von Kondensstreifen, die Flugzeuge hinterlassen hatten, und die Schraffuren von Zirruswolken. Der Opa deutete hinauf.

»Ja, ja, wir müßte dringend Heu mache.«

Knolle dachte an die ungemähte Wiese hinter den Pappeln, seiner Einschätzung nach eine Sumpfwiese mit saurem Gras, das aber in diesem trockenen Sommer ein gutes Heu ergeben würde.

»Selbst wenn Sie gleich mähen, kriegen Sie das Gras bis morgen nicht trocken. In spätestens sechsunddreißig Stunden gibt's Dauerregen.«

»Ach, Sie kenne sich aus? Mähe Sie bei sich auch am Sonntag? Wir sind nicht so fleißig.«

Mehr und mehr glich der Alte Knolles Opa, er trug sogar die gleiche blaue Drillichjoppe und zog nun auch noch eine Stummelpfeife aus der Tasche, wie benommen schaute ihm Knolle beim Pfeifestopfen zu.

»Sie suche was zwischen Faulquemont und Baronville? Das kann nur Thicault sein oder Diedersdorf, wie wir auch sage, die Orte habe ja alle auch eine deutsche Name. Wenn Sie gleich rechts abbiege, sehe Sie eine Tankstelle, und dann sind Sie praktisch da. Der Ort ist nicht groß. Wolle Sie die Kirche besichtige?«

Knolle begann die Karte zusammenzufalten.

»Wolle Sie nicht vorher noch was trinke bei mir? Sie sehe so blaß aus.«

Knolle schaute in das gutmütige Runzelgesicht, vergaß alles andere und stürzte sich geradezu in die Einladung, die ihm aus den blaßblauen Greisenaugen entgegenleuchtete.

»Hätten Sie vielleicht einen Klaren für mich?«

Der Schnaps wirbelte ihm noch durch die Eingeweide – Knolle hoffte, er würde auch die Bakterien in den zwei Schluck Kloakenwasser aus dem Abflußrohr töten –, als viel zu plötzlich auf der rechten Seite eine Tankstelle mit einer winzigen Garagenwerkstatt auftauchte, durch deren weit offen stehendes Tor sein Blick auf blinkendes Chrom fiel, das er im ersten Moment für eine Halluzination hielt. Mit weichen Knien und hämmerndem Herzschlag preschte er vorbei und fuhr in einer hastig gezogenen Schleife zurück.

Bis auf die Harley schien die Werkstatt leer zu sein. Er stellte die BMW neben die Tanksäule und machte sich zu einem kleinen Erkundungsgang rings um die Gebäude auf, um zu vermeiden, unversehens in eine Begegnung zu stolpern, auf die er nicht vorbereitet war. Als er vorsichtig um die Ecke in die Werkstatt lugte, entdeckte er einen Mann, der sich die Hände an einem schmierigen Lappen abwischte. Der Mann sprach ihn auf Französisch an und wiederholte seinen Satz auf Deutsch, als Knolle die Schultern zuckte.

»Wollen Sie tanken? Dann muß ich erst die Tanksäule freigeben. Sonntags ist eigentlich geschlossen. Aber Sie können den Abfüllstutzen schon mal in den Tank einführen.«

Knolle ignorierte die Aufforderung.

»Sie reparieren Motorräder?«

»Ein bißchen versteh ich davon.«

Unauffällig schaute sich Knolle in der Werkstatt um. An zwei Wänden zogen sich Werkbänke entlang, die so aussahen, als hätten sie vor dem letzten Weltkrieg bereits Dienst getan, und das Werkzeug machte zum Teil den gleichen Eindruck. In der Ecke lehnte ein halb auseinandergenommenes Kinderfahrrad.

»Sie flicken wohl alles zusammen?«

»Vom Trecker bis zur Nähmaschine, alles, was so anfällt, anders kann man nicht überleben.«

»Bei uns ist es eher umgekehrt.«

»Das macht der Fortschritt, der haut alles kaputt. Wir halten uns an den Rückschritt, so lange wir noch können.«

»Also, ich möchte mit so einem Bike wie der Harley nicht liegenbleiben, aber wenn schon, dann bei Ihnen.« Knolle studierte das Nummernschild. Einige Variationen der Buchstaben- und Zahlenfolge waren in den letzten drei Tagen bis in seine Wachträume gedrungen und sorgten nun für den Energieschub, den er unbedingt brauchte.

»Steht hier schon seit Freitag abend. Das Ersatzteil wird morgen aus Reims geliefert«, erklärte der Mechaniker. »Dann kommen Sie man, ich bin jetzt so weit.« Er legte den Putzlumpen beiseite und ging nach draußen.

Knolle folgte ihm langsam. »Sie haben nicht eine Birne für meinen Frontstrahler? Das Licht flackert.«

»Da müßt ich mal nachsehen. Schrauben Sie die Birne nur heraus.«

So umständlich wie möglich, machte sich Knolle am Gehäuse des Scheinwerfers zu schaffen.

»Für mich wär's ungünstig, wenn ich hier stranden würde. Was macht denn der Biker, dem die Harley gehört?«

»Wird wohl im Gasthaus abgestiegen sein. Wir haben in der Gegend nur das eine. Wenn die Leute nicht zurück nach Falquemont oder Baronville sind. Aber meistens bleiben sie im Gasthaus. Die sind zu fünft unterwegs. Wo wollen Sie denn hin?«

Während der Mann zum Haus schlurfte, warf er die Birne,

die er Knolle abgenommen hatte, hoch und fing sie wieder auf. Knolle hielt sich dicht hinter ihm, denn er sah in Gedanken seine kostbare Birne auf dem Boden zerschellen.

Das Büro befand sich in einem Raum gleich rechts hinter der Haustür. Hinter einer altertümlichen Kasse hing ein Sortiment eingestaubter Keilriemen, Scheibenwischer und anderer technischer Krimskrams. Der Opa, fiel Knolle ein, hatte ihm erzählt, wie klein der Ort Thicault sei, daher rechnete er nicht damit, nach dem Gasthaus groß suchen zu müssen. Viel zu lange kramte der Mechaniker in seinem hängenden Warenlager herum, die Birne hatte er auf ein leicht abschüssiges Wandbrett gelegt. Als sie begann, das Brett hinabzurollen, hechtete Knolle um die Kasse herum und fing sie auf. Als sich der Mann verdutzt umdrehte, grinste er ihn entwaffnend an.

»So lange ich keine neue habe, brauch ich die noch.«

»Ich hab auch keine andere.«

Das Gasthaus lag nicht neben der Kirche, wie Knolle erwartet hatte. Um die Kirche zog sich viel verdorrtes Grün, und die Häuser, die sich an einer Ringstraße um den geduckten kleinen Steinbau scharten, sahen alle nicht nach Gasthaus aus. Daher bog er in die nächste schmale Gasse zwischen zwei Häusern ein. Weil es zwischen den Gemäuern hallte, nahm er früh genug das Gedröhn eines schweren Motors wahr, um in einen Torbogen ausweichen zu können. Als er über die Schulter zurückblickte, sah er in dem begrenzten Ausschnitt des Bogens ein Motorrad vorüberflitzen. Sobald es wieder ruhig war, setzte er seine Suche fort.

Das letzte Haus in der Gasse lag ein Stück zurück. Davor erstreckte sich ein von Kastanien beschatteter, an zwei Seiten von Schuppen oder Scheunen gesäumter Hof, in dessen Mitte ein Ziehbrunnen mit einem kunstvollen Eisengalgen stand, an dessen Kette ein Eimer baumelte. Eng aneinandergerückt waren vor dem Brunnen drei Motorräder abgestellt. Nach einem flüchtigen Blick fuhr Knolle hinter dem Anwesen in einen Feldweg und hoppelte an einer Kuhweide entlang bis zu einem

Maisfeld, das seiner BMW genug Sichtschutz gewährte. Er hoffte nur, daß der Bauer nicht gerade jetzt auf die Idee verfiel, den Mais zu ernten, reif genug war er.

Auf dem Weg zurück wurde Knolle von der Vorstellung heimgesucht, zu spät zu kommen. Während er sich an den Garten heranpirschte, der sich an der Rückseite des Hauses erstreckte, lauschte er auf das plötzliche Anspringen oder Aufjaulen von schweren Motoren. Eine efeuüberwachsene Mauer umgrenzte den Garten. Zwischen Büschen und Obstbäumen leuchteten Sonnenschirme, und Stimmen verrieten die Anwesenheit von Gästen, die sich an den Gartentischen niedergelassen hatten. Knolle lief geduckt an der Mauer und der angrenzenden Scheune entlang, bis er in den Hof einbiegen konnte. Die Kastanien als Deckung benutzend, huschte er zu den Motorrädern. Neben der Honda stand auf der einen Seite die Guzzi und auf der anderen eine Kawasaki, nach der er vergeblich in seinem Gedächtnis forschte. Ohne den Anhaltspunkt, den ihm die Nummernschilder gaben, wäre er unsicher gewesen und hätte nicht sofort am Koffer der Honda herumgefingert. Der Deckel sprang auf.

Rasch durchwühlte er den Kasten. Etwas Schweres war in ein Stück schwarze Plastikplane gewickelt. Er zog so lange an der Plane, bis nach und nach eine Kette sichtbar wurde, die sich schmierig und rostig zusammenringelte. Die Glieder hielten ein paar Stoffetzen fest, und der Rost sah wie eingetrocknetes Blut aus.

Zweifel, daß er seine Gegner gefunden hatte, hegte Knolle nun nicht mehr. Umsichtig packte er die Kette wieder ein, darauf bedacht, die alte Ordnung wiederherzustellen. Die Biker mußten sich sehr sicher fühlen, um ein belastendes Beweisstück immer noch mit sich herumzuschleppen. Aber solange er nicht mehr über den eigentlichen Tathergang herausgefunden hatte, konnte er nicht daran denken, die Kette an sich zu nehmen. Vielleicht spielte aber bei all seinen Überlegungen vor allem der Gedanke eine Rolle, daß er mit dem Honda-Mann noch eine persönliche Rechnung offen hatte.

»Heh, was machst du da?« rief jemand vom Haus herüber.

Auf einmal wurde sich Knolle seines flachen Atmens bewußt und des Flatterns in seinem Innern, er versuchte, sein Bewußtsein von der zügig auflodernden Angst abzuspalten.

Er wollte geradeaus über den Lenker lugen, war aber gezwungen, an dem Eimer vorbeizuschielen, der fast die ganze Sicht versperrte. Alles, was er erkennen konnte, bevor er den Kopf wieder einzog, war eine vierschrötige Gestalt in der offenen Haustür und ein riesiger Schnauzbart. Dann schob sich etwas an seinen Hintern heran. Hinter ihm stand ein großer Hund, dessen Fell wie Distelwolle aussah. Mit blanken Augen betrachtete er Knolle wohlwollend, zog aber die Lefzen bis halb zu den Reißzähnen hoch und knurrte leise. Zu seinem Glück war Knolle seit Kindesbeinen mit Tieren vertraut, und so faßte er den Hund einfach an einem Ohr und zog ihn auf Augenhöhe heran.

Über den Kies zwischen der Haustür und dem Brunnen näherten sich gewichtige Schritte.

»Sei so gut«, flüsterte Knolle, »und beiß ihn in den Arsch.«

Zur Ermunterung gab er dem Tier einen freundschaftlichen Nasenstüber.

Folgsam sprang der Hund davon, und unmittelbar darauf hörte Knolle einen gewaltigen Fluch und ein Aufjaulen.

Ohne sich zu vergewissern, ob die Luft rein genug sei, lief er in geduckter Haltung von Kastanie zu Kastanie, bis er den Hof hinter sich hatte.

Kapitel 4

1

Rohleff hatte eine unruhige Nacht mit Träumen voll leiser zärtlicher Berührungen verbracht, aber jedesmal, wenn er aufschreckte, war das Bett neben ihm leer. Nur einmal schien es ihm so, als ob er jemanden spürte, eine Wahrnehmung, die sich im Nebel der Träume verlor. Gegen drei Uhr morgens hatte er sich entnervt selbst befriedigt, um wenigstens von den bedrängendsten Sehnsüchten befreit zu sein. Gleich darauf war er in einen kurzen schweren Schlummer geglitten, aus dem ihn der Wecker herausschellte.

Beim Gang zum Badezimmer war der Abend vorher wieder gegenwärtig. Sabine war zu Hause gewesen, und sie hatten in relativ friedvoller Stimmung zusammen gegessen. Diese Stimmung hatte er ausnutzen wollen.

»Laß uns doch wenigstens über Thomas reden, wir müssen doch mal damit anfangen.«

Er hatte versucht, sie in den Arm zu nehmen, aber sie war ihm so geschickt, glatt und höflich ausgewichen, daß es wie Zufall wirkte.

»Warum? Du hast ihn ja nie richtig gewollt. Das ist jetzt unser Problem.« Nicht einmal ihre Stimme verriet viel Gefühl, so sehr hatte sie sich in ihre Abwehr verschanzt. Und dann war sie doch noch fortgegangen.

Als er nun übernächtigt in die Küche stolperte, saß sie am Frühstückstisch und sah ihn freundlich an.

»Ich habe im Gästezimmer geschlafen. Du warst mir zu unruhig heute nacht.«

Unversehens schoß Rohleff die Röte ins Gesicht. Hatte sie ihn etwa beobachtet, als er sich den kleinen müden Orgasmus verschaffte? Seine Erinnerungen waren unklar, und aus ihrer

Miene ließ sich nichts schließen. Schwer fiel er auf seinen Stuhl und stützte den Kopf in die Hände.

»Ich konnte nicht richtig schlafen. Dieser Fall macht mich fertig.«

Sie wußten beide, was ihn wirklich fertigmachte. Sabine hatte Speck und Spiegeleier gebraten, die in cholesteringesättigtem Fett schwammen, und bekundete damit eine Zuwendung, die er früher mit einer Zuneigung gleichgesetzt hatte, deren er sich nun nicht mehr sicher war. Der Anblick der Eier auf seinem Teller verursachte ihm Herzschmerzen.

»Aber ihr seid doch ein gutes Stück vorangekommen, seit eindeutig feststeht, wer der Tote ist.«

»Wer sagt das?«

Die Antwort konnte sie sich schenken.

Groß spielte mit einem Kugelschreiber. Geschickt wirbelte er ihn zwischen den Fingern und verbreitete satte Zufriedenheit. Noch bevor Rohleff dazu kam, ihn zur Rede zu stellen, war auch der Oberrat hereingeschlendert, das Köfferchen mit dem Laptop in der Hand. Gleich nach ihm trat Lilli ein.

Ihre unfrohe Miene schob Rohleff auf den Anblick des Ganters zu so früher Stunde. Es war noch nicht halb acht.

»Da ich Sie gestern verpaßt habe, dachte ich, ich komme heute etwas früher, damit wir uns über diesen Tag abstimmen, bevor Sie mit der Arbeit beginnen.«

Groß lachte auf. Verwundert betrachtete ihn von Ganten.

»Sie müssen schon entschuldigen, aber heute geht es bei uns rund. Unsere Leiche hat jetzt einen Namen.«

»Alexander Schröder«, hakte Rohleff ein, »ein junger Mann aus Ochtrup. Kraftfahrzeugmechaniker. Nicht, daß das jetzt schon eine größere Bedeutung hat. Gestern haben wir uns mit seinem Chef unterhalten.«

Harry ließ sich nicht beirren. »Die entscheidende Nachricht kam gestern spät aus der Rechtsmedizin. Zufällig war ich noch nicht nach Hause gefahren. Wir hatten um Eile gebeten.« Er strahlte in ungebrochener Siegerlaune.

Der fetten Sau müßte mal jemand die Fresse polieren, dachte Rohleff rachedurstig, da würde sie vielleicht auf ein erträgliches Maß zurückschrumpfen.

»Und aus diesem kleinen Durchbruch ergibt sich die Arbeit für heute, nach der Sie gefragt haben. Wir müssen uns ranhalten, bevor alle Spuren kalt werden. Wir sind schon über den dritten Tag hinaus, und was das heißt, wissen Sie so gut wie wir«, sagte er zu von Ganten.

Klack, klack machten die Fingernägel des Oberrats auf der Laptoptastatur. Er müßte mit dem Schnabel hacken, das würde besser zu diesen Geräuschen passen, überlegte Rohleff.

»Dann hätte ich gern Ihre Einsatzpläne für heute, falls die jetzt im einzelnen bereits feststehen. Aber«, der Oberrat schaute auf, »wo ist der Vierte aus Ihrer Abteilung?«

»Müßte jeden Moment eintreffen«, sagte Rohleff leichthin. »Wir konzentrieren uns auf die Motorradgang, es sieht nun doch so aus, als hätte sie mit dem Tötungsdelikt an Alexander Schröder zu tun. Das haben die letzten Gespräche gestern ergeben.«

»Wir haben eine schwache Motorradspur auf der Wiese bei den eingepackten Heuballen gefunden und werden heute versuchen, sie sichtbarer zu machen«, warf Groß ein.

»Und ich fahre sofort in die Werkstatt in Ochtrup, die macht um acht auf, ich setze auf das Überraschungsmoment. Morgens um acht sind die Leute erst halbwach, und man kann ihnen eher etwas entlocken als nach dem Kaffee um zehn. Du kommst mit, Lilli. Fürs erste wär's das, Herr von Ganten.«

»Dann möchte ich Sie um zwölf hier zu einer Besprechung sehen. Was ist nun mit Kommissar Knolle? Fängt er nicht mit den anderen an?«

»Ich kümmere mich darum, fahrt nur los«, sagte Groß, »ich setz mich an meine Fingerabdrücke, von der Leiche haben wir nämlich welche, ich bin noch bei allen möglichen Abgleichen. Einer von euch sollte mir die Adresse von Alexander Schröder durchgeben, damit ich ein paar Spurensucher zu seiner Bude schicken kann.«

»Kommst du überhaupt noch mit deinen Leuten aus? Sollten

wir die von der Ochtruper Dienststelle nicht einbeziehen?« fragte Lilli.

»Ich zieh welche vom Müll ab.«

Von Ganten erhob sich. »Um zwölf, Herr Rohleff?«

»Falls ich mich verspäten sollte, lasse ich Ihnen Bescheid geben.«

Als sich die Tür hinter dem Oberrat schloß, lehnte sich Groß entspannt auf seinem Stuhl zurück.

»Ist doch gut gelaufen, Leute, die Obernase ist erst einmal zufriedengestellt.«

»Moment mal«, wandte Lilli ein, »wer führt hier eigentlich die Ermittlung?«

»Das müßt ihr unter euch ausmachen, ich bin im Labor, wenn ihr mich braucht.«

»Geht er dir eigentlich auch so auf den Keks?« fragte Lilli, als er gegangen war.

»Wer, von Ganten?« Rohleff kramte seine Unterlagen zusammen, Zerstreutheit vortäuschend.

»Und warum fahren wir zur Werkstatt?« fuhr Lilli fort.

»Weil ich auf trauernde Eltern so früh morgens nicht eingerichtet bin. Die heben wir uns für danach auf.« Er hielt ein Blatt in die Höhe. »Hier ist das Fax aus der Rechtsmedizin mit dem Bericht über den DNA-Abgleich zwischen der Leiche und den Haaren von Alexander Schröder. Befund positiv.«

»Und wie ist Harry daran gekommen? Es hörte sich doch so an, als hätte er vor dir Bescheid gewußt.«

»Das täuscht.«

2

Gerade, als sie auf den Parkplatz vor der Werkstatt einbiegen wollten, sauste ein Wagen am anderen Ende mit quietschenden Reifen vom Platz und fuhr auf der Straße davon.

»Der fährt wie vom Affen gebissen«, meinte Lilli.

»Mercedesfahrer haben es immer eilig, sie haben in der Regel etwas Wichtiges zu tun.«

»Ein Rechtsanwalt, der einem Steuerhinterzieher beistehen muß?«

»Etwas in der Art muß es wenigstens sein.«

Sie starrten durch die Windschutzscheibe auf das Werkstattgebäude. Vor den Fenstern des Büros und vor der Glastür hingen heruntergelassene Jalousetten.

»Mir verursacht dieser von Ganten immer mehr Magenschmerzen. Was der bloß von uns will«, bemerkte Lilli.

»Du brauchst um zwölf nicht dabeizusein. Wäre sogar besser so.«

Lilli schwieg einen Augenblick.

»Ich verstehe. Es sollte nicht immer nur einer von uns fehlen. Am besten erfinden wir eine Choreographie der Abwesenheiten, in der eine bestimmte weniger auffällt. Wir verstecken sozusagen einen Baum im Wald. Meinst du, wir tun das Richtige, Karl?«

»Wer weiß das schon.« Düster schaute Rohleff geradeaus. Hinter den Jalousetten bewegte sich ein Schatten. »Dieser Kleingreber scheint ein manischer Arbeiter zu sein, oder seine Frau verweigert im Moment die Mitarbeit.«

»Woher willst du wissen, daß der Schatten Kleingreber ist? Es könnte doch auch Frau Kleingreber sein, die aufarbeitet, was gestern liegengeblieben ist.«

»Und in der Frühe schon den ersten Kunden abfertigt? Wo die Werkstatt überhaupt noch nicht aufhat? Es fehlen immer noch ein paar Minuten bis acht.«

Vielleicht war das der Liebhaber, wollte Lilli sagen, unterdrückte es aber eben noch mit Rücksicht auf Rohleffs neue Empfindlichkeit bei solchen Scherzen. »Wie lange bleiben wir im Wagen sitzen?«

»Bis alle da sind. Ich will sehen, ob wir etwas Ungewöhnliches beobachten können und wie die Angestellten auf unseren Polizeiwagen reagieren.« Sie waren diesmal nicht in einem unauffälligen Zivilfahrzeug gekommen.

Einer der älteren Mechaniker fuhr Fahrrad, der andere einen Trabi, der aber keine Qualmwolken ausstieß.

»An allem wird rumfrisiert. Nichts bleibt so schön, wie es war«, moserte Rohleff.

»Das ist Ansichtssache. Wer fehlt jetzt noch?«

Um viertel nach acht brummte ein Motorrad heran. Die beiden älteren Angestellten hatten interessierte Blicke auf den Polizeiwagen geworfen, waren dann aber nicht weiter beeindruckt auf eine schmale Seitentür zugegangen, die in die Halle führte. Niklas Scheipers dagegen versetzte die Polizeipräsenz offenkundig einen Schreck. Er zuckte regelrecht zusammen, und fast sah es so aus, als wollte er sich den Helm wieder über den Kopf stülpen und davonbrausen. Den beiden Polizeibeamten den Rücken zukehrend, machte er sich an dem Werkzeugbehälter unter dem Sitz des Motorrads zu schaffen und ging erst nach einem letzten Blick auf den Einsatzwagen zögernd in die Halle, die längst offenstand.

»Er glaubt doch wohl nicht, daß wir gekommen sind, um ihn wegen Zuspätkommens einzubuchten?« staunte Lilli.

»Weil uns Kleingreber gerufen hat? Weil er sonst nicht mehr mit seinen Angestellten fertig wird, die ihm alle auf der Nase herumtanzen?«

»Da kommt Kleingreber.« Lilli deutete auf die Gestalt, die nun in der Tür zum Büro stand, nachdem die Jalousetten hochgeglitten waren.

»Wird auch Zeit. Ich habe mich schon gefragt, wie lange er es aushält, uns durch die Ritzen zu beobachten. Mal sehen, was er uns heute zu sagen hat.«

Sie waren übereingekommen, so lange als möglich den Tod Alexanders nicht zu bestätigen.

Kleingreber trug ein anthrazitfarbenes T-Shirt unter einem leichten Jackett, das eine Spur heller war, zu schwarzen Jeans und ging damit Rohleff schon vor der Begrüßung auf die Nerven, denn er wähnte sich allenthalben von dunklen, Tristesse verbreitenden Gestalten umzingelt, die auf sein angeschlagenes Gemüt drückten.

»Fällt dir auf, wie er angezogen ist?« nuschelte er, während sie auf die Tür zugingen.

»Wieso? Das ist das gleiche Outfit wie gestern.«

»Tatsächlich? Aber heute sieht er damit aus, als würde er Trauer tragen.«

Kleingreber trat zur Seite, um sie hereinzulassen.

»Dann ist es jetzt amtlich?« fragte er, noch bevor sie im Büro Platz genommen hatten, und seufzte ergeben. »Das mit Alex?«

»Ihrer Bemerkung entnehme ich, daß Alexanders Verbleib auch weiterhin für Sie unklar ist. Jedenfalls haben wir ihn nicht kommen sehen«, sagte Rohleff, »oder gibt es eine Hintertür, durch die er sich hat einschmuggeln können?«

Verwirrt faßte sich Kleingreber an den Kopf. »Sie haben ihn also nicht gefunden?«

»Wir wollten nachfragen, ob Sie nicht endlich eine Vermißtenanzeige aufgeben wollen, schließlich fehlt er jetzt den dritten Arbeitstag. Oder haben Sie so wenig zu tun, daß es Ihnen egal ist, ob einer weniger da ist, um die Autos zu reparieren?«

Durch die Scheiben zur Halle war gut zu beobachten, daß Niklas Scheipers sich in der Nähe des Büros aufhielt und öfter verstohlen hineinschaute. Und offensichtlich war an diesem Dienstagmorgen, der kein besonderer Morgen war und auch nicht vor einem Feiertag lag, nicht viel los in der Werkstatt. Die Mechaniker arbeiteten lustlos an gerade mal zwei Autos.

»Erstens«, Kleingrebers Gesicht lief ein bißchen rot an, »bin ich für die Vermißtenanzeige nicht zuständig, sondern die Eltern. Wenn es nur darum geht, sollten Sie sich an die halten. Und zweitens begreife ich nicht, warum Sie hier sind, wenn Sie nicht Alexanders Leiche gefunden oder ihn irgendwo verletzt aufgegriffen haben. Würden Sie mir bitte Ihre Absichten erklären? Ich habe nämlich zu tun.« Demonstrativ legte er seine Hand auf einen Papierstapel.

»Das glaube ich Ihnen sofort. An Ihnen hängt die ganze Werkstatt. Und Ihre Frau hilft Ihnen auch heute nicht?«

»Sie hat Kopfschmerzen. Was wollen Sie von mir?« Entnervt hob Kleingreber beide Hände.

»Hat sich Ihre Cousine heute noch nicht bei Ihnen gemeldet? Allmählich müßte sie sich Sorgen um ihren Sohn machen«, mischte sich Lilli ein.

Kleingrebers Blick flackerte. »Nein, hat sie nicht. Ich meine, sie hat sich nicht bei mir gemeldet.«

»Und von Ihrem Verdacht ahnt sie nichts?«

Auf Kleingrebers Stirn bildeten sich Schweißperlen. »Hätte ich doch bloß nicht auf diese Zeitungsnotiz reagiert.«

»Mutmaßungen, was Alexander bewegen könnte, der Arbeit fernzubleiben, haben Sie keine?«

Kleingreber kämpfte sichtlich mit seiner Beherrschung. »Fragen Sie mich nicht, was junge Kerle umtreibt! Vielleicht hat er das Kaff über, schließlich ist er ja nie rausgekommen. Kindergarten hier, Schule hier und jetzt die Arbeit. Da kann man doch mit einundzwanzig verrückt werden. Er hat sich auf sein Motorrad geschwungen und ist auf und davon. Scheint mir nur logisch. Angeblich verschwinden jedes Jahr Tausende von Leuten auf Nimmerwiedersehen, weil ihnen die Decke auf den Kopf gefallen ist.«

»Aber doch keine aus Ochtrup, nicht wahr?«

Lilli hielt Rohleff ihr Notizbuch hin.

Wo ist das Motorrad abgeblieben? las Rohleff. Sacht tippte er die Seite an und lächelte versonnen.

»Ja, richtig, darum müssen wir uns auch noch kümmern. Wir brauchen wirklich mehr Leute, der Fall weitet sich zusehends aus. Telefonier bitte draußen mit Rheine. Sie sollen ein paar Beamte schicken, die sich umschauen. So ein Ding kannst du nicht im Gully versenken, und von allein weggelaufen ist es auch nicht. Und jetzt, Herr Kleingreber, würde ich mich gern mit Niklas Scheipers unterhalten. Mir scheint, als würde der Junge auch gern mit uns reden.«

»Darf ich nicht eben noch dabeisein?« flehte Lilli, und Rohleff nickte gnädig.

Kleingreber stand auf und rief Niklas herein, während er zwischendurch Unverständliches grummelte, aus dem Lilli aber doch so etwas wie »beschissener Polizeiterror« heraushörte.

Niklas sah ein wenig wie ein Opferlamm aus, das zur Schlachtbank geführt wurde. Den Kopf gesenkt, schaute er auf seine Finger und kratzte das Schwarze unter den Nägeln hervor.

Bevor sie mit dem Verhör beginnen konnten, wurde die Außentür aufgerissen. Ein Mann trat herein und warf einen Schlüssel auf den Schreibtisch.

»Moin, Rudi. Der Wagen steht im Hof. Bis Mittag ist er fertig, ja? Du hast hohen Besuch?« Ein interessierter Blick traf Rohleff und Lilli. »Sind sie dir endlich drauf gekommen, daß du geklaute Luxusschlitten nach Polen verschiebst?«

»Hau ab«, sagte Kleingreber griesgrämig und fügte hinzu, sobald der stürmische Kunde verschwunden war: »Sie glauben doch so was nicht?«

»Nicht, bevor wir es bewiesen haben.«

Rohleff wandte sich an Niklas. »Stammen Sie auch hier aus dem Ort?«

»Nee, ich komme aus Borghorst.«

»Dann kennen Sie Alexander Schröder tatsächlich nicht so gut?«

»Aber du hast doch mit Alex die Lehre gemacht oder nicht?« fragte Kleingreber dazwischen.

»Wie? Alexander hat die Lehre nicht bei Ihnen gemacht? Hatten Sie das nicht gerade erzählt?« wandte Rohleff ein.

»Das haben Sie mißverstanden. Ich habe sagen wollen, daß er nie richtig aus dem Dunstkreis von Ochtrup herausgekommen ist. Wo hat Alex die Lehre gemacht, Niklas?«

»Ich war mit ihm ein Jahr in Rheine zusammen, dann ist er nach Emsdetten gegangen.«

»Beides liegt maximal fünfzehn Kilometer von seinem Heimatort entfernt. Warum hat er denn dann die Stelle gewechselt? Es scheint so, als hätte er es nirgendwo lange ausgehalten«, mutmaßte Rohleff und fixierte Kleingreber. »Ich erinnere mich«, fuhr er fort, »Sie sagten, er sei ein bißchen unstet. Und jetzt verstehe ich auch, was Sie damit gemeint haben. Seit wann arbeitet er bei Ihnen?«

»Was ist mit Alex, wo steckt er?« fragte Niklas plötzlich.

»Das ist eine unerfreuliche Geschichte. Im Augenblick ist er im Leichenschauhaus in der Rechtsmedizin von Münster. Irgendwann in der Nacht zum Freitag hat ihn jemand in einer Mülltonne abgelegt, und am Freitag abend haben wir ihn aus einem Haufen Müll in der Deponie bei Altenberge hervorgeholt. Hatten Sie so etwas erwartet?«

Eine Hand auf dem Schreibtisch, ging Niklas in die Knie, beugte sich vor und begann zu keuchen.

»Mußtest du so grob sein?« fuhr Lilli Rohleff überrascht an. Sie sprang auf, um Niklas zu stützen.

»Hat er etwa auch Asthma?« rief Rohleff entgeistert.

Kleingreber war mit dem Bürostuhl zurückgeglitten. »Teufel auch«, sagte er nur. Nach einem Moment der Besinnung sprach er Rohleff an. »Ihre Kollegin hat recht. Mußten Sie das so rausbringen? Sehen Sie sich den armen Kerl doch an. Der ist völlig fertig und für heute nicht mehr zu gebrauchen. Und ich auch nicht. Warum diese Grobheit?«

»Weil wir es mit einer Mordermittlung zu tun haben, und so etwas ist immer unerfreulich.« Rohleff stand auf und schob Niklas seinen Stuhl zu.

Lilli half ihm, sich zu setzen, wobei sie Rohleff einen vorwurfsvollen Blick zuwarf, den er glatt ignorierte.

»Ich glaube Ihnen nicht so ganz, was Sie uns erzählt haben, Niklas. Wenn man ein Jahr Lehre im gleichen Betrieb absolviert, kommt man sich doch näher. Wie war Ihr Verhältnis zu Alexander? Wie oft haben Sie zusammen etwas unternommen und was? Sie fahren Motorrad und er auch. Was ist mit dem Motorradtreff hier in Ochtrup? Haben Sie den gemeinsam besucht? Mit wem waren sie dort noch zusammen?«

»Kannst du die Fragen zum Mitschreiben langsamer wiederholen, ja, Karl?« meldete sich Lilli scharf.

Ihre Hand lag noch beschützend auf Niklas' Schulter. Es fiel ihr auf, was für ein hübscher Bursche er war. Lockiges, beinahe schwarzes Haar fiel ihm in die Stirn, die Wangenknochen waren hoch angesetzt, die Lippen schön geschwungen, das Kinn kräftig ausgebildet. Seinen Schmerz, wie tief er auch immer reichen mochte, brachte er offen und Sympathie erweckend zum Ausdruck. Ein junger Mann, der überall Anklang finden und sich um Freunde, vor allem um Freundinnen, nicht sonderlich bemühen mußte.

»Alex war kein Spezi von mir, aber das haut mich doch um.«

»Wie war er denn, der Alex?« fragte Rohleff sanfter nach.

»In Ordnung, ich könnte nichts Negatives über ihn sagen. Ab und zu hat er einen Rappel gekriegt und die Arbeit für einen Tag oder zwei hingeschmissen, deshalb flog er öfter raus. Aber sonst war er in Ordnung. Wir haben uns über Motorräder unterhalten, das stimmt schon, und ich habe ihn auch ein- oder zweimal dieses Jahr am Bikertreff gesehen, das stimmt auch. Aber so richtig Kontakt hatten wir nicht.«

»Das erscheint mir aber seltsam bei soviel Gemeinsamkeiten«, wandte Rohleff ein.

»Er hatte seine Freunde, ich meine. Man sieht sich, man trinkt mal einen zusammen, und das war's dann. Aber das, was ihm passiert ist, finde ich echt Scheiße.«

Mehr war auch bei längerer Befragung nicht zu erfahren, und alles, was er sagte, klang aufrichtig.

3

Lilli war mit Niklas in die Halle hinausgegangen und hatte darauf zu achten, daß er den Kollegen keine Hinweise auf Alexanders Tod gab.

Die beiden älteren Angestellten, die Rohleff nacheinander ins Büro holte, gaben auf jede Frage zunächst einmal nahezu identische »Hms« von sich und drückten sich anschließend so unbestimmt wie möglich aus. Beide erinnerten ihn in ihrer Art an Hendrick Knolle, obwohl er, verglichen mit ihnen, ausgesprochen redselig wirkte, Hemmungen, über Patrick zu reden, hatte er ja nicht gehabt.

Die mangelhafte Auskunftsbereitschaft mochte daran liegen, daß die Mechaniker vermuten mußten, Alexander hätte etwas ausgefressen. Und in so eine Sache wollten sie nicht hineingezogen werden.

Die Atmosphäre in der Werkstatt und das Verhältnis zwischen Chef und Angestellten meinte Rohleff am Ende der unergiebigen Befragung immerhin genügend ausgeleuchtet zu haben. Jeder wußte über die Verwandtschaft zwischen Kleingreber und Alexander Bescheid. Der Verdacht drängte sich auf, daß die verwandtschaftliche Beziehung den ausschlaggebenden Faktor für die Beschäftigung gebildet hatte und wohl kaum Alexanders Arbeitsleistung. Mittlerweile waren zwei weitere reparatur- oder wartungsbedürftige Wagen abgeliefert worden, aber durch die Befragungen stockte die Arbeit.

»Sie merken doch, daß wir Ihnen überhaupt nicht weiterhelfen können«, erhob Kleingreber sichtlich verärgert gegen die anhaltende Störung Einspruch, er hatte die ganze Zeit mit verschränkten Armen an der Wand gelehnt, hin und wieder von seinen Leuten mit einem abschätzenden Seitenblick bedacht.

Rohleff lächelte dünn. »Deshalb habe ich ja Unterstützung anfordern lassen. Jede Minute müssen unsere Techniker eintreffen.«

»Was meinen Sie damit?«

»Die Techniker werden Ihren Personalraum und die Spinde unter die Lupe nehmen.«

Der Mechaniker, der schräg zu Rohleff saß und den Kalender an der Wand betrachtete, räusperte sich umständlich.

»Alle Spinde?«

»Davon ist auszugehen, wenn die Techniker erst einmal angefangen haben, machen sie ihre Arbeit gründlich.«

Schwerfällig erhob sich der Mann. »Wir sind doch fertig? Ich hab jedenfalls nichts mehr zu sagen.«

»Sie können wieder an Ihre Arbeit gehen, damit wenigstens ein Auto bis mittags fertig wird. Und Ihre Schnapsflasche lassen Sie nur ruhig im Spind. Uns stört die nicht«, sagte Rohleff und nahm sich vor, um diese Werkstatt, falls sein eigener Wagen mal eine Reparatur benötigen sollte, einen großen Bogen zu machen.

Kleingreber setzte sich wieder hinter seinen Schreibtisch. »Sie machen aber auch alle meine Leute fertig. Am Ende kann ich den Laden dichtmachen.«

Zur Vorsicht versiegelte Rohleff den Personalraum. Als das Fahrzeug mit den Technikern eintraf und Harry sich herauswälzte, kam Lilli zu Rohleff und hielt ihm ihr Handy hin.

»Sabine ist in der Leitung. Sie will dir unbedingt was mitteilen.« Nachdem sie ihm das Handy überreicht hatte, lief sie in die Halle zurück.

Rohleff war es unangenehm, mit Sabine zu sprechen, während er Groß vor Augen hatte, der den drei Leuten in seiner Begleitung laut Anweisungen erteilte.

»Was gibt es?« fragte er deshalb ungnädig. »Ich bin im Dienst.«

»Darauf wäre ich nicht gekommen«, gab Sabine zurück, »wenn du nicht mit mir reden willst, kann ich es auch sein lassen.«

Das etwas verhangene Sonnenlicht ließ Harrys Locken aufschimmern, der ganze Kerl bot ein Bild der Lebensfreude und ungebrochenen Dynamik, und er herrschte mit einer Unbekümmertheit über seine Leute, wie es Rohleff selbst nie fertigbrachte.

»Nein, einen Moment habe ich schon Zeit.«

Groß wuchtete einen schweren Koffer aus dem Kombi.

»Du solltest unbedingt noch einmal mit Maike reden. Ich war heute morgen wieder bei ihr und kurz in ihrem Badezimmer. Sag mal, ist das Harry, den ich im Hintergrund höre? Wo seid ihr überhaupt? Deine Stimme klingt komisch. So gequetscht. Du hast doch keine Zahnschmerzen?«

Rohleff ertappte sich bei dem Gedanken, daß Sabine genau in diesem Augenblick angerufen hatte, um ihn zu quälen. Wahrscheinlich hatte sie kurz zuvor mit Groß gesprochen. Solcher Ränke hielt er sie inzwischen durchaus für fähig.

»Hat Maike Schlaftabletten gehortet? Machst du dir deshalb

Sorgen? Ich habe zu viel zu tun, um mich auch noch um so etwas zu kümmern. Vielleicht rufst du ihre Mutter an und bittest sie, nach ihr zu sehen. Sie kann doch von Nordwalde mal eben herüberkommen.«

Groß baute sich mit seinem Koffer vor ihm auf. »Wo?« fragte er knapp.

Rohleff wich zwei Schritte zurück und wies mit der freien Hand zur Halle. »Personalraum. Hinten rechts.«

Leider blieb Groß stehen.

»Ist noch was?« fragte Rohleff scharf ins Telefon.

»Jetzt störe ich wohl wirklich«, sagte Sabine. »Es hat nichts mit Schlaftabletten zu tun. Sieh dir einfach einmal den Badezimmerspiegel an. Maike hat eine etwas verrückte Theorie geäußert, aber das kannst du besser beurteilen. Tschüß, Schatz.«

Rohleff konnte kaum glauben, daß sie ihn wirklich »Schatz« genannt hatte, und argwöhnte eine ironische Spitze dahinter, zumal Harry neben ihm stand.

»Was willst du denn noch?« fuhr er ihn an, nachdem er das Handy eingesteckt hatte.

»Ich wollte nur sagen, daß mir der Ganter auf dem Flur begegnet ist. Ich habe ihm verklickert, uns gehen die Leute aus, und die aus Rheine haben wir auch schon eingesetzt. Wenn ein weiterer Einsatzort zum Durchchecken dazukommt, sind wir aufgeschmissen oder müssen in Münster um Hilfe bitten.«

Rohleff strich sich übers Kinn. »Dann wären die Techniker ja aus dem Schneider.«

»Wie meinst du das?«

Rohleff sah Groß streng dienstlich an. »Unterbrich mich gefälligst nicht, wenn ich laut nachdenke. Richte dich schon darauf ein, dir Alexanders Zimmer in seinem Elternhaus vorzunehmen. Aber erst, wenn ich grünes Licht dazu gebe. Vorher müssen wir die Trauerbotschaft überbringen. Nur dazu haben wir jetzt keine Zeit. Ich muß zur Besprechung mit dem Ganter, und Lilli soll die drei Angestellten und Kleingreber in Schach halten, bis ich zurückkomme. Bis später dann, ich fahr los.«

Als er unterwegs das Handy herauskramte, war er überrascht, Lillis in der Hand zu halten. Danach dauerte es ein wenig, bis er den Oberrat in der Leitung hatte, er mußte sich erst über die Zentrale verbinden lassen. Von Ganten schien nichts dagegen zu haben, die Besprechung zu verschieben.

»Vom Kollegen Groß habe ich bereits erfahren, wie sehr Sie im Augenblick alle eingespannt sind. Natürlich hat die Fahndung Vorrang. Melden Sie sich, sobald Sie für eine halbe Stunde abkömmlich und in der Dienststelle anzutreffen sind.«

Aufatmend legte Rohleff das Handy beiseite und faßte das Steuer wieder mit beiden Händen, um nicht länger sachte Schlangenlinien zu fahren. Er fragte sich, was Groß mit Fahndung gemeint haben könnte und ob er in seinen Ausführungen über den Einsatz der Abteilung Patrick ausdrücklich einbezogen hatte.

Maike musterte ihn nicht eben erfreut, als sie ihm die Tür öffnete.

»Dann hat sie es dir doch erzählt? Ich hatte sie gebeten, es mir zu überlassen. Mir ist es nicht recht, wenn du von der Sache erfährst.« Ihre Augen waren gerötet, sie mußte geweint haben.

»Zeig mir einfach, worum es geht. Sabine meinte, ich sollte mir euren Badezimmerspiegel anschauen.«

»Ich war gerade dabei, ihn abzuwischen.« Den Lappen hielt sie noch in der Hand.

Die roten Schlieren auf dem Spiegel sahen aus, als hätte Svenni mit dem Lippenstift seiner Mutter gespielt, nur war der Kleine nicht groß genug, um an das Glas heranzureichen. Nicht einmal, wenn er sich auf einen Hocker stellte.

»Hättest du mit dem Wischen nicht noch eine Minute warten können?« Rohleff zog vorsichtig eine Windung am Anfang des Geschmiers nach. »Das könnte ein ›D‹ gewesen sein.«

Maike schob ihm einen Zettel in die Hand. »Ich hab's abgeschrieben.«

»Dodo«, las Rohleff laut, »eins, zwei, sieben, neun …« Sein

Blick glitt zwischen dem Zettel und dem Spiegel hin und her. »Warum hast du mit dem Wegwischen bis heute gewartet?«

Unglücklich drückte Maike den Lappen zusammen. »Ich hab mich nicht getraut. Erst als Sabine dagewesen war, wollte ich es weghaben. Sag mal, hat Patrick jemals von einer Dodo gesprochen?«

Rohleff verglich noch einmal sorgfältig die Reste auf dem Spiegel mit Maikes Abschrift, nahm sogar die Finger zu Hilfe, um die Abstände und Größen von Buchstaben und Zahlen zu vergleichen.

»Warum sagst du nichts? Ich habe sogar versucht, eine der Telefonnummern anzurufen, es muß eine von hier sein, denn es steht ja keine Vorwahl davor.«

»Hast du die Buchstaben und die Zahlen genau abgeschrieben? So, wie sie auf dem Spiegel standen? Es sieht so aus, als hätten sie mehr unter- als nebeneinander gestanden, und man kann eine vier oder neun oder eins so oder so schreiben.« Rohleff hielt den Zettel hoch.

»Sag mir lieber, was du jetzt denkst.«

»Das Denken kommt später, ich trage noch die Fakten zusammen. Wann hast du die Spiegelschrift entdeckt?«

»Freitag früh, nachdem Patrick zum Dienst gefahren ist. Zuerst habe ich mir noch nicht soviel dabei gedacht. Ich war sicher, Patrick wollte sich etwas merken und war zu faul oder zu eilig, Papier und Kugelschreiber zu suchen. Erst als er abends nicht nach Hause kam, habe ich mich gefragt, wer diese Dodo ist.«

Mittlerweile war es kurz vor eins.

»Ich muß wieder nach Ochtrup. Behalt die Sache für dich und mach dir keine Gedanken über eine Dodo, du hast etwas mißverstanden. Wir reden später darüber.« In der Badezimmertür blieb er stehen. »Hast du einen Fotoapparat? Wenn ich sofort ein Foto von dem Geschmier machen kann, kannst du es wegwischen.«

Auf dem Weg zurück rief Rohleff Sabine an. »Ich wollte dir nur für den Tip mit dem Spiegel danken. Wer weiß, wann wir ohne dich darauf gekommen wären.«

»Ich hätte nie im Leben daran gedacht, Patrick könnte fremdgehen, du etwa?«

»In meinem Beruf muß man immer damit rechnen, selbst völlig integre Menschen auf Nebenwegen zu überraschen. Und vielen Dank auch für die Warnung heute morgen beim Frühstück. Ohne deine Information über die Identität der Leiche hätte ich Harry leicht ins offene Messer laufen können.«

»Ich soll dir geholfen haben?« Sabines Stimme klang selbst durch die Verzerrung der Telefonleitung heiter.

In Ochtrup blieb Rohleff noch einen Moment im Auto sitzen, um diesem Klang nachzulauschen und seine Verzauberung so lange auf sich wirken zu lassen, bis sie verblaßte. Erst danach stieg er aus.

In der Halle rief er Lilli und Groß zu einer kleinen Lagebesprechung zusammen und zeigte ihnen Maikes Zettel.

»Patrick hat versucht, sich an wenigstens zwei der Motorradkennzeichen zu erinnern. Anscheinend kam der Trupp aus Dortmund. Eins der Kennzeichen beginnt jedenfalls DO – I, und dann war er sich der Zahlen nicht sicher und hat ein paar Varianten durchprobiert.«

»Bist du ganz sicher?« erkundigte sich Lilli. »Wieso hat Maike Dodo geschrieben? Und ein I sehe ich nicht.«

»Sie hat das I für eine Eins gehalten und sowieso etwas mißverstanden.«

Groß zog ihm den Zettel aus den Fingern. »Ich check die Kennzeichen durch, sobald ich meine Leute hier richtig in Schwung gebracht habe. Bisher haben wir nur die Schränke auf Abdrücke hin abgepinselt und schon mal den Schnaps von dem einen sicher gestellt. Der Fusel ist scharf genug, um einem die Hämorrhoiden wegzubrennen.«

»Ich hab auch gedacht, die Fahne von dem Mann ist eindeutig medizinisch«, sagte Rohleff lahm.

»Wenn Patrick das Kennzeichen dessen notiert hat, der ihn in der Nacht zum Freitag angegriffen hat, oder das des Mörders«, sagte Lilli, »erhöht das die Wahrscheinlichkeit, daß er den oder die Mörder jagt. Er kann versuchen, alle oder wenigstens einen zu erwischen, aber bei dem Gedanken wird mir schon ganz übel. So etwas kann nicht gutgehen. Die Kerle sind schließlich keine Waisenknaben. Für mich riecht das nach Zusammenstößen, Katastrophen und Unfällen. Was hältst du davon, wenn wir sämtliche Unfälle oder ungewöhnlichen Vorfälle, in die seit Freitag nacht Motorräder verwickelt waren, abfragen?«

»Und ganz Deutschland danach abgrasen, weil die Kerle inzwischen sonstwo unterwegs sind? Oder besser gleich Europa? Der Osten bietet auch prima Fluchtmöglichkeiten. Das wäre eine Sisyphusarbeit, die wir uns kaum leisten können«, erläuterte Groß und sah Rohleff herausfordernd an.

»Er hat recht, Lilli«, stimmte Rohleff bedächtig zu.

»Also unternehmen wir gar nichts?« sagte Lilli resigniert.

»Hast du noch einmal versucht, Patrick auf meinem Handy zu erreichen?«

4

Saß ihm der Schreck derart in den Gliedern? Knolle wußte es nicht. Zumindest waren seine Beine schwach und zittrig, vor allem das verletzte, als er hastig an der Scheune des Gasthofs und dann an der Mauer entlanghumpelte, hinter der der Garten lag. Sobald er innehielt, merkte er, daß er entgegen seinen Befürchtungen nicht verfolgt wurde. Dafür hörte er rauhes Gelächter aus dem Garten, das er irgendwie auf sich bezog, was ihn in eine äußerst gallige Laune versetzte. Überhaupt ärgerte er sich inzwischen, weil er so schnell die Flucht ergriffen hatte, eigentlich rannte er nur noch weg. Was aber wollte er dann hier ausrichten?

Bei der nächsten Gelächtersalve robbte er bäuchlings an einer Stelle über die Mauer, wo dichte Sträucher standen. Eine Doppelreihe von Stachelbeeren, wie er erst bemerkte, nachdem er hineingefaßt hatte. Außerdem hatte der verletzte Oberschenkel über die Mauerkrone geschrammt. Nur ein bißchen, aber das reichte aus, um ihm einen Feuerstoß bis ins Gehirn zu jagen. Aus drei Fingern tropfte Blut, das er ungeschickt ableckte. Sein Magen meldete sich mit einem leisen Unwohlsein, und zusätzlich baute sich ein altbekannter Druck in seinen Gedärmen auf.

Zwischen der Mauer und den Stachelzweigen war so wenig Platz, daß sich Knolle seitlich vorwärtsschieben mußte, um zu einer Stelle zu gelangen, von der aus er eventuell einen Blick auf die Terrasse hinter dem Haus werfen konnte.

Nach zehn Metern stand er vor einem Gewölle aus rostigem Stacheldraht. Durch die Drahtwindungen sah er eine ebenso rostige Heugabel an der Mauer lehnen, die er gut hätte brauchen können, um sich eine Lücke in dem Stachel- und Dornverhau zu bahnen, nur kam er an die Gabel nicht heran.

Die Unterhaltung auf der Terrasse war lauter geworden. Jemand grölte etwas, und eine neue Salve von Gelächter fegte zu ihm herüber. Vorsichtig schob er seinen ledergepanzerten Ellbogen in die Dornen und drückte ein paar von den oberen Zweigen soweit beiseite, daß er wenigstens ein bißchen sehen konnte.

Einer der Männer war aufgestanden und hielt ein Bierglas hoch. Es war nicht derjenige, den er vor der Haustür gesehen hatte. Dieser hier trug einen kurzen dunklen Bart und die Haare nach hinten gegelt. Knolle schätzte ihn auf gut einen Meter achtzig und der Statur nach auf Mittelgewicht an der oberen Grenze. Die Bewegung, mit der er sich das Bier in den Hals goß, ließ den Bizeps beeindruckend anschwellen und eine Tätowierung tanzen. Der Mann trug ein ärmelloses schwarzes Ledershirt, eindeutig Bikerkluft. Es ärgerte Knolle zusätzlich, daß er immer noch nichts verstand. Mittlerweile brachten ihn obendrein seine Eingeweide in eine Not, in der die Wut, die ihn die Mauer entlang getrieben hatte, Verzweiflung Platz machte. Der Druck stieg unaufhaltsam, obwohl er mit aller Kraft versuchte, seinen Schließmuskel zu beherrschen. Nur auf die Demütigung konzentriert, die darin steckte, nicht einmal mehr die simpelsten Körperfunktionen unter Kontrolle zu haben, schob er sich so rasch wie möglich zurück an seinen Ausgangspunkt.

Als er wieder jenseits der Mauer stand, ließ der Druck ein bißchen nach, so daß er sogar ein Stück den Feldweg entlanglaufen konnte, bevor er sich doch in den flachen Graben daneben hocken mußte. Danach fühlte er sich nicht so sehr erleichtert, sondern vor allem furchtbar schmutzig. Ein bißchen war doch in die Hose gegangen, und den Gestank trug er nun mit sich herum, während er zu seiner BMW schlich. Er beschloß, sich im nächsten Bach oder Tümpel gründlich zu reinigen. Weil er es aber in seiner Verfassung nicht schaffte, die Maschine aus dem Maisfeld zu schieben, rollte er sich für ein paar Minuten neben ihr zusammen.

Ungefähr zwei Stunden später wachte er wieder auf, stank immer noch wie ein frischer Hundehaufen, war aber einigermaßen zu Kräften gekommen. Das Muskelzittern hatte vorübergehend aufgehört. Was ihn jetzt noch störte, war vor allem das klebrige Gefühl in der Unterhose.

Oberhalb von Thicault fand er einen Löschteich. Ein leicht abschüssiger Streifen Grasland führte vom Weg bis ans verschlammte Ufer, rechts und links säumten Schilfgras, Gestrüpp und Bäume den Tümpel. Eine umgestürzte Weide hing halb im schwarz und moorig wirkenden Wasser.

Mittlerweile war der Ekel so weit gediehen, daß Knolle sich nur mit äußerst eckigen Bewegungen ausziehen konnte. Die Lederjacke und die Hose ließ er ins Gras fallen. Die Stiefel nahm er mit und schob sie, einem Rest Vorsicht nachgebend, ins Schilf.

Trotz der Farbe erwies sich das Wasser als erstaunlich klar und rein. Knöcheltief am Rand stehend, wusch er sich zunächst das Gesicht und dann erst den Hintern. Vorsichtig fingerte er am durchgeweichten Verband, aber wagte noch nicht, ihn zu lösen. Allein ihn zu betrachten, steigerte einen Schmerz, der nie ganz verschwunden war, schon eine sachte Berührung ließ ihn zusammenzucken.

Er wusch seine Unterwäsche und verbot sich nachzudenken. Sorgfältig hängte er danach Hose und T-Shirt über einen Busch und ging zurück ans Ufer. Vertieft in die Reflexe, die eine fast von Wolkenschlieren verhüllte Sonne auf der trägen Teichfläche hervorrief, versuchte er, zur Ruhe zu kommen. Nach einer Weile beugte er sich über das schwarze Wasser und glitt kopfüber hinein.

Beim Eintauchen schien es ihm, als ließe er alles Niederdrückende wie eine ölige Schicht an der Oberfläche zurück. Das Wasser war kühl und angenehm. Aus der Tiefe trieb Geschling von unten herauf und strich an seinen Beinen entlang. Wenn er sich nur einmal hastig bewegt hätte, hätte er sich verheddert, deshalb hielt er sich ruhig und paßte sich der leichten Strömung des Wassers an, bis ihm der Atem ausging. Er schöpfte nur kurz Luft und ließ sich sofort wieder sinken. Beim nächsten Atemholen kehrte er mit einem mächtigen Platschen an die Oberfläche zurück.

Mitten auf der Wiese durchsuchte jemand in aller Gemütsruhe die Taschen seiner Lederhose. Deshalb tauchte Knolle wieder und schnellte erst direkt vor dem Ufer hoch, rutschte aber im Schlick der Böschung ab, klatschte ins Wasser und vollzog eine Rolle rückwärts in die Tiefe. Beim zweiten Versuch, an Land zu kommen, hing der Verband nur noch an einer Seite am Bein, und ein Blutfaden lief übers Knie das Schienbein hinunter. Erstaunlicherweise spürte er nur ein Prickeln, während eine Brise über die offene Wunde fuhr. Die dicken Ränder hatten sich schimmelgrün und eitergelb verfärbt, umrahmt von einem dunkelblauen Bluterguß. Ein Fremdheitsgefühl und nicht die kühle Brise auf der Haut ließ ihn frösteln.

Das nasse T-Shirt lag jetzt unweit einer Eiche im Gras. Der Mann auf der Wiese war inzwischen mit der Jacke beschäftigt, ohne von Knolle Notiz zu nehmen. Es war eine recht seltsame Situation, vor allem weil kein Wort fiel.

Ein Stück vom Baum entfernt entdeckte Knolle vor der BMW ein anderes Motorrad am Wegrand. Es war eines der drei, die vor dem Gasthaus gestanden hatten, die Guzzi, er erkannte sie an der Lackierung. Der Mann in dem ärmellosen Leder-Shirt, den er vor wenigen Stunden auf der Gasthausterrasse hatte Bier trinken sehen, lächelte ihm entspannt entgegen.

Wahrscheinlich wußte er, daß er von einem nackten Mann nicht viel zu befürchten hatte.

Mit einem raschen Seitenblick nahm Knolle seine unberührt am Strauch trocknende Unterhose wahr, einen Augenblick rang er damit, sie sich rasch zu greifen und überzuziehen. Statt dessen ging er in die Hocke, obwohl das verletzte Bein dabei nun doch deutlich schmerzte, und stützte sich mit den Fingern auf dem Boden ab, bereit, beim Hochschnellen den Schwung auszunutzen und den anderen mit einem Überraschungsgriff zu Boden zu werfen. Der andere war etwas kleiner als er, wog aber wenigstens fünfzehn Kilo mehr und sah nicht danach aus, als würden ihn irgendwelche Gebrechen behindern. Er schüttelte die umgestülpten Taschen aus und warf die Jacke beiseite.

»Nicht mal ein Taschenmesser dabei? Keine Kreditkarte, kein Handy? Und du bist barfuß unterwegs. Machst du eine Pilgerfahrt?«

»Was dagegen?«

Ein ausgestreckter Finger deutete auf Knolles Bein.

»Wo hast du dir die Macke eingefangen? Kleiner Zusammenstoß?« Neugierig war der Mann nähergekommen und zwang Knolle damit, aufzustehen und zurückzuweichen, denn auf einmal wollte er doch nicht mehr den Angreifer machen.

»Uns ist am Donnerstag abend jemand in die Quere gekommen. Deine Größe und die Kluft könnten hinhauen, und vor allem dein Bike. Eine BMW mit Steinfurter Kennzeichen ist in dieser Gegend selten. Wär interessant zu hören, warum du uns gefolgt bist, und was du von uns willst.«

»Ich kann mich nicht daran erinnern, daß ihr mich Donnerstag abend was gefragt habt. Aber die Macke verdanke ich dem Kettenschwinger. Dabei hatte ich nur Grüße von Marco zu bestellen.«

Die Wirkung seiner letzten Bemerkung war nahezu perfekt. Überrascht blieb der Mann stehen. Seine Hände sanken herab, stießen aber blitzschnell nach oben und griffen zu. Bevor sich die Schere um seinen Brustkorb zuzog, glitschte Knolle wie ein Fisch aus der Umklammerung und hechtete seitwärts.

Als wäre nichts passiert, wischte sich sein Gegner die nassen Hände an der Hose ab.

»Was hat dir die Schwuchtel erzählt, nachdem du sie genagelt hast?«

Knolle bleckte die Zähne und widerstand der Versuchung, sein Geschlecht, auf das der Kerl ostentativ starrte, mit den Händen zu bedecken.

»Marco hat seinen Anteil haben wollen.«

»Seinen Anteil von was? Die Tunte ist nie im Geschäft drin gewesen. Hat nur das Laufmädchen für uns gespielt. Also erzähl mir keinen Stuß.«

»Hab mir schon gedacht, daß ihr ihn nur verladen habt.«

Die Guzzi war nun so in Knolles Blickfeld gerückt, daß er den Mann und seine Maschine gleichzeitig im Auge hatte. Und obwohl er besser nur auf den Mann geachtet hätte, erwog er in Gedanken eine besondere Verbindung. Der Reiskocher war als einziges von den Bikes wendig und austariert genug, um über einen menschlichen Körper zu fahren, ohne aus dem Gleichgewicht zu geraten und sich auf die Seite zu legen. Mit diesem Ding konnte man jemanden zu Brei fahren. Die Guzzi stellte wie die Motorradkette ein tödliches Werkzeug dar.

»Du und Drag, ihr spielt beide gern ein bißchen herum. Das Ergebnis eures letzten Spiels sah in der Mülltonne aber nicht so richtig nett aus.«

Dem Gesichtsausdruck nach wußte der Kerl nicht, worauf Knolle anspielte. Beinahe wäre er auf diese Unschuldsmiene hereingefallen, erinnerte sich aber rechtzeitig an die blutverschmierte Kette im Koffer der Honda. Unversehens sprang ein Schnappmesser in der Faust des Guzzi-Mannes auf und begann, in der Luft immer rascher von einer Seite auf die andere zu wechseln, hin und her, um ihn zu verwirren, eine unmißverständliche, tödliche Bedrohung.

Es war das, was er hatte kommen sehen, seit er den Mann bemerkt hatte. Eine Art Unausweichlichkeit des Schicksals tat sich auf, die ihm aber viel weniger Furcht einflößte, als er erwartet hatte. Eher schon Erstaunen. Ein Teil von ihm beobachtete und registrierte, und nur der andere fürchtete sich, und selbst diese Furcht hatte etwas Klares und Eindeutiges, so daß sie sich gerade noch aushalten ließ.

Die schmale Klinge würde ihm ein sauberes, schnelles Ende bereiten.

Vorsichtig verlagerte er das Gewicht auf das gesunde Bein und hielt die Arme leicht abgespreizt, die Hände halb offen.

Das Messer löste sich so plötzlich aus der Faust des anderen, daß Knolle die Bewegung bei aller Konzentration nicht sofort mitbekam. Denn der Mann vor ihm rutschte mit der Gummisohle auf seinem nassen Hemd aus, verlor das Gleichgewicht und prallte rückwärts mit dem Kopf gegen den Stamm der Eiche. In Knolles Ohren hallte das dumpfe Geräusch des harten Aufpralls nach.

Ungläubig blieb er stehen, schaute irritiert um sich und entdeckte schließlich das Messer, das neben seinem Schienbein ins Fleisch gedrungen war.

Ganz eindeutig überwog jetzt ein flaues Gefühl im Magen, der Schmerz war dagegen noch nicht im Kopf angekommen. Knolle nutzte die kurze Zeitspanne der Empfindungslosigkeit, um reflexartig die Klinge herauszureißen.

Der Guzzi-Fahrer hatte die Augen verdreht, als wenn auch ihm schlecht geworden wäre. Eine leise Verwunderung lag auf seinem Gesicht. Das Genick knickte in einem nicht sonderlich bequem anmutenden Winkel zur Seite. Nach kurzem Besinnen zog Knolle den Mann daher an beiden Füßen so weit vom Baum weg, bis Kopf und Körper in einer geraden Linie ausgerichtet waren. Erst dann tastete er nach dem Puls. Er schlug halbwegs gleichmäßig. Trotzdem besah er sich zur Vorsicht die aufgeplatzte Stelle, an der sich bereits die erste Andeutung einer Beule bildete. Der Kopf mußte hart genug getroffen sein, um die Bewußtlosigkeit eine Weile andauern zu lassen. Mit ein paar Griffen brachte er den Ohnmächtigen in eine stabile Seitenlage.

Nachdem er die Schlüssel der Guzzi an sich genommen hatte, humpelte er zu der fremden Maschine, schloß den Koffer auf und war erleichtert, als er Verbandspäckchen für seine diversen Wunden und eins für den Kopf des Verletzten fand. Der Guzzi-Mann reiste wirklich mit Umsicht.

Auch als Knolle längst die nasse Unterwäsche und seine Lederkluft übergestreift hatte, war der Mann noch nicht wieder zu sich gekommen.

5

Zur Vorsicht band er ihm die Hände mit seinem eigenen Gürtel zusammen, einem geschmeidigen, überlangen Lederriemen. Eine genauere Durchsicht des Koffers und des Werkzeugfachs unter dem Sitz klärte hinreichend, warum der Mann überhaupt am Tümpel aufgetaucht war. Knolle fand eine Badehose, eingerollt in ein Hotelhandtuch. Da der Zugang zum Teich versteckt in einem Wäldchen lag, mußte dem Mann der Tümpel bekannt gewesen sein, vielleicht von früheren Besuchen. Auf keinen Fall hatte er damit gerechnet, auf einen Motorradfahrer aus Steinfurt zu treffen, dessen war sich Knolle ziemlich sicher. Wenn es ihm gelang, den Mann möglichst dauerhaft am Reden zu hindern, würden die übrigen Mitglieder des Trupps so bald nichts von seiner Anwesenheit in ihrer Nähe erfahren.

Als er zum Ufer hinunterging, um seine Stiefel aus dem Schilf zu ziehen, war er sich allerdings nicht darüber im klaren, was er tun sollte. Er schüttelte die Stiefel aus und steckte die herausgefallenen Ausweispapiere, die Schlüssel der BMW, das Portemonnaie samt Scheckkarte und Rohleffs Handy wieder ein und streifte als letztes die Armbanduhr über das Handgelenk, schaute aber hin und wieder unruhig zu der reglosen Gestalt am Fuß des Baumes. Denkbar war, daß seine Kumpel wußten, wohin er gefahren war, und daß sie ihn früher oder später suchen würden. Und da Knolle mit seinen Überlegungen kein Ende fand – er sehnte sich geradezu danach, gründlich und leidenschaftslos nachzudenken –, beschloß er, den Mann erst einmal beiseite zu schaffen. Dazu mußte er sich als nächstes um die BMW kümmern.

Er fuhr auf einem Wildwechselpfad durch den Wald, bis er auf der anderen Seite des Teichs mitten im Unterholz auf einen Futterstand für Rotwild stieß. Nach ein paar Minuten war die BMW hinter der Raufe unter Laub, altem Stroh und Zweigen verschwunden. Als er zurückkam, vergewisserte er sich wieder, daß der Puls des Bewußtlosen immer noch regelmäßig schlug.

Der nächste Schritt verursachte Knolle mehr Kopfzerbrechen, zumal er allmählich das Gefühl hatte, daß die Zeit drängte. Wie lange hatte der Mann baden wollen?

Einen schlaffen, einen Meter achtzig langen, schweren Körper hochzuhieven, erforderte eine Menge Logistik, denn die träge Masse versuchte hartnäckig, Knolles Händen zu entgleiten. Mittlerweile hatte bei ihm selbst wieder das Muskelzittern eingesetzt. Er brauchte eine halbe Stunde, bis er alles soweit arrangiert hatte, um starten zu können. Der Guzzi-Mann saß, halb gegen den Baum gelehnt, auf dem Hintersitz, in einer Acht aus zwei verschränkten Gürteln straff an Knolle festgemacht, die Hände zur Stabilisierung unter den Gürtel rechts und links an Knolles Seiten geschoben. Der Kopf des Ohnmächtigen ruhte samt Helm auf seiner Schulter. Alles in allem eine unsichere Konstruktion, die bei einer falschen Bewegung auseinanderfallen konnte. Vorsichtig, gleichsam mit dem Samthandschuh, ließ er die Guzzi an und kam sich auf den ersten Kilometern wie ein Schlittschuhläufer vor, der in der Dunkelheit auf ein Loch im Eis zufährt. Und er hatte keinerlei Vorstellung, wohin er den Mann bringen wollte.

Sicher war, daß er nicht eher anhalten durfte, bis er sein ungewisses Ziel erreicht hatte. Außerdem mußte er jederzeit damit rechnen, daß der Bewußtlose zu sich kam, die Hände aus dem Gürtel zog, sie ihm von hinten um den Hals legte und zudrückte. So gesehen, war er vermutlich auf die dümmste aller Ideen verfallen, einem nicht zu unterschätzenden Gegner den Rücken zuzukehren. Ihm fiel ein, nicht einmal überprüft zu haben, ob der Kerl ein zweites Messer im Stiefel trug.

In der Nähe von kleinen Weilern, die sich zwischen Hügeln in die Senken schmiegten, kam er derart oft an Kreuzstationen und Friedhöfen vorbei, daß er den Eindruck gewann, im Kreis zu fahren. Es gab kaum Gegenverkehr, und nachdem ihn das dritte oder vierte Auto passiert hatte, ohne daß der Fahrer gehupt oder besonders aufmerksam zu ihm herübergestarrt hatte, fuhr er eine Spur weniger angespannt.

Nach fünfzehn Kilometern tauchte neben der Straße auf freiem Feld Stacheldraht in gewaltigen Windungen auf, schwarze Betonbunker duckten sich in langes, verdorrtes Gras, eine Albtraumlandschaft. Er näherte sich der französisch-deutschen Grenze. Bei Creutzwald-la-Croix durchfuhr er unbehelligt einen stillen, unbewachten Grenzübergang und folgte der Straße noch ein paar Kilometer weiter, bis er auf seiner Fahrbahnseite ein gutes Stück voraus einen mächtigen Baum entdeckte.

Mit einer Engelsgeduld drosselte er millimeterweise die Guzzi, während ein Stöhnen in seinem Rücken die Anspannung in neue Höhen trieb. Es gelang ihm, exakt am Baum zu halten. Aber die Fahrt hatte ihn so erschöpft, daß er an den Stamm gelehnt sitzen blieb, bis sein Herz nicht mehr so entsetzlich pumpte und er in der Lage war abzusteigen. Der Mann, den er vorsichtig zu Boden gleiten ließ, war jedoch nicht zu sich gekommen, was ihm die restliche Aufgabe erleichterte. Nach einem Blick in das wächserne Gesicht seines Gegners arrangierte er den Körper und das Motorrad so am Baum, daß es nach einem Unfall aussah, verursacht durch überhöhte Geschwindigkeit.

Damit der Mann auf längere Sicht aus dem Verkehr gezogen wurde, steckte er ihm aus Marcos Vorräten eine ausreichende Menge Koks zu, die kein gewissenhafter Polizist ignorieren konnte. Als er noch ein letztes Mal nach dem Puls fühlte, spürte er nichts. Er konnte keinen Puls ausmachen, weder am Handgelenk noch an der Halsschlagader.

Anscheinend hatte der Mann aufgehört zu atmen.

Eine Weile hatte Knolle Mühe, selbst Luft zu holen. Mit steifen Fingern vergewisserte er sich noch einmal, setzte dem Mann anschließend die flachen Hände aufs Herz und begann, abwechselnd Druck auszuüben und Mund zu Mund Beatmung auszuführen, obwohl er bereits wußte, daß die Anstrengungen umsonst waren.

Aufgewühlt hockte er neben der Leiche im verstaubten Gras, sein eigenes Herz galoppierte, er wußte nicht mehr weiter, er konnte keinen Gedanken festhalten, nur ein Gefühl von Schuld machte sich breit. Von Verzweiflung.

Erst ein schweres Brummen aus der Ferne ließ ihn aufschrecken und eine Deckung suchen, aus der er beobachtete, wie ein Lastwagen hielt und der Fahrer ausstieg. Bevor aber Streifenwagen und Rettungsfahrzeuge auftauchen konnten, wechselte er ein paar hundert Meter zurück die Straßenseite.

6

»Tja.« Vor Kleingrebers Werkstatt schaute Rohleff in den streifigen Himmel. »Meinst du, es gibt Regen?«

»Ist das wirklich von Interesse?« fragte Lilli ungeduldig zurück.

»Ich dachte ja nur an die Leute, die die Gegend nach Alexander Schröders Motorrad absuchen müssen. Regen macht ihnen die Arbeit nicht gerade leichter.«

»Damit werden die auch noch fertig.« Lilli streckte die Hand aus.

»Was willst du? Die Autoschlüssel?«

»Nicht unbedingt. Aber mein Handy könntest du mir endlich zurückgeben.«

Zögernd zog Rohleff es aus der Tasche. »Jetzt, wo mir meins abhandengekommen ist, merke ich erst, wie sehr ich mich an so ein Ding gewöhnt habe. Den Autoschlüssel geb ich dir auch gleich.«

»Dann fahrt ihr jetzt?« erkundigte sich Groß.

»Müssen wir wohl. Wir können Alexander Schröders Eltern nicht länger im ungewissen lassen, ich hoffe nur, es ist noch nichts bis zu ihnen durchgesickert.«

»Wenn du noch länger herumtrödelst, garantiere ich dir dafür, daß das der Fall sein wird. Wann soll ich nachkommen?«

»Gib uns zwei Stunden, die sollten genügen. Bist du bis dahin mit Kleingrebers Bude fertig?«

Groß streifte die Reparaturwerkstatt mit einem flüchtigen Blick.

»Zwei Stunden reichen mir dicke, für den Rest laß ich einen Techniker allein weitermachen. Vielleicht sollten wir rein prophylaktisch einen Hund anfordern.«

»Wozu brauchst du den?« fragte Lilli erstaunt.

»Ist nur so ein Gedanke. Der Spind des Kerlchens ist mir zu aufgeräumt. Deshalb hätte ich gern einen von den vierbeinigen Drogenschnüfflern dabei.«

»Nur weil der Junge seine Sachen nicht herumgeworfen hat, willst du für einen Hundeeinsatz Steuergelder rausschmeißen? Das scheint mir ein bißchen übertrieben.« Rohleff bemerkte das Schulterzucken, mit dem sich Groß anstelle einer Antwort begnügte, und änderte seine Meinung. »Ruf in Gronau an, die Kollegen sollen ein oder besser noch zwei von den Biestern samt Hundeführern schicken, und laß sie anschließend am Tatort herumschnüffeln und am Fundort bei den Müllcontainern. Und vergiß nicht, einen hübsch ausführlichen Bericht mit allen Mutmaßungen, die du vorher und nachher angestellt hast, zu verfassen.«

»Findest du, wir haben noch nicht genug zu tun? Sind das jetzt allgemeine Arbeitsbeschaffungsmaßnahmen, oder hast du dabei speziell an mich gedacht?«

Rohleff sah ihn überrascht und dann mit einer Spur Nachdenklichkeit an. »Das wäre auch noch eine Möglichkeit. Danke, daß du mich darauf hingewiesen hast. Bis später.«

Lilli ging bereits zum Auto. »Ich wollte gerade allein losfahren«, sagte sie kühl, als er sie eingeholt hatte, »ich dachte, du wolltest Harry noch etwas runterbügeln, dafür brauchst du mich ja nicht.«

»Wie kommst du denn darauf?«

»Indem ich meinen scharfen Verstand einsetze. Du willst

Harry rund um die Uhr beschäftigt halten. Wenn nicht mit Ermittlung, dann wenigstens mit Berichten.«

»Gut, daß du das erwähnst. Von dir will ich auch Berichte. Mach sie alle ausführlicher als gewöhnlich. Je mehr Papier wir dem Ganter unter die Nase halten können, desto besser für uns.«

»Entschuldige, ich habe Patrick vergessen.« Lilli stieg ein, startete aber nicht den Motor, sondern starrte auf ihr Handy. »Sag mir noch einmal deine Handy-Nummer.«

Rohleff schüttelte langsam den Kopf. »Patrick wird sich nicht melden. Scheint so, als wollte er nichts mehr mit uns zu tun haben.«

»Dein Handy ist aber die einzige Verbindung zu ihm, die wir haben. Wir müssen ihn dazu bewegen zurückzukommen. Wir dürfen nicht tatenlos zusehen, wie er sein Leben und das seiner Familie ruiniert.«

»Mir würde als konstruktive Maßnahme nur noch die offizielle Fahndung einfallen, die wir bisher vermieden haben. Meinst du, damit würden wir was retten?«

»Keine Fahndung. Gib Harry Zeit, um unter der Hand nach Meldungen über Motorradunfälle und dergleichen Ausschau zu halten, wie wir es besprochen haben.«

»Hab ich was mißverstanden? Harry hat sich doch geweigert.«

»Wart's ab. Und ich habe gedacht, wir lassen Patrick Nachrichten über unsere Ermittlung zukommen.«

»Großartig. Aber haben wir nicht ein kleines Kommunikationsproblem?«

Lilli tippte mit einem Finger auf den winzigen Tasten ihres Handys herum, Rohleff wartete, bis sie damit fertig war.

»Und?« fragte er, als sie ihm das Handy hinhielt. »Opfer identifiziert: Alexander Schröder, 21, Kfz-Mechaniker, aus Ochtrup«, las er laut vom Display ab.

»Kein Mensch kann widerstehen, wenn das Handy eine SMS ankündigt.« Lilli ließ den Wagen an. »Wenn wir viel Glück haben, wird er irgendwann antworten.«

Um zu Alexander Schröders Elternhaus zu gelangen, mußten sie die gesamte Innenstadt bis zu den Wohngebieten auf der anderen Seite des Orts durchqueren.

»Ist das nicht Beat Wüllner?« Lilli trat auf die Bremse und ließ den Wagen am Rand der Hauptstraße ausrollen.

»Der asthmatische Müllwerker? Na und?«

Auf Rohleffs Seite glitt das Fenster herunter, und Lilli beugte sich soweit vor, wie sie konnte.

»Herr Wüllner, warten Sie«, schrie sie.

Der junge Mann, der gerade an ihrem Fahrzeug vorbeigehen wollte, blieb stehen.

»Ja?« fragte er vorsichtig, trat aber nicht näher.

»Können wir Sie ein Stück mitnehmen?«

Rohleff fluchte im stillen über Lillis Einfall, es amüsierte ihn aber, daß Beat entsetzt zurückwich. Anscheinend wollte er auf keinen Fall mit einem Streifenwagen irgendwohin gefahren werden.

»Wir fahren Sie gern«, setzte er nach, nur um zu sehen, wie sich Beats Abwehr vertiefte.

Lilli zog die Handbremse an und stieg bei laufendem Motor aus.

»Was machen Sie denn in Ochtrup? Ich dachte, Sie wohnen in Burgsteinfurt.«

»Gleich um die Ecke ist die Praxis meines Arztes.« Beat wich noch weiter zurück, aber Lilli kam ihm beharrlich nach.

»Ich hätte nicht gedacht, daß es einen Asthmaspezialisten in einem Nest wie Ochtrup gibt. Dann geht es Ihnen nicht gut?«

»Lilli«, mahnte Rohleff vom Auto aus, »wir müssen weiter. Laß den Jungen in Frieden.«

»Aber wieso denn? Ich will doch nur wissen, ob es ihm gutgeht.«

Beat gab seine Abwehrhaltung auf und lächelte sie schüchtern an.

»Es ist nur ein Routinebesuch. Ich brauche ein neues Rezept für mein Spray. Das ist schon alles.«

Rohleff hatte den beklemmenden Eindruck, daß Lilli im

nächsten Moment den Arm um den Jungen legen würde, um ihn an ihren mütterlichen Busen zu ziehen.

»Lilli!« mahnte er diesmal mit Schärfe.

Sie streckte Beat die Hand entgegen, die er mit überraschend festem Griff faßte.

»Ja, wenn wir wirklich nichts für Sie tun können. Ich habe immer noch das Gefühl, daß wir Ihnen etwas schuldig sind.«

Rohleff knurrte unwillig, als sie sich wieder in den Sitz neben ihm fallen ließ.

»Du läßt dir diese Anwandlungen von Fürsorglichkeit aber nicht zur Gewohnheit werden? Das könnte auf die Dauer lästig sein.«

Lilli blitzte ihn mit wildem Blick an. »Hast du denn überhaupt kein Mitgefühl mehr? Weißt du, was es heißt, Asthma in so jungen Jahren zu haben?«

»Du hast das schon mal erwähnt, Lilliken. Spar dir deine Mütterlichkeit für deine Töchter auf.«

Schröders bewohnten einen etwa zwanzig Jahre alten hellgelben Klinkerbungalow mit Butzenscheiben, der dicht neben ein älteres Haus aus den dreißiger Jahren gesetzt war, mit dem er sich eine breite Auffahrt teilte. Dunkle Tannen mit weit herabhängenden Ästen und breitgefächerte Wacholderbüsche hüllten beide Gebäude in eine Atmosphäre der Düsternis.

»Ich kann mich nicht entscheiden, welches von den Häusern ich scheußlicher finde«, sagte Lilli schaudernd.

»Das alte strahlt Würde aus.«

»Wie konnte man früher bloß so trist bauen? Das Haus sieht mit den schwarzroten Backsteinen so düster wie ein Bunker aus, und das neue ist eine einzige Geschmacklosigkeit. Schau dir dieses viele Schmiedeeisen an.«

Anscheinend war ihre Ankunft bemerkt worden, denn die Tür des hellen Hauses wurde geöffnet. Rohleff ging sofort auf die Frau zu, die abwartend in der Tür stand.

»Frau Schröder?«

Ihr Gesicht spiegelte nichts als Vorsicht, sobald sie ihr erklärt hatten, daß sie wegen Alexander gekommen waren. Leider hätten sie keine guten Nachrichten. Noch strahlte die Frau Gefaßtheit aus, wahrscheinlich warf sie nichts so rasch um.

Rohleff spürte nicht soviel Mitgefühl mit ihr, wie er befürchtet hatte, sondern war durchaus imstande, sachlich ihre Reaktionen zu beobachten. Während Frau Schröder in ein riesiges, zum Garten gelegenes Wohnzimmer vorausging, schossen ihm dennoch völlig unangemessene Gedanken durch den Kopf. Die Frau hatte ihren Sohn einundzwanzig Jahre behalten dürfen, er Thomas aber nur einige Monate. Ein Kind, das sich nichts Schlimmeres hatte zu schulden kommen lassen, als nachts zu schreien und die Windeln vollzumachen, wenn es gerade erst frisch gewickelt worden war. Wofür waren Thomas, er und Sabine bestraft worden?

»Was hat Alexander angestellt?« fragte sie in einem Ton, als wenn sie stumm für sich hinzufügte: »Das hat ja so kommen müssen.«

Rohleff notierte sich im Gedächtnis, bei nächster Gelegenheit die Sünderkartei nach Alexander abzufragen. Wirtshausschlägereien und Fahren mit überhöhter Geschwindigkeit mutmaßte er und rief sich dann zur Ordnung, weil er dabei war, sich verfrüht ein Bild des Toten zurechtzumachen.

»Fragen Sie sich nicht, wo Ihr Sohn ist?« erkundigte sich Lilli.

»Wo soll er schon sein? Haben Sie versucht, Ihre Kinder Rücksichtnahme und Verantwortungsgefühl zu lehren?« Frau Schröder wandte sich an Rohleff. An seinem Augenlid begann ein Nerv zu zucken, er hoffte, daß es niemandem auffiel.

»Wir waren weder besonders streng noch lax. Sondern wir haben auf unser eigenes Beispiel gesetzt, ohne moralisierend zu werden. Bei unseren älteren Kindern hat es wunderbar funktioniert, bei Alexander nicht. Von klein auf nicht. Haben Sie ihn festgenommen?«

Konnte eine Frau, die derart nüchtern über ihren Sohn sprach, ihn überhaupt lieben?

Lilli übernahm es, die nötigen Erklärungen abzugeben. Frau Schröder hörte ihr zu, dann stand sie auf und ging hinaus.

Also doch Trauer, dachte Rohleff erleichtert.

»Willst du ihr nicht nachgehen?« fragte er.

»Lassen wir ihr lieber Zeit, sich zu fassen«, sagte Lilli ruhig. »Aber sobald sie zurückkommt, sollten wir sie bitten, ihren Mann zu verständigen. Hoffentlich hat er gerade in Ochtrup zu tun.«

Schröder besaß einen großen Installationsbetrieb und führte Aufträge in der ganzen Region aus.

Eine halbe Stunde später traf er ein und gab sich wesentlich aufgewühlter als seine Frau.

»In was ist der Junge denn da hineingeraten?« schrie er. Auch im normalen Umgang war er wahrscheinlich temperamentvoller.

»Merkwürdig, das gleiche hat uns auch Ihre Frau gefragt. Hatte er oft Konflikte mit der Polizei?« hakte Rohleff nach.

»Mit der Polizei? Das hat meine Frau gesagt?«

Sie saß neben ihm, er hatte den Arm um sie gelegt und ließ zwischendurch immer mal wieder den Kopf auf ihre Schulter sinken, als müsse er, ein kräftiger, bulliger Mann, Halt bei ihr suchen.

»Hab ich nicht«, stellte sie klar.

»Das wäre auch nicht richtig. Nein, mit dem Gesetz ist er nie in Konflikt geraten. Das hätte noch gefehlt. Er hat alles angestellt, was er nur anstellen konnte, aber nur die üblichen dummen Streiche«, erklärte Schröder.

»Nennen Sie ruhig welche«, sagte Rohleff.

Schröder war die Befragung unangenehm. »Beim Fußballspielen auf der Straße aus Versehen Fensterscheiben eingeworfen, eine Wand an der Schule mit Graffiti beschmiert und so ein Zeugs. Wo eine Party bis fünf Uhr morgens die Nachbarschaft wachhielt, war er dabei, eigentlich überall, wo es Trouble gab. Aber sonst war er in Ordnung. Er war wirklich ein netter Junge.« Dem Mann liefen Tränen über die Wangen.

»Das sagt sein Arbeitgeber Kleingreber auch«, warf Rohleff ein.

»Der hat auch nichts anders zu sagen«, fuhr Schröder auf.

»Immerhin ist Ihr Sohn nicht immer pünktlich zur Arbeit erschienen und scheint auch sowieso nicht ganz zuverlässig gewesen zu sein«, erklärte Lilli.

»Hat sich Kleingreber über ihn beschwert?« fragte Schröder aufgebracht. Seine Frau suchte ihn zu beschwichtigen, nahm seine Hand in ihre beiden und strich sanft darüber.

»Das kann ich nicht glauben, daß er das behauptet hat«, sagte sie.

Rohleff war an das breite Fenster getreten. Der Garten erstreckte sich in eine beachtliche Tiefe und war mit Rasenflächen, Rosenbeeten und Buschgruppen hübsch angelegt. Ein niedriger Zaun trennte ihn von dem des Nachbarhauses. Dort dominierten gerade Wege und niedrige Buchsbaumhecken um abgezirkelte Beete.

»Es tut mir leid, aber wir werden Ihnen noch viele schmerzliche und unangenehme Fragen stellen, um den Tod Ihres Sohnes aufzuklären. Wir müssen sein ganzes Leben aufrollen. Wir werden seine Gewohnheiten erfragen und alles über seine Freunde, Bekannten und den sonstigen Umgang wissen wollen. Alles, was ihm gehörte, wird einer genauen Untersuchung unterzogen. Das wird hart für Sie sein, aber wir können es Ihnen nicht ersparen. Es ist das übliche Verfahren bei einem ungeklärten Todesfall. Gleich werden unsere Techniker eintreffen und sich das Zimmer Ihres Sohnes vornehmen. Und um einen Anfang zu machen, bitte ich Sie um alle Fotos, die Sie von Alexander haben. Am liebsten sind uns die Familienalben, falls Sie so etwas angelegt haben. Wenn Sie möchten, können Sie zu Ihrem Beistand Verwandte herbitten. Was ist mit Ihren älteren Kindern?«

Hinten, in der zum Nachbarhaus gehörenden Gartenhälfte, lugte eine Holzhütte aus dunklen Brettern hinter Büschen hervor.

»Unsere Töchter machen zusammen mit den Ehemännern und den Kindern Urlaub auf Mallorca. Bis sie zurückfliegen können, müssen wir allein klarkommen«, erklärte Schröder.

7

Der Lkw, den Knolle angehalten hatte, war unterwegs nach Metz. Wenige Minuten, nachdem Knolle eingestiegen war, hatte er bereits Mühe, wach zu bleiben. Aber bald schon würde der Wagen auf die Autobahn wechseln, und bei der ersten Abfahrt würde er wieder aussteigen und sich nach einer anderen Mitfahrgelegenheit umschauen müssen. Einschlafen kam nicht in Frage.

Der Fahrer schien sich erst näher für ihn zu interessieren, als er neben ihm saß.

»Da hinten hat's einen Unfall mit einem Motorrad gegeben.« Ein Blick streifte über Knolles Kluft.

»Und warum haben Sie nicht angehalten?«

»Na, Sie sind mir einer«, polterte der Fahrer, »was glauben Sie, was passiert, wenn die Polizei da ist? Stundenlanger Aufenthalt, dabei hab ich doch gar nichts gesehen. Außerdem hat ein anderer Kollege gehalten. Der soll sich schon kümmern. Raser hab ich gern. Wenn die sich umbringen, ist das deren Sache.«

Erste Regel für Motorradfahrer: Ein Autofahrer ist dein natürlicher Feind, dachte Knolle, und ein Lkw-Fahrer dessen Steigerung. Wieder tauchte der Stacheldraht auf und rechts etwas, das wie ein Bunker aussah.

»Was ist das da?« fragte er. »Kennen Sie das?«

»Maginot-Linie«, brummte der Fahrer, »schon mal davon gehört?«

Dunkel erinnerte sich Knolle an ein paar Informationen aus dem Geschichtsunterricht. »Ein Überbleibsel aus dem Krieg?«

»Hoh, hoh«, lachte der Fahrer, er schien an der Unterhaltung Gefallen zu finden. Knolle schätzte ihn auf mindestens sechzig, aber zu jung, um den letzten Krieg aktiv mitgemacht zu haben.

»Das waren noch Zeiten damals«, schwadronierte der Mann, »die Maginot-Linie ist bis 1939 eingerichtet worden, lauter Sperren und Festungen, geht über Metz bis Verdun.«

»Und das da war gerade ein Bunker?«

»Ach was, das ist ein Kampfblock. Dazu gehören Stacheldrahtverhau, spanische Reiter – das sind Staffeln von gekreuzten Eisenstäben, an denen sich die Soldaten im Krieg aufgespießt haben – und die Panzerkuppeln der Gefechtsstände. Sie sollten sich mal Fort Sinserhof anschauen. Kilometerlange Stollen und Kasematten …«

Der Mann redete sich zunehmend in Fahrt, und die Tachonadel zitterte unterdessen bei hundertzehn Stundenkilometern. Knolle argwöhnte, daß der Mann unterwegs zur Aufheiterung gern mal Jagd auf Motorradfahrer machte, bei einem Zusammenstoß würde der Lkw kaum einen Kratzer abbekommen.

»Halten Sie mal«, sagte er, »ich steig hier aus.«

»Na, was denn? Ich dachte, Sie wollten nach Metz?«

»Schon«, Knolle lächelte unschuldig, »aber nicht mit einem durchgeknallten Lkw-Fahrer. Ich steh nun mal nicht auf Kriegsszenarien.«

Nachdem der Laster in der Ferne verschwunden war, ging er zu Fuß weiter. Die jenseits der Grenze zurückgelassene Leiche machte ihm schwerer zu schaffen als das verletzte Bein. Wie groß war sein Anteil am Tod dieses Mannes? Hätte er daran denken müssen, daß sich der Mann bei dem Aufprall gegen den Baum den Schädel gebrochen haben könnte? Inwiefern konnte er Notwehr geltend machen?

Tot ist tot, sagte sein Gewissen, und du bist schuld. Dem Urteilsspruch seines Gewissens hatte er nichts entgegenzusetzen.

Und wie war das mit Marco gewesen? fuhr sein Gewissen fort. Sein Verhalten Marco gegenüber, rechtfertigte er sich, hatte mit seiner schlechten Verfassung zu tun, die er Marcos Kumpeln verdankte, und ohne Hendricks Verrat wäre er überhaupt nicht in diese Lage geraten. Der Gedanke an ihn regte ihn sofort wieder auf, erneut mußte er den letzten Streit mit Hendrick durchgehen, als wenn er mit der Zunge zwanghaft immer wieder einen kranken Zahn befühlen würde. Am Ende schmerzte ihm der Kopf, ein Eisenring drückte ihm die Schläfen zusammen. Er hatte den Eindruck, allmählich durchzudrehen.

Für die restlichen zwanzig Kilometer bis Thicault brauchte er drei Stunden, davon verbrachte er knapp eine in einem Gasthaus und fünfzehn Minuten in einem Ford Transit, der ihn in Falquemont absetzte. Von dort ging er die übrigen sechs Kilometer wieder zu Fuß. Das fiel ihm gar nicht mal so schwer, weil er im linken Bein kein richtiges Gefühl mehr hatte. Mit eher mäßigem Interesse fragte er sich, ob ihm das Bein abfaulen würde.

Er lief an dem Wäldchen vorbei, in dem er die BMW versteckt hatte, und näherte sich vorsichtig dem Gasthof. Mittlerweile war es Abend geworden und der ganze Himmel von einer einheitlichen Wolkenschicht bedeckt, die im Westen eine dunklere Färbung als im Osten annahm. Daß sich eine Regenfront heranschob, war auch für jeden Laien erkennbar. Falls der Regen anhalten sollte, saßen die Biker für einen weiteren Tag fest, zumindest wenn sie sich an die üblichen Spielregeln hielten, von denen eine der wichtigsten lautete, daß ein Motorradfahrer nie naß wird, weil er bei Regen nicht fährt.

Im kiesbestreuten Hof unter den Kastanien standen diesmal vier Bikes vor dem Brunnen, die Resttruppe war also vollzählig versammelt und hockte, hoffte Knolle inständig, gerade beim Abendessen, denn durch die offene Eingangstür drangen eindeutig Küchendüfte und Geschirrgeklapper zu ihm herüber.

Als ein Auto auf den knirschenden Kies fuhr und neben drei anderen parkte, huschte er durch eine schmale Seitentür in die Scheune. Nachdem er zehn Minuten den wieder menschenleeren Hof belauert hatte, kam er zu dem Schluß, daß sich keine bessere Gelegenheit bieten würde, wenn er noch länger wartete. Sein Vorhaben wurde allerdings noch einmal gestört, als sich im Halbdunkel der Scheune der große graue Hund von einem Lager aus alten Kartoffelsäcken erhob, zu ihm lief und ihm die Schnauze ans Bein preßte, zum Glück an das gesunde.

»Du könntest mal einen Moment für mich aufpassen, ja?« raunte er ihm zu und holte sich rasch einen der Säcke.

Während er in gebückter Haltung zu den Motorrädern schlich, blieb der Hund an seiner Seite.

Diesmal war der Koffer der Honda abgeschlossen, und er benötigte aufreibend viel Zeit, bis er mit dem Schnappmesser des Toten das Schloß mit einem leisen Knacken entriegelt hatte. Die Kette war noch da. Vorsichtig wickelte er sie aus, schlug sie in den Kartoffelsack ein und widerstand dem Impuls, sich mit seiner Beute sofort aus dem Staub zu machen. Erst füllte er eine genügende Menge Kies in die Plastikplane, um annähernd das Gewicht der Kette zu ersetzen, und knetete den Packen so zurecht, daß auch die Form in etwa stimmte. Für eine flüchtige Inspektion mußte die Täuschung ausreichen. Er fummelte gerade wieder mit dem Messer im Schloß, als der Hund ein leises, warnendes Knurren von sich gab. Von der Straße schallten Stimmen herüber, die Knolle augenblicklich veranlaßten, hastig hinter einem der Autos in Deckung zu gehen.

»Mach ihnen Beine«, flüsterte er dem Hund zu, und als dieser sich nicht wegbewegte: »Verbell sie wenigstens.«

»Hatte er nicht beim letzten Mal 'ne Schlampe in Metz aufgetan?« sagte jemand auf der anderen Seite des Autos. Knolle konnte, tief hinter den Wagen geduckt, nur Springerstiefel sehen.

»Dann wird's noch was dauern, bis er kommt. Hauptsache, er schleppt die Tussi nicht hier an.«

»Dann gäb's Zickenkrieg.«

Stiefel und Stimmen entfernten sich.

Als Knolle seine BMW nach einigen vergeblichen Anläufen endlich aus dem Gestrüpp hinter dem Futterstand herausgeschoben hatte, trabte der Hund an seiner Seite, und seinetwegen mußte er die Maschine noch einmal abstellen.

»Hör mal, mein Freund«, sagte er zu ihm, »ich habe mittlerweile gegen alle Grundsätze der menschlichen Gesellschaft verstoßen. Ich bin zu einem Schläger und Mörder geworden. Dein Fell stinkt zwar mächtig, und sicher hast du Flöhe, aber einer wie ich ist für einen anständigen Hund kein Umgang.

Also laß mich jetzt abhauen, und troll dich nach Hause zu deinen Futternäpfen.«

Statt einer Antwort lief der Hund um die BMW herum und hob das Bein am Hinterrad.

Eine gute halbe Stunde später hatte Knolle Metz erreicht, brauchte aber noch einmal so lange, um den Bahnhof zu finden und dann weitere zehn Minuten, um bis zu der Halle mit den Schließfächern vorzudringen. Alles, was er an passenden Münzen in seinem Portemonnaie bei sich hatte, stopfte er in den Schlitz, aber als er bereits wieder draußen vor dem Bahnhof stand, kehrte er noch einmal um, erbat sich an einem der Fahrkartenschalter, mit beiden Händen gestikulierend, weil der Beamte kein Deutsch verstand, Stift und Zettel, schrieb eine kurze Notiz und stopfte sie zu der eingepackten Kette ins Schließfach.

Wenigstens die Hälfte der Münzen, die er nun zum zweiten Mal einwerfen mußte, fiel ihm aus der Hand. Er ließ sie liegen, weil ihm die Kraft fehlte, sich danach zu bücken. Metz selbst, das er anschließend wieder durchquerte, machte einen entrückten, verschwommenen Eindruck auf ihn, und er konnte es selbst kaum glauben, daß er tatsächlich auf der richtigen Seite herausfand. Er wollte zurück nach Thicault, merkte aber kurz hinter dem Ortsschild, daß er nicht mehr weiterkonnte. Mit einer Hand klinkte er die Gartenpforte eines schmalen, mehrstöckigen Hauses – es war das letzte an der Ausfallstraße –, auf und rollte genau unter das Schild, auf dem in verschnörkelten Lettern »Auberge« stand. Flüchtig erinnerte er sich, das Haus auf der Herfahrt bemerkt zu haben. Unfähig abzusteigen, klammerte er sich an einen vorkragenden steinernen Fenstersims und wartete.

Wie von fern nahm er eine rostige Stimme wahr, und dann einen Arm, der an ihm vorbei auf das Schild wies. Er nickte nur, und endlich gelang es ihm, den Motor auszuschalten, den Schlüssel abzuziehen und abzusteigen. Fast wäre er wieder aufgestiegen, als er nun einen langgestreckten rosa Vogel ins Auge faßte, der ihn energisch packte und drei Stufen hinauf ins Haus bugsierte. Weiter ging es eine Treppe hoch in ein geräumiges Zimmer. Die Stiefel noch an den Füßen, ließ er sich aufs Bett fallen.

8

Das Zimmer, in dem er wieder zu sich kam, schien bei näherer Betrachtung aus Marzipan, Mandeltörtchen und Baiser gemacht. Entweder war er doch noch nicht ganz klar im Kopf, träumte oder er hatte Heißhunger auf etwas Süßes. Der große rosa Vogel war auch wieder da und wedelte vom Fenster her mit einem Flügel in seine Richtung, als er sich darum bemühte hochzukommen, aber wieder kraftlos in den weichen Kissenberg zurücksank.

»Bin ich hier im Film?« fragte er verwundert.

Ein zweistimmiges Lachen antwortete. Eine mächtige Birne schob sich in sein Blickfeld. Die Birne trug einen gestreiften dreiteiligen Anzug und wurde von einer kleineren Birne gekrönt, in die zwei neugierig blitzende schwarze Äugelchen eingesetzt waren. Er schätzte die Birne auf einen Meter neunzig, und das Zimmer schrumpfte ein bißchen, als sie ans Bett trat.

»Haben Sie das sofort erraten? Vor fünfzig Jahren ist in diesem Haus ein Film gedreht worden, und Madame träumt immer noch davon. Sie ist damals in einer Nebenrolle aufgetreten, die in der Endfassung leider weggeschnitten wurde. Wir müssen Ihnen die Szene einmal zeigen, wir haben sie aufgehoben.«

Knolle bemerkte einigermaßen überrascht, daß er ein blütenweißes, vorn an der Brust in strenge Falten gelegtes Nachthemd trug, das unter seiner Hand vor Steifheit knisterte.

»Haben Sie mich ausgezogen?« fragte er beeindruckt.

»Das hat Madame gemacht, ich habe nur ein wenig geholfen. Madame zieht gerne Männer aus.«

Der rosa Vogel gab ein paar kehlige Laute von sich.

»Vor allem schöne junge Männer«, ergänzte die Birne.

Madame löste sich vom Fenster, trat ebenfalls ans Bett und strich über Knolles Arm in einer Art und Weise, die ihm bedenklich erschien. Dabei sagte sie wieder etwas auf französisch.

»Nicht nur ein hübsches Gesicht müssen sie haben, sondern vor allem groß und gut gebaut sein, mit straffen, festen Muskeln«, übersetzte die Birne weiter, »sehr festen Muskeln.«

Madame nickte beglückt und fuhr fort, den Arm zu streicheln. Selbst durch den Stoff spürte Knolle, wie knochig und mager die Hand war, wie ja überhaupt die Madame gespenstisch dürr war unter dem rosa Gewand aus Flatterstoff, der bei jeder Bewegung wie gespreiztes Gefieder um sie herumwedelte. Er dachte daran, daß er geträumt hatte, einen Flamingo zu sehen.

Beim zweiten Versuch, sich aufzurichten, wurde er von ihr streng zurechtgewiesen.

»Zunächst hatte Madame an Delirium tremens gedacht oder eine zu große Dosis Hasch.« Über den Rosinenaugen der Birne schossen kurze buschige Brauen in die Höhe. »Nach Ihren Vorräten zu schließen, haschen Sie doch wohl, junger Mann. Die Jugend muß zwar ihren Spaß haben, sollte sich aber vor Übertreibungen hüten, sag ich immer. Erst als Sie geschrien haben, wie sie Ihnen die Hose ausziehen wollte, kam ihr der Verdacht, daß es etwas Ernsthaftes sein mußte. Sie haben Glück gehabt, daß ich gerade im Haus weilte.«

»Mein Bein ist noch dran?« Knolle tastete unter der Bettdecke danach, fühlte aber nicht so richtig was.

»Leider mußten wir Ihnen das Hosenbein aufschneiden, aber Madame hat es mit der Nähmaschine geflickt. Es gefällt Ihnen hoffentlich«, sagte die Birne und nahm Knolles Lederhose von einem cremefarbenen zierlichen Sesselchen. Über das linke Hosenbein lief eine rote Zickzacknaht.

»Da dank ich aber auch schön«, krächzte Knolle entsetzt und spürte endlich die Rundung seines linken Oberschenkels, der sich wie ein Holzbein anfühlte, »und wenn Sie mich nun aufstehen lassen würden.«

»Auf keinen Fall, junger Mann, gestern abend haben Sie wie eine Leiche ausgesehen, und heute sehen Sie immer noch wie eine aus, aber wie eine etwas frischere. Sie waren nahe dran, Ihr Bein zu verlieren. Ich hab die Infektion gerade noch stoppen können, ich glaub's wenigstens. Sie hatten ein bißchen Fieber.« Eine große fleischige Hand senkte sich auf Knolles Gesicht. »Sie haben heute eine kalte Nase, das ist gar kein schlechtes Zeichen, es geht Ihnen tatsächlich besser.«

»Aber Sie sind sicher, daß Sie Arzt sind?«

Der Doktor gluckste vor Vergnügen. »Ganz sicher. Der Nasentest macht mir Spaß, seit ich ihn in einem Film gesehen habe. Ein schusseliger Tierarzt behandelt in einem Notfall einen am Knie verletzten Mann und vergißt immer wieder, daß er keinen Hund vor sich hat.«

»Wie den da?« fragte Knolle und deutete zum Kamin in der Ecke. Das helle flockige Ding davor hatte soeben den Kopf gehoben und damit zu erkennen gegeben, daß es doch kein Vorleger war.

»Das ist Jason«, erklärte der Doktor, »ich gebe ihm zweimal im Jahr Verjüngungsspritzen. Was glauben Sie, wie alt er ist?«

Jason erhob sich, streckte sich und trottete mit lang heraushängender Zunge heran. Knolle beäugte ihn kritisch, langte mit einer Hand aus dem Bett und zog eine Lefze hoch.

»Dem Gang nach etwas älter als Methusalem, aber die Zähne sind die eines drei oder längstens vier Jahre alten Hundes. Welchen Tag haben wir heute?«

Der Doktor schmunzelte anerkennend. »Montag oder Dienstag, was spielt das für eine Rolle? Wir beide, Madame und ich, haben nichts Wichtiges mehr vor, für uns ist jeder Tag gleich. Warum fragen Sie? Ich habe Ihnen neben Schmerz- auch genügend Beruhigungsmittel mit der Spritze in den Hintern gejagt, um Sie noch ein bißchen länger im Bett zu halten.«

Madame sagte wieder etwas und ging zur Tür.

»Madame möchte wissen, ob Sie ein flüchtiger Verbrecher sind. Jeder normale Mensch mit Ihren Verletzungen wäre längst zu einem Arzt gegangen. Werden Sie von der Polizei gesucht? Haben Sie wenigstens jemanden umgebracht? Vielleicht mit dem hübschen Messer in Ihrem Stiefel?«

Knolle schloß die Augen und döste wieder ein.

9

Lilli saß mit den Fotoalben neben Frau Schröder, die mit dumpfer Stimme Erklärungen abgab. Alexander als Säugling. Rohleff wollte nicht hinhören und ging zum Fenster. Ein alter Mann, schwer auf einen Stock gestützt, kam in sein Blickfeld.

Schröder stellte sich neben Rohleff.

»Hat es nie Überlegungen gegeben, daß Ihr Sohn in die Firma eintreten sollte, um sie später zu übernehmen? Bei der heutigen Knappheit an Ausbildungsplätzen und sicheren Jobs wäre das doch naheliegend gewesen. Immerhin war Ihr Sohn Kraftfahrzeugmechaniker, demnach war er also handwerklich begabt.« Rohleff hatte erwartet, daß Schröder ihm ins Wort fallen würde. Schröders Hände zitterten, er steckte sie abwechselnd in die Hosentaschen oder ballte sie zu Fäusten. Die Augen verrieten die innere Anspannung, wäre der Mann allein gewesen, hätte er wahrscheinlich geschrien oder laut und heftig geweint. Das Gesicht wurde immer fahler, mehr und mehr ergriff wohl die Tatsache, daß sein einziger Sohn gewaltsam zu Tode gekommen war, Besitz von ihm.

»Was haben Sie gefragt?« Stoßweise atmete er aus.

»Warum ist Alexander nicht Installateur statt Kraftfahrzeugmechaniker geworden?«

Der alte Mann im Nachbargarten taperte auf die Hütte zu. Schröder legte Rohleff die Hand auf den Arm.

»Wollen Sie auch einen Schnaps? Ich könnt jetzt einen vertragen, vielleicht auch zwei.«

Bereitwillig ließ sich Rohleff zu ein paar Stühlen führen, die um einen Eßtisch standen, und akzeptierte sogar das Angebot, was Schröder mit einem flüchtigen Grinsen quittierte.

»Keine Scheu vor Schnaps im Dienst?«

»Wir sind da großzügig«, antwortete Rohleff und kippte das scharfe Gesöff auf einen Zug hinunter, »aber der eine reicht mir.«

Nach dem zweiten Glas schien es Schröder vorübergehend besserzugehen. »Mit Installation hatte Alexander nichts am Hut, und zwingen wollte ich ihn nicht. Es hätte auch keinen Zweck gehabt, er war viel zu eigensinnig.«

»Hatten Sie deswegen oft Streit mit ihm?« fragte Rohleff sanft.

»Mein Gott, Streit!« Schröder stützte die Ellbogen auf und fuhr sich mit beiden Händen über die Wangen. »Haben Sie überhaupt eine Ahnung, wie mir zumute ist?« Anklagend sah er auf.

Rohleff blieb gelassen. »Trauer ist etwas sehr Persönliches, und niemand kann sich vollständig in jemand anderen hineindenken. Leider ist da jeder letzten Endes ganz für sich allein.«

»Vor drei Jahren ist meine Mutter gestorben, und jetzt der Junge …«

Lilli winkte heftig.

»Schau dir mal diese Fotos an, Karl«, rief sie halblaut herüber.

Erleichtert erhob sich Rohleff. »Wir sprechen gleich weiter.«

Lilli hatte mehrere Klassenfotos herausgelegt.

»Schau sie dir in Ruhe an, der da ist Alexander.« Lilli deutete auf einen blonden Strubbelkopf, der auf allen Aufnahmen gleich unternehmungslustig und koboldhaft heiter dreinschaute.

»Nettes Kind«, murmelte Rohleff, nur um überhaupt etwas zu sagen.

»Und die anderen?«

Er hielt zwei Fotos hoch und vertiefte sich in Kindergesichter, nahm dann nach und nach die anderen Aufnahmen und sortierte sie wieder in eine Reihenfolge.

»Grundschule und weiter?«

»Realschule hier in Ochtrup.«

Lilli klang enttäuscht.

Rohleff streckte den Finger aus und deutete auf ein Gesicht. »Beat Wüllner? Auf den letzten Aufnahmen ist er nicht mehr drauf. Richtig?« Er wandte sich an Frau Schröder. »Kennen Sie Beat Wüllner? Stammt er hier aus Ochtrup?«

»Ja, sicher«, antwortete sie überrascht, » er ist mit Alex zusammen eingeschult worden. Der Vater arbeitete als Werkmeister in einer hiesigen Spinnerei. Aber als die vor acht Jahren Konkurs anmeldete, konnte er froh sein, eine Stelle in Borghorst zu bekommen. Mit den Spinnereien geht es hier zu Ende. In Borghorst haben die Wüllners zusammen mit den Schwiegereltern gebaut, deshalb ist die Familie umgezogen.«

»Und Beat? Wie gut kennen Sie ihn? War er mit Alexander befreundet?« fragte Lilli rasch dazwischen.

»Befreundet?« Frau Schröder überlegte. »Beat war früher öfter bei uns, wie die meisten Klassenkameraden Alexanders, aber er hat wegen des Asthmas nie so richtig mittun dürfen. Er ist ein stiller, netter Junge, aber Alexander hat nicht viel mit ihm anfangen können, was ich eigentlich schade fand. Aber Freundschaften kann man nicht erzwingen. Beat arbeitet jetzt bei der Müllabfuhr. Doch, ab und an kommt er noch.«

»Beat hat Alexander nicht erkennen können, als er den Müllcontainer …«, sagte Lilli gedämpft zu Rohleff.

»Daran werden wir denken, wenn wir uns mit ihm befassen«, fiel Rohleff rasch ein. »Was ist mit den anderen Klassenkameraden, hatte er einen Freund unter ihnen?«

Als Groß eintraf, sah sich Rohleff außerstande, seine Gegenwart zu ertragen, er konnte seit der Unterhaltung mit Schröder einfach nicht zu seinem berufsmäßigen Gleichmut zurückfinden.

»Mach du mit den Befragungen weiter, ich fahr zur Dienststelle, um zu sehen, ob ich von Ganten noch erwische, und ich besorg mir endlich ein anderes Handy«, sagte er zu Lilli.

Sie trat mit ihm vors Haus. In der Garageneinfahrt, vor dem Einsatzwagen der Techniker, parkte ein heller Mercedes, offensichtlich Schröders Fahrzeug.

»Warum hab ich das Gefühl, das Auto heute schon mal gesehen zu haben? Es muß eine Täuschung sein, denn Mercedes' gibt es in ländlichen Gegenden wie Sand am Meer.«

»Aber nicht in diesem Farbton. Dieses spezielle Silberblau ist nicht so häufig.«

Rohleff stürmte an Lilli vorbei ins Wohnzimmer zurück. Der Hausherr stand am Fenster und beobachtete anscheinend den alten Mann, der gerade von seinem Gang zur Hütte zurückkehrte. Grüßend hob er den Krückstock, als er die Männer am Fenster erblickte.

»Worüber haben Sie heute früh mit Kleingreber gesprochen? Wir sahen Sie wegfahren.«

»Das geht Sie nichts an«, zischte Schröder.

»Uns geht alles etwas an«, stellte Lilli richtig, sie war an Schröders andere Seite getreten.

»Es handelte sich um eine reine Geschäftsangelegenheit.«

»Über die Sie gestritten haben?«

»Ich habe nicht gestritten, ich rede manchmal laut, zu laut, wie meine Frau findet, aber so bin ich nun mal.«

Der betagte Nachbar war erneut stehengeblieben.

»Und wer ist das da?« erkundigte sich Lilli. »Der alte Herr, der auf ein Zeichen von Ihnen wartet?«

Schröder schien erst nicht antworten zu wollen.

»Sie erfahren es ja doch, nehme ich an. Es ist mein Vater. Er hat den Tod meiner Mutter noch nicht verkraftet. Und Alexander war sein Liebling. Können Sie ihn nicht aus der Ermittlung heraushalten? Fragen Sie mich, was Sie wollen, aber lassen Sie ihn in Ruhe.«

»Er wird wissen wollen, was die Polizeifahrzeuge vor dem Haus zu bedeuten haben.«

»Da wird mir schon was einfallen, was ich ihm erzählen kann.«

»Wir reden später darüber. Für heute sind wir ohnehin mit Ihnen beschäftigt.«

Vor dem ins Haus polternden Groß war Rohleff aber doch geflohen.

Er hätte es mühelos einrichten können, dem Ganter wieder auszuweichen, denn es war mittlerweile beinahe vier, aber er hatte sich auf eine Begegnung eingestellt. Von einem Kollegen erfuhr er, wo er den Oberrat antreffen konnte. Mit Schwung riß er die Tür zu dem Dienstzimmer auf und sah befriedigt, wie zwei Köpfe überrascht zu ihm herumfuhren.

»Entschuldigen Sie, daß ich so hereinplatze«, erklärte er überlaut, »aber ich habe bereits den ganzen Bau nach Ihnen abgesucht, gut, daß ich Sie gefunden habe. Ich habe mich extra beeilt, um Sie noch anzutreffen.«

Von soviel Diensteifer beeindruckt, hellte sich von Gantens verkniffene Miene augenblicklich auf.

»Und ich dachte schon, Sie weichen mir absichtlich aus.« Von Ganten zwinkerte jovial. »Dann lassen Sie uns in Ihr Büro gehen.« Er wandte sich an den Beamten, mit dem er gerade geredet hatte. »Rubrizieren Sie alles so, wie ich es Ihnen erklärt habe, das erleichtert mir die Durchsicht.«

Der Beamte nickte ergeben und tippte sich, sobald ihm von Ganten den Rücken zukehrte, vielsagend an die Stirn. Rohleff grinste flüchtig.

Von Ganten schnurrte, die Füße leicht nach außen gedreht, vor ihm den Flur entlang, riß eine Tür auf und komplimentierte Rohleff mit einer Handbewegung in dessen eigenes Büro.

»Schön, daß Sie von sich aus auf mich zukommen, das revidiert meinen negativen Eindruck von Ihrer Abteilung ein bißchen. Die anderen sind wesentlich kooperativer, aber Sie hatten ja schon immer Ihre Eigenarten, jedenfalls haben das Ihre Kollegen aus den anderen Abteilungen verlauten lassen. Ihre Chaos-Methode, nicht wahr? Sie werden sie trotzdem in ein für mich überschaubares und nachvollziehbares System bringen, genau wie alle anderen. Ich will vergleichen können.« Von Ganten hatte alle Verbindlichkeit fallengelassen. Er setzte sich nicht einmal und musterte Rohleff durchdringend aus klaren grauen Augen. Rohleff fühlte sich derart durchschaut, daß ihn eine Schwäche überkam. Er tastete hinter sich nach seinem Bürostuhl und ließ sich hineinsinken, auch wenn er das als unhöflich einem stehenden Vorgesetzten gegenüber empfand.

Auf seinem Schreibtisch lagen einige frisch eingegangene Meldungen, zuoberst erblickte er ein Fax aus der Rechtsmedizin, unauffällig zog er es heran.

»Dann werden Sie mir Unfähigkeit bescheinigen müssen«, sagte er hilflos.

»Seien Sie kein Narr«, blaffte von Ganten. »Reißen Sie sich gefälligst zusammen, oder wollen Sie Ihren Hut sofort nehmen? Dann allerdings löse ich Ihre ganze Abteilung auf und hätte mit einem Schlag die vorgegebene Einsparungsquote erreicht. Von Ihnen habe ich mehr erwartet als so ein Schwanzeinziehen. Wie weit sind Sie mit Ihren Ermittlungen, und was machen Ihre Leute? Wenn mir schon Schriftliches von Ihnen fehlt, dann fassen Sie jetzt wenigstens alles zusammen. Oder sind Sie nach den paar Tagen intensiver Ermittlung dazu bereits zu überarbeitet?«

Der Anpfiff weckte Rohleffs Widerstandsgeist, fast schien es so, als hätte der Ganter genau das beabsichtigt. Er sah aber mit aller obrigkeitlichen Strenge auf ihn herab. Rohleff konnte gar nicht anders, als die Bedrohung, die in diesem Blick lag und überhaupt in von Gantens Anwesenheit, endlich ernstzunehmen.

»Unsere Ermittlung hat sich schlagartig ausgeweitet und wird damit, wie meistens an diesem Punkt, erst einmal disparat und diffus, die Chaoselemente schlagen durch«, erklärte er trotzdem halsstarrig, »fast stündlich kommen Schauplätze und Personen dazu, und hinter denen, die wir erfaßt haben, stehen weitere unbekannte. Jede Menge persönlicher Motive und Abirrungen scheinen auf, deren Bedeutung wir noch nicht ermessen können. Da ist zum Beispiel der Vater, der heute morgen einen heftigen Streit mit dem Arbeitgeber des Opfers hatte und diesen Tatbestand schlichtweg leugnet. Warum? Sollen wir ihn aus völlig vagen Verdachtsmomenten heraus in ein Kreuzverhör nehmen? Zur Zeit bleibt uns, wenn wir auf drastische Ermittlungsmethoden verzichten, da wir eine Verhärtung in diesem weichen Stadium der Untersuchung zu vermeiden suchen, nur übrig, eher amateurhaft herumzuverdächteln. Verstehen Sie?« Rohleff war sich sicher, auf dem besten Weg zu sein, sich um Kopf und Kragen zu reden, konnte aber nichts dagegen machen, denn seine Gedanken verselbständigten sich einfach. »Im Moment haben wir es mit drei Jugendlichen zu tun. Dem Opfer und zwei weiteren, zum Glück noch lebenden, die das Opfer offensichtlich gut kannten.«

»Moment mal«, hakte von Ganten ein, »soweit ich mich erinnere, hatten Sie eine Motorradgang unter Tatverdacht.«

»Ganz richtig, das ist auch immer noch so. Eine Bande von Motorradfahrern, die, wie wir inzwischen wissen, aus Dortmund stammt. Wenn Sie bedenken, wie viele Motorräder es mit Dortmunder Kennzeichen vermutlich gibt, begreifen Sie sicher unser Dilemma. Motorradfahrer scheinen ein Vergnügen daran zu haben, sich in Gruppen zusammenzuschließen. Aber bitte, wo sollen wir anfangen, nach dieser bestimmten zu suchen? In Dortmund etwa? Wir setzen zunächst einmal darauf, daß Opfer und Täter sich kannten. Wahrscheinlich waren sie verabredet, und es ist zu einem Streit gekommen. Wer aber wußte noch von diesem Treffen? Ein Freund? Deshalb liegt unser Augenmerk auf diesen Jugendlichen im Umkreis von Alexander Schröder. Der eine, Niklas, fährt Motorrad. Also gibt es da bereits wieder eine wichtige Verbindung. Und wir haben einen weiteren Umstand, der Licht in diese Angelegenheit werfen dürfte. In der Hosentasche des Toten sind minimale Reste einer Droge gefunden worden. Hasch oder Shit, eigentlich harmlos, aber im Grenzgebiet zu Holland durchaus auch anders zu bewerten. Warum trifft sich ein junger Mann aus Ochtrup mit einer Gruppe aus Dortmund an einem abgelegenen Ort, statt den halboffiziellen Bikertreff in Ochtrup zu wählen?«

Von Ganten war nachdenklich geworden und lief wie sein Vorbild aus dem Geflügelkäfig hin und her. Sobald Rohleff verstummte, schreckte von Ganten zusammen und schob energisch den Ärmel zurück, um auf seine Armbanduhr zu blicken.

»Begleiten Sie mich zum Auto. Ich erkläre Ihnen auf dem

Weg, was ich in den nächsten Tagen von Ihnen erwarte. Leider kann ich Ihnen nicht ersparen, was ich den Kollegen in den übrigen Abteilungen abverlange. Um eine Effektivitätsprüfung kommen auch Sie nicht herum.«

Rohleff überlegte, während er nur mit halbem Ohr zuhörte, wieviel Zeit er an diesem Tag mit Hin- und Herfahren zwischen Ochtrup, Borghorst und Burgsteinfurt und wieviel Energie er mit Vermeiden und Ausweichen vertan hatte.

»Und Ihren Kollegen Knolle möchte ich auch endlich zu Gesicht bekommen. Der Mann ist das reinste Gespenst. Sind Sie sicher, daß er hier noch arbeitet?«

Erwin, der am Eingang Wache schob, schaltete sich unvermutet in das Gespräch ein.

»Aber Patrick Knolle war vorhin noch hier. Kam hereingebraust und flitzte nach zehn Minuten wieder weg. Er hat nicht mal gegrüßt, so sehr war er in Eile.« Aus Erwins Stimme klang ein überzeugender Anflug von Mißbilligung. Rohleff betrachtete ihn verdattert, aber Erwin blieb unerschütterlich ernst. Ein durch und durch sachlicher, nüchterner und aufrichtiger Beamter.

»Da hören Sie's. Ich selbst habe Patrick Knolle heute noch nicht gesehen«, sagte Rohleff matt.

10

Knolle lief über feinen weißen Sand und schnupperte euphorisch die stürmische Brise. Das wilde Meer mit seinen Schaumkronen, der blaue Himmel und die Salzluft ließen ihn vor Freude beinahe überschnappen, und er sehnte sich nach jemandem, mit dem er diese gewaltige Freude teilen konnte. Und da war tatsächlich jemand. Rechts spürte er Maikes kräftige Hand in der seinen und links die dicken Fingerchen von Sven. Svenni, sah er jetzt, stapfte unerschrocken auf seinen Speckbeinchen auf die Brandung zu und juchzte laut, wie sich das für den Sohn eines vom Meer Besessenen gehörte.

Eigenartig war nur, daß die Seeluft auf einmal nach Kaffee roch und er das Meer spürte, bevor er es erreicht haben konnte. Neckisch leckten die Wellen an seiner Brust. Empört schlug er die Augen auf. Madame stand über ihn gebeugt und zog ihre Hand zurück. Einen letzten verzweifelten Augenblick versuchte Knolle, das wunderbare Bild von Maike, Sven und sich selbst vor dem Hintergrund des Meeres festzuhalten, bevor es von heftigem Bedauern und Verwirrung verdrängt wurde.

Madame hatte ihm ein Frühstück zubereitet, das sie auf einem Tischchen ans Bett rückte, und ließ ihn danach wieder allein. Obwohl der Kaffee so gut roch, mußte Knolle sich, in die Kissen gelehnt, die letzten Tage ins Gedächtnis rufen, die wie krallenbewehrte Ungeheuer eilfertig herantappten und sich im Halbkreis um das Bett scharten, in dem er in seinem weißen Nachthemd lag. Um ihren scheelen Blicken auszuweichen, begann er ohne Appetit zu essen und aß doch zwei hartgekochte Eier, mehrere Tomaten, einige mit Salami belegte Croissants und trank eine Kanne Kaffee leer. Vom Essen blieb ein pelziger Geschmack im Mund und ein Gefühl, als hätte er Sägespäne gekaut. Aber es erleichterte ihn, sein Bein wieder zu spüren. Mit einem scharf abgegrenzten Wundschmerz hatte es sich zurückgemeldet.

Das Aufstehen machte dann leider doch mehr Probleme, als er nach der Stärkung gedacht hatte. Einerseits war das verletzte Bein unangenehm steif, und andererseits lag das Frühstück wie Blei im Magen. Ohnehin war Frühstück die falsche Bezeichnung für diese Mahlzeit, wie ihm ein Blick auf die Uhr verriet. Sieben Uhr abends gab sie an.

Gerade hatte er sich das Nachthemd über den Kopf gezogen und schwankte auf das Sesselchen mit seinen Sachen zu, als die Tür aufging und seine Gastgeber hereintraten. Madames Augen leuchteten unverkennbar auf, sobald sie ihn nackt erblickte. Sich über seine Verlegenheit hinwegsetzend, wandte sie sich rasch an den Doktor.

»Madame sagt, Sie müßten Wikingerblut in Ihren Adern haben. Und sie fragt, ob sie ein Foto von Ihnen machen dürfte?

Am liebsten ohne den Verband, der müßte ja sowieso gewechselt werden. Ich habe Ihnen nämlich eine Naht gelegt, von der sich Madame für die auf Ihrer Hose hat inspirieren lassen. Ja, ja, mit der makellosen Schönheit ist es nun vorbei«, philosophierte der Doktor behaglich, »aber dafür wird Ihnen die Narbe einen kriegerischen Anstrich verleihen, der zu Ihrem Wikingerblut paßt.«

Knolle sank auf das Sesselchen, lupfte noch einmal den Hintern, um die Lederhose darunter hervorzuziehen und betrachtete entgeistert das wilde rote Zickzackmuster.

»Ihre Naht ist kürzer«, wiegelte der Doktor ab.

Während er den ersten Verband behutsam abzunehmen begann, ging Madame hinaus, als wenn sie nun doch ein Anflug von Takt überkommen hätte, kehrte aber bald mit einem antik wirkenden Fotoapparat zurück.

»Bitte nicht«, wehrte Knolle mit Tränen in den Augen ab.

Die Wunde am Knie sah eindeutig besser aus. Die Ränder waren nicht mehr ganz so aufgequollen, aber bei näherem Hinsehen stutzte Knolle.

»Sagten Sie nicht was von einer Naht? Ich seh keine.«

»Das können Sie auch nicht, zumindest nicht bei dieser Verletzung. Die Wunde ist nicht so erheblich, wie Sie vielleicht gedacht haben. Die Hautschichten sind zwar bis zum Muskel zerfetzt, das war bestimmt kein schöner Anblick, und die Wunde hat sich infiziert, daher der Eiter, aber Ihr Muskel ist in Ordnung. Das ist Ihr Glück, neben der Tatsache, daß Sie bei uns gestrandet sind. Genäht hab ich nur die Stichwunde an der Wade, aber wahrscheinlich merken Sie davon nicht sehr viel, der Stich ging nicht tief, und ich brauchte nur einen hübschen, kleinen Knoten zu machen. Wenn das alles abgeheilt ist, bleiben nur noch weiße Linien«, beschwichtigte ihn der Doktor erneut, »jetzt kriegen Sie zwei nette Spritzen, schlummern wieder ein, und morgen früh geht's Ihnen dann viel besser.«

Madame hatte außer dem Fotoapparat ein frisches Nachthemd mitgebracht. Knolle wehrte diesmal entschiedener ab.

»Ich habe ein paar Dinge zu erledigen, die nicht bis morgen

warten können. Wenn Sie mit den Verbänden fertig sind, mach ich mich auf die Socken. Möglicherweise komme ich zurück und übernachte noch einmal bei Ihnen, wenn Sie das Zimmer nicht anderweitig vergeben haben, aber zur Vorsicht bezahle ich erst einmal die letzte Übernachtung, die Bewirtung, die Versorgung ...« Er machte eine hilflose Geste, weil er bemerkte, wie alle Verbindlichkeit aus Madames Miene schwand und zunehmender Empörung Platz machte, oder schlimmer noch, Verletztheit, die rasch in Unmut unterging. Samt Nachthemd und Fotoapparat rauschte Madame hinaus, ohne auf die vollständige Übersetzung zu warten, die der Doktor mit gesenktem Kopf leise vor sich hin gemurmelt hatte.

»Jetzt haben Sie Madame aber wirklich beleidigt«, informierte er Knolle, lauter werdend, »wieso seid Ihr Deutschen solche Rüpel?«

»Bin ich einer? Dann tut es mir leid, aber ich wußte nicht, wie ich mich ausdrücken sollte. Ich weiß, daß Sie viel netter und fürsorglicher sind, als man von Hoteliers erwarten kann.«

Der Doktor betupfte die Wunde mit einer braunen Flüssigkeit, die leider brannte, aber alle seine Bewegungen sahen sehr professionell aus, das beruhigte Knolle. Zum Schluß erhielt er doch noch eine Spritze, eine Penicillinspritze, auf der der Doktor bestand, Knolle fügte sich und bat außerdem um eine Schmerzpille.

»Sie haben tatsächlich gedacht, in einem Hotel zu sein? Wie eigenartig.«

Knolle schenkte sich den Hinweis auf das »Auberge«-Schild und dachte, daß das Zimmer, das einzige bisher ihm vom Haus bekannte, sowieso etwas nach Bordell aussah, allerdings kannte er solche Etablissements nur aus Filmen. Möglicherweise gehörte ja die Einrichtung zu der Ausstattung des Films, den der Doktor am Vorabend erwähnt hatte. Über dem Bett hing, breit und gediegen in Gold gerahmt, ein großformatiges, grobkörniges, in verschwimmenden Sepiatönen gehaltenes Foto. Es zeigte eine Dame auf einem cremefarbenen Sesselchen, die nichts als Schuhe trug und die Beine nicht züchtig übereinandergeschlagen hatte. Auffallend ähnelten die Augen denen von Madame.

Um nicht mit schlechtem Gewissen das gastliche Haus verlassen zu müssen, fühlte sich Knolle bemüßigt, etwas von seiner Abenteuergeschichte zu erzählen, wobei er Details wie die Fahrt über die Grenze mit einer Leiche im Gepäck ausließ und andere phantasievoll umgestaltete, es war ein Versuch, seine Gastgeber in dem Glauben zu wiegen, daß er volles Vertrauen zu ihnen gefaßt hatte.

Als der Doktor die Geschichte vor Madame wiederholt hatte, wollten die beiden Alten immer noch nichts davon wissen, ihn aus ihrer Obhut zu entlassen, und sobald er erst einmal versucht hatte, mit wackeligen Beinen bis ins Erdgeschoß zu kommen, wurde er einsichtsvoller.

Nach kurzer Diskussion boten sie ihm an, ihm bei der Erledigung seiner unaufschiebbaren Angelegenheiten zur Hand zu gehen.

11

Der Doktor fuhr in einem winzigen Renault vor. Knolle mußte seine knapp ein Meter neunzig auf dem Rücksitz zusammenfalten und noch Platz für Jason lassen, der unbedingt mitwollte. Vor dem Bahnhof von Metz stöhnte Knolle so heftig bei dem Versuch auszusteigen, daß Madame darauf bestand, an seiner Statt nach dem Schließfach zu sehen.

»Wissen Sie, daß Metz einmal eine Burg der Götter war?« fragte der Doktor, während er mit Knolle im Wagen wartete, und fuhr gleich fort: »Metz hieß ursprünglich Divodorum und war die Hauptstadt eines Keltenreiches, noch bevor die Römer einmarschierten. Und im sechsten Jahrhundert war Metz die Hauptstadt von Austrasien.«

Knolle verstand Australien.

Am Abend zuvor hatte der Bahnhof klotzig genug gewirkt, um in vorrömische Zeit zu passen, und auch jetzt nahm Knolle durch das Guckfenster an der Seite nur riesige Steinblöcke wahr, innen hatte der Bahnhof aber keinen besonders alten Eindruck gemacht, und im übrigen glaubte er, von einem leichten Schwindel überwältigt, daß der Doktor sich die Wartezeit damit vertrieb, ihn, den dummen Deutschen, auf den Arm zu nehmen.

»Metz war immer wieder mal deutsch, das wissen Sie sicher«, erzählte der Doktor im Plauderton weiter, »zwischen 1880 und 1890 haben die Deutschen Metz zur größten Festung der Welt erweitert. Haben Sie eine Vorstellung, was das hieß? Sie hatten einen inneren und einen äußeren Festungsgürtel angelegt. Ja, die Deutschen waren tüchtig. Auf dem rechten Moselufer hatten sie vier Forts und auf dem linken die Feste Prinz Friedrich Karl und dazu gleich fünf Forts errichtet und weitere um die Stadt herum. Das war schon einschüchternd für die Bürger, die in ihren kleinen hübschen Häusern zwischen Mauern, Kanonen und Schützengräben saßen.«

Unangenehm fühlte sich Knolle an das Gerede des Lastwagenfahrers über die Maginot-Linie erinnert. Trotzdem spürte er dumpf, daß ihm der Doktor eigentlich etwas anderes erzählen wollte, etwas Persönlicheres, vielleicht Schmerzliches, das mit einer Vergangenheit zu tun hatte, von der Knolle zu wenig wußte und an der er keinen Anteil haben konnte, selbst wenn der Doktor irgendwie darauf anspielte, indem er immer wieder »die Deutschen« ins Gespräch brachte, ihn dabei aus seinen tiefliegenden Augen anschaute und einen Kommentar erwartete, zu dem er nicht in der Lage war.

»Wohnen Sie beide schon lange in Metz?« warf er irgendwann ein.

»Madame ist in Metz geboren und ich in Moulin-lès-Metz, neun Kilometer von hier, ich habe vierzig Jahre in Moulin praktiziert, ohne Madame kennenzulernen. Aber dann bin ich ihr und Jason begegnet.«

Als was hatte er praktiziert? Knolle sah sich von plötzlichen Zweifeln attackiert, während Jasons Schnauze auf seinem gesunden Bein lag. Endlich kam Madame zurück, streckte den Kopf zum Fenster herein und redete heftig gestikulierend auf den Doktor ein, der ein paar Zwischenfragen stellte und sich dann erst an Knolle wandte.

»Wir sind wohl zu spät gekommen. Das Fach ist heute mittag geöffnet und ausgeräumt worden, denn die Mietzeit war abgelaufen. Die sind sehr streng hier, da es zu wenig Fächer gibt. Hatten Sie nicht gesagt, Sie hätten Ihr Gepäck im Schließfach? Der Beamte, der jetzt Dienst hat, weiß von nichts, er hat nichts finden können und sagt, gelegentlich, wenn allzu lumpiges Zeug zum Vorschein kommt, wird es weggeworfen, zumal wenn sich der Besitzer nicht in einer bestimmten Frist meldet.«

Knolle mußte die Sache nun doch selbst in die Hand nehmen. Er machte sich daran, den Beifahrersitz umzuklappen, um auszusteigen, kam aber nicht dazu, weil Madame wieder einstieg.

»Verstehen Sie denn nicht?« sagte der Doktor. »Es ist zu spät. Wenn Sie nicht den Schlüssel gehabt hätten, hätte ich auf eine Verwechslung der Fächer getippt, aber so ist das kaum möglich.« Der Doktor sprach kurz mit Madame, dann wandte er sich erneut an ihn. »Und wo wollten Sie nun hin? Nach Thicault? Ist das richtig? Wir könnten dort zu Abend essen, es gibt einen Gasthof, dessen Koch einen gewissen Ruf genießt. Mögen Sie Muschelsuppe?«

Knolle mochte keine, aber das war jetzt ohne Belang, zumal er wieder gegen Übelkeit ankämpfen mußte. Sein wichtigstes Indiz war verschwunden und damit die Möglichkeit einer offiziellen Rechtfertigung für alles, was er in den letzten Tagen an Gesetzesübertretungen, Gemeinheiten und Dummheiten begangen hatte. Im stillen hatte er immer mit einer Chance gerechnet, halbwegs in Ehren zurückkehren zu können, indem er sein Verschwinden mit Hilfe seiner Kollegen in eine Ermittlung umdeutete. Nun war er sich nicht mehr sicher, nach so vielen Tagen der Abwesenheit ohne ein spektakuläres Ergebnis noch auf die Loyalität seiner Kollegen bauen zu können. Niedergeschlagen vergrub er den Kopf in Jasons Fell.

Am Rand von Thicault hielt der Doktor zunächst an der Tankstelle. Er drückte auf die Hupe, aber erst beim zweiten Tuten öffnete sich die Haustür, und der Mechaniker und Tankstellenbesitzer trat heraus, winkte kurz und verschwand wieder. Gleich darauf gab die Tanksäule mit einem Schnarren ihre Betriebsbereitschaft bekannt.

Knolle spähte zur Garage. Leider war das Tor geschlossen. Während er sich fragte, ob die Harley noch da wäre, ging ihm auf, daß der von ihm prognostizierte Regen ausgeblieben war. Den Himmel bedeckte eine dichte graue Wolkenschicht, und es war windig, soviel hatte er, als er aus dem Haus getreten war, wahrgenommen. Aber wieso regnete es nicht? Mit verzweifelter Intensität wünschte er sich geradezu den Regen herbei.

»Sie sind ja wieder da?« Der Mechaniker klopfte an die Scheibe und machte die Fahrertür auf, um zu Knolle hereinzulugen. »Aber wo ist Ihr Motorrad? Sind Sie damit liegengeblieben? Ihren Freunden konnte ich jedenfalls nicht weiterhelfen, ich habe ihnen gesagt, daß Sie ins Dorf wollten. Haben Sie sie verpaßt? Das ist aber seltsam.«

Eingezwängt auf der Rückbank, fühlte sich Knolle in der Defensive, dabei lag ihm daran, den Tankstellenbesitzer nach Drag und seinen Kumpanen zu befragen, ohne sich sein brennendes Interesse anmerken zu lassen. Mühsam schob er sich, den Hintern voran, heraus.

»Die anderen sind weg? Wollten Sie noch mal wiederkommen?« fragte er so gelassen wie möglich, sobald er sich umgewandt hatte. Dummerweise war der Doktor soeben mit dem Tanken fertig geworden und mischte sich ein, bevor der Tankwart antworten konnte.

»Habe ich Sie richtig verstanden? Sie sprechen von einer Gruppe von Motorradfahrern, die …«

Laut und scharf wurde er von Madame unterbrochen.

»Wir sollen einsteigen«, übersetzte der Doktor, »Madame hat Hunger und möchte nicht länger warten.«

»Sie müssen aber noch bezahlen, Monsieur«, mahnte der Mechaniker und ließ seinen Blick angelegentlich über Knolle schweifen, den dieser Blick zunehmend irritierte.

»Dort drinnen?« Der Doktor wies zum Haus und setzte sich

in Bewegung. Der Tankwart hatte sich abgewandt und war ihm nachgegangen, ehe Knolle seine Frage wiederholen konnte, den beiden hinterherzurennen wäre zu auffällig gewesen. Er beruhigte sich mit dem Gedanken, im Gasthof die erforderlichen Nachforschungen anstellen oder notfalls allein zurückkommen zu können. Hinter der intensiven Musterung des Mannes mußte etwas stecken, das er herausfinden wollte.

Madame murmelte vor sich hin und trommelte in der Wartezeit mit den Fingerspitzen aufs Armaturenbrett. Als der Doktor zurückkehrte, nahm er Knolle beim Arm und schob ihn zur Autotür.

»Steigen Sie ein. Ich habe mich für Sie erkundigt. Ihre Freunde sind weg.«

Sobald er angefahren war, begann der Doktor sich mit Madame halblaut zu unterhalten. Ab und zu warf sie Knolle über die Schulter einen verstohlenen Blick zu, aus dem er nicht schlau wurde.

Was hatte der Doktor sonst noch von dem Mechaniker erfahren? Er selbst hatte seinen beiden Gastgebern erzählt, daß er Freunden nachgefahren sei, die nach Spanien unterwegs seien und die er habe überraschen wollen. Aber auf der Autobahn sei er von Leuten überfallen worden, die einen Unfall vorgetäuscht hätten. Er habe angehalten, um zu helfen, und zu spät die Falle erkannt. Im Handgemenge sei er verletzt worden, aber es sei ihm gelungen, zu entkommen. Bis Metz sei er verfolgt worden und erst kurz vor der Stadt sei es ihm geglückt, seine Verfolger abzuschütteln. Bei Madames Haus habe ihn dann eine solche Schwäche befallen, daß er anhalten mußte.

Leider paßte diese Geschichte nicht zu dem, was der Tankwart zu ihm gesagt hatte, und so lange er nicht wußte, was dieser dem Doktor erzählt hatte, konnte er es nicht wagen, die Geschichte durch ein paar Ergänzungen zurechtzurücken. Vielleicht hatten sie ihm die Geschichte sowieso nicht geglaubt? Machten ihn nicht auch die Drogen verdächtig, deren Fund sie bisher erstaunlich leicht genommen hatten?

Allein der Gedanke an Suppe oder etwas anderes Dickflüssiges, Schleimiges oder Warmes trieb seinen Mageninhalt ein Stück die Speiseröhre hoch. Er schluckte mühsam. Vorher hatte er unnachgiebig darauf bestanden, einen Tisch an der Seite zu wählen, er wollte unbedingt mit dem Rücken zur Wand sitzen, um die zwei Türen beobachten zu können – die eine, die in den kiesbestreuten Hof, und die andere, die zu einem zweiten, zum Garten gelegenen Gastraum führte. In den Garten hatte er trotz angenehmer Temperaturen auch nicht gewollt, mit seinen Sträuchern und Bäumen war er ihm viel zu unüberschaubar. Ihm sei etwas fröstelig, erklärte er.

Vom Wirt neugierig beäugt, und vom Doktor und Madame mit den Angeboten der Speisekarte bedrängt – das »Frühstück« stellte ihrer Ansicht nach keine ausreichende Ernährung für einen großen kräftigen Mann dar –, hatte er schließlich einen Salat bestellt, der mit den gezackten Blättern wie Kaninchenfutter anmutete. Unwillig kaute er auf dem Zeug, dessen Herbheit nur unvollkommen von der sauren Sauce kaschiert wurde.

Obwohl das Gasthaus gut besucht war, kam der Wirt wiederholt an ihren Tisch zurück, unterhielt sich auf französisch und betrachtete Knolle dabei. Besonders die neue Hosennaht schien sein Interesse zu erregen, jedenfalls stellte er sich so, daß er noch etwas davon sehen konnte, wie sehr sich Knolle auch bemühte, seine langen Beine unter dem viel zu kleinen Tisch zu verbergen.

»Kann der Wirt kein Deutsch?« fragte er halblaut, aber mit einem aggressiven Unterton.

Mittlerweile hatte er seinen Ausschluß bei den kurzen Gesprächen satt. Offenkundig wurde über ihn geredet.

»Sind Sie nervös«, erkundigte sich der Doktor, »wegen Ihrer Freunde?«

Knolle hätte gern mit einer scharfen Entgegnung geantwortet, doch genau in diesem Augenblick hatte der Salat beschlossen, sich wieder von ihm zu verabschieden. Hinkend und Tische anrempelnd flüchtete Knolle zur Toilette. Als er seinen Mageninhalt losgeworden und nur ein intensiv saurer Geschmack im

Mund geblieben war und eine nachhaltige, allgemeine Schwäche in den Gliedern, war ihm für den Augenblick jegliche Lust auf Streitgespräche oder Ermittlungen vergangen. Mit einem Rest von Selbstbeherrschung gelang es ihm, seine beiden Begleiter davon zu überzeugen, daß er es in Anbetracht ihrer Gastfreundschaft als seine Aufgabe ansah, die Rechnung zu begleichen. Sie hatten nur halbherzig Einspruch erhoben und einen amüsierten Blick dabei ausgetauscht.

Auf dem Kiesvorplatz kam ihm der Gedanke, daß an der neuerlichen Übelkeit die Anspannung schuld gewesen sei, mit der er auf das Auftauchen der Biker gelauert hatte. In den eineinhalb Stunden im Gasthaus war er zu der Überzeugung gelangt, daß sich Drag und seine Leute noch in der Nähe aufhalten mußten, um das Verschwinden ihres Kumpels aufzuklären.

Aus der Scheune kam schwanzwedelnd der graue Hund gelaufen, beschnupperte erst Jason und schob dann Knolle die Schnauze in die Hand, während er sich mit seinem ganzen Gewicht gegen ihn lehnte.

»Der da scheint wirklich Ihr Freund zu sein. Sie kennen den Hund des Wirts?« fragte der Doktor leidlich aufgeräumt.

Auf der schweigsamen Rückfahrt beschloß Knolle, trotz seiner Schwäche auf die BMW zu steigen und Metz sofort zu verlassen. Aber vor der Tür der Auberge ergriff ihn der Doktor energisch am Arm, als ahnte er seine Fluchtabsichten.

»Wir haben so dies und das herausgefunden, was Sie interessieren wird. Und Sie könnten uns auch noch ein bißchen aufklären.«

Im Salon im Erdgeschoß, der mit viel Samt und Plüsch ähnlich halbseiden wie das Schlafzimmer im ersten Stock wirkte, nahm ihm der Doktor sofort die Zigaretten ab, die Knolle aus der Jackentasche hervorkramte.

»Wenn Sie rauchen, kotzen Sie sofort wieder, das garantiere ich Ihnen. Madame kocht Ihnen einen Kräutertee.«

Knolle fühlte sich zu elend, um zu widersprechen.

»Was haben Sie herausgefunden?«

Der Doktor machte es sich auf einem der Plüschsofas gemütlich und legte die Beine hoch.

»Zunächst einmal: Sie haben uns einen schönen Schmarrn erzählt, als Sie behaupteten, diese Motorradfritzen seien Ihre Freunde. Und die Geschichte von der geplanten Überraschung stimmt auch nicht ganz. Wie mir der Tankwart erzählte, waren Sie schon einmal in Thicault. Und mir scheint, sie wissen nicht einmal, wer diese angeblichen Freunde sind.«

»Aber Sie wissen es jetzt?« fragte Knolle aggressiv zurück.

Madame kam mit dem Tee herein.

»Trinken Sie!« forderte ihn der Doktor auf.

Knolle beäugte die bräunliche Flüssigkeit. Ein unangenehm dumpfer, erdiger Geruch stieg ihm in die Nase. Mißtrauisch schob er die Tasse von sich.

»Hören Sie auf, mich herumzukommandieren.«

Der Doktor nahm die Beine vom Sofa und rutschte näher heran.

»In was haben Sie sich hineinmanövriert? Diese Kerle sind gefährlich, Sie legen sich besser nicht mit ihnen an. Aber das haben Sie bereits getan, nicht wahr? Ihnen verdanken Sie diese Wunden am Bein. Aber vielleicht haben Sie ja Geschäfte mit ihnen machen wollen. Drogenhandel?«

»Spielen Sie gern den Polizisten? Sie wollten mir etwas über die Biker erzählen. Was?« fragte Knolle scharf und nippte an dem Tee, ohne darauf zu achten, was er tat. Nach zwei, drei Schlucken merkte er aber, daß ihm das Gebräu gar nicht so zuwider war.

»Es stört Sie doch nicht, wenn ich rauche?« Der Doktor zog ein silbernes Etui aus seinem Jackett und entnahm ihm ein dünnes Zigarillo, drehte es in der Hand, hielt es sich genießerisch unter die Nase und entzündete es langsam, als wäre ihm nicht bewußt, welche Qualen er damit seinem Gast zumutete.

»Diese Kerle haben Sie also überfallen, bleiben wir einmal dabei, aber das muß ein paar Tage hersein, sonst hätte die Wunde über dem Knie nicht Zeit gehabt, sich derart zu infizieren. Und Sie spielen den einsamen Rächer. Was erhoffen Sie sich davon?«

Das Mißtrauen des Doktors, das in seinen Fragen und Vermutungen aufklang, war für Knolle nachvollziehbar, gerade deshalb regte es ihn auf, weil er sich in Erklärungsnöte gedrängt sah. Der Gedanke an Flucht, an Weglaufen, sich Davonmachen nahm im gleichen Maße zu wie eine seltsame, ohnmächtige Wut, die ein Objekt suchte, gegen das sie sich richten konnte. Unauffällig schätzte er die Kräfte des alten Mannes ein und verglich sie mit seinen eigenen eingeschränkten.

»Ich bin erst nicht dahintergekommen, was der Tankstellenbesitzer meinte, als er von einem spurlos verschwundenen Mann sprach, und dachte, Sie müßten damit gemeint sein«, fuhr der Doktor, Rauchwolken ausstoßend, fort. »Aber er hat Sie ja gesehen und wiedererkannt. Sie tauchten am Sonntag auf, und wenig später, so stellt es sich wenigstens dar, war der Mann verschwunden. Die Bande hat das jedenfalls ganz hübsch aufgescheucht. Nach dem, was der Wirt mir erzählte, scheint es so, als ob die Leute bemerkt haben, daß sie von Ihnen verfolgt werden. Eine Gestalt im Schatten, die erst Opfer war und auf einmal für die anderen zu einer Bedrohung geworden ist. Stellen Sie eine Bedrohung dar?« Der Blick des Doktors war überraschend sanft. »Nein, nicht wahr.«

»Woher wollen Sie das wissen? Ich könnte Ihnen an die Gurgel gehen.«

»Ach kommen Sie, das bringen Sie doch nicht fertig.«

»Wenn Sie wüßten, was ich alles fertigbringe«, sagte Knolle leise. Der Tee begann, seinen Magen zu beruhigen, vorsichtig gestattete er sich, sich zu entspannen, ließ aber deshalb noch nicht jegliche Vorsicht fahren. »Haben Sie mir noch etwas über die Biker mitzuteilen?«

Madame, die die ganze Zeit still auf einem Sessel gesessen hatte, lachte leise, und zum erstenmal kam Knolle der Verdacht, daß sie jedes Wort der Unterhaltung verstanden hatte.

»Viel habe ich tatsächlich nicht herausgefunden. Anscheinend folgen diese Biker einer festgelegten Route in den Süden und machen seit Jahren in Thicault Station, seit sie zufällig herausgefunden haben, daß der Tankstellenbesitzer in der Lage ist, Motorräder zu reparieren, und zwar preiswerter als andere. Dem Wirt sind die Leute unangenehm, deshalb läßt er sie mehr zahlen als üblich, aber anscheinend immer noch zu wenig, um sie davon abzuhalten, wieder bei ihm Quartier zu nehmen. Außerdem hat es letztes Mal oder auch dieses Mal eine Geschichte mit einem Mädchen gegeben. Es hörte sich nach Streit an, und er war froh, als die Bande abreiste. Aber es ist damit zu rechnen, daß wenigstens einer noch einmal wegen des Verschwundenen zurückkommt. Und wenn Sie vorhaben, die Leute weiter zu verfolgen, müssen Sie mehr als bisher auf der Hut sein, möglicherweise werden sie Ihnen auflauern.«

»Warum haben Sie einen wie mich überhaupt aufgenommen? Ich könnte doch nachts mit dem Klappmesser über Sie herfallen«, sagte Knolle plötzlich.

Ohne zu blinzeln, starrte ihm der Doktor so lange in die Augen, bis er den Blick senken mußte. Als er erneut ein unterdrücktes Kichern von Madame hörte, schaute er auf und sah den Doktor verschmitzt grinsen.

»Warum haben wir Sie aufgenommen? Sehen Sie darin einfach eine Schrulle zweier alter Leute, die nicht mehr viel zu verlieren haben und sich langweilen. Und besonders furchtsam sind wir nicht. Was macht Ihr Magen? Und leiden Sie noch an Durchfall?«

Knolle schwieg verblüfft.

»Ja, haben Sie das denn nicht gewußt? Außer Ihren diversen Verletzungen haben Sie sich eine ausgewachsene Magen-Darm-Grippe eingefangen, es ist ein Wunder, wie lange Sie sich damit auf den Beinen gehalten haben.« Der Doktor kicherte belustigt. »Sie sind ein harter Bursche. Wir Franzosen legen uns in solchen Fällen ins Bett und kurieren uns aus, statt den Helden zu spielen.«

Erst spät in der Nacht begriff Knolle, daß er sich weder am Donnerstag abend nach dem Überfall noch am Sonntag im Maisfeld aus Furcht in die Hose geschissen hatte. Eine unverhältnismäßige Erleichterung durchflutete ihn.

Kapitel 5

1

Das Klopfen an der Tür war kaum zu hören gewesen.

Schüchtern, ein bißchen linkisch betrat Beat Wüllner das Büro. Seine Augen wirkten stumpf wie die eines blinden Hundes. Lillis Blick bekam dagegen schon wieder etwas Mütterliches, Weiches.

Auf Lillis Gegenwart hatte Rohleff plötzlich nicht verzichten mögen, obwohl er ursprünglich die Vernehmung allein durchzuführen beabsichtigte, beinahe auf die letzte Minute hatte er sie aus Ochtrup zurückbeordert. Rohleff wollte seine Eindrücke mit den ihren vergleichen, sie kannten Wüllner ja gleich gut oder schlecht. Noch lieber wäre ihm allerdings Knolle gewesen.

Eventuell war der junge Müllwerker doch nicht schüchtern, sondern nur bedachtsam. Mit einem Nicken nahm er Platz und begann, sich methodisch im Büro umzuschauen, als würde er jede Einzelheit in einem inneren Ordnungssystem ablegen. Rohleff fragte sich, was genau der junge Mann von der Leiche im Müllcontainer gesehen haben mochte. Immerhin waren Haare und Hände dem älteren Kollegen im Gedächtnis geblieben.

»Ich möchte von Ihnen noch einmal hören, was Sie am Freitag morgen gesehen haben, als Sie den Deckel des Müllcontainers öffneten. Warum eigentlich? Müssen Sie den Müll überprüfen, bevor sie ihn einladen?«

Er verwünschte sich, weil er zu viele Fragen hintereinander gestellt hatte. Beruhigt war er erst, als er bemerkte, wie Beats Gesicht eine Spur fahler wurde. Anscheinend hatte sich sehr rasch und zuverlässig das Bild der Mülleiche wieder eingestellt.

»Ich sah die Hand, die draußen hing. Es hätte ja ein Scherzartikel sein können, eine Gummihand. Eigentlich war es blöd, deshalb den Deckel aufzumachen, aber es war eben keine Gummihand. Sie wollen wirklich eine Beschreibung der Leiche?«

»Ja, bitte«, sagte Rohleff kühl und wich Lillis warnendem Blick aus.

»Das kann ich nicht«, sagte Beat leise. »Wie beschreibt man so etwas?« Es schien, als wollte er aufstehen, Rohleff machte eine ungeduldige Handbewegung.

»Es fallen Ihnen doch bestimmt Einzelheiten ein.«

»Blonde Haare? Aber ich glaube nicht, sie wirklich gesehen zu haben, das war Hannes, der sie erwähnte.« Beat zuckte langsam die Schultern und sah Rohleff ruhig an. Als dieser zu Lilli hinüberschaute, lächelte sie, als ob sie mit der beherrschten Haltung ihres Schützlings sehr zufrieden wäre.

»An wen haben Sie gedacht, als Sie die Leiche sahen? Oder ist Ihnen mittlerweile jemand eingefallen?«

»Mir?« Beat staunte unverhohlen.

»An Alexander Schröder haben Sie also nicht gedacht?«

Lilli erhob sich und schob ihren Stuhl nach hinten. An ihrer erbosten Miene las Rohleff ab, wie wenig sie mit seiner Vorgehensweise einverstanden war, sie kam ihm ja selbst schäbig vor.

»War es ein Unfall?« erkundigte sich Beat so leise, als traute er seiner Stimme nicht, nach jedem Wort machte er eine winzige Pause.

»Nein, es war Mord. Ein Tötungsdelikt, wie wir in unserer Amtssprache sagen, und das Opfer hieß Alexander Schröder. Ich weiß nicht, ob Sie das gerade verstanden haben.«

Es sah so aus, als wollte Beat den Raum verlassen, er stand aber nur auf und stellte sich hinter seinen Stuhl.

»Ich kann so besser atmen.« Er sah auf seine Hände.

»Sie kannten Alexander, kannten Sie ihn gut?«

»Er ist – er war mein Freund.«

»Das erstaunt mich. Niklas Scheipers sagte aus, sie wären nicht miteinander befreundet gewesen. Niklas kennen Sie auch?« Noch während er sprach, fiel Rohleff der Fehler auf, der ihm unterlaufen war, nicht der Kraftfahrzeugmechaniker, sondern Alexanders Mutter hatte sich zur Freundschaft der ehemaligen Klassenkameraden geäußert. Er korrigierte sich nicht, und Lilli hielt ebenfalls den Mund.

»Ich begreife nicht, wie Niklas so etwas behaupten konnte. Er weiß doch gar nichts von uns.« Am schweren Atmen war die Erregung Beats abzulesen.

»Danach werden wir ihn noch fragen. Wenn Sie mit Alexander befreundet waren, wissen Sie ja sicher, daß er Drogen nahm.«

Rohleff hatte vor dem Gespräch keine Zeit mehr gehabt, Lilli über den Befund aus dem Labor der Rechtsmedizin zu unterrichten. Jetzt reichte er ihr die eingegangenen Faxe herüber, obwohl er sie eigentlich nicht abgelenkt wissen wollte. Sie sollte ihre volle Aufmerksamkeit auf den jungen Mann richten, denn er brauchte sie als Rückversicherung, als Notbremse, falls er endgültig die Grenze der Zumutbarkeit überschreiten würde.

»Alexander hätte nie Drogen genommen, niemals.« Der Stuhl wirkte wie ein Schild, den Beat zur Abwehr vor sich hielt.

»Da muß ich Sie leider berichtigen. In Alexanders Hosentasche sind Reste von Drogen gefunden worden. Man hätte noch vermuten können, jemand hätte ihm das Zeug untergeschoben. Aber die Analyse einer Haarprobe ist eindeutig: Er trug das Hasch nicht nur mit sich herum, er konsumierte es auch. Man weiß nicht immer alles von seinen Freunden.«

»Wir sahen uns ja auch nicht so häufig. Unsere Arbeitszeiten waren sehr unterschiedlich. Und ...«

»Er hatte auch noch andere Freunde, mit denen er sich traf«, ergänzte Rohleff.

Er hatte Lilli dabei unterbrochen, wie sie mit Frau Schröder eine Liste der Freunde und näheren Bekannten Alexanders besprach. Niklas und Beat sollten wohl ganz unten auf der Liste erscheinen.

»Nehmen Sie Drogen, Herr Wüllner?«

Lilli zuckte beim harten Klang von Rohleffs Stimme zusammen, eine kalkulierbare Reaktion, die von Beat dagegen war nicht vorhersehbar. Er ließ den Stuhl los, ergriff eine Schere auf Rohleffs Schreibtisch, ein richtiges Mordinstrument mit langen scharfen Spitzen, schnitt sich mit einer raschen Bewegung ein ganzes Büschel Haare kurz über der Wurzel ab, während Lilli entsetzt nach Luft schnappte, und hielt es Rohleff mit grimmigem Blick hin. Mit zwei Fingern nahm er es ihm ab und rollte es sorgfältig in ein Blatt Papier ein, ohne sich anmerken zulassen, wie sehr er selbst erschrocken war.

Als er wieder aufschaute, war Beat mit seinem Atemspray beschäftigt. Lilli stand neben ihm und musterte mit undefinierbarem Ausdruck die kahle Stelle auf Beats Kopf. An dem Blick, mit dem sie Rohleff bedachte, gab es dagegen nichts zu deuteln.

»Bitte setzen Sie sich wieder«, Rohleff schlug einen gemäßigteren Ton an, »ich bin beeindruckt von Ihrer raschen Reaktion, und vielen Dank für Ihre Bereitschaft, sich einer Haaranalyse zu unterziehen. Das Ergebnis sollte Ihre Aufrichtigkeit bestätigen.«

»Wann haben Sie Alexander das letzte Mal gesehen?« meldete sich Lilli nun doch. Offensichtlich hatte sie ihre stumme Rolle endgültig satt.

Beat hatte sich gesetzt und die Augen geschlossen, er war völlig in sich gekehrt, nicht mehr zu erreichen. In dieser Entspannung wirkten seine Züge klassisch ebenmäßig, aber auch bar jedes lebendigen Ausdrucks, die fahle Haut und das fahle Haar ließen ihn geradezu zweidimensional erscheinen. Rohleff war verwirrt und versucht, den Jungen auf die blasse Wange zu klopfen und zu fragen: »Herr Wüllner, sind Sie noch da?«

Nach zehn schweigend verbrachten Minuten zeigte sich Beat bereit, sich weiter befragen zu lassen. Lilli hatte ihm ein Glas Mineralwasser geholt, das er in kleinen Schlucken leerte.

Er hatte Alexander fast eine Woche nicht mehr gesehen, das war aber nicht weiter ungewöhnlich, manchmal vergingen zwei bis drei Wochen bis zum nächsten Treffen. Eine Freundschaft, die von der Qualität der Begegnungen lebte.

Beats Miene hellte sich auf, als er vorübergehend in die

Vergangenheit eintauchte und geradezu liebevolle Worte für diese Freundschaft fand.

Rohleff spürte, wie Alexander auch in seiner Vorstellung lebendig wurde und liebenswert. Ein verspielter Dachs, ein phantasievoller Junge mit großem Charme. Ein Bild, in das Fakten wie Drogen und Unzuverlässigkeit einzupassen waren. Alles zusammengenommen ergab sich ein schwer durchschaubarer, schillernder Charakter.

»Fahren Sie denn auch Motorrad?«

Beat zögerte mit der Antwort, nickte aber schließlich bestätigend. »Sicher«, antwortete er und wirkte sehr erschöpft.

Rohleff nahm an, die beiden hätten zusammen an ihren Motorrädern gebastelt, und dabei war naturgemäß der Mechaniker Alexander derjenige, der den Ton angab.

»Wieso sollte jemand Alexander ermordet haben?« fragte Beat. Er sah geradezu hohläugig aus, wie einer, der sozusagen nach innen blutete. Wut, Trauer, Entsetzen und was ihn außerdem bei dem Gedanken an den gewaltsamen Tod seines Freundes bewegte, konnte er nicht frei und ungehemmt äußern.

»Wir suchen nach einer Motorradfahrergruppe aus Dortmund, mit der er Kontakt gehabt haben mußte und die eventuell in seinen Tod verwickelt ist. Können Sie uns Aufschlüsse über diese Gruppe geben?«

»Ich weiß nicht.«

»Sie wissen es nicht?« fragte Rohleff entrüstet, dann fiel ihm ein, daß Beat angegeben hatte, von Alexanders Drogenkonsum nichts gewußt zu haben, möglicherweise hatte dieser alles, was damit in Zusammenhang stand, für sich behalten.

»Alex hat so viele Leute aus der Motorradszene gekannt, manchmal hat er von ihnen erzählt, aber da ich den meisten nie begegnet bin, hab ich oft nicht genau hingehört. Es interessierte mich nicht.« Bitterkeit klang auf.

»War er häufig am Bikertreff? Mit Niklas Scheipers zum Beispiel?«

»Möglich. Ab und zu hat er sich in der Kneipe dort vollaufen lassen.«

»Und das mochten Sie nicht?«

Beat lächelte gequält. »Manchmal hat er mich angerufen, wenn er noch nüchtern genug dazu war, und hat mich gebeten, ihn abzuholen und nach Hause zu fahren. Ein paarmal hab ich das gemacht, aber nicht immer.«

Rohleff begriff. Die Freundschaft hatte ihre Grenzen gehabt.

»Sie halten sich für weitere Befragungen zur Verfügung?« sagte Lilli eine Stunde später und erklärte damit das Verhör, ohne das Einverständnis Rohleffs einzuholen, für beendet. Beat lehnte ihr Angebot, ihn nach Hause zu fahren, ab, dankte ihr aber freundlich.

»Wie schön, daß du nicht aufhören kannst, ihn zu betütteln. Was ist an diesen jungen Männern dran, was dich so reizt?« erkundigte sich Rohleff, um ihrer Kritik an seinem rüden Verhörstil den Wind aus den Segeln zu nehmen. Sie hatten Beat bis zum Ausgang der Dienststelle begleitet, und Rohleff hatte beim Abschied nicht den Eindruck, als ob sich der Junge sehr viel aus ihrer Fürsorge machte.

»An diesem Jungen reizt mich, daß er bessere Manieren hat als du. Du bist ein alter rüpelhafter Bock gegen ihn. Was hat uns diese Befragung gebracht?«

»Ein bißchen Klarheit, ein bißchen Unstimmigkeit«, antwortete Rohleff sybillinisch und deutete auf den Dienstwagen. »Wir fahren nach Ochtrup zurück. Mal sehen, was wir Schröder noch entlocken können.«

»Das ist nicht dein Ernst. Es ist acht Uhr abends, und ich möchte nach Hause.«

»Um deine Töchter zu kontrollieren? Daraus wird nichts, Lilli. Wir werden uns jetzt nicht behaglich unseren kleinen Alltagspsychosen widmen.«

»Warum sagst du das?«

»Wie oft hast du heute zwischendurch angerufen, um zu hören, was deine Gören gerade machen?«

»Du wirst ein bißchen zu persönlich und außerdem ungerecht.«

»Stimmt. Ich wollte dich nämlich als nächstes fragen, ob Harry noch bei den Schröders die Stellung hält.«

»Das ist anzunehmen. Wenn du ihn aus dem Weg haben willst, besorg das selbst. Deine kleinen Alltagpsychosen kümmern mich nicht.«

Lilli lief in Rohleffs Büro, um ihre Unterlagen zu holen. Seine Jacke, die über dem Bürostuhl hing, hatte sie sich bei ihrer Rückkehr unter den Arm geklemmt und reichte sie ihm zusammen mit seiner alten ledernen Aktentasche.

»Jetzt erstreckt sich deine Fürsorge bereits auf mich«, sagte er anerkennend. Er hatte im Eingang bei der Wache gewartet und überlegt, ob er ihr von Erwins Behauptung erzählen sollte, Patrick gesehen zu haben, verschob aber die Mitteilung auf später.

2

In Kleingrebers Büro brannte Licht.

Rohleff hatte, ohne Lilli vorher zu informieren, einen Schlenker ins Industriegebiet unternommen. Sie hatte keine Fragen gestellt, aber er konnte davon ausgehen, daß sie die Extratour unter Ausweichmanöver verbuchen würde. Rohleff hätte Manschetten vor einer neuerlichen Begegnung mit Groß, würde sie denken. Dennoch schien es jetzt so, als hätte ihn ein untrüglicher Instinkt hergeführt. Der silberblaue Mercedes, der hart vor dem Büro geparkt war, wies auf Schröders Anwesenheit hin, und davon kündete auch seine Stimme, die bis auf den Parkplatz schallte. Während sich Lilli und Rohleff dem Gebäude näherten, um etwas von der Unterhaltung aufzuschnappen, ging diese in unartikuliertem Gebrüll, Gepolter und einem Schrei unter.

Kaum hatten sie die Tür erreicht, flog diese auf. Schröder stürmte an den Kommissaren vorbei, stieg in sein Auto und brauste wie gehabt davon.

Von Kleingreber war vorerst nur eine Hand zu sehen, die sich an die Schreibtischkante klammerte, dann zog er sich langsam in die Höhe, wobei er sich den Hinterkopf rieb, und nun bückte er sich nach seinem Drehstuhl. Über den ganzen Fußboden waren Papiere verteilt.

»Jetzt wär's angebracht, wenn du deine Fürsorge spielen ließest«, murmelte Rohleff gedämpft.

»Geht klar«, sagte Lilli laut.

Kleingreber fuhr erschrocken hoch.

»Mein Stuhl ist umgekippt.«

»Und im Fallen sind die Papiere mitgegangen.« Rohleff bückte sich und hob ein Blatt auf. »Das hier ist eine Mahnung, eine zweite Mahnung sogar wegen einiger teurer Ersatzteile, die Sie bekommen, aber noch nicht bezahlt haben. Wo legen Sie die Mahnungen ab?« Er deutete auf den Schreibtisch. »Rechts oder links?«

»Danke schön.« Kleingreber nahm ihm das Blatt ab, ließ es in eine Schublade gleiten, setzte sich und faltete die Hände auf der Schreibtischplatte. »Was kann ich für Sie tun?«

Lilli war unbemerkt hinter ihn getreten, legte ihm eine Hand dicht am Hals auf die Schulter und schob gleichzeitig am Hinterkopf knapp über dem Ohr die Haarsträhnen auseinander.

»Das sieht aber gar nicht gut aus. Eine Beule ist Ihnen sicher.« Sie drückte mit dem Finger auf die Stelle. »Haben Sie Eis in Ihrem Bürokühlschrank? Eine kalte Sektflasche wäre auch hilfreich.«

Kleingreber hatte nach den Armlehnen gegriffen, war aber nicht aufgefahren.

»Ich habe Ihnen doch gesagt, ich bin mit dem Stuhl umgekippt.«

»Dabei sind Sie auf das hier gefallen?« Lilli hob einen schweren Locher auf, der neben einem Aktenschrank auf dem Boden lag, und hielt ihn hoch.

»Warum haben Sie heute morgen mit Schröder gestritten und warum jetzt gerade wieder? Sie können Anzeige wegen eines tätlichen Angriffs erstatten, Sie haben uns als Zeugen«, erklärte Rohleff.

»Als Zeugen für was?« fragte Kleingreber unmutig. »Wieso schnüffeln Sie hier schon wieder herum?«

»Ging es um Alexander bei Ihrer Auseinandersetzung?«

»Ach was, Auseinandersetzung! Würden Sie nicht in Wut geraten, wenn Ihr einziger Sohn stirbt?«

Rohleff stützte die Hände genau vor Kleingreber auf die Tischplatte und funkelte ihn an.

»Nicht in Wut, nur in Trauer. Wut empfindet man nur, falls man jemanden konkret für den Tod verantwortlich macht.« Er ließ sich auf den Stuhl sinken, als wäre ihm gerade die Luft ausgegangen.

Kleingreber betastete vorsichtig die Beule und wandte sich zu Lilli um.

»Sie machen mich nervös, wenn Sie hinter mir stehen. Warum setzen Sie sich nicht?«

»Fühlen Sie sich schuldig?« fragte Lilli.

»Jetzt fangen Sie auch noch damit an. Hannes Schröder hat mir vorgeworfen, seinen Sohn nicht hart genug rangenommen zu haben, um ihm die Flausen auszutreiben. Ich führe eine Werkstatt und kein Erziehungsinstitut. Aber ich kann ihn ja verstehen. Er ist ein bißchen ausgerastet, das gibt sich wieder.«

»Und heute morgen? Hatten Sie ihm von Ihrer Meldung bei der Polizei erzählt?«

Kleingreber schüttelte, Grimassen schneidend, den Kopf. »Auf dem Weg zu seinem Betrieb kam er vorbei, um nach Alex zu fragen. Mann, bin ich froh, daß meine Jungs noch klein sind. Ich hab drei.«

Kleingreber blieb bei seiner Aussage, schmückte sie aber weiter aus, bis es sich so anhörte, als hätte sich lediglich ein geplagtes Vaterherz bei einem mitfühlenden anderen ausgeweint. Mit jeder weiteren Äußerung glitt er unangreifbarer in eine Haltung solider Höflichkeit. Zur Biedermannfassade paßte nur nicht die Unordnung auf dem Schreibtisch. Nach einer Stunde brach Rohleff die Vernehmung ab.

Als sie auf den Parkplatz hinaustraten, lugte Niklas Scheipers von seinem Motorrad aus in den Einsatzwagen. Sobald er die Kommissare kommen sah, gab er Gas, aber bevor er davonfahren konnte, sprang ihm Rohleff mit einem Satz in den Weg.

»Bleiben Sie«, keuchte er, »stellen Sie den Motor aus.«

Niklas gehorchte.

»Was tun Sie hier? Sie müssen längst Feierabend haben.« Lilli hatte aus ihrer Schultertasche ihr Notizbuch gezückt. Verwundert sah Niklas von einem zum anderen.

»Ich hab nur wissen wollen, ob die Untersuchungen noch andauern und ob ich wieder an meinen Spind kann. Ich habe meinen Pullover vergessen.«

»Sie konnten doch gar nicht damit rechnen, daß jemand Sie so spät noch hereinläßt«, sagte Rohleff.

Niklas nickte zum Büro hinüber. »Der Alte sitzt abends meistens länger in seinem Kabuff. Macht die Buchführung.«

»Dann kennen Sie sich in seinen Gewohnheiten aber sehr gut aus. Lungern Sie hier schon eine Weile herum?«

»Ich habe Licht bemerkt und dann das Auto.« Wieder nickte er zum Büro.

»Sie meinen den Mercedes von Schröder. Und weil Sie den Streit gehört haben, mußten Sie noch eine kleine Runde drehen, um nicht zu stören. Vorhin haben wir Sie hier jedenfalls nicht gesehen. Setzen Sie sich mit uns in den Streifenwagen, drinnen können wir uns besser unterhalten.«

»Er beobachtet uns, ich seh, wie er an der Jalousie herumzupft.«

»Wir würden Ihren Chef darum bitten, dabeizusein, wenn es Sinn machte. Er hat uns erzählt, daß Alexanders Vater ihm Vorhaltungen gemacht hat, weil er nicht streng genug gegen seinen Sohn war.«

Niklas grinste breit. »Wenn Kleingreber streng zu Alex gewesen wäre, hätte Schröder ihm die Ohren langgezogen, er hat ihn doch in der Hand. Ich wette, das hat er Ihnen nicht erzählt.«

»Aber von Ihnen erfahren wir es jetzt«, warf Lilli ein.

»Na, ja«, Niklas zögerte, »wenn Sie lange genug herumstochern, kommen Sie ja doch drauf. Beim Umbau im Frühjahr hat Schröder die ganze Installation gemacht.«

»Wann genau war das?«

»Im Januar.«

»Und wann hat Alexander angefangen?« erkundigte sich Lilli.

»Im März. Sie schalten aber schnell.«

»Deshalb sind wir bei der Polizei«, hakte Rohleff ein, »wir trainieren das. Kleingreber hat nicht zahlen können, und zum Ausgleich hat er Alexander anstellen müssen. Hat Alex ihnen das erzählt?«

»Kann sein.«

»Das ist mir zu ungenau. Hat er oder hat er nicht? Oder lauschen Sie ein bißchen viel an verschlossenen Türen? Übrigens, sagen Sie uns noch, ob ein Teil der Arbeiten schwarz ausgeführt worden ist.«

Das offene Gesicht von Niklas verschloß sich. »Darüber kann ich Ihnen nun wirklich keine Auskunft geben. Ich weiß ja nicht alles.«

»Auch nicht, ob Kleingreber vom Drogenkonsum Alexanders wußte?«

Mit einer Kopfwendung wich Niklas den prüfenden Blicken der Kommissare aus.

»Sie wollen den Drogenkonsum doch wohl nicht leugnen. Es liegt auf der Hand, daß Sie Bescheid wußten«, bluffte Rohleff.

»Ich will ja gar nichts abstreiten. Alex hat sich ab und zu einen Joint gegönnt, er war aber nicht süchtig, Sie müssen mir das glauben«, sagte er zu Lilli gewandt.

»Woher hatte er das Zeug?«

»Was weiß ich. Es gibt tausend Möglichkeiten. Vielleicht von drüben, aus einem Coffeeshop in Enschede.«

»Sein Freund Beat Wüllner hat uns berichtet, er habe von den Drogen nichts gewußt. Halten Sie das für glaubwürdig?«

»Beat Wüllner? Diesem Schleimscheißer hätte Alex nie etwas erzählt. Die waren doch nicht befreundet, wie kommen Sie darauf? Behauptet Beat das?«

»Warum sollten die beiden nicht befreundet gewesen sein?

Sie kannten sich seit ihren Grundschuljahren oder sogar aus dem Kindergarten, und Beat fährt ebenfalls Motorrad.«

Niklas lachte laut auf. »Der Schleicher fährt Luftpumpe. Schauen Sie sich die Mühle doch mal an. Alex hat den Kerl nie ernstgenommen.«

»Findest du das Bürschchen immer noch so sympathisch?« fragte Rohleff Lilli später. »Diesen Niklas?«

»Warum hast du ihn so rasch entlassen? Ich wollte ihn noch weiter zu Drogen und zu den Dortmunder Motorradfreunden vernehmen.« Sie fuhren nach Burgsteinfurt zurück, ohne die Schröders nochmals aufgesucht zu haben.

»Das machen wir morgen im Büro, ich habe ihn ja einbestellt. Bei der Gelegenheit nehmen wir auch seine Fingerabdrücke. Das heißt, wir schicken ihn zu Harry in den Keller und lassen ihn von ihm quälen. Er muß sich wie ein ertappter Verbrecher fühlen, das wird uns seine Seele etwas weiter öffnen. Laß dich nicht von seinem Jungencharme einwickeln. Ich würde mich nicht wundern, wenn er über die Dortmunder und ihre Drogengeschäfte Bescheid weiß. Falls er nicht überhaupt mitmischt.«

»Und das willst du mit Harry und mir wieder in der Kneipe besprechen?«

»Das und noch anderes, wenn's dir nichts ausmacht. Harry hat doch gesagt, er kommt, als du ihn angerufen hast?«

»Er ist entzückt, noch ein Bierchen mit uns zu nehmen und ausführlich die Jagdstrecke von heute zu bekakeln. Er schnurrte geradezu vor Vergnügen. Ich hoffe, du freust dich angemessen über deine unermüdlichen Mitarbeiter«, sagte Lilli verschnupft.

»Erwartest du ein Fleißkärtchen?«

In der Stammkneipe an der Ecke zum Markt fiel Rohleff sofort auf, daß Groß das Strahlen eingebüßt hatte. Er wirkte wie ein Durchschnittsmensch nach einem Tag harter Arbeit. Vielleicht waren die überlangen Einsätze und die Forderungen einer anspruchsvollen Geliebten selbst für einen dynamischen Mittdreißiger wie Groß zuviel. Rohleff fühlte sich um eine Spur milder gestimmt, das Zusammensein würde sich nicht ganz so unerträglich gestalten, wie er es sich vorher ausgemalt hatte.

Obwohl Groß direkt von den Schröders kam, wie er behauptete, mußte er noch soviel Zeit für sich herausgepreßt haben, um sich bei einem Blitzbesuch in seiner Wohnung makellos herzurichten. Aber da war dieser leidende Ausdruck in den Augen, die Gedämpftheit, die Rohleff Auftrieb gab. Nachdenklich strich er sich mit der Hand über sein Stoppelkinn.

»Diese Ochtruper, mit denen wir es zu tun haben, erinnern mich an Dampfkochtöpfe«, erläuterte er, nachdem er und Lilli abwechselnd eine knappe Zusammenfassung ihrer Gespräche gegeben hatten, »Töpfe, die ordentlich auf dem Herd stehen und denen man nicht ansieht, was für ein Druck unter dem Deckel herrscht.«

»Aber bei einigen haben die Ventile heute ganz schön nachgegeben«, ergänzte Groß.

»Noch nicht genug. Verschwiegenheit scheint eine Art Volkssport zu sein, ich habe immer wieder das Gefühl gehabt, die Leute müssen sogar erst nachdenken, bevor sie uns ihren Namen angeben. Deswegen kommen wir so langsam voran.«

»Mir scheint das nur das übliche Verhalten von Verdächtigen zu sein«, warf Lilli ein, »oder was meinst du?«

»Ich denke an diesen Biedermann Kleingreber mit seinen Zahlungsschwierigkeiten.«

»Wer gibt schon gern zu, klamm zu sein«, sagte Groß.

»Ich verstehe«, hakte Lilli ein, »da könnte noch etwas anderes dahinterstecken. Du hast gefragt, ob Kleingreber die Installation zum Teil hat schwarz durchführen lassen.«

»Jaha«, Rohleff gähnte ausgiebig, »das war nur so ein Schuß ins dunkle. Was haben die Schnüffelhunde herausgebracht, und was hat die Untersuchung von Kleingrebers Werkstatt und Alexanders Zimmer ergeben?« Die Fragen waren an Groß gerichtet.

»Nada.« Groß nahm einen kräftigen Schluck aus seinem Glas und wischte sich den Schaum von der Oberlippe.

»Das wird von Ganten nicht gefallen.«

»Der Vogel kann mich mal gern haben. Wir haben die Hündchen an dem Zeug aus den Spinden schnuppern lassen, haben aber erst ihr Interesse wecken können, als wir ihnen auch ein Leberwurstbrot hinhielten. Sie fanden daran nichts zu beanstanden und haben es gefressen. Kleingrebers Bude ist stinksauber, eigentlich schon eine Spur zu perfekt. Am Tatort dagegen wirkten sie irritiert. Die Hundeführer meinten, sie witterten eventuell Spuren, die nicht ausgeprägt genug wären. Alexanders Zimmer ist ein Saustall, mit dem wir uns noch einige Tage herumplagen werden. Seine Mutti erzählte, er habe ihr verboten aufzuräumen, und nachdem es einmal mächtig Stunk gegeben habe, hätte sie es auch gelassen. Ich mußte mir zwischendurch mal die Beine im Garten vertreten und habe dabei ein paar Worte mit dem Opa über den Zaun gewechselt. Anscheinend weiß er von nichts. Er machte sich nur Sorgen um die Hühner.«

»Die Hühner?« echote Lilli.

»Scheint ein weitverbreitetes Hobby auf dem Land zu sein. Hühnerzucht. Manche Arten sehen ganz possierlich aus. Welche hält er denn?« fragte Rohleff.

»Da mir das für den Fall irrelevant erschien, habe ich nicht nachgefragt. Bisher haben wir nicht das kleinste Tütchen Hasch sichergestellt, aber die Hunde benahmen sich im Zimmer genau so auffällig wie am Tatort. Sie riechen etwas, was sie nicht finden können.«

»Dann sag doch endlich, was du von der Sache hältst«, forderte Lilli.

»Warum sollte ich? Ich bin doch nur der Abfallbeschauer. Mutmaßungen sind eure Angelegenheit.«

»Wenn ich dich richtig interpretiere, gehörte Alexander zu den Ameisen, die ein paar Gramm in holländischen Coffeeshops erwerben und über die Grenze schmuggeln«, sagte Rohleff.

»Nur für den Eigenbedarf?« Lilli nippte an ihrem Bier. »Mir ist gerade durch den Kopf gegangen, was du über Kleingreber gesagt hast. Wahrscheinlich haltet ihr meine Theorie für blöd. Ich habe mir vorgestellt, wie das war, als Kleingreber Alexander als unzuverlässigen Angestellten aufs Auge gedrückt bekommen hatte, und wie er versuchte, das Beste daraus zu machen.«

»Da sein neuer Mechaniker sich mit Drogen eventuell besser auskannte als mit Motoren, hat er ihm ein kleines Geschäft vorgeschlagen und ihn möglicherweise ein bißchen erpreßt, um seinem Vorschlag Nachdruck zu verleihen«, spann Groß den Faden weiter, »er hat ihn dazu ermutigt, eine größere Menge einzukaufen und ihm das Geld dafür vorgeschossen.«

»Und an wen wollten sie verkaufen?« fragte Rohleff. »Denkt ihr dabei an die Dortmunder?«

»Die hat Alexander am Bikertreff kennengelernt«, erklärte Lilli.

»Kleingreber wäre seine Schulden losgeworden, Alexander hätte mal richtig einen draufmachen können, und die Dortmunder wären beglückt mit ihrem Shit abgezogen. Leider klappte die Sache nicht wie geplant«, sagte Groß.

»Warum sollten die Dortmunder eine Gans schlachten, die ihnen die Eier bringt?« fragte Lilli zurück.

»Faule Eier?« mutmaßte Rohleff. »Ein Streit, bei dem einer der Beteiligten die Beherrschung verliert?«

»Und schon gerät das Treffen außer Kontrolle«, schloß Groß.

»Wo finden wir also diese Dortmunder Biker? Wenn Knolle da wäre, könnte ich ihn wirklich auf sie ansetzen«, sagte Rohleff.

Groß nahm ein zusammengefaltetes Papier aus der Brusttasche und strich es auf dem Tisch glatt.

»Bei der Zulassungsstelle in Dortmund läuft eine Anfrage zu den gemeldeten Motorrädern. Die Liste mit den polizeilichen Kennzeichen müßte morgen eintreffen. Außerdem habe ich einen unserer Bürohengste aus der Abteilung Diebstahl gebeten, eine kleine Abfrage nach Motorradunfällen im Raum NRW durchzuführen, und er ist tatsächlich auf einen gestoßen. Nicht weit von der französischen Grenze zwischen Creutzwald und Überherrn ist ein toter Motorradfahrer gefunden worden.«

»Liegen Creutzwald und Überherrn in NRW?«

»Nein, im Saarland, der Kollege hat den Auftrag etwas ausgeweitet.«

»Na und?« fragte Lilli. »Ist das schon interessant?«

»Das Interessante kommt noch. Der Verletzung nach muß der Tote versucht haben, einen Salto über den Lenker zu machen, und dabei stand ein Baum im Weg. Das Motorrad war noch fahrtüchtig, aber der Mann hatte einen Schädelbruch. Am Hinterkopf, nicht etwa oben auf der Platte, wie man bei einem Frontalzusammenstoß mit dem Baum hätte vermuten können.« Groß sah von seinem Blatt auf. »Reicht euch das nicht?«

»Wann war der Unfall?« fragte Rohleff scheinbar ruhig; ihm war klar, daß Groß ein Spielchen spielte, um sich wichtig zu machen.

»Am Sonntag abend. Die Kollegen haben die Sache als Unfall abgetan, weil sie im Gepäck des Fahrers Kokain gefunden haben und davon ausgingen, daß der Kerl ausreichend bekifft für Wahrnehmungsschwierigkeiten war. Die Straße verlief nämlich an dieser Stelle absolut gerade. Blut und Haare des Toten werden noch auf Drogen untersucht, die Ergebnisse dürften morgen oder übermorgen vorliegen. Was die Sache für uns nicht uninteressant macht, ist das Dortmunder Kennzeichen. Ich hab's mir notiert. DO-L und eine dreistellige Nummer, deren Zahlenfolge entfernt Patricks Notizen auf dem Badezimmerspiegel ähneln.«

»Das finde ich sehr verwirrend«, seufzte Lilli nach einer Denkpause. »Du glaubst, Patrick könnte etwas mit diesem Unfall zu tun haben?«

»Das ist mir zu weit hergeholt«, schaltete sich Rohleff ein, »aber wir sollten der Sache nachgehen. Patrick könnte nach Dortmund fahren ...« Er begriff, daß er zuviel Bier getrunken hatte und hob die Hand, um die Bedienung auf sich aufmerksam zu machen. Als sie an den Tisch trat, bestellte er Kaffee und Mettendchen, eine Runde für alle.

»Fährst du nach Dortmund?« Lilli schaute Rohleff an.

»Nach unserer normalen Einsatzverteilung würde das tatsächlich Patricks Aufgabe sein. Es würde sich in den Berichten nicht gut machen, wenn ich das übernehme. Übrigens will der Ganter ein Diagramm für jeden Einsatztag haben, aus dem hervorgeht, wer was wann wie lange gemacht hat und selbstverständlich die entsprechenden Berichte. Die Unterlagen für heute soll ich ihm morgen früh abliefern.«

»Was?« schrie Lilli auf. »Ich habe nicht einmal alle Berichte für gestern fertig. Wann sollen wir das machen?«

Da sich die Kneipe inzwischen bis auf eine Handvoll Gäste geleert hatte, wirkte sie mit den verlassenen Tischen in der von Rauchschwaden getrübten Beleuchtung melancholisch. Daß der Wirt schließen wollte, merkte man daran, wie konzentriert er die Theke wienerte. Der Kaffee und die Mettendchen wurden auf den Tisch gestellt.

Es wurde Zeit, ein heikles Thema anzuschneiden, aber Lilli nahm Rohleff die Aufgabe ab.

»Patrick in das Diagramm zu schmuggeln, kann ja nicht zu schwierig sein. Und ich bin bereit, einen Bericht für ihn zu schreiben. Als Unterschrift wird sein Kürzel genügen, das kriege ich blind hin. Wir könnten auch einen Bericht von Freitag nehmen, den er noch selbst verfaßt hat, und ihn umdatieren. Ich mach das am Computer und setz wieder das Kürzel drunter.«

Rohleff wurde immer unbehaglicher zumute, während er ihr zuhörte.

»Weißt du, was du da vorschlägst?«

»Ich weiß, daß ich eine Stinkwut auf Patrick habe und Lust hätte, ihn in die Pfanne zu hauen.«

»Aber leider hält dich etwas davon ab, was man bei Hunden Beißhemmung nennt«, fiel Groß ein.

»Und du hast keine?« Lilli war laut geworden und funkelte ihn an.

Karls Leben ist ein Schrotthaufen, dachte sie, und Harrys in Kürze ebenfalls, sobald er nämlich gemerkt hat, daß Sabine ihn als therapeutische Maßnahme mißbraucht. Danach kehrt sie zu Karl zurück, falls der sie noch haben will, was ich stark befürchte, oder sie sucht sich endlich was Passenderes. Einen Kerl mit einem weniger stressigen, besser bezahlten Beruf wie Geschichtsprofessor oder Zahnarzt. Da wird Harry nicht mehr mithalten können. Fast täte mir der Pinkel jetzt schon leid, wenn ich nicht so eine elende Wut auch auf ihn hätte.

»Dein Vorschlag geht einen Schritt weiter auf bewußten Betrug zu. Überleg dir, was du da tust«, mahnte Rohleff gequält.

»Bloß nicht, die Sache funktioniert nur, solange ich meinen Verstand ausgeschaltet lasse.«

Die Bedienung begann nun, die unbesetzten Stühle auf die Tische zu stellen, der Wirt hatte einen Besen in der Hand und räusperte sich ein paarmal, es klang beinahe wie ein sachtes Bellen. Rohleff erinnerte sich, daß gemunkelt wurde, die Kneipe würde in absehbarer Zeit für immer geschlossen, weil der Wirt keinen Nachfolger finden konnte. Er fühlte sich langsam zu alt, um Abend für Abend hinter dem Tresen zu stehen und den Leuten zuzuhören. Das würde ein schwerer Schlag für die Stammkundschaft sein, vor allem für die Polizisten. Wo sollten sie dann versuchen, zu vergessen, was sie den Tag über an Fehlentscheidungen und Dummheiten begangen hatten und wo ihre kleinen und großen Siege feiern? Sie würden sich verraten fühlen, von einem, der vierzig Jahre ganz selbstverständlich für sie dagewesen war.

»Ich geh der Sache mit dem Unfall nach, wenn du nichts dagegen hast«, meldete sich Harry und faltete sein Papier wieder zusammen, »ich nehme meine Ausrüstung mit und mach mich auf Spurensuche. Damit wäre Patrick sowieso überfordert gewesen.«

»An sich würde er dich begleiten, zwei wären für so einen Einsatz angemessen«, sagte Rohleff nachdenklich. Er erwog die Möglichkeit, durch ein paar gut plazierte Hinweise an der richtigen Stelle für Harry eine Versetzung zu erreichen. In eine traurige Gegend, die Sabine nicht mögen würde. Aber im Augenblick sah es eher so aus, als sollte Groß der einzige sein, der seinen Job behalten würde.

Lilli zog ihr Handy aus der Tasche. »Die nächste SMS an Patrick ist fällig. Hat einer von euch einen Vorschlag für den Text, oder überlaßt ihr ihn wieder mir?«

Rohleff hatte nicht erwartet, Sabine zu Hause anzutreffen, desto mehr überraschte, ja erschütterte es ihn, daß sie nachts um eins in ihrer beider Ehebett lag und schlief. Völlig entspannt, das dunkle lockige Haar auf dem Kopfkissen ausgebreitet, eine geöffnete Hand neben der Schläfe. Minutenlang starrte er nur die Hand an und sehnte sich danach, sie zu berühren. Mit leisen, verstohlenen Bewegungen schob er sich unter seine Bettdecke, merkte aber bald, daß es unmöglich war, einzuschlafen. Deshalb setzte er sich auf, schaltete das Licht der Nachttischlampe wieder ein und schaute seine Frau an, als würde er ihren Schlaf bewachen. Ihre vollen, schön geschwungenen Lippen standen ein wenig offen.

»Warum schläfst du nicht?«

Eventuell war er sitzend eingedöst und hatte verpaßt, wie sie erwacht war.

»Wann bist du nach Hause gekommen?«

»Eben erst.«

Ihr Blick glitt zum Wecker neben der Lampe. »Um zwei?«

»Vielleicht bin ich doch schon eine Stunde da.« Rohleff ging auf, daß er offensichtlich die Fähigkeit verloren hatte, mit ihr ein intimes Gespräch zu führen. So wie sie beide mochten sich Bahnreisende unterhalten. Man saß sich gegenüber und redete miteinander, um über die Verlegenheit hinwegzukommen, als Fremde auf engem Raum zusammenzuhocken und mitzubekommen, was der andere an Lektüre oder Wurstbroten mit sich führte.

»Was hält dich um diese Zeit wach?«

»Ich weiß nicht, was in mich gefahren ist. Ich hätte längst Meldung wegen Patrick machen müssen, aber ich schrecke davor zurück, den Esel ans Messer zu liefern. Vielleicht tut er mir ja leid. Vielleicht möchte ich, daß er Erfahrungen macht, die ihm weiterhelfen.«

»Ein Heißsporn auf Abenteuer?«

»Vielleicht erinnert er mich an den Toten, einen unsteten Geist und Unfug treibenden Jungen von einundzwanzig Jahren, dem sich die richtige Gelegenheit, erwachsen zu werden, nie geboten hat, weil er in Ochtrup im Käfig saß.«

»Niemand sitzt in Ochtrup im Käfig, das ist pure Einbildung. Und Patrick ist ein Mann von dreißig Jahren mit Familie. Er hat sich seiner Verantwortung zu stellen und nicht wie ein kleiner Junge bei Schwierigkeiten davonzulaufen.«

»Das Dumme ist, ich habe angefangen, alle anderen in den Betrug hineinzuziehen, denn ich kann die Täuschung allein nicht mehr aufrechterhalten.«

»Alle aus deiner Abteilung machen mit?«

»Lilli jedenfalls. Sie hat es von sich aus angeboten, und ich weiß immer noch nicht, ob ich das akzeptieren kann. Lilli ist seit dem Sommer aus dem Tritt.«

»Seit der Serie der Mädchenmorde? Ihr habt den Fall vor ein paar Monaten restlos aufgeklärt. Der Mörder war nicht einmal von hier.«

»Aber sie hat eine Zeitlang ihren Detlev als Mörder verdächtigt und gefürchtet, daß er ihren Töchtern etwas antut. So ein Verdacht wirkt wie eine Art Säure: Was er erst einmal an Vertrauen weggeätzt hat, wächst nicht mehr nach. Und es scheint ein Restverdacht übriggeblieben zu sein. Den kompensiert sie jetzt, indem sie ihre Töchter ständig kontrolliert. Außerdem hat sie eine Überfürsorge entwickelt, die sie auf jeden ausdehnt, der schwach und hilfsbedürftig erscheint. Und da sie nicht so ganz sie selbst ist, möchte ich das nicht ausnutzen.«

»Und mich würde interessieren, wie sie jetzt mit Detlev zurechtkommt. Wie wirkt sich das auf ihre Ehe aus?«

Wenn er weniger zerschlagen gewesen wäre, hätte er das Stichwort aufnehmen können, er spürte aber, wie sich seine Gedanken verwirrten, und fürchtete, nicht angemessen und eindeutig genug über ihre verzweifelte Situation sprechen zu können.

»Am Nachmittag hat einer von der Wache frechweg vor von Ganten behauptet, Patrick gesehen zu haben. Heute. Ist das nicht seltsam? Ich glaube, der ganze Stall weiß inzwischen, was los ist, und alle halten dicht. Wenn uns nicht doch noch einer auffliegen läßt.«

Er war heruntergerutscht, bis sich sein Kopf auf gleicher

Höhe mit ihrem befand. Sie streckte die Hand aus und fuhr ihm unter die Schlafanzugjacke.

»Du hast nicht Lust, mit mir zu schlafen? Vielleicht entspannt es dich.«

»Nein«, sagte er. Nicht, solange du mit Harry schläfst, wäre die korrekte Antwort gewesen.

3

Daß er erst gegen Mittag erwachte, nahm Knolle erstaunlich gelassen. Er war geradezu fröhlicher Stimmung. Auch das Zimmer mit seinen hell lackierten verschnörkelten Möbeln kam ihm an diesem Tag nur noch heiter und verspielt vor. Lächelnd betrachtete er die Frisierkommode mit dem dreigeteilten Spiegel und den vielen Schublädchen. Im Haus seiner Eltern gab es schwere, riesige Schränke, die seit Jahrhunderten sorgfältig mit Wachspasten gepflegt wurden. Dies hier, das Heitere, Verspielte, war ein Ausdruck französischer Lebensart, vermutete er. Und das Foto über dem Bett hatte nichts Schlüpfriges, sondern hielt einen intimen Augenblick im Leben einer jungen Frau fest. Ein bißchen verschmitzt kam ihm ihr Lächeln vor. Als würde sie den Fotografen gleich belustigt mahnen, die dummen Scherze doch zu lassen.

»Sie sind auf, dann brauche ich Sie ja nicht zu wecken.« Der Doktor stand in der Tür und betrachtete Knolle, der sich gerade das Nachthemd über den Kopf gezogen hatte, mit Wohlgefallen. »Und allem Anschein nach geht es Ihnen heute deutlich besser. Klare Augen, frischer Teint, so wie es sich für junge Leute gehört.«

Knolle reckte die Arme über dem Kopf und streckte sich, bis die Gelenke knackten.

»Das sehen Sie so von der Tür aus?«

»Ich habe vor einer Stunde, als Sie noch schliefen, Fieber gemessen und Ihnen die nächste Penicillinspritze gegeben. Ihre Temperatur ist jetzt normal. Ich bin ziemlich sicher, daß die Infektion bald abklingen wird, und Magen und Darm werden auch Ruhe geben. Weitere Spritzen werden Sie nicht brauchen.«

»Da bin ich aber froh.«

Knolle langte nach seiner Unterwäsche und stutzte. Boxershorts und T-Shirt lagen gewaschen und gebügelt für ihn bereit. Die Entdeckung trieb ihm vor Verlegenheit ein bißchen die Röte ins Gesicht. Hastig schlüpfte er in die Unterhose und hielt das T-Shirt hoch.

»Seit zwei Tagen sitze ich Ihnen und Madame auf der Pelle und weiß gar nicht, was ich zu soviel Fürsorge und Güte sagen soll.«

»Wir haben nicht so häufig Gäste, und trotz einiger unerfreulicher Aspekte hat uns Ihr Besuch bisher Spaß gemacht. Er hat uns an alte Zeiten erinnert, wissen Sie. Alte Menschen erinnern sich gern. Setzen Sie sich, damit ich die Verbände erneuern kann.«

»Was waren das für alte Zeiten?« erkundigte sich Knolle und streckte, auf einem Sesselchen hockend, vorsichtig das Bein aus.

Der Doktor zog für sich einen gepolsterten Schemel heran.

»Madames Vater und ihr Bruder waren in der Resistance, auch Madame selbst hat hin und wieder Kurierdienste geleistet, obwohl es ihren Angehörigen nicht recht war. Zu gefährlich, sagten sie.« Der Doktor sprach in neutralem Ton, aber Knolle hörte die unterschwellige Anteilnahme heraus.

»Das müssen sehr aufregende Zeiten gewesen sein. Wie ist das Abenteuer ausgegangen?«

Der Doktor hatte die erste Verletzung freigelegt und deutete auf das Bein oberhalb des Knies.

»Diese Wunde näßt noch. Die Resistance, ja? Nun, sie sind beide umgekommen, erschossen von der SS, Vater und Bruder, und Madame wurde lange verhört«, ein frisches Verbandspäckchen in der Hand, hielt der Doktor inne und starrte zum Fenster hinaus, »und ist dann doch lebend davongekommen. Sie hatte gelernt zu lügen oder zu schweigen. Vielleicht, weil ihr Verlobter auch schon tot war, der gehörte nämlich ebenfalls zum Widerstand.«

Knolle begann, unruhig auf seinem Sessel herumzurutschen,

er hatte mehr erfahren, als er wollte, und wußte nicht, wie er das Gespräch auf neutrales Gebiet umlenken konnte. Da fiel sein Blick auf das sepiabraune Foto über dem Bett.

»Was war das für ein Film, der hier gedreht wurde?«

»Ach der«, der Doktor lächelte versonnen, »das ist eine ganz andere Geschichte. Anfang der fünfziger Jahre wurden Filme gedreht, die alles Schwere vergessen lassen sollten. Madame durfte ein kokettes Dienstmädchen in Häubchen und Schürze spielen, das ein Tablett herumtrug und ganze drei Sätze sagte. Sie hatte die Rolle bekommen, weil ihr das Haus gehörte. Die Rolle hat natürlich kaum Gage eingebracht, aber mit dem Geld für die Vermietung des Hauses an die Filmfirma hat sie das Haus renovieren lassen können.«

»Ich habe an Marzipan denken müssen, als ich das Haus sah, ich weiß auch nicht warum.«

»Marzipan ist gut. Der Vergleich wird Madame freuen. Seit fünfzig Jahren läßt sie das Haus in diesem speziellen Rosaton streichen und dazu die Fensterrahmen in vanilleweiß.«

Durch die hohen Fenster fiel eine Menge Licht herein, obwohl Knolle nicht den Eindruck hatte, daß draußen die Sonne schien. Nach dem Wetter hatte er noch gar nicht geschaut.

»Keine Düsternis mehr?«

Der Doktor schüttelte den Kopf. »Ein Rest bleibt immer, der wird nicht auszumerzen sein. Wissen Sie, was uns vor allem an der Vergangenheit fesselt, ist die Jugend, die wir damals noch besaßen. Nach uns Alten fragt keiner mehr, wir fallen der Vergessenheit anheim. Von früher will niemand mehr etwas hören. Im Europa der EU gibt es keine Ressentiments mehr. So, und wenn Sie soweit sind, kommen Sie nach unten, das Mittagessen ist fertig. Ich hoffe, Sie essen diesmal mit Appetit.« Er erhob sich.

»Eine Frage noch: Versteht Madame Deutsch?«

Der Doktor räumte das Verbandsmaterial zusammen und ging hinaus. Vielleicht hatte er die Frage nicht gehört, weil er mit seinen Erinnerungen beschäftigt war.

Madame hatte ein Dreigängemenu gekocht, und Knolle wurde schnell klar, daß jede Andeutung von Hast oder Eile als schwere Beleidigung aufgefaßt werden würde. Er fügte sich sogar recht gern, plauderte angeregt mit beiden und akzeptierte äußerst dankbar den Zigarillo, den ihm der Doktor zum Kaffee anbot. Die friedvolle Stimmung hätte nicht perfekter sein können.

»Werden Sie vernünftig sein und Ihr Vorhaben aufgeben?« fragte der Doktor. »Der Gedanke an Vergeltung ist zwar naheliegend, aber nicht unbedingt sinnvoll. Ihr Bein bedarf immer noch der Schonung. In Deutschland sollten Sie in den nächsten Tagen zur Nachsorge einen Arzt aufsuchen, und in gut einer Woche könnte der Faden gezogen werden.«

Knolle war inzwischen selbst zu der festen Überzeugung gelangt, daß er besser nach Hause fuhr. Die Schwierigkeiten, die ihn bei der Heimkehr erwarteten, erschienen ihm geradezu läppisch angesichts des Schicksals von Madame. In ihrem Leben gab es Tragik, in seinem nur Trotz und Dummheit. Er versprach den beiden, vernünftig zu sein.

»Sie lassen von sich hören, sobald Sie wieder daheim sind?« fragte der Doktor.

Auch das versprach Knolle beim Abschied, und es war ihm so ernst wie nur möglich damit. Er ließ auch zu, daß sich Madame an ihn drängte und auf den Mund küßte. Es war ihm unangenehm, ihre welken Lippen und die fettige Cremeschicht darauf zu spüren, aber den Kuß mit Anstand auszuhalten, war das mindeste an Dank, was er leisten konnte. Er hatte das seltsame Gefühl, in den Tagen mit den beiden Alten einer Prüfung unterzogen worden zu sein und sie bestanden zu haben. Das versöhnte ihn im Augenblick mit sich selbst.

Er nahm nicht sofort die Ausfallstraße nach Norden, sondern kurvte durch die Stadt, die nicht mehr irgendeine war, sondern die von Madame und ihrem Doktor. Er sah viel Schönes: die wundervolle große Kirche in der Mitte mit ihrem zierlichen gotischen Steinwerk, die Esplanade, einen Flaniergarten voll zwitschernder Vögel, und er fühlte sich sehr leicht, während er ihnen lauschte.

All diese Straßen und Gassen breiteten seit mehr als zweitausend Jahren ihr Netz wie ein Fraktal aus, unaufhörlich wuchs es und veränderte sich nach seinen eigenen unergründlichen Regeln. Rohleffs Chaostheorie kam ihm in den Sinn, voller Liebe konnte er daran denken. Es war ungefähr vier Uhr, als er zum zweiten Mal auf einer Parkbank saß, um den endgültigen Abschwung zu finden, als sich Rohleffs Handy meldete.

Bisher hatte er das gelegentliche Fiepen ignoriert. Auf dem Display erschien eine knappe Nachricht.

»Opfer identifiziert. Alexander Schröder, 21, Kfz-Mechaniker aus Ochtrup«, las er. An wen war die Nachricht gerichtet?

Eine junge Frau schob einen Kinderwagen vorbei und hielt ein etwa dreijähriges Mädchen an der Hand, das Knolle unvermutet die Zunge herausstreckte. Auf der Nachbarbank saßen zwei alte Frauen in ein Gespräch vertieft und streuten nebenbei einer Schar Spatzen Futter hin. Die Vögel zankten sich um die Körner.

Die Nachricht hatte den Wirrwarr in seinem Innern, der ihn bis hierher geführt hatte, komplett wieder hochgespült. Knolle schluckte, als müßte er etwas hinunterwürgen, dann starrte er wieder auf die Nachricht und las sie Wort für Wort wie ein des Lesens nicht sehr kundiges Kind. Nur einmal streifte ihn das Bedürfnis zu antworten, aber sofort bauten sich unüberwindliche Schranken auf. Schließlich begriff er die SMS als Aufgabe, als Chance, etwas gutzumachen.

Er stand auf, holte aus dem Koffer die Frankreichkarte und breitete sie auf den Knien aus. Das nächste Ziel der Bikerbande lag hinter Dijon in einem Gebiet, wo die Straßen grün unterlegt waren und demnach durch eine idyllische Landschaft führen mußten.

Zehn Kilometer hinter Metz fiel ihm ein, daß er ebensogut noch einmal nach Thicault zur Tankstelle fahren konnte, deshalb bog er nach Osten ab. Eine halbe Stunde später hatte er sie erreicht.

Der Mechaniker bastelte in seiner Werkstatt an einem Trecker herum.

»Diesmal kein Motorrad?« fragte Knolle höflich und lehnte sich an ein mit trockener Felderde bedecktes Rad. Seine Hand fuhr über die stabile Blechverkleidung. Es war ein recht betagter Trecker.

»Ah, Sie schon wieder«, sagte der Mechaniker, »wollen Sie tanken?«

»Ich möchte nur wissen, ob sich einer von den Bikern, die im Gasthof abgestiegen waren, gestern oder heute früh bei Ihnen hat blicken lassen.«

Mißmutig legte der Mann einen massiven Schraubenschlüssel beiseite.

»Habe ich hier ein Auskunftsbüro? Was ist das für eine Geschichte? Ständig kommt einer von euch Typen hier vorbei und stellt Fragen.«

»Wann kam zuletzt jemand vorbei?« fragte Knolle sanft.

Der Mechaniker sah auf seine Wanduhr und rieb sich mit einem Finger die Schläfe.

»Sind Sie auch auf der Suche nach der Guzzi? Ich kann euch am besten an den Motorrädern unterscheiden. Sie sind die BMW. Sie wissen auch nicht, wo die Guzzi abgeblieben ist? Dann könnte ich es den anderen sagen, und die Fragerei hörte endlich auf.«

»Nein«, Knolle lächelte verbindlich, »ich kann Ihnen auch keine Auskunft geben. Aber Sie wollten mir gerade mitteilen, wer von den anderen noch hier auf der Suche ist.«

»Die Yamaha und die Honda waren vor einer Stunde das letzte Mal da.«

»Und wohin wollten sie?«

»Was weiß ich. Sie fragen immer das gleiche. Ob ich wen gesehen habe. Sie zum Beispiel. Und lassen Sie mich in Ruhe, wenn Sie nicht tanken wollen. Mit Ihrem Licht ist alles in Ordnung?«

Knolle war bereits auf dem Weg zu seiner BMW. Er fuhr noch am Gasthaus vorbei. Der Wirt sprach nur ein paar Brocken Deutsch, aber der Auskunft des Mechanikers hatte er nichts hinzuzufügen, soweit ihn Knolle überhaupt verstand. La petite nannte er die Yamaha. Knolle fand, daß es eine treffende Bezeichnung für ein leichtes Motorrad war.

4

Als er dann endgültig die Richtung nach Dijon einschlug, lag ihm jeder Gedanke an Rache oder Vergeltung fern. Bereits in Metz hatte er beim Kramen nach der Karte in seinem Koffer eine interessante Entdeckung gemacht.

In Marcos Gartenlaube hatte er drei Päckchen mit Hasch und zwei größere Tütchen mit Kokain eingesteckt, von denen er das eine dem Guzzi-Mann untergeschoben hatte. Das zweite war verschwunden. Aber erst auf der schmalen Straße nach Han-S-Nied, der nächsten Verbindung zur Bundesstraße, machte er sich über das Fehlen ernsthaft Gedanken, und dann vergegenwärtigte er sich auf einmal das Gesicht des Doktors mit den etwas geweiteten, geröteten Nasenlöchern, und damit wurde ihm verschiedenes klar. Der Doktor schnupfte, deshalb hatte er die zweite Tüte Kokain an sich genommen, ein akzeptabler Ausgleich für die zweieinhalbtägige Belästigung durch einen Fremden. Madame, sinnierte Knolle weiter, hatte dagegen durch ihn versucht, die letzten Schatten der Vergangenheit zu bannen. Beide hatten ihre Gründe gehabt, ihn weder der Polizei auszuliefern noch in ein Krankenhaus abzuschieben. Am Ende dieser Überlegungen überwog immer noch die Dankbarkeit, er fühlte sich aber nun frei genug, seine Entscheidungen ohne zusätzliche Gewissensbelastung zu treffen. Er würde dem Fall auf seine Weise nachgehen. Die SMS hatte ihn, beabsichtigt oder unbeabsichtigt, ins Team zurückgeholt.

Auf den schmalen Straßen durch das hügelige Gelände hielt er sich mit der Geschwindigkeit zurück. Das rauhe Getriebe der BMW verlangte nach Kraft, und noch war er sich schon wegen des schmerzenden Beins der seinen nicht sonderlich sicher. Mit einem satten Ton schwirrte die riesige Schwungmasse der Kurbelwelle mit jeder Umdrehung unter ihm, Kraft und Takt, die im gemächlichen Dahinschnurren auf ihn einwirkten.

Rechts und links glitten Äcker und Weiden vorbei, die nach Regen schrien. Über den Himmel fegten, vom Wind getrieben, hellgraue Wolken, die Luft war zu trocken für ein Ausregnen.

Hier und da, meist auf Höhe kleiner Gehölze, flog ihn ein Hauch von Brandgeruch an, vielleicht war es auch nur eine Einbildung. In jedem dieser Wälder mußte das Busch- und Laubwerk wie Zunder knistern, nur ein Funken würde genügen, um apokalyptische Brände zu entfachen.

Ein Stück hinter Nancy ließ er der BMW freien Lauf. Eine ganze Weile war er nur auf das Fahren konzentriert, ohne viel vom übrigen Verkehr wahrzunehmen. Erst kurz bevor sich eine andere Maschine an ihm vorbeischob, wurde er aufmerksam und fühlte sich sofort in Alarmbereitschaft versetzt. Das Motorrad, das sekundenlang mit ihm gleichzog, war eine Honda. Der Fahrer neben ihm hob die Hand zum Bikergruß.

Knolle fiel hinter den anderen zurück, um einen Blick auf das Nummernschild zu werfen, aber noch bevor er die Kölner Nummer tatsächlich erkannte, wurde ihm sein Irrtum klar. Seine Verfolger kämen wenigstens zu zweit. Er zog wieder durch, scherte weit auf die Gegenfahrbahn aus und setzte zum Überholen an. Mitten in diesem Manöver legte die Honda Geschwindigkeit zu. Knolle fuhr die BMW weiter aus, um dem Kölner zu zeigen, wo der Hammer hing. Aber selbst bei der Marke von hundertachtzig Stundenkilometern blieb die Honda mühelos auf gleicher Höhe.

Bei hundertneunzig hatte Knolle die Nase vorn. Lautes Tuten dröhnte ihm entgegen. Ein Sportflitzer raste, in voller Fahrt aus einer Bodensenke hervorschießend, auf ihn zu, und noch war er nicht wieder eingeschert. Im gleichen Augenblick mußte auch der Hondafahrer die Gefahr erkannt haben, er fiel abrupt zurück und setzte gleichzeitig so weit als möglich nach rechts. Selbst durch die Lederkluft spürte Knolle den Luftdruck, als das Auto beinahe auf Tuchfühlung an ihm vorbeibrauste. Es war nicht nur der sich nachträglich ausbreitende Schreck, der ihn bewog, bei der nächsten Abzweigung einzubiegen und nach zehn Metern zu stoppen. Sekunden später hielt die Honda neben ihm.

Den Mann, der abstieg, schätzte Knolle, sobald dieser Helm und Sturmhaube abgenommen hatte, auf wenigstens fünfzig.

Breitbeinig, wie einer, der den ganzen Tag im Pferdesattel verbrachte, kam er auf ihn zu.

»Ist dir der Arsch auf Grundeis gegangen?«

»Nee, ich muß pinkeln«, fertigte ihn Knolle ab, er wollte mit dem Mann nichts zu tun haben, wurde ihn aber nicht los, weil er ihm zu dem Baum nachkam, an dem er die Hose öffnete.

Anscheinend verstand der andere selbst das Pinkeln als Wettbewerb, denn er pißte in einem extra weiten Strahl am Baum vorbei. Knolle fühlte sich von dieser Klokumpelei bedrängt, er rückte ab und fing zu spät ein Geräusch von der Hauptstraße auf. Und leider war er auch noch nicht fertig, so daß er nur undeutlich wahrnahm, wie zwei Motorräder auf der Straße in fünfzehn oder zwanzig Metern Entfernung vorbeirauschten, zu rasch, um Einzelheiten wahrzunehmen.

»Woher kommst du, und wohin soll's gehen?«

Knolle stieg steifbeinig wieder auf die BMW und deutete mit dem Daumen erst hinter, dann vor sich.

»Von da und nach da.«

Der Mann mit den verwitterten Gesichtszügen eines Gauchos ließ sich nicht beirren.

»Du bist nicht zufällig auf dem Weg zur großen Party in Santiago?«

Augenblicklich stellte Knolle den Motor wieder aus, stieg ab, griff nach seinen Zigaretten und bot dem Honda-Fahrer eine an.

»Wann soll's losgehen, und wer kommt alles?«

»Die Party steigt in drei Tagen, und frag mich lieber, wer nicht kommt. Ich hatte gedacht, alle auf dieser Route sind nach Santiago unterwegs.«

»Möglich, daß ich die große Ausnahme bin. Ich will nach San Sebastian. Kennst du ein Kaff namens Quemigny-Poisot?« Knolle hatte Mühe mit der Aussprache. »Liegt irgendwo hinter Dijon.« Den Ort hatte Marco auf der Karte eingekreist.

Verblüfft stieß der Mann den Rauch aus.

»Du willst mich auf den Arm nehmen. Sicher kenne ich das. Die meisten legen dort einen Stop ein. Prima Gasthaus, prima Tanke. Es gibt nur zwei anständige Stops auf der Strecke.«

»Und du bist allein unterwegs?«

»Nur bis Poisot. Von dort rausche ich mit ein paar Kumpels, die von Stuttgart herüberkommen, bis Santiago durch.«

»Dann viel Spaß noch.« Knolle trat sorgfältig die Kippe aus, klaubte sie dann doch auf, steckte sie zur Verblüffung des anderen ein, murmelte etwas von Brandgefahr und schwang sich auf die BMW.

Nach einer halben Stunde hatte er die Honda endgültig abgehängt. Während er auf Dijon zuhielt, machte er sich einen Plan zurecht. Zunächst wollte er die beiden Biker aus Drags Bande – er hoffte, daß es diese zwei waren, die er auf der Straße hatte vorbeifahren sehen –, einholen und auf eine Gelegenheit lauern, einen von ihnen allein anzutreffen. Er konnte sich auch denken, wo sich diese Gelegenheit am ehesten ergeben sollte.

Wenn sie in Thicault das letzte Mal getankt hatten, mußten sie unbedingt noch vor Dijon die nächste Tankstelle anfahren, weiter reichte die Füllung der Yamaha nicht. Und dort würde er sie abpassen.

5

Anscheinend hatte der Wecker nicht geschellt, denn Rohleff wachte von allein um acht Uhr auf. Es war sehr ruhig im Haus. Als er zum Badezimmer hinüberschlurfte, war von unten nur das Tappen von Bernis Krallen auf den Fliesen zu hören. Der Hund seufzte vernehmlich. Wenn Berni diesen Laut ausstieß, fühlte er sich verlassen.

In der Küche roch es nur schwach nach Kaffee. Rohleff fand eine gefüllte Thermoskanne vor und daneben einen Zettel, auf dem ihm Sabine mitteilte, sie sei für ein, zwei Tage zu ihrer Mutter gefahren, sie würde sich von dort bei ihm melden. Nicht einmal einen Gruß hatte sie darunter gesetzt. Er stellte sich vor, wie sie diese Nachricht ohne merkliche innere Bewegung geschrieben hatte. Fast fühlte er sich an das Tagesdiagramm erinnert, das von Ganten von ihm forderte.

Erst als er den Kaffee trank und ein altbackenes Brötchen

dazu aß, kam ihm ein Verdacht. Sabine konnte recht gut zu Harry in den Wagen gestiegen sein und ihn nach Dortmund begleitet haben. Der Verdacht deprimierte ihn für den ganzen Tag. Abwesend streichelte er Bernis Wuschelkopf und spürte die Knötchen, die sich in sein ungepflegtes Fell gesetzt hatten. Für einen Hund war das kein Leben mehr in diesem Haushalt.

In schlechtester Laune traf Rohleff im Büro ein. Von Lilli und Harry lagen knapp gehaltene Berichte vor und einer, unter dem er Patricks Kürzel entdeckte, Lilli hatte also Wort gehalten. Einen Moment war er versucht, den fingierten Bericht zu zerknüllen und in den Abfall zu befördern, dann ließ er es. Er hatte nicht die Kraft, von Ganten endlich die Wahrheit über seinen Mitarbeiter Patrick Knolle zu gestehen. Erstaunt stellte er fest, daß es nicht Loyalität, sondern Feigheit war, was ihn von dem entscheidenden Schritt abhielt.

Mit seinem eigenen Tagesdiagramm war er noch nicht einmal halbfertig, als es an der Tür klopfte und Niklas Scheipers hereintrat. Verwundert starrte er ihn an, er hatte völlig vergessen, daß er den jungen Mann einbestellt hatte. Außerdem stand ihm nicht einmal ein Protokollant zur Verfügung. Normalerweise hätte Lilli diese Aufgabe übernommen, aber sie würde den Vormittag oder sogar den ganzen Tag über damit beschäftigt sein, sich die Freunde und Bekannten von Alexander vorzuknöpfen.

Rohleff beschloß, das Verhör allein durchzuführen, falls etwas Relevantes dabei herauskommen sollte, würde er es später vor Zeugen wiederholen.

»Setzen Sie sich doch«, er winkte den jungen Mann auf den Besucherstuhl vor seinem Schreibtisch, »und danke, daß Sie gekommen sind. Waren Sie heute morgen schon in der Werkstatt?«

Niklas nestelte eine Zigarettenpackung aus seiner Tasche. »Darf ich hier rauchen?«

Er sah sich nach einem Aschenbecher um, in den er das abgebrannte Streichholz legen konnte. Mit der Zigarette im Mund wurde seine Sprache undeutlich.

»Ich habe den Chef angerufen und ihm gesagt, daß ich was Wichtiges mit der Polizei zu bereden hätte. Ist doch korrekt, nicht wahr?«

Wesentlich weniger korrekt ist, vorher zwei Stunden Arbeitszeit zu schwänzen, dachte Rohleff säuerlich.

»Erzählen Sie mir noch einmal etwas über den Drogenkonsum von Alexander Schröder und seine Beschaffungsmethoden. Ich bin sicher, Sie wissen einiges mehr darüber, als Sie bisher zugegeben haben. Und übrigens, in meinem Büro wird nicht geraucht.«

»Aber ...« fuhr Niklas auf.

»Sie haben sich die Zigarette angesteckt, ohne meine Antwort abzuwarten. Also, machen Sie sie aus.« Rohleff riß ein Fenster auf und wedelte demonstrativ den Rauch hinaus.

Niklas wirkte danach nicht unbedingt eingeschüchtert, aber etwas weniger selbstbewußt. Umständlich steckte er die ausgedrückte Zigarette in die Schachtel zurück.

»Mit den Drogen, das war doch alles harmlos.«

»Erzählen Sie mir nicht so was. Ihr Freund Alexander ist wegen dieser Drogen umgebracht worden. Sollte Ihnen das entgangen sein?« Rohleff spielte mit der Schere, die er vom Schreibtisch aufgenommen hatte, und ließ sie auf- und zuschnappen. »Wir brauchen auch von Ihnen eine Haarprobe, um Gewißheit über Ihren eigenen Drogenkonsum zu erhalten. Wenn Sie wollen«, er zog die Schere weit auf, »können Sie sofort eine Haarsträhne hierlassen.« Mit einem Klacken schnappte die Schere zu.

Niklas war aufgesprungen. »Ich laß Sie doch nicht an meine Haare mit dem Ding. Was soll das überhaupt? Bin ich verdächtig? Brauchen Sie nicht eine richterliche Genehmigung, um so gegen mich vorzugehen?«

Die Jungs sehen heutzutage viel zu viel Kriminalschund im Fernsehen, dachte Rohleff, das bringt sie auf derart bekloppte Ideen.

»Wie Sie wollen. Ich kann Ihnen jederzeit jede gewünschte Genehmigung vorlegen. Aber jetzt erzählen Sie mir etwas über die Dortmunder Bikerbande, mit der Alexander seine Drogengeschäfte betrieb.«

Niklas' Blick wurde unstet, unruhig fummelte er an der Tasche, in der seine Zigaretten steckten.

»Ich könnte Ihnen einen Kaffee kommen lassen, wenn der Ihre Nerven beruhigt. Aber reden Sie endlich.«

»Wer hat Ihnen etwas von diesen Dortmundern erzählt?«

»Das ist unwichtig. Ich will von Ihnen etwas hören«, sagte Rohleff ungeduldig.

Allmählich schien Niklas bereit zu sein, etwas mehr preiszugeben.

»Alex hatte ein größeres Ding vor, aber er rückte nicht mit den Einzelheiten heraus, ehrlich nicht. Und diese Dortmunder ...« Niklas verstummte.

»Wer sind diese Dortmunder?« Rohleff zog einen Notizblock zu sich heran. »Ich bin im Augenblick vor allem an dieser Gruppe interessiert.«

Sein Telefon schellte. »Ja?« meldete er sich knapp. »Das Motorrad ist gefunden worden? Wo? Ich verstehe. Aber wieso haben Sie die Aa nicht vorher abgesucht? Ist doch gar nicht so weit entfernt von der Unterführung am Tat ...« Er wurde sich bewußt, daß er einen höchst neugierigen Zuhörer hatte. »Ich komme, wartet mit allem, bis ich da bin. Ja, den Fluß könnt ihr weiter absuchen, auch die Ufer, das versteht sich eigentlich von selbst.«

Er beendete das Gespräch und wandte sich Niklas zu.

»Alex' Motorrad ist gefunden worden, ich hab's mitbekommen«, sagte Niklas offen.

»Und daher beenden wir vorerst unsere Unterhaltung, aber wir werden sie fortführen.« Rohleff behielt die Schere in der Hand, als er den Mechaniker zur Tür begleitete.

Niklas Blick ruhte auf der Schere. »Über die Dortmunder Biker kann ich etwas herausfinden.«

»Tun Sie das. Rufen Sie mich an und zwar bald.« Rohleff ließ zur Bekräftigung die Schere noch einmal zuschnappen.

Als er wieder allein war, brütete er noch eine Weile an seinem Schreibtisch und schob Zettel mit Notizen hin und her.

Immer neue Muster ergaben sich, immer weitere Zuordnungen von Personen und Details. Auf einem der Zettel stand die Aussage eines Anwohners der Neubausiedlung. Etwas Gehässiges gegen Decker, den Spastiker, der seine Zeit damit verbrachte, die Nachbarn auszuspähen. Man müßte nur Decker befragen, um zu erfahren, was in der Nacht zum Freitag alles geschehen wäre. Der Mann, schloß Rohleff, hatte wirklich keinen leichten Stand unter seinen Nachbarn. Machte ihn dieses unkontrollierbare und vordergründig abweisende Kopfschütteln bereits zu einem Außenseiter?

Das Motorrad, das die Taucher aus dem Schlick der Aa gezogen hatten, war eine BMW. Einen schwindelerregenden Augenblick lang dachte Rohleff, Knolles Fahrzeug vor sich zu haben, und war drauf und dran, die Taucher anzuschreien, damit sie sofort weitersuchten, um auch den dazugehörigen Körper zu finden. Knolle als Wasserleiche. Rohleff spürte, wie ihm der Schweiß ausbrach. Irgendwer von der Einsatzmannschaft mußte die verschlammte Maschine eindeutig identifiziert haben. Das Nummernschild war abgewischt.

Dafür konnte sich Rohleff jetzt die Szene, in die Knolle am Donnerstag abend verwickelt gewesen war, lebhaft vorstellen. Ganz offensichtlich war er mit dem späteren Opfer verwechselt worden. Die Täter mußten bereits sehr gereizt gewesen sein, sonst wäre Knolle nicht verletzt worden. Und unmittelbar danach waren sie mit Alexander zusammengetroffen.

Aus der Uferböschung ragten die Wurzeln der Trauerweiden hervor. Tief herabhängende Zweige und die Wurzeln hatten weiteres Geäst aufgefangen, das den Fluß hinabgetrieben war. Und in all dem undurchdringlichen Gewirr, das wie ein Vorhang wirkte, war das Motorrad gestrandet. Außerdem drei Fahrräder, die wie Skelette neben anderen Fundstücken auf der Wiese am Ufer lagen. Den Überkrustungen am Gestänge nach hatten sie längere Zeit im Fluß verbracht.

»Warum ist das Motorrad nicht früher gefunden worden? Der Fluß führt doch nur noch wenig Wasser.«

Der Anführer der Tauchergruppe schlappte mit seinen Gummifüßen näher zu ihm heran. »Das Motorrad steckte tief im Schlick. Und die Fahrräder waren darüber gezogen. Es ist nicht einfach reingeschmissen worden, sondern sorgsam getarnt. Wenn nicht einer von uns auf die Idee gekommen wäre, die Räder rauszuräumen, hätten wir es nie gefunden. Wir sind ja keine Müllwerker.«

»Dann muß also zumindest einer der Täter in den Fluß gestiegen und ziemlich naß geworden sein.«

»Wenn er keine Taucherausrüstung hatte, ist das anzunehmen. Seine Klamotten könnte er aber vorher ausgezogen haben.«

Rohleff schaute noch eine Weile zu und beschloß, als nichts Interessanteres als alte Batterien und rostiger Schrott zutage kam, zum Büro zurückzufahren. Nur zur Vorsicht sah er sich das auf einen Haufen geworfene Gerödel noch einmal an.

»Was ist das hier?« Er stieß mit dem Fuß an das Ding, das ihm aufgefallen war. Ein Beamter aus Rohleffs Dienststelle bückte sich und zog es heraus. Es war eine ziemlich kurze Luftpumpe, schwarz vor Schlamm, an ihrem Endstück blinkte etwas silbern unter der Schlammkruste hervor.

»Nicht abwischen«, warnte Rohleff, »wo kommt die her?«

»Alles, was du hier siehst, ist neben oder unter dem Motorrad gefunden worden. Wir haben, die Strömung des Flusses einberechnend, einen Radius von drei Metern gezogen. Was sollen wir mit dem ganzen Zeug machen? Wieder reinschmeißen?«

Rohleff war sich nicht ganz schlüssig. »Gehören zu Motorrädern Luftpumpen als normales Zubehör? Wenn ja, steck sie in eine Plastiktüte und kleb ein Etikett drauf. Harry soll sie sich ansehen, wenn er zurückkommt. Den Rest soll ein Schrotthändler abholen.«

Auf dem Parkplatz vor dem Dienstgebäude stellte er fest, daß sein neues Handy nicht eingeschaltet war. Er hatte längst mit einem Anruf von Lilli oder Harry gerechnet, und vor allem hatte sich Sabine bei ihm melden wollen.

»Habt ihr was von Lilli gehört?« fragte er gedankenverloren die Wache.

»Nicht in der letzten Stunde.«

Rohleff nahm die Angabe etwas beschämt zur Kenntnis, er hatte nicht einmal hinterlassen, wohin er wollte, und mußte im stillen von Ganten recht geben, der von seinen Arbeitsmethoden nicht viel hielt. Die Zusammenarbeit in seiner Abteilung klappte nicht mehr, wenn er selbst sich solch läppische Fehler erlaubte.

Vor seiner Bürotür stieß er auf von Ganten.

Das Gespräch mit ihm gestaltete sich äußerst unerfreulich. Von Ganten saß auf Rohleffs Besucherstuhl, sah mit gerunzelten Brauen die unvollständigen Einsatzpläne und die Berichte durch und redete angelegentlich über die anderen Abteilungen und deren vorzügliche Leistungen. Er sprach vor allem von Flexibilität, Anpassungsfähigkeit und Erneuerungsbereitschaft. Rohleff kam sich mehr und mehr wie ein Dinosaurier vor, eine Kreatur, deren Untergang oder Verschwinden aus der allgemeinen Geschichte bevorstand.

Am meisten ärgerte er sich über die Blicke, mit denen von Ganten sein Büro vermaß. Da wurde bereits ausgeräumt und disponiert, und Rohleff durfte nicht einmal Einspruch erheben, weil sich alles in einem stummen Bereich von Beobachtung und Vermutung abspielte.

Kalt lächelnd sah ihm von Ganten in die Augen, nachdem er seine Bestandsaufnahme abgeschlossen hatte.

»Und wo befinden sich Ihre geschätzten Mitarbeiter heute?«

Unversehens packte Rohleff eine Mordswut. »Harry Groß und Patrick Knolle sind auf Dienstreise, um dem Tod eines Motorradfahrers nachzugehen, der mit unserem Fall in Verbindung stehen könnte, und Lilli Gärtner befragt die Freunde und Bekannten des Opfers.«

»Ja, so steht es in Ihrem unvollständigen Einsatzplan für heute. Mit was werden aber Sie sich befassen?«

Rohleff befürchtete, daß er gleich hörbar mit den Zähnen knirschen würde, so sehr verkrampften sich seine Kiefer.

»Mein Einsatzplan muß unvollständig bleiben, weil er bereits Makulatur ist. Vorhin haben Taucher aus Rheine das Motorrad des Opfers aus der Aa gezogen, und mein Gespräch mit einem der Kollegen des Opfers, das ich heute früh geführt habe, wirft Fragen auf, denen ich noch im Laufe des Tages nachgehen werde. Soviel zur Flexibilität in meiner Abteilung.«

Von Ganten lächelte immer noch. »Wenn Kollege Groß mit Kollege Knolle den Tag auf Dienstreise verbringt, was mir übrigens nicht recht einleuchten will – einen Mann für diesen Einsatz abzustellen, hätte meiner Ansicht nach genügt –, sind Sie ohne Leiter für die technischen Untersuchungen. Mir scheint, Sie brauchen nun doch dringend Verstärkung aus Münster.«

Auf dem Schreibtisch lag die Post, die in Rohleffs Abwesenheit eingegangen sein mußte. Darunter befand sich ein unordentlich verpacktes, an einer Seite aufgerissenes Päckchen, das über und über mit Stempeln versehen war. Während Rohleff mit dem Oberrat geredet hatte, war diesem Päckchen ein ekelerregender Geruch entströmt. Auf unterschwellige Art verstärkte dieser Gestank den Eindruck seiner Unzulänglichkeit. Bei von Gantens letzter Erklärung wurde ihm endgültig klar, daß dieser seit seinem Auftauchen eine bestimmte Strategie verfolgte, die sich speziell gegen ihn und seine Abteilung richtete. Es war völlig gleichgültig, wie er sich verhielt.

»Die Techniker sind keine Schar kopfloser Hühner, die nicht wissen, was sie tun sollen. Die Untersuchungen laufen auf allen Ebenen hervorragend, auch wenn sich das nicht in einer Papierflut niederschlägt. In meiner Abteilung sind Bürohengste eher selten.«

»Aber einen Verdacht, wer der Täter sein könnte, haben Sie bisher nicht vorzuweisen. Es sei denn, Sie wollen diesen Kraftfahrzeughändler Kleingreber festnageln.«

»Werkstattbesitzer«, warf Rohleff ein. Woher von Ganten diesen Namen hatte, war ihm nicht klar. Vielleicht hatte Lilli ihn in einem Bericht erwähnt.

»Ich weiß nicht, ob auf den Mann die Bezeichnung ›Schlächter von Steinfurt‹ paßt«, fuhr von Ganten fort, »lesen Sie einmal die Zeitung, Kollege Rohleff, so eine Presse wünscht sich kein Ort.«

Von Ganten stand auf und warf eine Zeitung auf den Schreibtisch, die er zusammengerollt mitgebracht hatte. Das Titelblatt entfaltete sich. Ein Blick auf die Überschrift reichte Rohleff.

»Lesen Sie die Bildzeitung regelmäßig?«

»Das erledigen andere für mich. Ihr Fall fängt an zu stinken, tun Sie was dagegen.« Von Gantens Blick streifte angewidert das Paket.

Als er gegangen war, hielt es Rohleff nicht länger in seinem Büro und das nicht nur wegen des Gestanks. Er rief Lilli an und verabredete sich mit ihr zu einem fliegenden Austausch an der Imbißbude in Ochtrup.

Mit dem Paket wollte er sich erst nach seiner Rückkehr befassen, er sah aber noch, daß es aus Frankreich kam. Einem anhängenden Zettel der Poststelle war zu entnehmen, daß es unfrei zugestellt worden war. Deshalb wurde von ihm eine Rechenschaft über die Auslage eingefordert.

Unterwegs änderte er seine Meinung, er hätte sich doch die Zeit nehmen sollen, den Inhalt zu inspizieren, er vermutete jetzt einen üblen Scherz hinter der Sendung. Umzukehren, um das Versäumte nachzuholen, hatte er aber auch keine Lust. Er schob seine Unentschiedenheit auf von Gantens Zermürbungstaktik.

6

Hinter Langres ging's einen mächtigen Huckel hinauf. Ohne Mühe nahm die BMW die Steigung. Die Straße machte ein paar Kehren, in die sich die Maschine richtig hineinlegen konnte, Knolle war danach, Grenzen auszutesten. Ein paarmal tippte er mitten in einer Kurve die Bremse an, sofort richtete sich die BMW aus der extremen Schräglage auf und fuhr stur geradeaus. Immer erst im letzten Moment zwang er sie, Gas gebend, wieder der Biegung der Straße zu folgen, jedesmal knapper. Es hätte genügt, in den Schotter des bereits abschüssigen Straßenrands zu driften, und die Folgen wären unaufhaltsam. Abrutschen, sich überschlagen, gegen einen Baum prallen. Alles vorbei. Nichts zu Ende geführt.

Und plötzlich, während er wieder bedachtsamer fuhr, spürte er die Trauer um seinen Vater. Es war, als hätte sie bis jetzt gewartet, um sich zu nähern. Jetzt, da die Wut auf Hendrick und auf seinen Vater nachgelassen hatte, merkte er, wieviel Trauer da war. In sich gekehrt, fuhr er weiter und ließ sich mehrfach von anderen Fahrzeugen überholen, eigentlich achtete er gar nicht mehr auf den Verkehr.

Die Landschaft, das sah er wohl, war großartig. Auf einmal sehnte er sich danach, zu jemandem sagen zu können: »Schau dir bloß diese Weinberge an, überall Steine dazwischen, aber mit Wein kenne ich mich überhaupt nicht aus.«

Bei Til-Châtel sah er von weitem die Reklame einer Tankstelle. Wahrscheinlich war es die größte Tankstelle weit und breit, denn jeder, der die Straße von Nancy herabkam, passierte sie. Schilder wiesen auf die nahe Autobahn hin.

Die Tanksäulen standen in mehreren Reihen hintereinander. Ein Stück von dem Flachbau mit dem Kassenraum entfernt, entdeckte er ein weiteres Gebäude, das ein Restaurant zu sein schien. Er spürte Hunger.

Zunächst sondierte er das Terrain, das hieß, er zog ein paar Schleifen, bis er meinte, alles gesehen und genügend Ausschau gehalten zu haben. Danach fuhr er, sowohl beruhigt als auch enttäuscht, an eine der Tanksäulen.

Als er von der Kasse zurückkam, lehnte eine junge Frau an seinem Motorrad.

Das glatte, dunkle Haar umschloß wie eine Kappe ihren Kopf. Es reichte bis zu den Ohrläppchen, zog sich in einer Spitze in die Stirn und betonte damit die dreieckige Form des Gesichts. Ihre schräg gestellten, graugrünen Augen sahen an ihm vorbei, und deshalb nahm er sich die Muße, auch das übrige eingehend zu betrachten, vor allem den hübschen Busen und den kurzen Rock, der wie ein überbreiter Gürtel über den langen Beinen saß. Die Beine umhüllte eine rotbraune, kräftige Netzstrumpfhose. Schade war nur, daß sie Sneakers trug statt high heels.

»Aber hallo!« entfuhr es ihm, während er sich vorstellte, wie sie eins der aufregenden Beine hob und über die Maschine schwang. Konnte eine Frau in einem derart kurzen Rock aufsitzen?

Als er sie vorsichtig antippte, um sich bemerkbar zu machen, sagte sie so etwas wie: »O la la«, sah ihn aber immer noch nicht direkt an.

Und dann passierte es tatsächlich: Sie schwang ihr Bein über die Sitze. Fasziniert raste sein Blick ihren Schenkel hoch.

Erst nachdem er sich wie im Traum auf den Vordersitz hatte fallen lassen und die BMW ansprang, kam er wieder etwas zu Verstand. Sehr behutsam fuhr er die etwa fünfzig Meter bis zum Restaurant.

»Das wär's dann, Mademoiselle Ola.«

Warum er sie spontan Ola nannte, wußte er nicht, allerdings schien der Name zu diesem eigenartigen Geschöpf zu passen.

»Hier ist Endstation«, sagte er noch und riß sich schweren Herzens von ihrem Anblick los.

Kaum hatte er sich im Restaurant einen Fensterplatz gesucht, da drängte sie sich schon neben ihn auf die kurze Bank. Auch als er instinktiv ein bißchen abrückte, blieb doch ein Körperkontakt. Ihre Hüfte an seiner, ein Prickeln unterhalb der Gürtellinie.

»Ein Kaffee, ein belegtes Baguette?« fragte er sie munter, bekam aber keine Antwort. Er gründelte nach den Restbeständen seines Schulfranzösischs, winkte die Bedienung herbei und gab radebrechend die Bestellung auf. Das junge Mädchen in der kurzen Schürze machte, während es auf einen Notizblock schrieb, einen ebenso geistesabwesenden Eindruck wie die Schöne an seiner Seite. In punkto Aufmerksamkeit und Zuwendung hätten die beiden Zwillinge sein können.

Beim Essen entblößte seine stumme Begleiterin blendend weiße ebenmäßige Zähne. Sie aß mit Appetit und Hingabe, das machte sie sympathisch.

»Ich würde dich ja bis Dijon mitnehmen«, plapperte Knolle, »aber wenn du ein Auto anhalten würdest, wärst du besser bedient.«

Bei der Erwähnung von Dijon nickte Ola unmerklich.

Knolle beglich die Rechnung und verschwand auf die Toilette, er war aber doch einigermaßen erstaunt, als Ola bei seiner Rückkehr auf ihn wartete. Jetzt trug sie einen Helm unter dem Arm und um die Taille eine lederne Geldtasche geschnallt. Wortlos folgte sie ihm. An der Tür musterte Knolle noch einmal mit einer Kopfwendung die junge Bedienung, die gelangweilt über die Köpfe zweier Restaurantbesucher zum Fenster hinausstarrte. Er kam zu dem Schluß, daß auch Ola zum Personal gehören mußte. Wahrscheinlich war sie es gewöhnt, nach ihrer Schicht nach Hause zu trampen.

Einerseits reizte ihn die Begleitung, andererseits ärgerte sie ihn auch, er versuchte sie abzuwimmeln.

»Venez, venez.« Gestikulierend wedelte er mit der Hand.

Ungerührt stülpte sich Ola den Helm über den Kopf und schwang wieder eins ihrer langen Beine, um auf dem Hintersitz Platz zu nehmen. Knolle schluckte beeindruckt. Um sie loszuwerden, hätte er handgreiflich werden müssen.

Ein paar Kilometer hinter der Tankstelle hielt er wieder an und zerrte seine Regenkluft aus dem Koffer. Fast wäre dabei die kostbare Rolinckflasche auf dem Boden zerschellt, er konnte sie gerade noch auffangen. Die Gefahr, in der sein Reisetalisman geschwebt hatte, machte ihn Ola gegenüber auch nicht freundlicher.

»Hier«, herrschte er sie an, »zieh das über. In deinem Fummel kannst du nicht mitfahren. Auch wenn es nur dreißig Kilometer sind.«

Warum hatte sich das Mädchen ausgerechnet ihn ausgesucht? Standen Französinnen auf rotblonde Teutonen? Zwangsläufig dachte Knolle an Madame, die etwa so alt wie seine Großmutter sein mochte, aber ihm gegenüber nichts ausgesprochen Großmütterliches an sich gehabt hatte.

Auch in Dijon wurde er Ola nicht los, obwohl er bei einem Cassislikör in einem schummrigen Lokal in der Altstadt daran dachte, sie sitzenzulassen. Aber sie nahm einfach die Schlüssel der BMW an sich, ließ sie in den schwarzen Pullover rutschen, der ihren Oberkörper eng umhüllte, und zog sie erst hervor, sobald sie wieder draußen waren. Weil er nichts gegen sie ausrichten konnte, ohne sehr grob zu werden, rang er sich zu der Meinung durch, daß Ola unter Umständen eine gute Tarnung für ihn abgeben mochte. Die Dortmunder Biker würden auf einen einzelnen Mann achten, nicht aber auf ein Paar.

Ola hielt er mittlerweile für eine Streunerin, die sich mit unklaren Absichten herumtrieb und ihn bei Gelegenheit verlassen würde. Er hatte keine Lust, sich allzuviel Gedanken über die kleine Schlampe zu machen.

In Clos-Vougeot fand er ein Hotel an der Durchgangsstraße. Von da bis zum nächsten Bikertreff in Quemigny-Poisot waren es noch einige Kilometer kurvenreicher Strecke. Auch wenn er damit rechnete, daß sich am Treffpunkt eine ganze Reihe von Bikern versammelt hatte und er daher weniger auffiel als in Thicault, wollte er auf keinen Fall riskieren, entdeckt zu werden. An der Tankstelle hatte er mehrere Motorräder gesehen, aber keins mit Dortmunder Kennzeichen. Direkt auf den Fersen waren sie ihm also nicht.

Da er sich allmählich sehr abgeschlagen fühlte und das Bein wieder stärker schmerzte, wollte er zunächst ein paar Stunden schlafen. Ola akzeptierte das Doppelzimmer, ohne mit der Wimper zu zucken. Sie verschwand kurz in der Dusche und kam in ein Handtuch gewickelt heraus. Vor dem Bett ließ sie es fallen. Knolles Blick glitt zwanghaft von den perfekt geformten Brüsten über den Piercingring im Bauchnabel bis zum Schamhaar, das bis auf einen breiten, dunklen Strich ausrasiert war. Ohne den Blick abwenden zu können, schälte er sich aus der Kluft. Ola legte sich unterdessen aufs Bett, hob die Arme über den Kopf, musterte ihn aus kühlen Augen und öffnete ihre Schenkel. Knolles Verstand setzte aus.

7

Lilli stand an der Imbißbude in Ochtrup und aß Pommes frites.

»Ich habe schon angefangen. Erstens hatte ich Hunger, zweitens schmecken sie kalt nicht.«

Verstohlen musterte Rohleff Lillis untersetzte Gestalt, die in den letzten Monaten noch etwas in die Breite gegangen war. Kummerspeck, konstatierte er.

Kaum hatte er eine Currywurst vor sich stehen, meldete sich Harry. Rohleff hörte sich an, was er zu sagen hatte, und lauschte dabei angestrengt auf Geräusche und Stimmen im Hintergrund. Er wartete darauf, daß sich Sabines Anwesenheit verriet. Groß hatte erklärt, soeben zum Mittagessen in ein Restaurant eingekehrt zu sein. Als Feinschmecker begnügte er sich nicht mit dem Fraß aus einer ambulanten Pommesbude.

»Was hat er gesagt?« erkundigte sich Lilli nach Beendigung des Telefongesprächs.

»Daß er voraussichtlich bis morgen bleibt. Übrigens, offiziell ist Patrick bei ihm. So steht es im heutigen Einsatzplan, denk daran, falls dich jemand auf Patrick anspricht.«

»Bevor du mir mit weiteren Vorträgen auf den Wecker gehst, sag mir endlich, was Harry zu berichten hatte.«

»Na schön. Zunächst einmal hat er sich aus Saarlouis gemeldet. Dorthin ist die Leiche des toten Bikers samt Motorrad überführt worden. Wie es ausschaut, ist er nicht am Fundort zu Tode gekommen. Harry hat sich die Fotos angesehen, und da stimmte verschiedenes nicht. Es sah arrangiert aus, wie die Leiche dalag, aber die zuständige Verkehrspolizei von Saarlouis, die den Unfall aufgenommen hat, interessierte das nicht, und er bemüht sich, behutsam vorzugehen, um sie nicht nachträglich aufzuscheuchen. Er vermutet, daß die Leiche von Frankreich rübergeschafft worden ist. Der Mann sollte hier gefunden werden.«

»Er glaubt, Patrick hat was damit zu tun.«

»Schön verrückt, wenn man's bedenkt.«

»Und gefährlich«, sagte sie leise und wischte sich die fettigen Finger ab, »weil wir uns dann mit der Frage Mord oder Unfall näher befassen müssen und wieder mal vor dem Problem stehen, herauszufinden, welchen Part Patrick dabei spielte.«

Rohleff bestellte zwei Kaffee.

»Im Bericht des Arztes steht etwas von Rindenpartikeln, die in einer Platzwunde am Kopf gefunden wurden. Also doch ein Zusammenstoß mit einem Baum, bloß an der falschen Stelle, wenn man versucht, den Unfall nachzuvollziehen. Harry ist dabei, sich alle möglichen Proben zu verschaffen, um Vergleiche anzustellen.«

»Da muß er in Frankreich womöglich lange suchen, um den richtigen Baum zu finden. Hat der Tote auch einen Namen?«

»Mirko Dragovic oder so ähnlich, einwandfrei verstanden habe ich nur den Vornamen.«

»Der reicht mir jetzt.« Lilli tippte etwas in ihr Handy ein.

»Was wird das?«

»SMS an Patrick. ›Mirko D. auf deutscher Seite gefunden. Wie geht's weiter?‹« las sie vor.

»Du bist von der Idee, Patrick sei den Bikern auf den Fersen, wohl nicht abzubringen.«

»Solange du mir nicht den Gegenbeweis lieferst, mach ich weiter.«

»Mit welchem Ziel, Lilli?« fragte Rohleff zweifelnd.

»Mit dem Ziel, daß er nicht vergißt, was er ist, nämlich Polizeibeamter. Und als erstes möchte ich eine Antwort von ihm. Wenn wir die haben, sehe ich eine Chance, ihn zur Rückkehr zu bewegen.«

»Du willst die alte gewohnte Ordnung wieder etablieren, aber das wird dir so oder so nicht gelingen.«

»Du steckst mit drin. Meinst du, ich frage mich nicht, warum wir so was Verrücktes machen? Vielleicht haben wir nur Angst, richtig gemein und egoistisch zu sein, weil wir nicht wollen, daß jemand so zu uns ist.«

»Also sind wir gar nicht edel und gut?«

»Ich bin übrigens noch lange nicht mit Alexanders Freunden durch. Alle haben zunächst in den höchsten Tönen von ihm geschwärmt. Der Knabe muß eine sagenhafte Ausstrahlung gehabt haben. Und erst bei intensivem Nachbohren kam etwas anderes zutage. Einige sagen, so eine richtige Freundschaft hätte nicht bestanden. Zwei klangen am Ende ein bißchen verbittert. Für mich sieht es so aus, als hätte er sich immer wieder für eine gewisse Zeit mit jemandem intensiv befreundet und ihn dann fallengelassen.«

»Waren Mädchen dabei?«

»Sie sagen das gleiche. Eine kurze Zeit sei er Feuer und Flamme gewesen, und dann habe ihn etwas abgelenkt, und er sei einfach aus ihrem Leben verschwunden. Und wenn sie ihn auf sein Verhalten angesprochen hätten, wäre es so gewesen, als hätte er nicht einmal begriffen, wie er mit seinen Freunden umgeht. Einer hat gesagt, Alexander träumte davon, nach Australien auszuwandern.«

»Hat er das kürzlich geäußert?«

»Es hörte sich so an. Soll ich weitermachen? Über die Biker hat mir niemand etwas sagen können. Keiner von den Befragten fährt Motorrad.«

»Übrigens müssen wir noch überprüfen, ob Alexander jemals polizeilich aufgefallen ist. Der Vater sagt zwar nein, aber das muß nichts heißen.«

Lilli kramte ihr Notizbuch heraus und schlug es auf. »Zwei Punkte in Flensburg wegen zu schnellen Fahrens, sonst liegt nichts gegen ihn vor, ich habe das gestern geklärt und nur vergessen, dir mitzuteilen, tut mir leid.«

»Nicht der Rede wert. Wenn du dieses Spülwasser, das uns als Kaffee verkauft wurde, ausgetrunken hast, steig zu mir ins Auto. Deinen Wagen kannst du stehenlassen, ich bringe dich nachher zurück. Heute habe ich ein Päckchen bekommen. An mich gesandt unter der Adresse der Dienststelle. Die Straße und die Hausnummer waren angegeben, als handelte es sich um meine Privatadresse, nichts deutet auf die Dienststelle hin.

Ich hatte noch keine Zeit, es auszupacken. Es stinkt aber, als hätte man mir tote Ratten geschickt.«

»Dann heb es für Harry auf. Soll er sich damit befassen.«

»Wohin fahren wir?« Lilli fragte erst, nachdem Rohleff den Motor angelassen hatte.

»Zum Bikertreff, was wir längst hätten machen sollen.«

»Ohne Motorräder nimmt uns dort niemand für voll. Übrigens, um auf von Ganten zurückzukommen, es schwirren allerhand Gerüchte über den Grund seines Besuchs in der Dienststelle herum.«

»Ich dachte, du bist zu beschäftigt, um dich mit Kantinengeschwätz abzugeben.«

»Mir bleibt gar nichts anderes übrig, da du es nicht für nötig hältst, uns einen Tip zu geben. Ich habe allmählich den Eindruck, nur Harry und ich wissen nicht, was läuft.« Lillis Stimme gewann an Schärfe. »Ich will keine Phrasen dreschen und mich über Loyalität verbreiten.«

»Das ist das richtige Stichwort«, hakte Rohleff rasch ein, »mir schwant, daß Loyalität die entscheidende Rolle bei dem spielt, womit wir uns befassen. Was soll Loyalität konkret sein?«

»Werd hier nicht philosophisch. Und lenk bloß nicht ab. Also klipp und klar: Sprichst du über den Fall oder über uns?« Der Blick, den sie Rohleff zuwarf, funkelte vor Zorn.

»Lilli, euch etwas über von Ganten zu erzählen, bringt wenig bis gar nichts. Gib nichts auf das Geschwätz. Wir haben einen Fall zu lösen und sollten uns darauf konzentrieren.« Er schwieg einen Moment. »Mit einer kleinen Abweichung. Ich schließe mich dir jetzt voll und ganz an, was Patrick betrifft. Ich werde ihn weiter decken. Aber du kannst aussteigen. Danke für den fingierten Bericht von heute morgen. Weitere mußt du nicht verfassen, wenn dir die Sache zu heikel wird, und den einen nehme ich gern auf meine Kappe.«

»Kennst du das Sprichwort: Mitgefangen – mitgehangen?«

»Weise Worte, Lilli, weise und zuweilen tödlich.«

8

Die Vorteile der Gaststätte »Steinbeißer« als Bikertreff lagen auf der Hand. Rohleff hatte ein Weilchen herumkurven müssen, bis ihm ein Bauer auf einem Traktor, hinter dem eine Fuhre frisch ausgebuddelter Kartoffeln hoppelte, den Weg wies. Auf der Speisekarte des Landgasthofs standen ausschließlich rustikale Gerichte, und am Haus dehnte sich ein riesiger, mit dunklem Kies bestreuter Parkplatz, den ein paar Tische und Bänke aus Balken und Bohlen für diejenigen säumten, die unbedingt Blickkontakt zu ihren Maschinen brauchten, um sich wohl zu fühlen.

Allerdings wurden Lillis und Rohleffs Hoffnungen auf eine Rotte in Leder gehüllter, muskelbepackter Gestalten grundlegend enttäuscht. Ihr weißgrünes Dienstfahrzeug ließ die große Fläche nur noch verlassener wirken.

»Sollen wir überhaupt reingehen?« fragte Lilli.

Rohleff studierte die Speisekarte, die draußen in einem Glaskasten aushing.

»Bratkartoffeln mit Spiegeleiern?« fragte er lockend zurück.

»Konntest du nicht an der Imbißbude daran denken?« Lillis Stimme wurde wieder giftig. »Mir ist noch schlecht von den Pommes.«

»Dann wird es dir nach Bratkartoffeln mit Spiegeleiern entweder besser oder schlechter gehen, auf alle Fälle anders.« Rohleff klang optimistisch. »Wenn wir die einzigen Gäste sind, hat der Wirt eine Menge Zeit für uns.«

Es sah aber eher nicht danach aus. Die Gaststättentür war zwar nicht verschlossen, aber in dem Raum dahinter zeigte sich wie schon draußen keine Menschenseele. Trotzdem nahmen Rohleff und Lilli an einem Fenstertisch Platz.

»Um noch einmal auf von Ganten zu kommen: Es nervt mich unsäglich, wenn du nicht mit der Sprache herausrückst. Hör auf, den Übervater zu spielen, der seine Schutzbefohlenen nicht beunruhigen möchte.«

»Müssen wir das hier besprechen?«

»Und ob wir das müssen!« Lilli schlug unversehens mit der flachen Hand auf den Tisch. »Weich mir nicht schon wieder aus.«

»Wie kommst du denn darauf? Lilli, beruhige dich.«

»Vielleicht verstehst du mich nicht: Ich will jetzt sofort wissen, woran ich bin. Wer von uns muß demnächst seinen Hut nehmen? Steht das bereits fest? Was brütest du zusammen mit von Ganten aus?« Sie hatte immer lauter gesprochen.

»Bist du verrückt geworden?« zischte er aufgebracht zurück. »Du kannst ja die Dinge nicht mehr auseinanderhalten.«

»Bitte schön, welche denn? Bin ich zu dämlich, um dir zu folgen?« Sie schrie jetzt.

»Du bist nicht dämlich, nur aus dem Tritt, laß dir das einmal gesagt sein.« Er verlor nun auch die Beherrschung.

»Und du bist in Ordnung? Seit Sabine mit Harry ...«

Rohleff nahm eine untersetzte Gestalt hinter dem Tresen wahr, und noch etwas anderes drang in sein Bewußtsein. Rasch wandte er sich zum Fenster. Zwei Biker, die gerade eine Runde über den Parkplatz drehten, verständigten sich mit einer knappen Handbewegung, dann rauschten sie davon. Rohleffs Faust krachte auf die Tischplatte.

»Der Dämlack bin eindeutig ich. Warum mußte ich auch den Streifenwagen nehmen.« Er versuchte noch aufzuspringen, aber Lilli reagierte schneller und hielt seine Hand fest.

»Versuch es erst gar nicht. Im Sprinten bist du auch nicht mehr so gut.«

Schuldbewußt senkte Rohleff den Kopf. »Ich muß mich bei dir entschuldigen. Ich war kurz davor auszurasten. Was ist bloß in mich gefahren? Ich verstehe das nicht.«

Inzwischen war der Wirt an ihren Tisch gekommen.

»Bei schwerwiegenden Beschädigungen gibt's eine Strafanzeige.« Er spähte durch das Fenster auf den Parkplatz. »Meine Fresse, jetzt randaliert hier schon die Polizei. Wohin soll das noch führen?«

Rohleff betrachtete ihn kühl.

»Zunächst einmal in die Küche, wie ich hoffe. Zweimal

Bratkartoffeln mit Spiegeleiern, Zwiebeln und Speck. Und was willst du trinken, Lilli? Du bist eingeladen als Wiedergutmachung.«

Sie bestellte Kaffee, Rohleff nahm ein kleines Pils.

»Warum sollte ich einen von euch bei von Ganten hinhängen, wenn ich mich mit Patrick selbst reinreite? Mehr kann ich außer Diebstahl und Korruption kaum noch begehen, um meinen eigenen Kopf in die Schlinge zu legen«, nahm er das Thema später wieder auf.

Mit stoischer Miene servierte der Wirt die Getränke.

»Bleiben Sie bitte hier.«

»Was wollen Sie noch? Das Essen dauert, wir machen alles frisch.«

Lilli zog Fotos von Alexander aus ihrer Einsatztasche und legte sie auf den Tisch.

»Und?« fragte der Wirt desinteressiert.

»Kennen Sie den jungen Mann?«

Der Wirt zuckte nur träge die Schultern.

»Ein bißchen präziser, bitte«, forderte Rohleff. »Kommt er öfter, haben Sie beobachtet, wie er sich mit anderen unterhielt und mit wem? Und wann war er das letzte Mal hier?«

»Wollen Sie alles schriftlich?«

Rohleff spürte, wie sein Adrenalinspiegel stieg. Das Tablett flach vor dem Bauch, trat der Wirt den Rückzug zur Theke an.

»Antworten Sie«, blaffte Rohleff hinter ihm her.

Da drehte sich der Wirt wieder um.

»Jetzt hören Sie mal gut zu. Sie glauben doch nicht ernsthaft, daß ich mich einschüchtern lasse. Ich führ hier eine Kneipe und bin allerhand gewöhnt. Mein Grundsatz lautet: Ich behandle alle gleich, solange sie sich anständig benehmen, und darüber hinaus geht es mich nichts an, was meine Gäste miteinander haben. Im Moment herrscht hier tote Hose. Aber kommen Sie mal am Wochenende. In diesem Sommer war an jedem Wochenende die Hölle los.«

»Woher kommen Ihre Gäste?« warf Lilli ein.

»Was weiß ich, von überall. Von Holland rüber, aus dem Ruhrgebiet. Ich stell mich doch nicht auf den Parkplatz und schreib die Kennzeichen auf.«

»Warum setzen Sie sich nicht und trinken einen Kaffee mit uns?« fragte Rohleff.

Ein kritischer Blick traf ihn. »Hab zu tun.« Der Mann entfernte sich wieder.

»Aber Sie haben immer noch nicht unsere Fragen beantwortet. Kennen Sie den Jungen auf dem Foto oder nicht?«

»Muß ich erst drüber nachdenken.« Der Wirt verschwand, ohne sich länger aufhalten zu lassen, durch eine Schwingtür.

»Ich werde noch bekloppt bei diesen maulfaulen Leuten«, beschwerte sich Rohleff.

Der Wirt kam erst mit dem fertigen Essen wieder herein. Neben einem gewaltigen Bratkartoffelhügel glänzten jeweils drei Spiegeleier, garniert mit sauren Gurken, auf den übergroßen Tellern.

»Wie soll ich denn vom Stuhl hochkommen, wenn ich das verdrückt habe?« klagte Lilli, während der Wirt Servietten und Besteck brachte.

»Dieser Junge war in den letzten vierzehn Tagen ein- oder zweimal hier, und er war nicht allein, wie ich glaube«, sagte er.

»Aber wenn unter der Woche so wenig Betrieb ist, müßten Sie das doch genau wissen«, hakte Rohleff nach.

»Einmal war's am Wochenende. Und das andere Mal war gleichzeitig ein Trupp aus dem Ruhrpott da.«

»Die Dortmunder«, sagten Rohleff und Lilli gleichzeitig.

An welchem Tag das Treffen stattgefunden hatte, konnte der Wirt nicht sagen und ebenso wenig über die Begleitung Alexanders.

»Halt auch so'n Junge, taugen alle nichts«, sagte der Wirt und schlurfte davon.

Rohleff fühlte sich nach dem Essen, als hätte er Zement im Magen, dabei hatte er zum erstenmal seit Tagen mit Genuß gegessen. Er erwog, einen Magenbitter hinterherzukippen.

»Viel war es nicht gerade, was wir erfahren haben«, sagte Lilli auf der Rückfahrt in die Innenstadt von Ochtrup.

»Alexander muß sich zweimal mit den Dortmundern an der Unterführung getroffen haben, in der Nacht zu Freitag, als er ermordet wurde, und etwa eine Woche vorher. Eventuell ist da der erste Deal gelaufen.«

»Wieso eine Woche vorher?«

»Denk an die Aussage des Mädchens, das den Motorrad fahrenden Drachen gemalt hat. Kennengelernt hat Alexander die Dortmunder hier, und hier hat er seine erste Verabredung festgemacht. Und wenn wir davon ausgehen, daß er nicht allein war, weiß dieser jemand von den Treffen. Es muß jemand sein, der Motorrad fährt.«

»Also muß ich mich weiter bei seinen Freunden umhören. Für mich klingt das alles recht vage.«

Sie waren bei Lillis Auto angekommen. Lilli hatte vor, noch einmal mit Frau Schröder zu sprechen.

»Ich fahre dir nach, um zu sehen, wie weit Harrys Leute sind«, erklärte Rohleff.

Frau Schröder war allein mit den Technikern und schien beinahe froh, Lilli zu sehen und mit ihr über ihren Sohn reden zu können. Trauerbewältigung.

Auf dem Tisch lag der Prospekt eines Beerdigungsinstituts. Aber bis die Leiche zur Bestattung freigegeben werden konnte, würde noch viel Zeit vergehen. Falls der oder die Mörder nicht vorher gefaßt wurden. Rohleff ging die Treppe hinauf zu den Technikern.

In Alexanders Zimmer wurde jeder Gegenstand akribisch untersucht. Alle Möbel waren von den Wänden gerückt worden, in der Mitte stand ein Tisch, auf dem sich Plastiktütchen mit Proben häuften. Von Ergebnissen konnte noch keine Rede sein. Die Untersuchung würde weitere Tage beanspruchen und sich auf andere Räume ausdehnen. Über der Badezimmertür klebte ein breites Siegel, Schröders mußten sich für die tägliche Hygiene mit der Gästetoilette begnügen oder zum Opa hinübergehen. Rohleff stieg die Treppe hinab ins Wohnzimmer. Lilli schaute auf, als er eintrat.

»Frau Schröder sagte, Beat habe angerufen«, berichtete sie.

»Wüllner? Warum?«

»Ja, warum«, wiederholte Frau Schröder mit leiser Stimme, »Beat ist immer so höflich und besorgt. Er wollte wissen, wie es uns nach diesem schweren Schlag geht. Sogar nach dem Opa hat er gefragt.« Sie stand auf, vor innerer Unruhe schien sie nicht mehr sitzen bleiben zu können.

»Er hat sich früher schon Gedanken um Ihr Wohlergehen gemacht?« fragte Rohleff ungläubig.

»So, wie Sie es eben ausdrückten, wohl nicht. Er kam mir einfach immer so vernünftig vor, nicht so wie andere junge Leute. Er hat Alexander ins Gewissen geredet, wenn er es mal wieder zu toll trieb.« Jedesmal, wenn sie den Namen ihres toten Sohnes aussprach, versagte ihr beinahe die Stimme.

»Wollen wir ein paar Schritte durch den Garten gehen?« Vor allem er selbst sehnte sich nach frischer Luft. Das Wohnzimmer kam ihm stickig vor. »Wir sind gleich wieder da«, fügte er hinzu, als er sah, wie Lilli die Stirn runzelte.

Im Garten holte Frau Schröder tief Atem. »Drinnen ist es wirklich nicht mehr auszuhalten. Unser Haus kommt mir auf einmal sehr fremd vor.«

Rohleff war versucht, ihr von seinem Büro und von der Okkupation durch den Ganter zu erzählen.

»Mir scheint, Beat war doch mit Alexander befreundet«, sagte er vorsichtig.

»Man nimmt ihn so wenig wahr, wissen Sie? Die anderen Freunde sind viel lärmiger. Und außerdem habe ich gar keinen Überblick über Alexanders Kontakte. Schon lange nicht mehr.«

Rohleff ging so nahe wie möglich an den Zaun heran. Sie hatten das Ende der Rasenfläche erreicht, an dieser Stelle schob sich zwischen die Rabatten ein schmaler Pfad, der zu einem Türchen führte. Vom Haus aus hatte er es nicht bemerkt. Er sah jetzt auch die Hütte im Nachbargarten deutlicher und die Ecke eines Geheges.

Frau Schröder war sein Interesse aufgefallen.

»Der Opa hat jetzt niemanden mehr, der ihm hilft.«

Rohleff klinkte das Törchen auf.

»Ich darf doch?« Ohne eine Antwort abzuwarten, betrat er den anderen Garten. Nach einigen Schritten überblickte er das Gehege, das von Stauden eingerahmt war. Zwei Hühner pickten jenseits eines Maschendrahtes.

»Was sind das für Hühner?« fragte er.

Frau Schröder war ihm nachgegangen.

»Wyandotten.«

»Hab ich mir gedacht«, sagte Rohleff stolz, überlegte aber gleichzeitig, daß jetzt eigentlich Knolle da sein müßte, um etwas Fachliches zu äußern. Der Gedanke an Knolle gab ihm einen schmerzhaften Stich. »Was fressen die denn so? Es wächst ja überhaupt kein Gras im Gehege.«

Er ging um das eingezäunte Geviert herum und betrachtete die Hütte. Eine Luke führte an der ihm zugekehrten Schmalseite ins Innere. Vor der Luke lagen Federn und Strohhalme verstreut.

»Das haben sie längst weggefressen. Sie kriegen manchmal Salat oder Rasenschnitt oder frische Brennesseln, aber vor allem Körnerfutter. Darum hat sich Alexander gekümmert.«

»Weiß Ihr Schwiegervater von seinem Tod?« Um die Hühnernester zu sehen, lief er weiter bis zur Tür.

Frau Schröder nickte bekümmert.

»Er hat Fragen gestellt, denen wir nicht länger ausweichen konnten. Aber es schien ihm nicht einmal sehr viel auszumachen. Er meinte, er sieht ihn ja doch bald wieder. Seit dem Tod meiner Schwiegermutter wartet er nämlich auf seinen eigenen.«

Rohleff klinkte die Tür auf, spähte in die Hütte und trat hinein. Geduldig folgte ihm Frau Schröder.

»Die Hühner werden wir wohl abschaffen. Ich weiß ohnehin nicht mehr, wer die Eier essen soll.«

Sie befanden sich in einem dunklen Vorraum, nur durch die Tür fiel Licht herein. Auf dem Boden lagen zwei prall gefüllte Papiersäcke, und auf einem Brett darüber stand ein bis zur

Hälfte geleerter, das Papier war heruntergekrempelt. Der Sack enthielt ein Gemisch verschiedener Körner. Rohleff nahm eine Handvoll heraus und roch daran. Es roch ein bißchen muffig, ein bißchen streng.

»Legen sie viele Eier?«

»Bei den Mengen von Kraftfutter müßten sie wohl. Ich frage mich manchmal, wo die das hinfressen. Kommen Sie«, drängte sie auf einmal, »ich möchte meinem Schwiegervater jetzt nicht begegnen, ich habe nicht die Kraft dazu. Meist kommt er um diese Zeit noch einmal heraus, um nach den Hühnern zu sehen.«

Rohleff war etwas an den Futtersäcken aufgefallen, aber Frau Schröder bestand jetzt so nachdrücklich darauf, die Hütte zu verlassen, daß er nicht genauer nachsehen konnte.

Als sie um den Hühnerstall bogen, schwang die Tür an der hochgelegenen Terrasse des Nachbarhauses auf. Rohleff hatte gerade einen Gedanken gehabt, der ihm wichtig erschien, den er aber durch die plötzliche Ablenkung vergaß.

»Sagen Sie, hat sich Alexander in Kleingrebers Betrieb wohl gefühlt?«

Am Gesichtsausdruck Frau Schröders bemerkte er, daß sie tatsächlich am Ende ihrer Kräfte war, still begann sie zu weinen.

9

Rohleff hatte alle Fenster in seinem Büro aufgerissen. Dann hatte er sich die Verpackung des unangenehm riechenden Pakets noch einmal angeschaut und zur Vorsicht Gummihandschuhe übergestreift. Als er es auf einer Seite anhob, um eine Klinge der Schere vorsichtig in die aufgerissene Ecke einzuführen, klapperte oder klirrte etwas. Er war versucht, jemanden um Hilfe zu bitten, so verdächtig kam ihm die Sendung mittlerweile vor. Von der Idee nahm er wieder Abstand, weil er sich in die Vorstellung verrannte, dabei dem Oberrat in die Arme zu laufen. Der Schnüffelnase würde sofort seine Magenbitterfahne auffallen.

Er würde mit dem Päckchen allein fertig werden.

Mit jeder von drei Lagen verkrumpelten Packpapiers, die er entfernte, verstärkte sich der Gestank. Ein Geruch wie der von verdorbenem Fleisch.

Zum Schluß kam Jutegewebe zum Vorschein.

Dann endlich lag der eigentliche Inhalt vor ihm. Mit angehaltenem Atem betrachtete er ihn, überlegte und griff anschließend zum Telefonhörer. Er rief Lilli an und befahl ihr, unverzüglich zur Dienststelle zu kommen.

»Du bist in zwanzig Minuten hier«, unterbrach er ihren Protest.

Sie schaffte es in achtzehn Minuten und stürmte zu ihm herein. Krachend flog die Tür an die Wand.

»Ich hoffe, du hast den Mörder. Das wäre die einzige akzeptable Entschuldigung für diese neue Unterbrechung«, japste sie.

Stumm wies er auf das geöffnete Paket auf seinem Schreibtisch.

»Das tickt doch nicht?« fragte sie alarmiert und trat heran. »Na hör mal, wegen einer Fahrradkette holst du mich? Igitt, wieso stinkt die so?« Sie zog sich ein Stück zurück und wedelte abwehrend mit der Hand, aber Rohleff winkte sie gebieterisch wieder heran und stand auf. Mit einem Kugelschreiber in der Hand, den er als Zeigestock benutzte, beugte er sich über die Sendung.

»Hab dich nicht so. Schau lieber genau hin. Ich habe auch erst nicht begriffen, was mir da ins Haus geschickt worden ist. Das ist keine Fahrrad-, sondern eine Motorradkette. Die Glieder sind nämlich länger und dicker. Und dann sieh mal das hier. Diese Kettenglieder sind an den Kanten rasiermesserscharf, ich hab's ausprobiert. Die schneiden durch Papier wie durch Luft. Kannst du mir folgen?«

Lilli hielt sich die Nase zu.

»Du meinst nicht, die Kanten sind durch Abnutzung so geschärft?«

»Lilli, ich fahre Fahrrad, aber solche Kanten hat meine Kette nicht, und an einem Motorrad können sie auch nicht auftreten, nicht durch normalen Gebrauch.«

»Das heißt, die Kanten sind zurechtgefeilt. Wer schickt dir so etwas?«

»Den Absender habe ich nicht entziffern können. Denk doch mal an unseren Mordfall.«

»Alexander Schröder? Es kann doch nicht alles, was hier hereinflattert, mit dieser Sache zu tun haben. Wir haben noch andere Fälle zu bearbeiten.«

Eigensinnig schüttelte Rohleff den Kopf. »Eine Motorradkette flattert nicht. Damit schlägt man zu.«

»Wer benutzt so was?« Trotz Ekels beugte sie sich jetzt gleichfalls vor. »So gesehen, könnte das, was zwischen den Gliedern klebt, Blut sein, kommt daher der Gestank? Woher hast du die Kette?«

»Die ist mir aus Frankreich zugeschickt worden.«

Lilli sank auf den Stuhl vor dem Schreibtisch.

»Du glaubst, es ist die Tatwaffe. Zugeschickt aus Frankreich?«

Rohleff nickte. »Mach weiter, worauf bringt dich das?«

»Wenn ich ganz verrückte Schlüsse ziehen wollte«, sagte Lilli zögernd, »würde ich sagen, mit der Kette ist auch Patrick verletzt worden.« Ihre Stimme wurde leiser. »Es kleben noch Fleischreste dran, und es riecht nach Verwesung.«

Einen Augenblick dachten beide an den zerfleischten Körper Alexander Schröders.

»Worauf schließt du noch?« fragte Rohleff.

»Woher, sagst du, ist dir die Kette geschickt worden?« Plötzlich hellte sich Lillis bekümmerte Miene auf. »Ja, Karl, dann ...«, sie lief um den Schreibtisch herum und umarmte Rohleff, »dann wissen wir eins jetzt genau: Patrick ist in der Fahndung. Wir hatten recht.«

Rohleff fand es überraschend angenehm, den drallen Körper Lillis zu spüren, und bedauerte es, als sie ihn wieder losließ. Dafür entschädigte ihn ihr strahlender Blick.

»Patrick jagt die Dortmunder Biker.«

»Mal langsam, Lilliken. Leider habe ich bisher noch nichts

entdecken können, was unsere Vermutung bestätigt. Es lag kein Zettel oder Ähnliches dabei, was Patrick als Absender ausweist, und auf der Verpackung steht auch nichts dergleichen.«

Lillis Optimismus war nicht mehr zu bremsen. »Ich pfeif darauf. Für mich ist die Sache klar.«

Rohleff zog das Telefon heran und suchte in seinem Notizbuch nach einer Nummer. Er wählte.

»Wen rufst du an?« fragte Lilli.

»Harry, er muß zurückkommen. Ich brauche ihn hier.«

Als sich Groß meldete, gab er ihm die Anweisung, seine Untersuchung in Saarlouis oder wo auch immer, sofort abzubrechen, und erläuterte knapp, warum.

»Ihr kommt nicht mal einen Tag ohne mich aus.«

Die Bemerkung ärgerte Rohleff. Nur zu gut konnte er sich das zufriedene Gesicht von Harry Groß vorstellen.

»Spar dir deine Kommentare, steig einfach ins Auto und komm her.«

»Mach ich, Chef. Mein Phantompartner Patrick kann ja für mich weiterermitteln.«

»Darüber reden wir noch.« Rohleff unterbrach die Verbindung.

»Sollten wir die Kette nicht schleunigst ins Labor der Rechtsmedizin schicken? Dafür brauchen wir doch Harry nicht«, sagte Lilli, der Rohleffs Anwandlung von Mißmut nicht entgangen war.

»Er soll Proben entnehmen und zwar möglichst viele, und sich ein System für die Etikettierung überlegen, das nicht jeder im Labor gleich durchschaut.«

»Natürlich«, sagte Lilli nachdenklich, »natürlich. Patricks DNA müßte auch auftauchen. Und eventuell die des Täters.«

»Richtig, und ich möchte, daß Harry bei den Abgleichen dabei ist. Er soll mit den Proben selbst ins Labor fahren und dafür sorgen, daß alle Spuren, die auf Patrick hinweisen, vorerst unter der Decke bleiben. Über Patricks Rolle haben wir eine Menge Vermutungen, aber keine Gewißheit.«

Lilli kehrte zu ihren Befragungen zurück, nachdem sie eine weitere SMS an Knolle gesandt hatte. Rohleff blieb im Büro und nahm zwei Anrufe entgegen. Als erstes meldete sich Sabine. Sie klang abgehetzt, als wäre sie gelaufen.

»Entschuldige, daß du erst jetzt etwas von mir hörst.«

»Du hast es nicht schon früher versucht? Mein Handy war nicht immer eingeschaltet.« Rohleff hörte sein Mißtrauen selbst heraus. Er lauschte auf Nebengeräusche, hörte aber seltsamerweise nur Wasser rauschen. »Von wo rufst du an?«

»Hast du meinen Zettel nicht gefunden? Er lag neben der Kaffeekanne. Meine Mutter hat ganz früh heute morgen angerufen, es geht ihr schlecht. Deshalb bin ich sofort aufgebrochen.«

»Du hast dein Auto nicht genommen.«

»Ich habe mir ein Taxi kommen lassen und habe gerade noch den Zug nach Münster erwischt. Und dort bin ich umgestiegen. Warum fragst du das alles?«

Seine Schwiegermutter wohnte in Wuppertal, er überlegte, ob Harry Sabine nicht doch hatte mitnehmen können. Er würde das auf der Karte nachprüfen. Möglicherweise würde er sie auf der Rückfahrt in Wuppertal absetzen, damit aus ihrer Ausrede doch noch Wahrheit würde. Sie wußte genau, daß er seine Schwiegermutter nur im äußersten Notfall anrief.

»Was fehlt deiner Mutter?« erkundigte er sich ausweichend.

»Sie hat eine schwere Sommergrippe. Vorhin war der Arzt da. Er sagte, daß sie mindestens eine Woche das Bett hüten muß. Sie kann nicht einmal allein zur Toilette gehen.«

Das Wasserplätschern hatte aufgehört.

»Was machst du gerade?«

»Ich setz Tee auf. Sie soll viel trinken. Kommst du ohne mich zurecht?«

»Du hast mich in letzter Zeit doch sehr schön trainiert. Ich wechsele täglich die Unterwäsche und vergesse nicht, abends mit Berni Gassi zu gehen.«

Mit seiner letzten Bemerkung erschreckte er sich selbst. An Berni hatte er den ganzen Tag noch nicht gedacht, es wurde höchste Zeit, daß er sich um ihn kümmerte.

»Du warst doch heute mittag mal kurz zu Hause?« Jetzt klang sie argwöhnisch. »Es ist dein Hund.«

»Melde dich wieder, wenn dir deine Mutter die Zeit läßt.« Jetzt lag ihm daran, möglichst rasch das Gespräch zu beenden.

Bevor er sich aber auf den Weg nach Hause machen konnte, rief Niklas Scheipers an.

»Sie wollten doch, daß ich noch mal anrufe.«

Rohleff überlegte, warum er das gefordert hatte, kam aber zu keinem Ergebnis, weil er Berni vor sich sah, der mitten in die Küche schiß.

»So?« brummte er und schielte auf die Uhr. Normalerweise hätte er längst Feierabend gehabt.

»Na ja, Alex war doch ein Kumpel von mir.«

»Und das fällt Ihnen jetzt erst ein?«

»Kumpel und Kumpel ist nicht immer das gleiche. Und ich misch mich nicht gern in anderer Leute Angelegenheiten, das bringt nur Ärger.«

Der Junge ging Rohleff auf die Nerven.

»Wenn Sie mir etwas mitzuteilen haben, sagen Sie es. Und zwar jetzt, ohne Umschweife. Und morgen werden Sie herkommen, Ihre Aussage wiederholen und das Protokoll unterschreiben. Ist das klar?«

»Dann hat das Ganze doch sowieso bis morgen Zeit. Wann soll ich dasein?«

»Am besten gleich um acht. Dann versäumen Sie am wenigsten von Ihrer Arbeitszeit.«

Rohleff hatte von dem Lümmel die Nase voll, er ließ ihm keine Zeit zu einer Entgegnung, das Gespräch war beendet.

Kapitel 6

1

Als Knolle erwachte, brannte das Licht. Zusammengerollt wie ein Kind, lag Ola neben ihm, die Decke bis ans Kinn gezogen. Verunsichert sah er ihr ins Gesicht, das nun sehr weich und sehr jung wirkte. Am Wimpernsaum glitzerten Tränenspuren. Ihr Anblick rief eine heftige Welle von Schuld und Scham hervor. Am liebsten hätte er jede Erinnerung an die letzten Stunden verdrängt.

Er hatte keine Zeit mit Zärtlichkeiten verschwendet, sondern war unmittelbar über sie hergefallen, es war ihm so vorgekommen, als hätte sie ihn zu diesem rücksichtslosen Verhalten herausgefordert. Es hatte so wenig mit dem zu tun gehabt, was ihn mit Maike verband, daß er es auch jetzt nicht unter Ehebruch einordnete, mit Ehebruch hatte dieser animalische Vorgang nichts gemein, verachten mußte er sich dafür trotzdem.

Vorsichtig, um sie nicht zu wecken, glitt er aus dem Bett, denn er hätte sie nicht noch einmal berühren können.

Seine Kleidungsstücke lagen dort, wo er sie fallengelassen hatte, aber im Badezimmer merkte er, daß Ola aufgestanden sein mußte, während er schlief.

Der Boden schwamm, als wäre die Dusche übergelaufen, und sämtliche Handtücher waren klatschnaß über die Stange des Vorhangs geworfen. Kurz überlegte er, ihre Sachen auf dem Hocker zu durchsuchen, weil er aber wieder an sein rüdes Verhalten ihr gegenüber denken mußte, verzichtete er darauf. Rasch zog er sich an und machte das Licht aus, bevor er hinausging. Die Sonne würde erst in zwei Stunden aufgehen.

Das Örtchen Quemigny-Poisot lag der Karte nach etwas unterhalb eines langgezogenen Bergrückens.

Die Straße dorthin wand sich in aberwitzigen Haarnadelkurven, die die eigentliche Strecke von der Hauptstraße über den

Berg verdreifachten. Bevor er den höchsten Kamm überquerte, hatte er bereits einige niedrigere hinter sich, die sich wellenförmig in die Höhe staffelten. Er roch Bergluft. Die bewaldeten Täler und Hänge ließen sich im Dunkeln nur erahnen.

Er erreichte ein verschlafenes Nest mit gepflasterten Gassen und grauen Mauern, in deren Fugen Unkraut sproß, beleuchtet von wenigen Laternen. Nicht einmal ein Hund bellte, nur eine Katze huschte in eine Toreinfahrt, als er im Kriechgang durch das Städtchen tuckerte.

Der Bikertreff lag am Ortsausgang.

Riesige Platanen bildeten ein Dach, unter dem sich Motorräder aneinanderreihten, Knolle schätzte die Anzahl auf sieben bis acht Dutzend, das hieß, er würde nach den Dortmunder Bikes eine Weile suchen müssen.

Der Gasthof war ein langgestrecktes, behäbiges Gemäuer aus Bruchsteinen, aber es war offensichtlich, daß er so viele Gäste auf einmal nicht fassen konnte. Deshalb standen ein paar Zelte unter den Platanen und davor etliche Campingstühle nebst wackligen Tischchen, voll beladen mit leeren Bier-, Wein- und Schnapsflaschen. Gläser waren seltener.

Knolle näherte sich vorsichtig, bis er am Rand des Platzes eine freie Stelle fand, wo er seine Maschine so abstellen konnte, daß er sie in dem Gewimmel auf Anhieb finden würde. Möglicherweise mußte er sich sehr plötzlich wieder davonmachen, da mochte jede Sekunde zählen. Deshalb ließ er die Benzinhähne offen.

Kerzen und eine Öllampe blakten auf einem der Tische. Während er sich im Schatten der Platanen heranpirschte, brach die letzte Gruppe von Bikern auf. Einer löschte die Lichter. Drei torkelten zu einem der Zelte, zwei, die zumindest dem Gang nach nüchterner wirkten, strebten dem Gasthof zu. Vor allem der eine hatte Knolles Interesse erregt. Ein breit und untersetzt gebauter Kerl, völlig in schwarzes Leder gekleidet. Als er sich über die Kerzen gebeugt und den Daumen auf den Docht gedrückt hatte, um die Flammen zu ersticken, fiel Knolle der gewaltige Schnauzbart auf.

Knolle war sich ziemlich sicher, Drag gefunden zu haben,

den Mann mit dem Drachenhelm. Tatsächlich machte Drag vor der Gasthoftür einen Schlenker zur Seite und fummelte an einem Motorrad herum, an dem im Licht einer Funzel neben dem Eingang viel Chrom blinkte. Es konnte sich nur um die Harley handeln.

Danach verschwand Drag im Inneren des Hauses, sein Begleiter war vorangegangen.

Knolle beobachtete aufmerksam die dunklen Fenster an der Front, aber in keinem flammte in den nächsten Minuten Licht auf. Deshalb huschte er zur Schmalseite weiter. Dort gab es, wie er gehofft hatte, tatsächlich ein erleuchtetes Fenster und davor einen Holzbalkon, der sich über die gesamte Wand zog.

Klettern war nie seine Stärke gewesen, im flachen Münsterland fehlten dafür die Gelegenheiten, abgesehen von dickleibigen Eichen und Buchen.

Zuerst versuchte er, Mauerfugen und vorspringende Steine zu nutzen, rutschte aber ab. Die Zeit drängte. Deshalb holte er sich einen der Campingtische, stieg darauf, holte tief Luft und sprang. Seine Hände klammerten sich an die Balkonbohlen, seine Füße strampelten im Leeren, das verletzte Bein schmerzte nicht nur, es hing zentnerschwer und ungelenk herab, fast war er drauf und dran, sich fallen zu lassen. Aber das würde den Schmerz noch verstärkt haben. Einen Moment überkam ihn absolute Hilflosigkeit.

Ein Klimmzug brachte ihn auf Augenhöhe mit den unteren Enden der Geländerstäbe. Schwerfällig hangelte er sich hoch. Sobald er auf dem Balkon Fuß gefaßt hatte, schlich er halb hinkend, halb geduckt bis zu dem Fenster, aus dem Licht drang. Seitlich an die Hauswand gepreßt, riskierte er, ins Zimmer zu spähen. Es mußte rasch gehen. Nur einen Atemzug lang streckte er den Kopf vor.

Gardinen und Vorhänge waren weit zur Seite gezogen. Ein Mann stand neben dem Doppelbett, legte die Lederjacke ab und sprach mit jemandem durch die geöffnete Tür des Badezimmers. Knolle sah ihn nur von hinten und war sich daher nicht sicher, ob es sich um den Begleiter Drags handelte.

Leider verstand er von dem Gemurmel kein Wort, deshalb duckte er sich wieder und tastete am Rahmen des Fensters entlang, dessen zwei Flügel nicht fest geschlossen schienen. Der Flügel, den er sacht nach innen drückte, gab quietschend nach. Der Mann im Zimmer schnellte herum.

Knolle schätzte ihn wenigstens einen Kopf größer als Drag, ein ausgewachsenes Muskelpaket, das sich außerdem sehr ausgeschlafen bewegte. Jetzt schwang das Fenster ganz auf und im letzten Moment, bevor sich Knolle abwandte, um zu fliehen, sah ihm der Mann direkt ins Gesicht und lächelte siegessicher. Alle Zweifel verflogen. Die Biker hatten auf ihn gewartet. Zwei im Licht und die übrigen beiden im Schatten verborgen.

Er rannte bis zum hinteren Ende des Balkons und flankte bereits über das Geländer, als er den Muskelmann durchs Fenster springen hörte. Ein dumpfer Aufprall, der den Balkon in Schwingung versetzte. Unten fiel Knolle zum Glück so, daß er nach hinten abrollen konnte, auf Schmerzen achtete er überhaupt nicht mehr. Aber als er aufspringen wollte, war schon jemand über ihm und rammte ihm die Faust in den Magen.

»Ich hab ihn«, schrie sein Gegner.

Knolle riß die Füße hoch und trat zu. Der andere flog zurück, den Moment nutzte er, um sich seitwärts wegzudrehen und hochzukommen. Ein weiterer Aufprall sagte ihm, daß der Mann aus dem Zimmer inzwischen ebenfalls vom Balkon gesprungen war. Knolle hatte nicht mehr als einen winzigen Vorsprung. Er hetzte zu seiner BMW, startete und stülpte im Abfahren den Helm über. In letzter Sekunde griff jemand nach ihm, rutschte aber am Glattleder seiner Jacke ab, während er die BMW auf dem trockenen, plattgefahrenen Gras wie auf Öl seitwärts ausbrechen ließ.

Als er vom Platz preschte, sprang hinter ihm ein Motor an.

Die Straße, auf der er den Ort durchquert hatte, war eine Einbahnstraße, er befuhr sie trotzdem in der falschen Richtung, um nicht lange nach einer geeigneteren suchen zu müssen. Beinahe hatte er das Ortsende erreicht, da flog aus einer Seitengasse ein Motorrad heraus und auf ihn zu. Es war die Honda.

Der Mann auf ihr war der gleiche, der ihn unter dem Balkon in Empfang genommen hatte, der, dem er die Wunde am Bein verdankte, der Kettenschwinger.

Knolle erfüllte, während er die erste scharfe Kehre nahm, weniger Furcht, als vielmehr grenzenlose Wut, ein heißkaltes Fieber, Rachedurst, ein Schrei nach Vergeltung.

Auf der kurvenreichen Strecke konnte keiner von ihnen seine Maschine voll ausfahren, aber es ging Knolle ohnehin nicht darum, lediglich zu entkommen, er wollte den Honda-Mann erledigen, ausschalten. Ein paarmal ließ er ihn aufholen, dann gab er wieder Gas. Im Licht der Scheinwerfer flackerten die Straßenränder vorüber, immer wieder war die Trasse in den Höhenzug gegraben, auf einer Seite stieg die Bergflanke jäh an, auf der anderen drohte der Abgrund. Beim erstenmal tippte Knolle nur als Warnung und in einem verschwommenen Gefühl für Fairneß die Bremse zart an, das hätte seinem Gegner genügen müssen, um zurückzufallen. Aber er begriff die Warnung nicht. Vielleicht dachte er, Knolle wollte aufgeben, oder er überschätze seine Fahrkünste.

Beim zweitenmal zog Knolle das Programm voll durch. Er ließ den anderen aufrücken, bremste und zwang damit den Honda-Fahrer, ebenfalls zu bremsen, und zwar mitten in einer Kehre. In extremer Schräglage, die Knieschleifer auf dem Asphalt. Knolles BMW stellte sich senkrecht und fuhr geradeaus auf den Straßenrand zu. Noch bevor der Vorderreifen über die Kante knirschte, gab er Gas und zwang die Maschine, am äußersten Rand des Abgrunds vorbei, zurück in die Kurve. Hinter sich hörte er einen Schrei. Jäh brach er ab, ein Gepolter folgte, das sich in der Tiefe verlor. Knolle hielt nicht an, schließlich wußte er nicht, ob er noch weitere Verfolger hatte, vermutete aber, sie vorerst ausgebremst zu haben.

Den Rest der Strecke bis Clos-Vougeot legte er langsamer zurück, sein linkes Bein brannte höllisch. Ursprünglich hatte er gar nicht zurückkommen wollen. Dann sagte er sich, daß er ein Mädchen, mit dem er geschlafen hatte, nicht einfach wie eine heiße Kastanie fallenlassen konnte. Außerdem hatte er seine Regenkluft vergessen, die noch auf dem Badezimmerhocker lag. Unter dem schwarzen Stringtanga, den Ola als letztes abgestreift haben mußte. Und Ola schuldete er eine Entschuldigung für sein machohaftes Verhalten, das vor allem. Es widerstrebte ihm, sich als Schwein so einfach sang- und klanglos aus ihrem Leben zu stehlen.

Sie war wach und musterte ihn mit ihrem kühlen, grünen Blick.

Das eigentliche Problem bestand darin, sich angemessen mit ihr zu verständigen. Er hoffte, ihr wenigstens durch seinen Tonfall einiges klarmachen zu können.

»Hör mal, Ola, das mit uns war ein Irrtum«, begann er stammelnd, sie hörte ihm aufmerksam zu. »So was mach ich sonst nicht, nie.« Unbewußt drehte er an seinem Ehering. »Vor allem nicht so, verstehst du? Für Frauen habe ich auch keine Zeit, ich habe nämlich was zu erledigen. Ich hab mit ein paar Knilchen eine Rechnung offen. Zwei habe ich kaltgestellt, bleiben drei übrig. Und wenn ich mich mit denen befasse, störst du bloß, oder du gerätst in die Schußlinie, und bei allem, was zwischen uns gewesen ist, will ich das vermeiden. Ich laß dir ein paar Euro da, und dann suchst du dir jemand anderes.«

Er zog seine Brieftasche heraus.

Ola streifte die Decke herunter und stellte ein Bein auf. Weil sie nach wie vor nackt war, bemerkte er jetzt, daß sie abgesehen von ihrem üppigen Busen mager wie eine streunende Katze war. Ihre Rippen traten hervor, und auf diesen Rippen zeichneten sich einige recht frisch wirkende blaue Flecken ab, die ihn nicht nur in Verlegenheit setzten, sondern wieder die Scham hochspülten, heftiger als beim erstenmal, weil sie ihn nun ansah.

Rein verrückt machte ihn die Hand Olas, die an der Innenseite ihres Schenkels entlangglitt und schließlich auf dem schwarzen Haarstrich zwischen ihren Beinen landete. Und während er vergaß weiterzureden und selbstvergessen das Geld wegsteckte, begann Ola, sich vor seinen Augen selbst zu befriedigen und dabei sehr gekonnt zu stöhnen. Das hielt er dann doch nicht aus. Das Zuschauen. Er riß sich die Jacke herunter.

»Aber dann ist Schluß mit uns, ja?« schrie er aufgebracht, aber nicht mehr fähig, sich im Zaum zu halten.

»Wieso?« fragte Ola.

2

Rohleff hatte noch einmal mit Groß telefoniert und dann mit Lilli vereinbart, sich mit ihr abends wieder im Büro zu treffen, sobald Groß eingetroffen war. Auch Lilli verbrachte vorher zwei Stunden zu Hause. Er selbst ging eine große Runde mit Berni spazieren, um sein Gewissen zu beruhigen. Gegen halb zehn trafen sie sich im Labor.

Die Dienststelle war bis auf die Wachhabenden verlassen, die Flure rochen dumpf nach den Reinigungsmitteln, mit denen die Putzfrauen Fliesen und Linoleum bearbeitet hatten. Der Kaffeeautomat spuckte, von Husten und Röcheln begleitet, die Plastikbecher nur noch halbvoll. Rohleff nippte an dem bitteren Gebräu, bevor er Lilli den zweiten Becher reichte, den dritten, den für Groß, nahm er selbst mit. Groß würde die Aufmunterung für die Nachtschicht, die ihm bevorstand, brauchen.

Wie ein Juwelenfachmann trug Groß eine Lupenlampe an einem Stirnband. Auf seinem großen Tisch in der Raummitte hatte er die Kette und daneben das Verpackungsmaterial ausgebreitet. Einige verstöpselte Glasröhrchen standen, für die Weiterleitung fertig etikettiert, in einem Gestell bereit, andere, leere, lagen in einer Schale. Die Schmalseite des Tisches bedeckten akkurat in Reihen ausgelegte Notizzettel. Später würde Groß seine Erkenntnisse in seine Computerdateien übertragen. Über die Kette gebeugt, hantierte er mit Pinzetten und feinsten Skalpellen, als Rohleff und Lilli eintraten.

Nicht zum erstenmal dachte Rohleff, daß Groß für höhere Aufgaben berufen war. In den Jahren, die er mit ihm zusammengearbeitet hatte, hatte Groß keinen Fortbildungskurs versäumt, er war ein absoluter Experte auf seinem Gebiet, befähigt, in den besten Teams zu arbeiten, für das sonst eher verschlafene Steinfurt längst überqualifiziert.

»Seit wann bist du hier?«

»Seit einer Stunde, gib her.«

Groß streckte die Hand nach dem Kaffeebecher aus und stürzte den Inhalt die Kehle hinunter. Wie erwartet, verzog er das Gesicht.

»Kodierst du deine Proben auch ordentlich?« fragte Rohleff, bevor sich Groß über den Kaffee beschweren konnte.

»Schon passiert. Ich mische einige Röhrchen mit Spuren aus anderen Fällen dazwischen, das wird die Labormäuse genügend verwirren. Ist schon bizarr, die Kette.«

»Und wir wissen nicht einmal, wer sie geschickt hat«, sagte Lilli.

»Doch«, setzte Groß dagegen. »Der Bahnhof von Metz.«

Rohleff ärgerte sich, daß ihm Groß wieder einmal einen Schritt voraus war.

»Metz stimmt, Lilli«, sagte er.

Lilli stellte ihren Kaffee ab und betrachtete das Packpapier mit den vielen Stempeln näher.

»Links oben«, schnarrte Groß, »ist ziemlich verwischt und nur mit der Lupe eindeutig zu identifizieren: Gare du Metz. Metz paßt hervorragend. Von dort sind es keine fünfzig Kilometer bis zu der Stelle, wo Mirko Dragolic vorgeblich an einem Baum zu Tode gekommen ist. Patrick scheint eine ganz hübsche Schneise zu pflügen. Möchte wissen, was er jetzt treibt.«

Es mutete ein bißchen so an, als ob Groß zwischen faulenden Zähnen pulte. Dabei kaute er unentwegt und schob etwas von einer Backe in die andere, dieses Gemümmel mitansehen zu müssen und die immer noch Verwesungsgerüche verbreitende Kette verursachten bei Rohleff eine leichte Übelkeit.

»Wer sollte uns aus Metz die Kette zugesandt haben? Der Bahnhofsvorsteher?«

»Kumpel Patrick«, antwortete Groß prompt und nahm einen Zettel auf, der sich in Farbe und Form von den übrigen deutlich unterschied. »Der steckte zwischen den Packpapieren. Es ist nur so eine Vermutung von mir. Kennt einer von euch Patricks Schrift genauer?«

»Ich«, Lilli griff nach dem Zettel, »seit ich seine Unterschrift fälsche. Das ist Patricks Schrift. Es scheint so, als hätte er jemanden beauftragt, uns die Kette zu schicken, und derjenige sollte nicht ahnen, daß die Sendung an die Polizei geht.«

»Also richtig undercover?« fragte Groß süffisant. »Gehörte dazu auch, daß er das Päckchen unfrei hat schicken lassen?«

»Vielleicht hatte er kein Kleingeld, ist das wichtig?«

»Alles ist wichtig«, beharrte Groß, »war er in Eile? Oder hat er das Päckchen im Bahnhof verloren? Jemand hat es gefunden, und statt die Kette wegzuwerfen, hat er sie als Stinkbombe an die beigefügte Adresse geschickt.«

»Ein lustiger Vogel vom Bahnhofspersonal? Wie gut, daß ich Patrick schon per SMS mitgeteilt habe, die Kette sei angekommen.«

»Schöne Idee«, sagte Groß und pfiff leise.

Rohleff wäre lieber ins Büro hinaufgegangen, blieb aber, um nicht persönlichen Schwächen nachzugeben.

»Wie weit bist du mit deinen Befragungen, Lilli?« erkundigte er sich.

»Ich habe acht Personen aus Alexanders Freundeskreis gesprochen. Wieder erwähnte jemand Australien. Und auf andere Motorradfahrer bin ich immer noch nicht gestoßen. Deshalb habe ich nach dem Verhältnis Alexanders zu Beat und zu Niklas gefragt.«

»Was fahren die Knaben denn?« warf Groß ein.

Rohleff fand seine Einmischung lästig. »Niklas fährt ein schweres Motorrad, nicht, Lilli? Und Beat«, er besann sich kurz, »Luftpumpe.«

»Beat fährt ein Moped, um genau zu sein, deshalb wird er von Niklas nicht für voll genommen«, ergänzte Lilli, »einer nannte Beat eine Tunte. Sehr beliebt scheint der arme Kerl wirklich nicht zu sein, allgemein wurde Verwunderung geäußert, daß sich Alexander überhaupt mit ihm abgab.«

»Warum sollte das wichtig sein?« mischte sich Groß erneut ein. »Die Tatwaffe liegt hier auf dem Tisch, und wir müssen nur noch wissen, wer von den Dortmunder Bikern mit dem Ding zugeschlagen hat. Fingerabdrücke und DNA von diesem Mirko hab ich uns verschafft, ich bin gespannt, ob was davon auf der Kette auftaucht, obwohl mir ein Toter als Täter nicht richtig in den Kram paßt. Die Tatsache, daß Patrick hinter dem Rest der Bande herhetzt, scheint auch mehr für einen anderen Täter zu sprechen. Ich schlage vor, unsere Kollegen aus Frankreich zuzuschalten, Karl. Patricks Alleingang ist nicht mehr vertretbar.«

»Überlaß das mir«, sagte Rohleff scharf.

»Bitte, bitte«, lenkte Groß betont unterwürfig ein, »du bist der Boß. Und was tut sich sonst so in unserem Laden? Ich war ja einen Tag nicht da. Auch wenn du für uns entscheidest, wären wir doch gern ein bißchen informiert.«

»Du spielst auf von Ganten an?« hakte Lilli ein.

»Ganz recht«, bestätigte Groß und drehte seinen Stuhl so, daß er Rohleff voll ins Gesicht sehen konnte.

Einen Augenblick war Rohleff wieder versucht auszuweichen, aber dann entschied er sich, rückhaltlos die Wahrheit zu bekennen.

»Es spricht einiges dafür, daß unsere Abteilung komplett aufgelöst wird.« Er ließ den beiden anderen einen Moment, um die Nachricht aufzunehmen, bevor er weitersprach. »Du hast mich ein paarmal nach den Absichten von Gantens gefragt, Lilli. Natürlich weiß ich, was getratscht wird. Von Ganten hat mir gleich am Montag erklärt, er sei hier, um Einsparmöglichkeiten zu überprüfen, was im Klartext Stellenabbau heißt. Ihr wißt so gut wie ich, was der Innenminister seit Monaten auf dem Programm hat: Reduzierung des Beamtenapparats, Verschlankung der Bürokratie. Nur daß wir hier gerade kein Bürokratenhaufen sind und von unseren Überstunden mindestens einen Monat Sonderurlaub machen könnten. Es hat mich ein paar Tage gekostet, um zu begreifen, um was es wirklich geht. Wie ich das sehe, werden in Zukunft die Mordermittlungen von Münster aus geführt, davon war bereits vor Jahren die Rede. Die schöne Idee ist jetzt nur aufgegriffen worden. Unsere restlichen Aufgaben werden von den anderen Abteilungen mitübernommen, und wir werden versetzt. Aber vielleicht schicken sie mich als den Ältesten von uns vorzeitig in Rente. Von Gantens Aufgabe besteht darin, uns im Vorfeld gefügig zu machen, damit wir gegen die Änderungen, die längst beschlossen sind, nicht laut protestieren. Er ist nur ein Strohmann für die Entscheidungsträger, ein armseliger Wicht. Ich bin mir zwar ziemlich sicher, aber ich habe keine Beweise, das war der eigentliche Grund für mein bisheriges Schweigen.«

»Ratte, Schleimscheißer«, zischte Groß, und zunächst glaubte Rohleff, er wäre damit gemeint.

»Das lassen wir uns doch nicht gefallen«, fuhr Lilli auf.

»Was willst du dagegen tun?« sagte Rohleff lahm, »ich möchte diesen Fall zu Ende führen, und zwar auf unsere Art und ohne Hilfe von außen. Für dein Labor besteht wohl die geringste Gefahr, Harry, du wirst immer gebraucht.«

Groß verzog das Gesicht zu einer Grimasse. »Wie beruhigend für mich. Wahrscheinlich darf ich bis zur Pensionierung Verkehrsunfälle untersuchen und Leuten Fahrerflucht nachweisen. Wenn ich nicht böse Jungs überführe, die Omas die Handtaschen klauen. Du sagst, du hast keine Beweise. Sollten wir uns die nicht zuerst verschaffen?«

»Unterziehst du von Ganten einem hochnotpeinlichen Verhör, oder soll ich das übernehmen?« erkundigte sich Lilli.

»Ich dachte mehr an von Gantens Laptop-Köfferchen. Methodisch, wie er ist, wird er alles für uns Wissenswerte gespeichert haben. Wir brauchen nur mal nachzusehen.«

»Schöne Idee«, warf Rohleff ein, »und wie gedenkst du an den Koffer heranzukommen?«

Groß grinste und deutete auf den Tisch. »Das beste Mittel dazu haben wir hier. Der Ganter braucht von diesem letzten Tageseinsatz nichts zu wissen. Lilli übernimmt das Köfferchen, und du hilfst mir, das Mistvieh eine Weile festzuhalten. Und steck dir morgen dies zwischen die Zähne.« Groß holte einen Kaugummistreifen aus seiner Kitteltasche. »Eukalyptus hilft angeblich gegen Seekrankheit, vielleicht ist auch nur das Kauen relevant. Auf alle Fälle bist du damit einigermaßen unempfindlich gegen den Aasgeruch. Auf meinem Schreibtisch liegt übrigens ein Bericht für dich zum Weiterreichen. Er ist ein bißchen dünnblütig, aber ich hab vor, Patricks Kürzel drunterzusetzen. Dauert nur eine Sekunde, dann kannst du ihn mitnehmen.«

»Warum willst du das machen?« fragte Rohleff. Groß hielt ihm immer noch den Kaugummi hin.

»Ich mag ja in deinen Augen ein Arsch sein, aber erstens häng ich keinen Kollegen hin, und zweitens bringt mich der Ganter mit seinen Machenschaften auf die Palme. Ich zieh da mit Lilli gleich: Wir lassen uns so was nicht gefallen.«

Rohleff hätte ihm immer noch gern eine reingehauen, nahm aber jetzt das Kaugummi an.

Als er die Sitzung für beendet erklärte, ließ er noch einmal seinen Blick schweifen, als hätten sie für den nächsten Morgen eine Abschiedsvorstellung geplant. Neben einigem eingetüteten Krimskrams aus Alexanders Zimmer lag auch, Stück für Stück in Plastik verpackt, das zu Alexanders Motorrad gehörende Zubehör, darunter ein Schraubenschlüssel und eine verdreckte Luftpumpe, und wartete darauf, untersucht zu werden. Rohleff fragte sich, warum ihm das Zeug zu denken gab, grübelte aber nicht weiter. Seiner Erschöpfung nach war er fertig für den Tag.

3

Knolle fühlte sich so schlapp wie ein nasser Waschlappen. Schlapper noch, ausgelaugt. Eine Weile war er damit beschäftigt, sich in seinen angeschlagenen Zustand zu vertiefen. Das verletzte Bein schmerzte geradezu unerträglich, denn er hatte vergessen, rechtzeitig eine Pille gegen die Schmerzen zu nehmen. Vor allem aber kam er nicht um die Erkenntnis herum, nun doch Ehebruch begangen zu haben. In seltsamer, lückenloser Übereinstimmung hatten sie sich auf Sex beschränkt, und er war sich großartig dabei vorgekommen. Hin und wieder hatte er daran gedacht, ihre Rippen nicht zu sehr zu quetschen oder seine Daumen zu tief in ihre zarten Oberarme zu drükken. An ihrem Hintern und den Hüften war nichts zu mäkeln, und zu dünn war Ola doch nicht. Ihn hatten nur die blauen Flecken erschreckt.

In den Pausen hatte er sich des Worts entsonnen, das sie ausgestoßen und das er klar verstanden hatte. Danach hatte er versucht, ihr mit Fragen auf den Zahn zu fühlen, aber es war ihr rasch gelungen, ihn wieder in Fahrt zu bringen. Und sobald er zur Sache kam, hatte sie den Mund nur noch für eine Reihe der ordinärsten Flüche aufgemacht, die er je gehört hatte, und die ihm zusätzlich einheizten. Sie mußte eine Professionelle sein, anders war nicht zu erklären, wie es ihr gelang, ihn in Sekundenschnelle so aufzugeilen, daß ihm praktisch das Hirn davonflog. Und daraus ergab sich der Schluß, dem Ehebruch doch wieder entgangen zu sein. Professionelle zählten nicht wirklich. Außerdem war die Sache mit Ola irgendwie mit seiner Ermittlung verbunden.

Er klopfte sich auf den flachen Bauch und lauschte auf die Geräusche, die aus dem Badezimmer herausdrangen. Ola duschte bereits seit einer halben Stunde, Duschen mußte eine Manie von ihr sein. Knolle schwang die Beine aus dem Bett. Am Laken klebte neben allen möglichen Flüssigkeiten ein bißchen Blut, und überhaupt konnte der Anblick dieses Lasterbetts auf die Laune schlagen. Deshalb beschloß er, Luft zu schnappen. Nackt ging er nach draußen, es war ihm egal, ob ihn jemand sah. Er wollte nachschauen, wie die BMW die Kurverei am frühen Morgen überstanden hatte.

Das schwarze Blech der Verkleidung war staubig, ansonsten hatte sie nicht einen Kratzer abbekommen. Besorgt sah er das Öl nach, öffnete den Koffer und fischte die Rolinckflasche heraus. Auch ihr war nichts passiert.

Die kühle Luft, die er in tiefen Zügen einsog, vertrieb die Mattigkeit. Der Wind war abgeflaut, nicht ein Zweig bewegte sich an den beiden verstaubten Kugelbäumen, die im Hinterhof wuchsen, wo er seine Maschine abgestellt hatte. Eine Ruhe herrschte, wie sie manchmal großen Wetterturbulenzen vorausging, eine, die nervös machte. Er studierte den Himmel.

Wolkenrippen hatten die dicke Suppe des Vortags abgelöst. Und wieder ergab sich die Frage, ob sie jetzt endlich die Erlösung, den Regen, bringen würden. Knolle ging wieder hinein.

Ola saß im Stringtanga auf dem Bett.

»Und jetzt reden wir miteinander«, sagte er zu ihr.

Sie sah an ihm vorbei und wandte den Kopf ab, eine Hand strich über ihre Brust. Diesmal war er fest entschlossen, sich nicht noch einmal auf sie einzulassen. Er kniete mit einem Bein auf der Bettkante, faßte rüde ihre Oberarme und schüttelte das Mädchen ein bißchen.

»Notfalls prügele ich aus dir heraus, was ich wissen will. Andererseits kann ich dich auch einfach rausschmeißen. Denn so sehr interessierst du mich nicht.«

»Und was willst du wissen?« fragte Ola träge.

»Warum hast du verschwiegen, daß du Deutsch sprichst? Wahrscheinlich bist du sogar Deutsche.«

»Und wenn?«

Knolle war drauf und dran, ihr eine reinzuhauen, er war ja daran gewöhnt, nicht zimperlich mit ihr umzugehen.

»Beantworte nicht jede Frage mit einer Gegenfrage.«

»Ist das ein Verhör?«

Unmerklich zuckte er zusammen. Sie konnte doch nicht wissen, daß er Polizist war? Selbst wenn sie seine Sachen gefilzt hatte, was immerhin möglich gewesen wäre, gaben sein Ausweis und der Führerschein keinerlei Hinweise auf seinen Beruf.

»Wie kommst du darauf?« Er beschloß, die Taktik zu ändern und schwang sich neben sie aufs Bett, berührte sie aber nicht. Fast kameradschaftlich saßen sie Seite an Seite.

»Warum hast du dich gerade an mich gehängt?« Er bemühte sich, nicht allzu scharf zu klingen.

»Du warst gerade da. Und du hast genug Platz auf deiner Maschine, um jemanden mitzunehmen.« In ihrer Aussprache klang nicht die Spur eines ausländischen Akzents durch. Er hätte sogar schwören können, daß Ola in Westfalen aufgewachsen war.

»Und du reist einfach so mit Helm durch die Gegend, von Raststätte zu Raststätte.«

»Stört's dich?«

Seine Ungeduld begann sich wieder zu regen.

»Überhaupt nicht. Nur würde ich jetzt gern allein weitermachen.« Er schielte auf ihre langen Beine, ihm war gerade eingefallen, wie er fortfahren sollte. »In einem Kaff in der Nähe treffen sich jede Menge Biker, habe ich gehört. Ich setz dich dort ab.«

Knolles Idee war genial einfach. Er würde sich mit Ola im Schlepptau in die Versammlung in Poisot schleusen und sehen, was passierte. Sein Abenteuer am frühen Morgen hatte ihm gezeigt, daß die Anschleicherei, das Auskundschaften und Spähen nichts einbrachten. Von nun an setzte er mehr auf direkte Konfrontation. Die nicht beteiligten Biker, die lediglich unterwegs zu einer Elefantenparty waren, sollten eine Art unfreiwilligen Schutzschild bilden. Mitten zwischen ihnen lief er weniger Gefahr, angegriffen zu werden. Außerdem hatte er es jetzt nur noch mit drei Gegnern zu tun.

Nach dem Frühstück fuhren sie los. Knolle drosselte bald das Tempo. Da er nicht wußte, was ihm dieser Tag an neuen Verwicklungen bescheren würde, wollte er sich die Straßengegebenheiten, die er im Dunklen nur unzureichend wahrgenommen hatte, besser einprägen. Denn natürlich sah im Tageslicht alles anders aus. In manchen Kehren fuhr er noch langsamer, so daß ihm Ola auf die Schulter klopfte, als wollte sie ihn mahnen, nicht stehenzubleiben.

Tatsächlich befiel ihn im nachhinein heftiges Unbehagen wegen der halsbrecherischen Raserei im Finstern, jetzt erst ging ihm das Ausmaß des eingegangenen Risikos auf. Das Schleichen hatte aber noch einen anderen Grund. Er schaute nach einer breiten Schürfspur im Straßenrand oder nach abgeknickten Ästen in der Tiefe aus. Vielleicht fürchtete er auch, das Wrack eines Motorrads zu sichten. An mehr mochte er nicht denken. Ohne Ola hätte er hier und da angehalten und wäre den Berghang hinabgeklettert.

Die Atmosphäre unter den Platanen war friedlich, nicht

zuletzt, weil um elf Uhr morgens noch nicht sehr viele aufgestanden waren. Die Zahl der abgestellten Motorräder hatte nicht abgenommen, auch das sprach für einen späten Tagesbeginn.

»Schau dich um«, forderte Knolle Ola auf, »ob nicht was für dich dabei ist.«

Das Mädchen schob sich ohne eine Entgegnung an ihm vorbei und nahm an einem der Tische Platz. Drei Biker mit Bierdosen in der Hand saßen dort, die sie nicht weiter beachtete, gelangweilt sah sie sich um. Es dauerte aber keine zwei Minuten, da hatte einer der Männer den Arm um sie gelegt.

Knolle kam nicht dahinter, warum ihm das nicht paßte, er schob sein ärgerliches Unbehagen beiseite. Wie in der Frühe suchte er sich einen Abstellplatz für die BMW, der ihm einen ungehinderten Abgang ermöglichte, und betrachtete dann, an den Stamm einer Platane gelehnt, die Bikergesellschaft. Schnell wurden ihm die unterschiedlichen Gruppierungen klar. Ein paar rechtsextreme Glatzen verrieten sich durch die Parolen auf ihren Lederrücken. Andere Kahlköpfe waren vermutlich nur auf Radau ohne ideologische Verbrämung aus und hatten nichts mit denen zu tun, die ihre windschnittigen Frisuren aus rein ästhetischen Gründen trugen oder infolge fortgeschrittenen Haarausfalls. Diese völlig friedlichen Brüder tranken mehrheitlich Milchkaffee aus riesigen bunten Schalen.

Knolle sah vierschrötige Gestalten mit dünnen Zöpfchen und Silberring im Ohr, aber ebenso schlanke, adrette, die gut und gern Bürohengste auf Urlaub sein konnten, sie alle einte das Faible fürs Motorradfahren. Deshalb wurde an den Tischen auch überwiegend Benzin geredet, ein paar Bemerkungen schnappte er auf. Unter den Platanen standen mehrere Hondas, drei Harleys, eine Kawasaki, aber keine davon trug ein Dortmunder Kennzeichen.

Auf seiner Suche nach den richtigen Bikes hielt ihn ein mißtrauisch dreinblickender Mann mit Oberarmen wie Kalbsschlegel an.

»Bist du neu hier? Ich kenn dich nicht, Kumpel.«

Ruhig gab Knolle den Blick zurück.

»Ich dich auch nicht.« Er wollte weitergehen, aber der andere streckte ein Bein vor.

»Du schleichst herum. Ich mag das nicht besonders.«

»Und du latschst mir noch auf die Hühneraugen, das mag ich nicht.«

Ola, sah er, hatte ihren Platz verlassen. Sie stand nun mit einigen anderen Männern zusammen, von denen einer an ihr herumtatschte, was sie völlig unberührt ließ, zumindest wirkte es so aus der Entfernung. Knolle war nicht auf Streit aus. An sich hatte der Mann ja recht. Er zog seine Zigaretten hervor und bot sie an.

»Ich bin auf der Suche nach ein paar Kumpels, die eigentlich hier sein müßten, ich dachte, sie schlafen vielleicht noch, aber ich seh ihre Maschinen nicht. Sie sind Dortmunder, Drag, Mirko und noch ein paar.«

Der Mann vor ihm drehte sich um.

»Hat einer von euch die Dortmunder gesehen?« brüllte er der Gesellschaft an den Tischen zu. »Hier ist einer, der das wissen will.«

Niemand reagierte.

»Komm, setz dich zu uns, Kumpel. Gestern waren sie noch da, und ich glaub nicht, daß sie abgehauen sind.«

Knolle ließ sich ein Bier aufdrängen.

Im Schatten der Platanen saß es sich gut, aber es war ein bleiernes Warten. Die Gespräche über Ausheber, Kickstarter, Dampfhammer, Originallackierungen und ähnliches interessierten ihn nicht. Ab und zu ließ sich eine Bedienung aus dem Gasthaus sehen und brachte Tabletts voller Getränke und belegte Baguettes zum Frühstück. Immer mehr Biker tauchten auf, laut gähnend und sehr allmählich munter werdend.

Ola ließ sich herumreichen, oder vielleicht graste sie auf ihre Art die Biker ab, nie wehrte sie sich gegen Zudringlichkeiten. Irgendwann fiel Knolle ein, einmal gelesen zu haben, daß sich Menschen, die gefoltert wurden, völlig in sich zurückzogen, es gelang ihnen, zumindest für eine gewisse Zeit, sich von ihren körperlichen Empfindungen zu lösen. Aber das war nur so ein Gedanke, der mit Ola wahrscheinlich nichts zu tun hatte.

»Heh du, hast du nicht vorhin nach den Dortmundern gefragt?« rief plötzlich jemand von einem Nachbartisch herüber.

»Mensch, von denen ist doch einer über den Lenker abgestiegen«, rief ein anderer.

»Er kann sich einen AOK-Chopper bestellen«, mischte sich ein anderer ein.

»Fährst du nicht einen Duttelbuffer?«

Knolle sah sich unangenehmerweise im Mittelpunkt des Interesses. Sein Nachbar hatte seinen Stuhl weit zurückgekippt und sprach mit jemand anders. Dafür hatte sich einer von den Glatzen vor ihm aufgebaut.

»Ich habe eine BMW mit Boxermotor«, sagte Knolle friedlich, aber innerlich sehr wachsam.

»Sag ich doch, irgendwer hat das wissen wollen.« So unversehens, wie er aufgetaucht war, trollte sich der Mann wieder.

»Die Dortmunder«, begann sein Nachbar und schwang mit dem Stuhl zurück, »sind mit einem in Dijon im Krankenhaus. Der ist wohl im Vollsuff auf Tour gegangen und hat einen plötzlichen Abgang gemacht. Sag mal, kratzt dich das nicht, daß deine Schlampe auf Abwegen ist?« Er deutete auf Ola.

Das Mädchen schaute zu ihnen her, und wie immer wurde Knolle aus ihrem Blick nicht schlau, er war sich aber sicher, daß sie aufmerksam geworden war.

»Das ist nur 'ne Hohlschraube, die ich ein Stück mitgenommen habe. Nimm sie dir, sie gehört jedem.« Kaum hatte er das gesagt, wußte er, daß das auf keinen Fall stimmte. Fast atmete er auf, als Ola nun heranschlenderte, sich auf einen Stuhl neben ihn sinken ließ und sich an ihn lehnte.

Unangenehm laut sprach sie ihn an.

»Du hast gesagt, du hättest zwei kaltgestellt. Was hast'n damit gemeint?«

Zunächst wußte er nicht, worauf sie anspielte, dann konnte er sich nicht exakt daran erinnern, was er zu ihr gesagt hatte, als er noch davon ausging, von ihr nicht verstanden zu werden.

Neugierig betrachtete ihn sein Nachbar.

»Hör nicht auf die Schraube«, sagte Knolle zu ihm, »die ist nicht ganz dicht. Wann kommen die Dortmunder zurück aus dem Krankenhaus?«

Der andere zuckte die Schultern. »Was weiß ich. Sobald der Gips hart ist.«

Knolle blieb den ganzen Tag, aber die Dortmunder tauchten nicht wieder auf. Nach und nach erfuhr er, daß der Honda-Fahrer zwar ein paar Knochenbrüche davongetragen hatte, aber nicht lebensgefährlich verletzt war. Mit diesen Auskünften mußte er sich zufriedengeben.

Einmal zog er sich rasch in einen stillen Winkel zurück, als sich das Handy mit einer neuen SMS meldete. Inzwischen lauerte er geradezu auf diese Nachrichten, er zog eine geheime Kraft aus ihnen, gleichzeitig erschreckten sie ihn immer wieder. Mit ihnen rückten Rohleff, Lilli und Groß an ihn heran, aber er war noch nicht bereit, sich ihnen mit einer Antwort zu stellen. Erst wollte er ein eindeutiges Ergebnis vorweisen können. Die Entlarvung des Täters und mit ihr eine Rechtfertigung für all das vorgefallene, für das er sich verantwortlich fühlte.

Als Ola ihn drängte, mit ihr zum Hotel in Clos-Vougeot zurückzukehren, gab er nach. Er wollte am nächsten Tag noch einmal versuchen, die Dortmunder abzupassen.

In der Nacht schlief er wieder mit ihr, er brauchte nicht einmal eine Ermunterung dazu. Aber gegen Morgen stand er auf, vergewisserte sich, daß sie fest schlief, und ging mit ihrem Täschchen ins Badezimmer. Ihr Ausweis steckte in einem Seitenfach. Sie hieß Anna-Lena mit Vornamen, war in der Ukraine geboren und wohnte jetzt in Castrop-Rauxel, nur etwa zwanzig Kilometer von Dortmund entfernt. Knolle fragte sich, welches Spiel der Zufall spielte.

Seine Stimmung, eine ziemlich melancholische, wurde maßgeblich von einem Traum geprägt, der ihm beim Aufwachen noch klar vor Augen gestanden hatte. Maike und Sven liefen allein ans Meer. Sie hatten sich an den Händen gefaßt, zogen ihre Füße durch den schweren Sand und Sven jauchzte nicht.

Einmal schaute er zurück und hob seine Hand zu einem Gruß, vielleicht einem Abschiedsgruß. Und seine Augen blickten traurig.

4

Rohleff fragte sich, ob er das von Groß vorbereitete Kasperletheater tatsächlich mitmachen wollte. Er hielt es für überflüssig. Eine Art Fatalismus hatte von ihm Besitz ergriffen. Nichts würde mehr an den Beschlüssen, die wie ein Damoklesschwert über seiner Abteilung schwebten, ändern. Es lohnte sich nicht einmal, weiter darüber nachzudenken. Auch deshalb wollte er sich nur noch um die nächstliegenden Dinge kümmern.

Ganz früh hatte er mit Maike telefoniert und ihr wie schon am Abend zuvor alles gesagt, was ihm zur Beruhigung sinnvoll erschien, dabei kam er sich wie ein Scharlatan oder wie ein Narr vor. Welche Gewißheit hatten sie denn, daß Knolle in Frankreich Aufklärung betrieb? Und welche Aussicht, daß er zurückkam? Maikes Zweifel an seinen Erklärungen und ihre Verzweiflung überhörte er geflissentlich. Dabei hätten sie sich in ihrer Verlassenheit zusammentun können.

Kurz vor acht kam Lilli den Flur entlang in sein Büro gefegt. Dunkle Ringe lagen unter ihren Augen, der Teint war fahl, die Haare strohig.

»Schlecht geschlafen?« fragte er.

»Detlev und ich haben fast die ganze Nacht miteinander geredet.« Sie sah ihn mit einem Blick an, als würde sie jetzt gern fortfahren, aber er sperrte sich dagegen. Seine Anteilnahme an familiären Problemen, die nicht die seinen waren, war aufgebraucht. Er fühlte sich nur noch leer und ausgebrannt.

»Wir können die Sache mit von Ganten sein lassen, ich find's ja auch albern. Konspirative Umtriebe in unseren eigenen Büros!«

Energisch schüttelte sie den Kopf. »Ich will wissen, was auf uns zukommt. Gerade jetzt, weil ...« Sie brach ab.

Stimmen schallten über den Flur, Lilli hatte die Tür offengelassen. Aus den Stimmen war der näselnde Tonfall von Gantens herauszuhören.

»Wie sollen wir es anfangen? Was schlägst du vor?« drängte Lilli.

Vor Lillis Eifer kapitulierte Rohleff.

Rasch traf er mit ihr ein paar Absprachen, der Rest sollte durch Augenblicksintuition gemeistert werden. Sobald der Oberrat die Türöffnung passierte, trat Rohleff scheinbar in Eile heraus, stutzte beim Anblick des Oberrats und sprach ihn diensteifrig an. Er staunte selbst, wie gut ihm die schäbige Komödie gelang.

»Guten Morgen, Herr von Ganten. Ich habe die Berichte, die Sie doch sicher einsehen wollen, kommen Sie, ich kann ...« Er trat zurück. Von Ganten nickte den zwei Beamten in seiner Begleitung knapp zu und folgte Rohleff ins Büro.

Lilli machte die Tür zu. Vorher schon hatte sie über ihr Handy Groß ein verabredetes Zeichen gegeben. Rohleff hielt von Ganten die Berichte entgegen und Lilli ihre rechte Hand zur Begrüßung, überrascht stellte von Ganten sein Laptopköfferchen ab, um beidhändig zugreifen zu können.

»Sind meine Berichte von gestern dabei, Karl? Ich muß aber noch einen nachreichen«, sagte Lilli und hielt die Hand des Oberrats etwas länger fest. Dabei schob sie das Köfferchen mit dem Fuß ein Stück beiseite.

»Ich seh das alles später durch, Frau Gärtner.« Von Ganten startete eine seiner Lächeloffensiven. Er hatte jetzt seine rechte Hand wieder frei und ging leicht in die Knie, um den Koffer aufzunehmen, griff aber daneben. Im nächsten Moment wurde er beinahe von hinten umgerannt, weil Groß hereinstürzte.

»Mensch, Karl, o Verzeihung und guten Morgen, Herr von Ganten. Also Karl, du mußt sofort kommen. Ich hab die Tatwaffe im Fall Alexander Schröder auf dem Labortisch liegen«, sprudelte Groß hervor und schien vor Stolz zu platzen.

»Hat Zeit, Harry, du siehst doch, ich bin im Gespräch«, winkte Rohleff ab, er war an seinen Schreibtisch getreten und setzte die Lesebrille auf.

»Ja, spinn ich denn?« Groß sah in komischer Verzweiflung von Ganten an. »Wir haben die Tatwaffe, jeder weiß doch, was das bedeutet!«

»Also, ich möchte sie mir anschauen«, sagte von Ganten jovial, »interessiert Sie das denn nicht?« wandte er sich an Rohleff.

Lilli hatte mittlerweile ihre Einsatztasche vor den Laptop plaziert und sich daneben gestellt. Von Ganten hätte umständlich um sie herumgreifen müssen, um an seinen Koffer zu kommen.

»Ja, schon«, sagte Rohleff mürrisch.

»Na, dann gehen wir doch«, verkündete von Ganten aufgeräumt und verließ als erster das Büro. Harry gab hinter seinem Rücken mit einem gereckten Daumen das o. k.-Zeichen.

Etwa eine dreiviertel Stunde später kam Rohleff ohne den Oberrat zurück. Lilli saß auf dem Bürostuhl und drehte Däumchen, der Laptop stand neben der Tür.

»Nun?« fragte Rohleff.

»Fertig. Was machen wir jetzt damit?« Sie deutete auf den Koffer.

Rohleff rief über das Telefon einen der Wachhabenden herbei und drückte dem hereintretenden Erwin von Gantens Eigentum in die Hand.

»Den hat der Oberrat bei mir vergessen. Bring ihn in die Kantine. Vermutlich wirst du von Ganten dort antreffen, ich kann mir nicht denken, wo er sonst sein sollte.«

»Willst du nicht wissen, was ich herausgefunden habe?« fragte Lilli, sobald Erwin verschwunden war.

»War's kompliziert?«

»Der Ganter hält es nicht einmal für nötig, seine Dateien mit einem Codewort vor fremdem Zugriff zu sichern«, begann sie. »Es war fast zu einfach. In seinem Köfferchen stecken die kompletten Pläne für den Umbau, und sie sind sehr aussagekräftig. Umstrukturierung durch Umbau. Karl, auf diesen Plänen existiert dein Büro nicht mehr. Du hattest mit allem recht.

Insgesamt werden fünf Stellen eingespart, aber vor allem trifft es unsere Abteilung. Nur wohin sie uns versetzen wollen, konnte ich nicht herausfinden. Vielleicht steht das noch nicht fest.« Sie hatte Tränen in den Augen, Wuttränen.

Rohleff wußte, daß wenigstens zwei Kollegen aus anderen Abteilungen weit näher an der Pensionsgrenze standen als er. Die beiden würden also als erste wegrationalisiert und für sie keine Nachfolger eingestellt werden. In ein paar Jahren konnte es dann wie in den Schulen aussehen, wo eine müde, überalterte Lehrerschaft sich bemühte, nicht völlig den Anschluß an die junge Generation zu verlieren. Überarbeitete Polizeibeamte würden den Draht zu den Bürgern nicht mehr finden, für die sie doch tätig waren.

»Ich würde die Klamotten hinschmeißen«, fuhr Lilli erregt fort, »wenn ich nicht zwei Töchter zu versorgen hätte. Ich kann meinen Job nicht verlieren und will es eigentlich auch nicht, ich häng dran. Was hat Harry mit von Ganten gemacht?«

Rohleff hätte nun doch gern eine persönliche Frage gestellt, verschob das aber auf später. Sie hatten immer noch einen Fall zu lösen, und alles andere mußte warten.

»Harry hat die Kette präsentiert und eine große Schau mit Laserlampe, Lupe und dem ganzen Zauber abgezogen, und sobald der Ganter über diese effiziente Spurenanalyse in Ekstase geriet, hat Harry eine Art Stinkbombe gezündet. Gestunken hat es vorher schon, aber dann wurde es unerträglich. Wir beide haben wie wild Eukalyptus gekaut und so getan, als wäre gar nichts, deshalb hat von Ganten lange versucht, Haltung zu bewahren, ist aber elend gescheitert. Doch, es war schön, mitzuerleben, wie er hinausgerannt ist, mit der Hand vor dem Mund. Das Dumme ist nur, mir ist auch schlecht geworden, trotz Eukalyptus.« Rohleff spuckte das Kaugummi in den Papierkorb.

»War das nicht riskant? Ich meine, der Einsatz der Stinkbombe? Wenn von Ganten nun sofort hinausgerannt wäre? Es machte doch überhaupt keinen Sinn, ihn mit der Bombe in die Flucht zu schlagen, da Harrys Aufgabe darin bestand, den Ganter möglichst lange im Labor festzuhalten.«

»Ich bin ganz deiner Meinung. Wenn ich vorher gewußt hätte, was er vorhatte, hätte ich versucht, Harry davon abzubringen. Aber er wollte wohl seine kleine Rache haben. Und am Ende hat es ja auch geklappt, Harry hat die Eitelkeit des Mannes richtig eingeschätzt.«

Es klopfte, und Erwin steckte den Kopf zur Tür herein, einen Meldezettel in der Hand.

»Hast du den Koffer abgegeben?« fragte Rohleff.

»Ich hab ihn dem Oberrat ans Auto getragen, er sagte, er hätte einen wichtigen Termin außerhalb. Hat der sich an unserem Kaffee vergiftet? Er sah ja geradezu grün aus.«

»Der Mann ist überlastet. Er macht sich zu viele Gedanken über uns. Was soll ich mit dem Zettel?« bemerkte Rohleff und nahm das Blatt entgegen.

»Kommt von der Verkehrswacht.« Erwin zog sich zurück.

Rohleff überflog die Meldung und seufzte.

»Was ist?« fragte Lilli.

»So was passiert, wenn man seine Zeit mit dummen Spielchen vergeudet. Niklas Scheipers ist mit seinem Motorrad verunglückt. Ich hatte ihn heute früh herbestellt. Wahrscheinlich ist er wieder weggefahren, weil er mich nicht angetroffen hat.«

»Aber Karl! Ich war doch die ganze Zeit hier, ich hätte ihn in Empfang genommen, wenn er aufgetaucht wäre. Wann ist der Unfall passiert?«

Rohleff reichte ihr die Meldung. »Kümmere dich darum. Finde alles heraus, was es zu finden gibt. Vorher informierst du Harry über die Pläne zu unserer Abteilung. Ich habe etwas anderes vor. Einen Besuch und einen Anruf, den ich gestern schon hätte vornehmen müssen, aber ich werde andauernd abgelenkt.«

5

Rohleff fuhr nicht direkt nach Ochtrup, wie er ursprünglich vorgehabt hatte, sondern bog kurz vor dem Ortsausgang von Burgsteinfurt rechts ab in die Neubausiedlung, weil ihm vor seinem Aufbruch noch ein Notizzettel in die Hand gefallen war, der bereits eine Weile, keinem Ablagesystem gehorchend, durch seine Akten geisterte.

Rohleff schellte bei Decker. Wie erwartet, war der pensionierte Professor zu Hause.

»Sie haben Nachbarn, die Sie nicht besonders mögen«, eröffnete Rohleff nach der Begrüßung etwas hinterhältig das Gespräch.

»Ist das was Neues?« brummte Decker. »Was kommt jetzt noch?«

Rohleff betrachtete ihn eingehend. Decker trug eine Strickjacke voller Fusseln und Knötchen und abgetretene Pantoffeln. Die großen Zehen hatten den Filz durchstoßen. Der Filz sah aber nicht ausgeblichen aus, sondern das karierte Orange-Braun leuchtete noch recht kräftig. Diese Pantoffeln hatten eine Geschichte zu erzählen.

»Sie leiden an Schlaflosigkeit.«

Ruhelos wie das Pendel einer altertümlichen Uhr nickte Deckers Kopf hin und her, hin und her, ein irritierender Anblick. Was wird mich einmal aus der Bahn werfen, fragte sich Rohleff, ein körperliches Gebrechen oder ein geistiges? Das ist doch unser aller Schicksal, manchmal früher, manchmal später passen wir nicht mehr in unsere Hochleistungsgesellschaft und können uns nur noch verkriechen. Niemand lehrt die Jüngeren den Umgang mit den Alten, Gebrechlichen, es gibt keine Gnade, denn wer versagt, ist selbst schuld, er hat nicht genug trainiert oder sich falsch ernährt oder sonstwie versagt.

»Gegen welchen Paragraphen verstoße ich damit? Ich belaste nicht das Gesundheitssystem, in dem ich mir Schlafpillen verordnen lasse. Wenn ich es doch machen sollte, werde ich alle auf einmal nehmen, damit entlaste ich dann die Pensionskasse.«

Rohleff kam sich wie ein kleiner sadistischer Beamter vor, der eine ihm vom Staat verliehene Machtposition ausnutzte.

»Ich würde gern Ihr Schlafzimmer sehen.«

»Bitte«, Decker wedelte mit der Hand, blieb aber sitzen.

»Mit ihnen zusammen.«

Rohleff hatte sich den Zuschnitt der Wohnung durch den Kopf gehen lassen. Wie er es sich gedacht hatte, war von den Schlafzimmerfenstern der Hof samt den Müllcontainern gut zu überblicken. Er winkte Decker neben sich und deutete hinaus.

»Sie haben mir nicht geschildert, was Sie am vergangenen Donnerstag abend nach dem Überfall noch alles beobachtet haben. Sie sehen viel. Sie können nicht immer am Schreibtisch sitzen oder Zeitungen lesen, deshalb wandern Sie in Ihrer Wohnung herum. Sie stehen auf Ihrem Balkon, aber dort werden Sie von den Nachbarn beobachtet. Gern gehen Sie nicht vors Haus, nur für die unvermeidlichen Besorgungen und wenn Sie sich wirklich einmal die Beine vertreten wollen. Und nachts schlafen Sie nach diesen unausgefüllten Tagen schlecht. Nach dem Überfall waren Sie zu aufgewühlt, um einzuschlafen. Sie standen hier am Fenster. Jetzt sagen Sie mir, was Sie gesehen haben.«

Decker stützte die Hände aufs Fensterbrett, es wirkte wie eine häufig eingenommene Haltung. Rohleff machte es ihm nach, beide schauten nach draußen.

»Sie haben mir etwas Hübsches erzählt, wie kommen Sie auf diese Einzelheiten?«

»Erfahrung, Herr Decker. Ich bin auch nicht mehr der Jüngste, und wenn ich überhaupt über eine berufliche Qualifikation verfüge, die auch die raffinierteste Technik nicht ersetzen kann, dann über Erfahrung im Umgang mit Menschen. In die meisten denke ich mich recht erfolgreich hinein. Was sie bewegt, bewegt auch mich auf die eine oder andere Art.«

»Aber Angst vor der Polizei haben Sie nicht?« fragte Decker ironisch.

Rohleff dachte an die vergangenen Tage mit von Ganten.

»Sogar das.« Er schwieg kurz. »Heute ist wieder ein junger Mensch gestorben. Ich will, daß die Geschichte ein Ende hat.«

Decker stieß einen Laut aus, der sowohl Überraschung als auch Entsetzen ausdrücken mochte.

»Ich weiß nur nicht, ob ich bereit bin, vor einem Gericht zu wiederholen, was ich jetzt sage, verstehen Sie? Ich will nicht öffentlich aussagen.«

»Reden Sie endlich.«

»Das Brummen eilte ihnen voraus. Es war der gleiche Ton, den ich gut eine Stunde vorher schon vorn von der Straße gehört hatte und dann kamen sie heran, fuhren aber nicht weiter. In den Hof fällt wenig Licht, die Straßenlaterne steht ein Stück weiter, ich mußte mich daher mehr auf mein Gehör verlassen. Die Deckel der Müllcontainer quietschten, ich sah aber doch, wie zwei von ihnen etwas Großes in einen der Container abluden. Danach verschwanden sie. Es trieb mich einfach, nachzusehen, was sie dort hineingeworfen hatten. Ich hatte noch den Motorradfahrer vor Augen, den sie auf der Straße vorm Haus angegriffen hatten.«

»Wie viele waren es?« Rohleff bereute sogleich diese Unterbrechung, aber Decker nahm den Faden seines Berichts sofort wieder auf, als würde er sich damit von einer Last befreien.

»Fünf. Ich ging in den Hof hinunter und nahm eine Taschenlampe mit. Damit habe ich in die Container geleuchtet und den Toten entdeckt.« Decker verstummte.

»Das war aber noch nicht alles«, sagte Rohleff.

Decker senkte den wackelnden Kopf tiefer. »Nein, ich habe mir ein Taschentuch um die Hand gewickelt und in den Container gefaßt.« Jetzt mochte er nicht mehr weitersprechen, deshalb griff Rohleff ein.

»Sie haben die Hand des Toten herausgezogen, so daß sie aus dem Container hing. Sie wollten, daß der Tote gefunden wurde.«

»Ich wußte ja, die Müllabfuhr würde frühmorgens die Container leeren.« Decker fiel das Sprechen immer schwerer. Es ging ihm wie vielen Zeugen von Gewalttaten, die den Hergang in der Schilderung noch einmal erlebten.

»Sind Sie sofort zurück ins Haus gegangen, oder kamen die Motorradfahrer wieder?«

»Es war nur einer. Ich hörte dieses Geknatter, aber es war keiner von den fünfen. Er kam langsam die Straße herauf, als würde er den anderen heimlich folgen, obwohl das natürlich verrückt war, denn die waren längst verschwunden. Der sechste könnte auch gar nichts mit den anderen zu tun gehabt haben. Ich hatte mich in einen Kellereingang geflüchtet, um nicht entdeckt zu werden. Dort blieb ich geduckt stehen. Viel habe ich nicht von ihm gesehen. Das klingt ein bißchen verwirrend für Sie, nicht wahr?«

»Sie haben durch Ihr Schweigen nachhaltig unsere Ermittlungen beeinträchtigt. Hatten Sie Angst vor den Bikern oder tatsächlich vor der Befragung durch die Polizei? Ich glaube beides nicht. Warum haben Sie uns nicht sofort verständigt, als Sie die Leiche gefunden hatten?«

»Sie hören mir nicht zu. Ich habe es Ihnen vorhin bereits erklärt. Habe ich mir durch mein Schweigen eine Strafe eingehandelt?«

»Wegen Behinderung der Justiz?« Rohleff hatte den Eindruck, daß es Decker darum ging, von ihm entlastet zu werden, jetzt, sofort, um nicht länger über sein eigenes Fehlverhalten nachdenken zu müssen.

»Ich bin ein schlechter Bürger, das denken Sie doch, Kommissar Rohleff.«

»Das müssen Sie mit sich selbst ausmachen«, sagte Rohleff brüsk.

Er hatte genug von Deckers Selbstmitleid und verabschiedete sich rasch. Er nahm die Straße nach Rheine, verbrachte eine Stunde bei einem Motorradhändler und suchte dann endlich Kleingreber auf.

»Sie haben mir gerade noch gefehlt«, sagte Kleingreber, »ich hoffe, Sie wollen nicht schon wieder Verhöre und Untersuchungen durchführen, die meine Werkstatt lahmlegen.«

»Vermissen Sie denn niemanden?«

Erstaunt wandte sich Kleingreber vom Monitor seines Computers ab und warf einen Blick durch die Glasscheibe in die Halle. Er stand sogar auf, ging um Rohleff herum, öffnete die Tür und verschwand hinter einem der aufgebockten Autos. Ruhig wartete Rohleff, bis er zurückkehrte.

»Niklas ist nicht da. Aber war er nicht in Ihr Büro bestellt worden? Er hat mich gestern deswegen noch angerufen. Haben Sie ihn eingesperrt?«

Rohleff ließ sich Zeit mit der Antwort. Kleingreber nahm wieder hinter seinem Schreibtisch Platz.

»Niklas hatte einen tödlichen Motorradunfall.«

Kleingreber legte den Kopf ein bißchen schief, als würde er Rohleffs Eröffnung nachlauschen, vielleicht erwartete er eine zusätzliche Erklärung. Dann wurde sein Gesicht langsam grau.

»Ich kann's nicht fassen«, sagte er tonlos und legte die Hände zusammen. Eine Weile blieb er still. »Wie ist das passiert?«

»Das weiß ich nicht. Meine Kollegin Lilli Gärtner kümmert sich um den Unfall. Sie wird auch die Eltern verständigen. Ich bin nur hier, um mit meiner Ermittlung im Fall Alexander Schröder fortzufahren.«

Aber nebenbei galt sein Besuch in der Werkstatt äußerst vagen Verdachtsmomenten, für die sich jede Einzelheit als wichtig erweisen konnte.

»Tut mir leid, aber ich kann Ihnen nicht folgen, es ist mir nicht möglich, jetzt einen klaren Gedanken zu fassen oder mich auf ein Gespräch über Alex einzulassen. Was stimmte denn nur mit diesen Jungs nicht? Irgendwie fühlt man sich immer mitschuldig. Komisch, nicht? Mich packt neben Entsetzen auch eine fürchterliche Wut, wenn ich an die beiden denke. Wie soll ich denn jetzt damit fertig werden? Sie müssen doch wenigstens etwas zu dem Unfall sagen können.« Kleingreber flehte geradezu.

»Die Einzelheiten werden Sie sicher noch erfahren, der Unfall wird zur Zeit untersucht. Trotzdem muß ich Sie bitten, sich auf Alexander zu konzentrieren. Wie wir inzwischen wissen, hatte er weitreichende Pläne, die viel Geld gekostet hätten. Niklas Scheipers hatte so einiges dazu zu sagen, als ich gestern mit ihm sprach. Alexander hatte einen größeren Drogendeal vor, um sich das nötige Geld zu beschaffen.«

»Das ist völlig verrückt.«

»Überhaupt nicht. Er hatte sich bereits vorher kleinere Mengen Drogen besorgt und sie selbst konsumiert. Vielleicht hat er auch gedealt. Und als er eine Gruppe von Motorradfahrern aus dem Ruhrgebiet kennenlernte, sah er seine große Chance. Er brauchte nur ein bißchen Startkapital. Fünfhundert Gramm Kokain kosten im Einkauf etwa fünftausend Euro, eine Summe, aus der man durch das übliche Portionieren leicht fünfzigtausend Euro machen kann. Ich bin aber sicher, daß Alexander sich nur als Zwischenhändler betätigen wollte. Aber auch das hätte ihm einiges eingebracht. Woher könnte er eine größere Summe gehabt haben? Das ist meine vordringlichste Frage.«

»Woher soll ich das wissen? Über Geldmangel hat er nie geklagt, im Gegensatz zu Niklas, der war immer schon vor dem letzten pleite.«

»Hat er Alexander angepumpt, oder hat er Sie um Vorschuß gebeten?«

»So etwas wie Vorschuß gibt es bei mir nicht.«

»Aber hat er Sie darum gebeten?«

»Einmal, dann war die Sache geklärt.«

»Dann haben Sie ihn abblitzen lassen. Aus pädagogischen Gründen? Dabei steckten Sie in der gleichen Klemme, und Niklas hat das gewußt.«

Kleingreber sah angestrengt auf seine Hände.

»Was haben meine finanziellen Schwierigkeiten mit dem Tod meiner Angestellten zu tun? Erklären Sie mir das.«

»Ich gehe davon aus, daß Ihr Kreditrahmen bei Ihrer Hausbank noch nicht voll ausgeschöpft war, Sie hatten die Möglichkeit, sich kurzfristig Geld zu beschaffen. Aber Ihre Lage ist und war angespannt. Da hätte Ihnen eine unkonventionelle Nebenerwerbsquelle sicher gelegen kommen müssen. All das dürfte Niklas, aber vor allem Alexander bekannt gewesen sein.«

Es war einer der Momente, in dem Rohleff sein Beruf schäbig erschien, er sich selbst natürlich auch, vorausgesetzt, er hatte unrecht. Erwies sich sein Verdacht als richtig, war an seinem Vorgehen nichts auszusetzen, es war sogar als besonders geschickt einzustufen. Er setzte auf Überrumpelung.

Kleingreber starrte ihn ungläubig an, dann warf er ruckartig den Kopf hoch und schrie los.

»Sind Sie wahnsinnig geworden? Sie glauben allen Ernstes, ich würde mich von halbgaren Bürschchen in Drogengeschäfte verwickeln lassen, um meinen Betrieb zu sanieren? Was unterstellen Sie mir da? Ich verbitte mir das. Ich hasse Drogen! Und wie! Und wenn ich auch nur geahnt hätte, daß einer von ihnen kifft, dann …« Abrupt stockte sein Redestrom.

Die beiden verbliebenen Mechaniker hatten ihre Arbeit niedergelegt und standen zwei Meter von der gläsernen Trennwand entfernt und lauschten. Wahrscheinlich hatte das Glas Kleingrebers Ausbruch nicht sonderlich gedämpft. Sobald er verstummt war, wurde er auf die beiden aufmerksam und winkte sie mit heftigen Armbewegungen fort.

»Sie sind in die Sache involviert, ob Sie wollen oder nicht«, erklärte Rohleff, »wir werden alle Ihre Konten überprüfen, und es wäre von Vorteil für Sie, wenn Sie keine Schwierigkeiten machten.«

»Tun Sie, was Sie nicht lassen können, und prüfen Sie, was Sie wollen, jetzt geht sowieso alles den Bach runter. Aber ich könnte meinen eigenen Jungs nicht mehr in die Augen sehen, wenn auch nur der leiseste Verdacht bestünde, mich träfe eine Mitschuld an Alex' Tod. Und was ist mit Niklas? Wollen Sie mir den Unfall etwa auch anlasten?«

Als Rohleff ihn verließ, war Kleingreber immer noch vollkommen verstört. Widerstandslos hatte er Vollmachten zur Durchsicht seiner Konten erteilt, und auch deshalb war Rohleff davon überzeugt, daß er in keiner Weise in den Tod Alexander Schröders verstrickt war.

Von seinem Dienstfahrzeug aus rief er Hendrick Knolle an. Patricks Bruder mußte erst von seiner Mutter aus dem Stall geholt werden.

»Ich will Sie nicht lange von der Arbeit abhalten«, sagte Rohleff, »aber können Sie mir sagen, ob in Holland besseres Hühnerfutter oder billigeres zu haben ist als bei uns?«

Hendricks Antwort überraschte ihn nicht. Er ließ sich dann

noch erklären, wieviel Futter ein Dutzend Hennen in der Woche brauchten, wehrte Fragen nach Patrick ab und fragte sich selbst nach dem Gespräch, was wohl Alexander mit all dem Futter angestellt hatte. Womöglich hatte er immer mal ein Kilo freilebenden Enten oder Gänsen auf diversen Teichen und Tümpeln zukommen lassen.

Dringend mußte sich Rohleff nun mit Alexanders Großvater unterhalten.

6

»Du wohnst in Castrop-Rauxel.« Knolle wedelte mit dem Ausweis vor Olas Augen herum. »Ist ja toll. Von Castrop-Rauxel nach Poisot. Ganz schöne Strecke, so allein. Und wo soll's noch hingehen?«

Er lag halb auf ihr und hatte darauf gewartet, daß sie die Augen aufschlug. Und jetzt, als sie es tat, erschreckte ihn wieder dieser Blick. Etwas lauerte in der Tiefe, eine unbekannte, gefährliche Leidenschaft, die blitzhaft sichtbar wurde und sich im nächsten Moment mit Kälte tarnte. Ola stemmte die Hände gegen seine Brust und warf ihn mühelos zur Seite.

»Nach Santiago, wohin denn sonst? Wieso willst du das auf einmal wissen?« Sie fragte nicht, wie er an den Ausweis gekommen war.

»Ich weiß halt gern, mit wem ich es zu tun habe. Also, spuck alles aus, was es über dich und diese Reise zu sagen gibt, bevor ich grob werde.«

Ola lachte heiser. »Was sollte ich von dir wohl anderes erwarten? Du weißt doch jetzt, wer ich bin. Ich war mit meinem Freund unterwegs, wir haben uns gestritten, und er hat mich sitzenlassen. Er ist ohne mich weitergefahren, er ist immer so. Eine Sicherung brennt bei ihm durch, und dann ist nichts mehr zu machen. Ich habe gedacht, ich finde ihn in Poisot am Zwischenstop. Er soll auch dagewesen sein, war aber wieder verschwunden. Vielleicht ist er zurückgefahren und sucht mich.«

Knolle war mehr als mißtrauisch. »Und wo hat dich der saubere Herr einem ungewissen Schicksal überlassen?«

»Da, wo du mich aufgegabelt hast.« Knolle dachte, daß es ja wohl eher umgekehrt gewesen war.

Ola machte Anstalten aufzustehen, ihr Blick glitt zur Badezimmertür. Knolle rechnete damit, daß er in der nächsten halben Stunde nur Wasserrauschen hören würde, sobald sie unter der Dusche stand. Aber plötzlich ließ sie sich zurücksinken.

»Du kannst mich nach Dijon fahren. Ich habe die Nase voll von dir.«

Damit hatte Knolle nicht gerechnet.

»Auf einmal?«

Er legte ihr die Hand auf den Bauch und strich um ihren Nabel herum, sofort spürte er eine Reaktion, es kribbelte unter seinen Fingern, als würden ihr kleine Schauder der Erregung über die Haut laufen.

»Warum willst du nach Dijon?«

»Einkaufen. Ich brauch was zum Anziehen.«

»Willst du noch nach Poisot zurück?«

»Später. Ich habe im Gasthaus eine Nachricht für meinen Freund hinterlassen. Er wird auf mich warten, wenn er dort auftaucht. Das hoffe ich, schließlich will ich meine Sachen zurück haben.«

»Aber wie willst du nach Poisot kommen? Ich könnte dich in Dijon wieder abholen.«

»Du bist ein Schläger, und mit Schlägern will ich nichts zu tun haben«, sagte sie. »Ich werde schon jemand finden, der mich mitnimmt.«

»Du liegst völlig falsch, ich bin kein Schläger«, beteuerte Knolle und rückte näher, bis seine Nase eine ihrer Brustwarzen streifte.

Ola stemmte die Hand gegen seinen Kopf.

»Du hast geglaubt, es macht mir nichts aus, mit jemand zusammenzusein, der einen kaltgemacht hat. Zwei sogar, das hast du ja selbst erzählt.«

Ihr Gerede nervte ihn. »Du bist bescheuert. Ich habe keinen kaltgemacht.«

»Und wieso erzählst du das dann? Woher hast du die Verletzungen am Bein?«

Sie hatte zweimal zugesehen, wie er den Verband wechselte, aber weder ihre Hilfe angeboten, noch eine Frage gestellt.

»Unfall«, antwortete er lakonisch.

»Das muß ein komischer Unfall gewesen sein. Diese Naht auf deiner Hose sitzt nicht quer über der Verletzung am Knie, sondern längs, das Bein runter.«

Ola mußte sich einige Gedanken über ihn gemacht haben, und zum erstenmal stellte er sich der Frage, wie sie ihn sah. Es war ihm wichtig, ihr negatives Bild zu korrigieren.

»Das ist ganz einfach. In dieser Hose hatte ich den Unfall nicht. Ich besitze zwei Lederhosen, beide schwarz. Ich prügele mich nicht herum, es war wirklich ein Unfall.«

Jetzt drehte sie sich unter ihm weg, aber die geschmeidige Bewegung war sehr herausfordernd.

»Zumindest die Wunde an der Wade hast du bei einem Kampf abbekommen, nicht bei einem Unfall. Ich habe schon mal so was gesehen. Kämpfst du mit dem Messer?«

Knolle trug immer noch Mirkos Messer im Stiefel, sie mußte auch das bemerkt haben, als er sich auszog.

»Sei endlich still.«

Er griff nach ihr, aber sie war schneller, sprang auf und verschwand im Badezimmer. Verwirrt blieb er auf dem Bett sitzen.

Beim Frühstück trafen sie ein anderes Bikerpaar, das sich zu ihnen an den Tisch setzte. Die beiden waren Holländer, sprachen aber etwas Deutsch und sahen wie eineiige Zwillinge aus. Beide waren wie Schränke gebaut, trugen blonde Zöpfe und mit Nieten besetzte Lederarmbänder an den Handgelenken. Aber der Blick aus ihren blauen Augen war geradezu kindlich sanftmütig. Gegenseitig sprachen sie sich nur mit Kosenamen an. Sie waren nach Santiago unterwegs und ließen sich erklären, wie sie nach Poisot kommen konnten.

Da sich vorwiegend Ola mit ihnen unterhielt, schweiften

Knolles Gedanken ab. Er dachte an die letzte Kurznachricht, die ihn per Handy erreicht hatte. Er war erleichtert, daß die Motorradkette ihren Weg zu Rohleff gefunden hatte. Von Mirko war auch die Rede, das Team in Steinfurt hatte den Toten aufgespürt und die richtigen Schlüsse gezogen, es war erstaunlich, wie ein Zusammenspiel klappte, das offiziell gar nicht existierte. Es war fast schon unheimlich. Jede Nachricht endete mit einer durchaus berechtigten Frage. An sich wäre es ein leichtes gewesen, endlich darauf zu antworten.

Der Frühstücksraum war trostlos nüchtern. Die Milchkaffeenäpfe, die eher Suppenschüsseln glichen, standen auf einem blanken Resopaltisch, und daneben lag ein Croissant, das unter den Händen zerbröselte. Harry hätte sich über die Unkultur beschwert. Knolle war sicher, daß nicht Harry die Nachrichten schickte, es konnte nur Lilli oder Rohleff sein. Er merkte, wie es ihn immer heftiger fortzog aus dieser tristen Bude und aus einem Land, das er doch nicht richtig erlebte.

Als Ola ihn ansprach, schreckte er zusammen.

»Fahren wir?«

»Wohin?«

»Du kannst mich auf dem Marktplatz von Dijon absetzen.«

Dijon war sicherlich eine sehr schöne Stadt, die eine eingehende Besichtigung lohnte. Aber Knolle hatte den Eindruck, daß er sich immer nur in engen Bahnen zu bestimmten Zwecken in ihr bewegte. So unfroh, wie er sich fühlte, beschwerte ihn die Fremdheit. Der Abschied von Ola verlief nüchtern. Sie stieg ab, schälte sich aus der Regenkluft und hielt sie ihm hin.

»Wohin willst du jetzt?« fragte sie.

Er hatte ihre langen Beine angestarrt und sich gefragt, ob er das Mädchen nicht doch vermissen würde. Ola mit der schwarzen Haarkappe und den geheimnisvollen grünen Augen, und seine Entschlossenheit bröckelte ein bißchen.

»Ich fahre nach Poisot und dann …« Es sollte ein letzter Versuch sein, den Tod Alexander Schröders aufzuklären. Er brauchte immer noch einen Mörder, einen Namen, den er Rohleff und dem Team präsentieren konnte. So oder so würde er aber vor Mittag die Autobahn nehmen. Über Besancon, Mulhouse nach Freiburg und dann nur noch nordwärts. Ola winkte nicht einmal, während sie sich entfernte, anscheinend vergaß sie ihn bereits.

7

Besonders tüdelig war der Mann nicht, aber gebrechlich und tieftraurig, das spürte Rohleff sofort, als er dem Großvater Alexander Schröders die Hand gab. Verdickte Gelenke, regelrechte Gichtknoten, verunstalteten die Greisenhand. Frau Schröder hatte sie miteinander bekannt gemacht und anschließend allein gelassen. Rohleff war es auch lieber, denn der Alte schien gegenüber der Mutter Alexanders einen geheimen Groll zu hegen.

»Der Junge ist verpimpelt worden«, sagte er, sobald sich die Frau außer Hörweite befand. Rohleff sparte sich einen Kommentar.

Er hatte darum gebeten, mit Herrn Schröder senior das Hühnerhaus zu besichtigen. Und wie er es erhofft hatte, wurde ihm diesmal ein Einblick in das Intimleben der Wyandotten gewährt. Sein Eintritt in den Raum mit den Nestern löste aufgeregtes Geflatter aus, sofort blieb er stehen und wartete, bis auch die letzte herumstiebende Flaumfeder an seiner Nase vorbei zu Boden geschwebt war. Körnerreste lagen rund um tönerne Freßschalen zwischen schwarzgrünen Exkrementen, die einen strengen Geruch verströmten. Ein Gestank, der eventuell als erstes Zeichen von Vernachlässigung zu werten war.

Wie würdige Matronen gluckten dick aufgeplusterte Hennen auf ihren Strohnestern. Jede, die hereinkam, sagte etwas, auf das die anderen leise antworteten. Eine geschlossene Gesellschaft. Behutsam zog sich Rohleff zurück.

Im Vorraum bückte er sich und zerrte einen der Futtersäcke unter dem Ablagebrett ins Licht der nackten Glühbirne, die von der Decke hing.

»Warum hat Alexander das Futter in Holland besorgt? Haben Sie ihm dazu den Auftrag erteilt?«

Der alte Schröder inspizierte den Sack, als würde er ihn zum erstenmal bewußt sehen.

»Kommt aus Holland, nicht wahr? Steht das drauf? Aber so ohne Brille kann ich das nicht lesen. Hat Alexander besorgt.«

Rohleff bedauerte nun, Frau Schröder aus dem Gespräch entlassen zu haben. Der Umgang mit dem Alten gestaltete sich eventuell doch recht schwierig.

»Ich habe mich erkundigt. Alexander hätte ebenso gutes Hühnerfutter auch im nächsten Raiffeisenmarkt bekommen und vermutlich nicht teurer. Die Fahrt nach Holland wäre nicht nötig gewesen.«

Auf einmal lächelte der alte Schröder wehmütig.

»Das weiß ich doch. Er hat aber fahren wollen. Hab ihm sogar mein Auto dafür gegeben und Geld. Ich hab einen Opel, Baujahr 1990, er ist aber noch top in Schuß. Nicht ein Kratzer am Lack.«

»Fahren Sie noch selbst Auto?«

»Manchmal, aber keine langen Touren mehr. Mein Sohn will, daß ich das Auto abschaffe und meinen Führerschein zurückgebe.«

Er war mindestens achtzig und klammert sich an diesen Rest von scheinbarer Selbständigkeit. Und wahrscheinlich hatte ihn Alexander keineswegs uneigennützig darin unterstützt. Rohleff ließ die Hand tief in den Sack gleiten.

»Sind Sie einmal mitgefahren nach Holland?«

»Ein- oder zweimal.«

Ein alter Herr mit Apfelwangen, der mit seinem Enkel in einem betagten, aber gepflegten Auto unterwegs war, erregte keinen Verdacht. Nachdem diese Fahrten ohne Pannen verlaufen waren, traute sich Alexander das nächste Mal allein über die Grenze.

»Und können Sie sich noch daran erinnern, wo Sie waren?«

»In Holland?« Der Alte schüttelte den Kopf. »In Glanerbrug oder in Enschede. Alexander hat ein paarmal angehalten.«

»Und haben Sie auch Kaffee getrunken?«

Erstaunt musterte ihn Großvater Schröder. »Kaffee? Ich glaub schon. Können wir jetzt wieder rausgehen? Die Hühner kriegen heute nichts mehr.«

»Einen Augenblick noch. Wer sammelt die Eier ein und kümmert sich um die Hühnernester?«

»›Eier einsammeln ist wie jeden Tag Ostern, Opa‹, hat Alexander mal gesagt, und seitdem habe ich es ihm überlassen. Aber er mußte auch alles saubermachen.«

»Hat Alexander einmal einen Freund mitgebracht? In letzter Zeit?«

Umständlich bückte sich der alte Mann und schob den Sack wieder zurecht, Rohleff kam ihm hastig zu Hilfe.

»Da war doch kürzlich einer hier gewesen, ich weiß nicht, was er gewollt hat, da war Alexander schon ...« Das Gemurmel wurde unverständlich.

Wer sich auskannte, hatte keine Schwierigkeiten, sich Zugang zum Hühnerstall zu verschaffen. Es mußte einen Grund gegeben haben, warum der Alte angesprochen wurde, oder es hatte eine zufällige Begegnung vor der Hütte stattgefunden.

Der alte Schröder war in das Gebrabbel alter Leute verfallen, die sich zeitweilig aus der Welt zurückziehen, um in ihrer eigenen zu leben, einer längst vergangenen. Rohleff mußte sich beeilen, wenn er noch etwas erfahren wollte.

»Sie haben Alexander Geld gegeben. Aber kürzlich war es mehr, als er für das Hühnerfutter brauchte.«

Der Alte wurde zornig. »Wer hat Ihnen das erzählt? Ich habe Alexander versprochen, es nicht seinen Eltern zu sagen. Er wollte überhaupt nicht, daß es jemand erfährt. Von mir weiß es keiner.«

»Wieviel haben Sie ihm gegeben, und wofür hat er es gebraucht?«

Sie hatten den Hühnerstall verlassen. Jenseits des Zauns stand Frau Schröder auf dem schmalen Pfad, der zum Verbindungstörchen führte.

»Werden Sie es ihr sagen?«

»Wollen Sie nicht erst einmal meine Frage beantworten?«

»Kommen Sie weiter.« Mit gesenktem Blick ging der alte Schröder auf sein Haus zu und stieß dabei den Stock hart auf, als Zeichen seiner inneren Erregung.

Er muß jemanden für den Tod seines Enkels verantwortlich machen, sonst wird er damit nicht fertig, dachte Rohleff.

»Wieviel Geld haben Sie Alexander gegeben?« fragte er noch einmal, sobald sie die Terrasse erreicht hatten.

»Viertausend Euro. Er hat Schulden gemacht, der Bengel. Schulden wachsen schneller als Haare auf dem Kopf. Deshalb habe ich ihm das Geld gegeben. Aber vielleicht war das nicht richtig, und ich hätte doch seinem Vater davon erzählen sollen.« Mit der Stockkrücke zog er die Terrassentür auf und verschwand im Haus, nachdem er Rohleff zum Abschied zugewinkt hatte.

Rohleff ging noch einmal zum Hühnerhaus zurück und klebte ein Amtssiegel über die Tür. Er hoffte, daß Groß innerhalb der nächsten Stunde einen seiner Techniker abstellen konnte, um das Innere der Hütte zu untersuchen. Die Hühner sollten keinen Mangel leiden, weil niemand mehr ihre Unterkunft betreten durfte.

8

Rohleff hatte das ungute Gefühl, sich eigentlich aufteilen zu müssen. Als zwei- oder dreigeteilter Rohleff würde er einen geradezu idealen Beamten abgeben, denn natürlich würde er auch in der vervielfältigten Form nur eine Identität besitzen und – das Allerwichtigste überhaupt – nur ein Gehalt beziehen. Eventuell konnte man die zeitweilig nicht benötigten Doppelgänger in sargartigen Kisten deponieren, bis sie wieder gefordert wären.

Er fuhr zum Müllentsorger, um Beat Wüllner zu sprechen, war aber im Zwiespalt mit sich, ob er sich nicht doch zur Unfallstelle begeben müßte, um sich aus erster Quelle zu informieren, wie Niklas Scheipers zu Tode gekommen war. Dieser Unfall bereitete ihm das größtmögliche Unbehagen, das durch die wenigen Details, die er der Meldung entnommen hatte, noch verstärkt wurde. Niklas war nicht weit hinter der Unterführung, an der Alexander erschlagen worden war, von der Straße abgekommen und direkt in die Aa gestürzt. Abgesehen davon, daß er sich den Unfall nicht vorstellen konnte, drängte sich die Frage auf, ob es sich um einen Zufall handelte oder ob es einen Zusammenhang mit Alexanders Tod gab. Welche Fehler waren ihm bisher in der Ermittlung unterlaufen? Auch dieser Frage mußte er sich stellen. Wäre bei einer strafferen Untersuchung des Falles Niklas Scheipers dem Zufall oder was immer zu seinem Tod geführt hatte, entgangen?

Vor allem die Flucht Knolles sorgte für fortwährende Konfusionen und Lücken in der Aufklärung. Die Arbeit, die Knolle eventuell auf seiner Fahrt durch Frankreich leistete, schaffte kein ausreichendes Gegengewicht. Rohleff war nur froh, den Ganter für eine gewisse Zeit aus dem Feld geschlagen zu haben. Nur wie lange würde diese Atempause andauern?

Er fühlte sich zu verbraucht, um noch lange weiterzukämpfen. Als er in den Hof des Entsorgers einbog, würgte er den Motor ab und quälte sich erst nach einem Moment der Unentschlossenheit und Lethargie aus dem Wagen.

Im Büro erfuhr er, daß Beat nicht zur Arbeit erschienen war. Der Junge hatte sich krank gemeldet. Rohleff erwog, nun doch zur Unfallstelle zu fahren, ließ sich aber immerhin die Adresse Wüllners geben, die er zwar in seinen Akten stehen hatte, aber nicht auswendig wußte. Er brauchte nur zwei Straßen weiterzufahren, stellte er fest.

In diesem Teil Borghorsts wechselten sich ältere Häuser mit neueren ab, denn die großen Grundstücke waren, ähnlich wie bei den Schröders in Ochtrup, geteilt worden. Wüllners Haus gehörte zu jenen, bei denen nachträglich durch An- und Ausbauten dem gestiegenen Wohnraumbedarf Rechnung getragen worden war, allerdings auf Kosten der Ästhetik. Aus einem ehemals schlichten Haus war ein verunglückter Protzbau entstanden.

Er schellte.

Frau Wüllner trug eine helle Fellmütze auf dem Arm, die unversehens mit scharfen Rattenzähnen nach Rohleffs Hand schnappte, als er sie zur Begrüßung ausstreckte. Leicht aus der Fassung gebracht, stellte er sich stammelnd vor und unterbreitete ebenso stockend sein Anliegen, Beat zu sprechen.

»Ich weiß, er hat sich krank gemeldet, aber könnte ich ihn dennoch …?«

Frau Wüllner rutschte in Fellpantoffeln, die verblüffend dem Ding auf ihrem Arm glichen, vor ihm über den makellos gepflegten Marmorboden – bestimmt war er schwarz verlegt worden, dachte Rohleff – bis zur Treppe.

»Beat, Besuch!« schrie sie in den oberen Stock hinauf. »Er kommt herunter«, fügte sie zu Rohleff gewandt hinzu, »Sie können im Wohnzimmer warten.«

Dank einiger herumliegender kleiner Bälle sah das Wohnzimmer etwas unaufgeräumt aus, was bei einem Hund, selbst bei einem so winzigen, keine Überraschung darstellte, wie Rohleff aus eigener Erfahrung wußte. Er nahm sich vor, er schrieb es sich regelrecht ins Gedächtnis, nach der Unterredung mit Beat sofort nach Hause zu fahren und Berni wenigstens zehn Minuten Zeit zu widmen, der Hund konnte unmöglich ohne Unterbrechung den ganzen Tag sich selbst überlassen bleiben.

»Möchten Sie einen Kaffee?« fragte Frau Wüllner und setzte das Fellknäuel auf einem Sofakissen ab.

Kaum hatte sie das Wohnzimmer verlassen, ließ sich das Ding vom Sofa fallen und stürzte sich auf Rohleffs Schuhe. Er wehrte sich verhalten und versuchte, den Winzling wegzuschieben, ohne sich beißen zu lassen.

»Er spielt nur«, sagte Frau Wüllner nachsichtig, als sie mit dem Kaffee hereintrat. »Schatzili, komm zu Mami.«

Für Schatzili stand neben dem Sofa ein flacher Korb von den Ausmaßen einer Babywiege, ausgestattet mit Kissen und weiterem Spielzeug. Vor einem Schrank lag eine kleine Flauschdecke ausgebreitet, und unter dem nächsten Sessel entdeckte Rohleff eine Stoffmaus. So ähnlich hatte es für ganz kurze Zeit in seinem eigenem Wohnzimmer ausgesehen. In Gedanken daran stieg ihm aus purer Bitternis die Magensäure hoch.

»Was fehlt Beat?« krächzte er.

»Das Asthma«, sagte Frau Wüllner, »es ist immer das gleiche, nie hat man Ruhe damit.« Es klang, als würde sie sich von der Krankheit ihres Sohnes belästigt fühlen. »Wo bleibt er denn?« Sie stand auf und horchte in die Diele hinaus.

Schatzili hatte den Kampf mit Rohleffs Schuhen noch nicht aufgegeben, er wußte nicht mehr, wie er sich effektiv gegen das kleine Ungeheuer zur Wehr setzen sollte, ohne grob zu werden.

Als Beat hereinkam, blieb er unschlüssig nahe der Tür stehen, sein Blick wechselte zwischen seiner Mutter und Rohleff hin und her. Sein Haar sah verstrubbelt aus, das Hemd hing mit einem Zipfel aus der Hose, Anzeichen dafür, daß er gerade eben erst aufgestanden war. Rohleff tat es leid, ihn gestört zu haben.

»Nun setz dich doch«, forderte ihn seine Mutter ungeduldig auf und wies mit der Hand neben sich.

Rohleff erhob sich.

»Das sollte ein Gespräch unter vier Augen sein, Frau Wüllner. Wo kann ich mich mit Ihrem Sohn unterhalten, ohne Sie zu stören?«

»Dann kann ich ja gehen«, sagte sie mit verkniffener Miene.

Gern hätte Rohleff etwas Verbindliches entgegnet, aber die Frau flößte ihm einen Widerwillen ein, der ihn stumm bleiben ließ. Sobald sie gegangen war, wirkte Beat weniger verkrampft. Rohleff nahm sein Notizheft zur Hand und schrieb rasch ein paar Stichpunkte für dieses Gespräch auf, überflog sie und nickte. Einiges war ihm jetzt erst klargeworden, nachdem er die Mutter kenngelernt hatte. Plötzlich griff er hastig zu und hielt das quietschende Fellbündel hoch.

»Wohin damit?«

Zuerst reagierte Beat nicht. Er hatte sich in die Sofakissen zurückgelehnt, als würde er gleich einschlafen. Aber dann stand er auf, nahm Rohleff behutsam den Hund ab, öffnete einen Spaltbreit eine Tür, die vermutlich in die Küche führte, und schob das Tierchen hinein.

Von innen war das Gejaule des Hundes zu hören und ein Kratzen an der geschlossenen Tür, und dann die Stimme Frau Wüllners, die auf ihn einsprach. So hatte Sabine manchmal Thomas zugeredet, damit er seinen Brei aß.

»Was hat Sie veranlaßt, soviel über Alexander Schröder zu verschweigen?« fragte Rohleff streng, sobald Beat wieder Platz genommen hatte.

Beat hatte sein Spray, das er mit ins Wohnzimmer gebracht hatte, auf dem Sofa abgelegt, er griff danach und umklammerte es.

»Was soll ich denn verschwiegen haben?«

»Den Drogenkonsum. Sie haben vehement bestritten, daß Alexander Drogen nahm und besorgte. Sie haben abgestritten, davon gewußt zu haben. Damit haben Sie die Unwahrheit gesagt.«

Beat wollte etwas entgegnen, aber Rohleff gebot ihm Einhalt.

»Überlegen Sie sich, was Sie sagen. Mit weiteren Lügen und Halbwahrheiten geraten Sie nur selbst in ein Zwielicht von Verdächtigungen. Ich glaube Ihnen, daß Sie keine Drogen nehmen. Aber Sie wußten, was Alexander betraf, nur zu genau Bescheid.«

»Ich habe ihn oft gebeten, es seinzulassen.«

»Er hat nicht auf Sie hören wollen, aber er hat Sie zum Mitwisser gemacht, weil er wußte, Sie würden nichts gegen ihn unternehmen. Haben Sie nach seinem Tod das restliche Zeug aus dem Hühnerfutter geholt, um Spuren zu verwischen?«

Schweigen breitete sich aus. Rohleff ließ Beat Zeit, seine Gedanken zu sammeln.

»Es war schon weg.« Die Stimme klang angestrengt.

»Dann ist Ihnen Niklas Scheipers zuvorgekommen. Ich nehme an, er hat die Hütte gründlich abgesucht, wie er auch Alexanders Spind überprüft hat, Alexander war nie so dumm, Hasch oder ähnliches in der Autowerkstatt zu lagern. Es steckte entweder in den unangebrochenen Futtersäcken oder unter den Nestern.«

»Dann wissen Sie ja alles. Hat Niklas Ihnen das erzählt?«

Rohleff erwog nicht einmal, ihn von Niklas' Tod zu unterrichten. Jetzt hätte diese Mitteilung nur die Vernehmung gestört. Es war sogar gut, wenn Beat davon ausgehen mußte, daß es jemanden gab, der ebenfalls eine Aussage machen konnte.

»Es wäre besser gewesen, Sie wären sofort mit der Wahrheit herausgerückt.«

Bisher war dieses Gespräch nur ein Geplänkel gewesen, die schwierigere und bedeutsamere Phase sollte noch folgen.

»Sie haben von den Drogen gewußt, von seinem kleinen Handel und daß er etwas Größeres plante. Über seine Verabredung mit den Dortmundern am Donnerstag abend waren Sie auch informiert. Hat er es Ihnen erzählt, oder waren Sie sogar dabei, als die Absprache getroffen wurde?«

Ein bitterer Zug zeigte sich in Beats Gesicht.

»Ich habe ihn gewarnt, ich habe ihm gesagt, er soll sich auf keinen Fall mit diesen Leuten einlassen. Sie waren bewaffnet, aber das kümmerte ihn überhaupt nicht. Er dachte, er gehörte überall dazu, wo Motorräder im Spiel waren.«

»Was geschah am Donnerstag abend?« fragte Rohleff leise. »Sie sind mit zur Unterführung gekommen.«

Beat holte tief Luft.

»Er hatte mir nicht gesagt, wo er sich mit ihnen treffen wollte, aber ich habe es herausgefunden, als sich zwei von ihnen auf dem Klo am Bikertreff unterhielten. Sie dachten, sie wären allein. Wenn man nicht ahnte, worüber sie sprachen, verstand man ja auch nicht viel. Aber ich wußte es. Deshalb hab ich ihn an der Unterführung abgepaßt und ihn noch einmal gebeten, die Sache abzublasen. Er wollte aber nicht, er wollte das Ding unbedingt durchziehen.«

Der Junge benutzte sein Spray und schloß für eine Weile die Augen. Rohleff lauschte mit einiger Sorge dem gequälten Atmen, bis Beat von sich aus weitersprach.

»Ich bin wieder losgefahren, weil ich mit den Dortmundern

nicht zusammentreffen wollte. Sie hatten mich schon am Bikertreff mit Alex gesehen.«

»Sie sind wirklich direkt nach Hause gefahren? Das nehme ich Ihnen nicht ab. Es gibt sogar jemanden, der etwas anderes bezeugen kann.«

Erschreckt fuhr Beat auf und ließ sich dann wieder zurücksinken.

»Da war sonst niemand, das weiß ich genau.«

»Dann ist Ihnen etwas entgangen. Ein Moped klingt anders als ein Motorrad. Sie sind sowohl gehört als auch gesehen worden und zwar auf Ihrer tatsächlichen Rückfahrt, als alles vorbei war. Also, was haben Sie beobachtet, und wo waren Sie dabei? Ich gehe davon aus, daß Sie sich von Alexander verabschiedet und ihn allein gelassen haben. Nur nach Hause gefahren sind Sie nicht, Sie sind umgekehrt.«

Beats Atmen wurde schwerer, er mußte wieder das Spray benutzen.

»Ich war im Gebüsch oberhalb des Bahndamms. Mein Moped hatte ich ein Stück vor der Unterführung bei den alten Gleisen versteckt und mich gerade zurückgeschlichen, da tauchten die Dortmunder auf. Es hat nicht lange gedauert, da sind sie mit Alex in Streit geraten, ich weiß nicht, worum es ging, vielleicht ums Geld. Es war doch auch völlig verrückt von ihm, diesen Kerlen zu vertrauen. Warum sollten sie ihm das Geld geben, wenn sie ihm den Schnee abgenommen hatten? Genau davor habe ich mich gefürchtet. Er war viel zu vertrauensselig. Sie begannen auf ihn einzuschlagen, und ich konnte nichts tun. Was hätte ich denn tun sollen?« Beat begann zu schluchzen. »Sie hätten ja auch mich erschlagen. Dann fuhr noch einer mit dem Motorrad über Alex.«

Sein Blick war völlig nach innen gewandt, wie in Trance schaukelte er vor und zurück.

»Sie mußten eine ganze Zeit in Ihrem Versteck ausharren. Die Dortmunder waren ja noch damit beschäftigt, das Motorrad verschwinden zu lassen und die Leiche in Plastik einzupacken. Haben Sie gesehen, wer mit der Motorradkette zuschlug?«

»Die Kette?« flüsterte Beat ungläubig.

»Wir wissen von der Motorradkette, nur nicht, wer sie benutzte. Wer war es?«

Möglicherweise war die Kette von Hand zu Hand gegangen, dann würde nie zu klären sein, wer den tödlichen Schlag geführt hatte, überlegte Rohleff.

»Ich habe es nicht gesehen. Ich hatte ja Angst, entdeckt zu werden.«

Rohleff dachte an Knolle. Vielleicht war dieser gerade dabei, der Frage nach dem Mörder auf den Grund zu gehen. Zum erstenmal sah er es nicht als absolute Katastrophe an, daß sich Knolle davongemacht hatte. In diesem Augenblick zählte er auf ihn.

»Sie haben gewartet, bis Sie einigermaßen sicher sein konnten, die Dortmunder würden nicht mehr zurückkommen. Erst danach haben Sie den Tatort verlassen. Und sind an dem Müllcontainer vorbeigefahren, in dem Alexander inzwischen lag. Davon wußten Sie nichts?«

Beat schwieg.

»Warum haben Sie bisher nichts von dem, was Sie gesehen und gewußt haben, gesagt? Sie müssen doch ein Interesse daran haben, daß der Mord aufgeklärt wird. Schon aus Freundschaft zu Alexander.«

Beat hatte die Füße hochgezogen und den Kopf seitlich in die Kissen gedrückt.

»Ich hatte Angst, ich habe jetzt noch Angst, daß sie mich aufspüren. Deshalb kann ich nicht mehr arbeiten. Ich kriege keine Luft vor Angst.«

Eventuell auch vor Scham, dachte Rohleff.

»Wenn Sie sofort mit uns zusammengearbeitet hätten, hätte das unsere Chancen erhöht, diese Dortmunder Bande zu fassen. Was wissen Sie über die einzelnen Mitglieder? Beschreiben Sie sie mir, haben Sie sich ein polizeiliches Kennzeichen der Motorräder gemerkt?«

Beat betrachtete ihn aus weit aufgerissenen Augen und fing unvermittelt an zu keuchen, versuchte aber, ein paar Worte herauszuwürgen. Nichts davon war eindeutig zu verstehen. Bedauernd mußte Rohleff die Befragung abbrechen. Lilli wäre schon längst eingeschritten, er war froh, daß sie nicht dabei war.

»Sie sind ein hohes Risiko für Alexander eingegangen«, sagte er behutsam, »alles aus Freundschaft? Ihre Zuneigung muß sehr groß gewesen sein.«

Zunächst blieb Beat still, aber sobald sein Atem etwas ruhiger ging, begann er zu sprechen.

»Mit Alex konnte ich reden wie sonst mit keinem. Einfach so, über alles, er war voller Ideen und verrückter Einfälle, und wenn wir zusammen waren, spielte nichts anderes eine Rolle. Er war der einzige, in dessen Gegenwart ich mir vollkommen normal vorkam, als gäbe es für mich keinerlei Beschränkung. Manchmal habe ich gedacht, er hat mein Asthma nicht einmal bemerkt. Es war für ihn nicht vorhanden.« Erstaunen zeichnete sich auf seiner Miene ab und ein schwaches Lächeln. »Ich glaube, ich hatte nie einen Anfall, wenn er bei mir war, ist das nicht seltsam?«

Beat bestand trotz seines schlechten Befindens darauf, ihn zur Tür zu begleiten, und schlurfte erbarmungswürdig unsicher vor ihm her.

»Sobald es Ihnen besser geht, werden Sie zu mir ins Büro kommen und Ihre Aussagen vervollständigen und zu Protokoll geben müssen«, teilte Rohleff ihm mit, »am besten rufen Sie mich vorher an, ich schicke Ihnen einen Wagen, der Sie abholt. Je mehr ich von Ihnen erfahre und je schneller, desto rascher habe ich mit einer Fahndung nach den Tätern Erfolg.«

Eine Tür, die von der Diele abging, schwang auf. Frau Wüllner trat heraus, an ihr vorbei wuselte der Hund.

»Sie gehen? Haben Sie ihn auch nicht zu sehr angestrengt?« fragte sie in mißbilligendem Ton.

Rohleff hatte sie in Verdacht, gelauscht zu haben, aber dann erinnerte er sich an die geschlossene Zwischentür. Er bedankte sich für den Kaffee, während er unauffällig mit dem Fuß den

Hund wegzuschieben suchte, der sich wieder an seinen Schuhen zu schaffen machte. Beat bückte sich, hob das Tier auf und preßte es an sich.

»Laß ihn sofort herunter«, tadelte seine Mutter, »die Hundehaare sind für sein Asthma nicht gut«, fügte sie für Rohleff hinzu. Es war die absolut mangelnde Empathie in dem Gerede der Frau, was ihn abstieß. So konnte sie über eine nicht funktionierende Waschmaschine sprechen.

Als er vors Haus trat, hörte er das Tier aufjaulen, aber da fiel die Tür bereits ins Schloß.

Wieso, fragte er sich, halten sich die Eltern einen Hund, wenn sich das Leiden des Jungen dadurch verstärkt?

Während er zum Auto ging, dachte er noch einmal an Patrick Knolle. Warum meldete er sich nicht?

9

Es saßen nicht dieselben Biker an den Tischen wie am Vortag, das begriff Knolle sofort. Mehr Holländer, viele Franzosen, nur sehr vereinzelt schnappte er einen deutschen Ausruf auf. Seit Stunden trieb er sich am Treffpunkt herum, ein Einzelgänger, ein Außenseiter, der keinen Anschluß suchte. Er war ganz froh, auch die Holländer vom Frühstück nicht wiederzuentdecken. Hin und wieder streifte ein Blick die rote Zickzacknaht an seiner Hose. Erstaunen, manchmal auch ein flüchtiges Erkennen las er in den Gesichtern.

Längst hatte er aufbrechen wollen, aber wieder einmal lähmte ihn die Unschlüssigkeit, zu entscheiden, welche Richtung er einschlagen sollte. Es mißfiel ihm außerordentlich, etwas nicht zu Ende geführt zu haben. Seine Recherche war hoffnungslos im Sande verlaufen, und doch vermochte er den Fall nicht abzuhaken. Eine geheime Erwartung ließ ihn wider jede Vernunft ausharren. Olas Abschied hatte die Endgültigkeit gefehlt.

Zu seiner Unruhe trugen die Gerüche bei, die über dem

Platz schwebten. Benzingestank, Schnaps- und Bieraroma, Zigarettenrauch, der süßliche Hauch von Haschisch und Marihuana und etwas, das durch all das nur zu ahnen war, aber Gefahr signalisierte.

Als die Dortmunder herankamen, taten sie das so ohne jede Heimlichkeit, daß sie ihn vollkommen überraschten. Sie waren zu dritt. Der Kawasaki-Mann, der Harley-Fahrer Drag und als dritter jemand, bei dem er genau hinsehen mußte. Diesmal trug sie schwarzes Leder wie er selbst und schien damit endlich ihr eigentliches Wesen zu offenbaren. Eine Frau ohne Tarnung. Ola. Sie also fuhr die Yamaha, das fünfte Bike, wie er es vielleicht geahnt, nur nicht zu Ende gedacht hatte.

»Hi«, sagte sie und fläzte sich, die langen Beine ausgestreckt, auf einen Stuhl, den sie neben ihm plaziert hatte.

Wie sollte er sie anreden? Mit Anna-Lena?

»Hi«, sagte er unverbindlich. »Du bist Drag«, begrüßte er danach den Harley-Fahrer.

»Falsch, ich bin Drag.« Der Kawasaki-Mann stellte sich dicht vor ihn und sah auf ihn herab.

Beobachter mochten denken, die Bekannten wären eingetroffen, auf die Knolle die ganze Zeit gewartet hatte. In gewisser Weise hätten sie sogar recht gehabt. Knolle wußte nun, daß er einem Irrtum aufgesessen war, von dem er noch nicht ermessen konnte, welche Bedeutung er hatte. Der Anführer war der Mann vor ihm, den er bisher aus allen Überlegungen ausgeklammert hatte. Und wie, fragte er sich, paßte Ola in das Schema?

Der Harley-Fahrer stellte sich mit einem unangenehmen Grinsen selbst vor.

»Hog«, sagte er und wedelte mit einem Arm, um den eine Motorradkette gewickelt war. An dieser klebten keine Fleischfetzen, das sollte wohl noch kommen, hieß die Geste.

»Wie geht's dem im Krankenhaus?« erkundigte sich Knolle äußerlich gelassen und innerlich aufs höchste alarmiert. Der Anblick der Kette trieb ihm den Schweiß aus den Poren, eine nicht steuerbare Angstreaktion. Ein Blick über die Schulter zeigte ihm, daß seine BMW eingekeilt war, nun würde er wohl kaum mit einem schnellen Abgang davonkommen. Niemand von den in Gruppen zusammenhockenden oder -stehenden Bikern achtete auf ihn, Knolle bezweifelte, daß sich auch nur einer von ihnen bei einem direkten Angriff auf ihn einmischen würde. Er sah ein, wie dumm es gewesen war, diese Situation herausgefordert zu haben.

»Kutte geht es den Umständen entsprechend gut. Ein paar Knochen sind heil geblieben. Er läßt dich auch schön grüßen.« Hog rasselte mit seiner Kette.

Ola zog gemächlich ein Messer aus dem Stiefel und begann, mit der Spitze Dreck von der Sohle zu kratzen. Knolle erkannte das Messer, sie mußte es am Morgen unbemerkt an sich genommen haben.

»Nett, dich wiederzusehen, ich habe mir gleich gedacht, daß wir uns noch etwas mitzuteilen haben«, sagte er zu ihr.

»Er meint«, sagte Ola trocken zu den beiden anderen, »er könnte sich was darauf einbilden, daß er mich gefickt hat.« Sie wandte sich an ihn. »Nur ist mir das so egal wie aufs Klo gehen, zumindest mit einem Scheißer wie dir.«

»Dafür«, entgegnete Knolle artig, »hast du's mir aber recht gut besorgt.«

Vergeblich erwartete er eine heftige Reaktion.

»Du mußt es schon selbst aus ihm herauskitzeln, er ist ein sturer Bock«, sagte sie zu Drag.

Dann bewegte sie sich so rasch, daß er erst begriff, als er die Klinge an der Kehle spürte. Hog veränderte seine Position so, daß er mit seinem breiten Rücken Neugierigen die Sicht versperrte. Schneller, als Knolle erwartet hatte, war er der Bande ausgeliefert und das mitten zwischen anderen Menschen. Das Messer ritzte ihm die Haut.

»Was hast du mit Mirko gemacht?« zischte Ola.

»Welcher Mirko?«

»Tu nicht so, als ob du ihn nicht kennst. Ich habe die SMS auf deinem Handy gelesen.«

Demnach hatte ihn Ola gründlicher ausgespäht als er sie.

Wahrscheinlich hatte sie sogar mit Rohleffs Handy Kontakt zu den anderen gehalten, denn ein eigenes Handy hatte er bei ihren Sachen nicht entdeckt. Sie war viel ausgekochter, als er gedacht hatte, oder er zu dumm, um mit einer halbwegs raffinierten Frau fertigzuwerden. Um ihn herum war eine Unruhe aufgekommen, die ihn zusätzlich irritierte. Aber vor allem lähmte ihn das Bewußtsein, einer tödlichen Gefahr ausgesetzt zu sein.

»Was geht dich Mirko an?«

»Er war mein Freund.«

Ihre seltsame Abwesenheit, die scheinbare Unempfindlichkeit, die ihn an ihr gleichzeitig fasziniert und abgestoßen hatten, verdeckten nur etwas anderes: Haß und Rachedurst. Für beides war die Zeit gekommen. Ola allein beherrschte bis jetzt die Situation, er mußte etwas dagegen unternehmen.

»Und um herauszufinden, was ich mit ihm zu tun hatte, hast du mit mir gevögelt? Warum hast du nicht einfach mal gefragt? Ich meine, hinterher.«

Er spürte, wie ihm ein Tropfen Blut den Hals herabrann, Ola hatte den Druck auf die Klinge verstärkt.

»Heh, paß auf«, rief Drag, »nimm das Messer weg, du stichst ihn noch aus Versehen ab, bevor wir mit ihm fertig sind.«

Das Messer rückte ein bißchen ab.

»Ihr habt mir was versprochen«, sagte Ola.

»Na und? Wir haben dir zwei Tage Zeit gelassen, aber du hast nichts aus ihm herausgebracht und nur die Beine breitgemacht. Jetzt ist Schluß mit den Spielchen«, sagte Hog und grinste wieder dümmlich.

Er erinnerte Knolle an einen Stier, und mit solchen Kreaturen hatte er bereits als Kind umgehen gelernt. Nichts als Muskelmasse, von einem kleinen Hirn bewegt, das man austricksen konnte, wenn man wußte, wie es funktionierte. Der echte Drag stellte eine ganz andere Art von Gegner dar. Auf einmal erkannte er, hier seinen eigentlichen Feind vor sich zu haben, den Planer, den Strategen, dem es nicht auf Rache oder andere Gefühle ankam, sondern nur auf Gewinn, dafür setzte er alle Mittel, auch jedwede Gewalt, kalt und auf Effizienz bedacht, ein. Auf was war er also aus?

Vorsichtig wandte Knolle den Kopf. Die Messerklinge befand sich höchstens zehn Zentimeter von seiner Halsschlagader entfernt, nur aus den Augenwinkeln sah er sie. Dagegen nahm er an Hogs gewaltigem Schnauzer vorbei eine Bewegung im Hintergrund wahr. Anscheinend brach eine größere Gruppe von Bikern auf. Rufe wurden laut und von anderen aufgenommen.

»Mirko hatte einen Unfall«, sagte Knolle und versuchte, die Rufe zu verstehen, vielleicht bot sich eine Gelegenheit zur Flucht.

»So einen wie Kutte?« mischte sich Hog ein.

»Kutte, der Kettenschwinger?« fragte Knolle nach. »Hat er mit der Kette Alexander erledigt?« Er gab sich Mühe, nicht mehr als ein flaues Interesse anklingen zu lassen. Dabei war ihm selbst flau zumute, die Unbeweglichkeit, das Stillhalten und Warten auf eine Chance erwies sich als besondere Tortur, ein Alptraum, weil so die Angst ungehindert wachsen konnte. Es würde wieder auf Flucht hinauslaufen, er würde fliehen, aber nicht klein beigeben.

»Jetzt kommen wir der Sache schon näher«, ließ sich Drag vernehmen und bedeutete Hog mit einer Handbewegung, den Mund zu halten. »Das kleine Arschloch Alexander, der Überschlaue, bleiben wir doch mal bei dem. Du bist also der, mit dem er zusammengearbeitet hat und den er uns nicht verraten wollte. Wir haben auf dich gewartet, seit Marco dich angekündigt hat. Du hast Marco schön reingelegt.«

»Ach ja?« Knolle umfaßte die Lehnen des Campingstuhls und zog die Füße sprungbereit unter den Sitz.

»Wie geht's der Schwuchtel? Er hat sehr von dir geschwärmt, Drag. Mein Fall war Marco ja nicht, aber jedem seinen Spezi. Wie ist es denn so mit ihm?«

Drags Miene blieb unbewegt.

»Bemüh dich erst gar nicht, mich zu reizen. Ola hat alles abgesucht, aber nichts gefunden. Bevor ich dein Motorrad auseinandernehme und mit dem Messer nachgucke, was du dir in den Arsch gesteckt hast, überleg dir, was du mir zu erzählen hast: Ich will nur das eine von dir wissen, und vielleicht hast du dann eine Chance. Wo hast du den Stoff?«

Die Unruhe hatte sich über den ganzen Platz ausgebreitet. Motorräder heulten auf, Leute schrien sich in voller Lautstärke etwas zu. Jemand stieß von hinten Hog beiseite, taumelte gegen Knolles Stuhl und wankte zwischen ihm und Ola hindurch mitten in die einzige noch nicht von der Bewegung erfaßte Gruppe. Knolle bemerkte zwei blonde Zöpfchen und erkannte den Holländer, mit dem er beim Frühstück zusammengesessen hatte. Im Weiterlaufen drehte sich dieser um und hob die Hand.

»Hej du, worauf wartest du, es ...«, schrie er.

Knolle hörte nicht weiter zu. Es klang nach einer Warnung, aber die war völlig überflüssig, er hatte auch gar keine Zeit zu verlieren. Er war hochgeschnellt, bevor ihn jemand festhalten konnte, und rannte dem Holländer nach. Als er seine BMW erreichte, hatte sich der Pulk um die Maschine halbwegs aufgelöst. Gerade hatte er sich auf den Sitz geschwungen, da kreuzte Ola neben ihm auf, ihre Yamaha stand direkt neben ihm. Das Messer hielt sie immer noch in der Hand, sie stach auf ihn ein, traf aber nicht.

Während er an ihr vorbeizog, schnappte er etwas von dem Gebrüll auf dem Platz auf.

»Der Wald um Poisot brennt«, schrie jemand.

In der Luft hing schwer und teerig Rauchgestank.

10

»Wieso ist Harry nicht hier?« knurrte Rohleff.

»Na hör mal«, antwortete Lilli empört, »er kann sich doch nicht vierteilen. Er hat im Labor zu tun. Wir sollen hinkommen, sobald es hier nichts mehr für uns zu tun gibt.«

Rohleff hatte Lilli an der Unfallstelle angetroffen. Die Straße vollzog vor der Brücke über die Aa eine Biegung. Niklas mußte die Situation falsch eingeschätzt und bei zu hoher Geschwindigkeit die Kontrolle über sein Fahrzeug verloren haben. Das Motorrad hatte das Geländer der kleinen Brücke erst tangiert, dann seitlich gerammt und war steckengeblieben. Der Fahrer war über den Lenker in den Fluß gestürzt und hatte sich beim Aufprall das Genick gebrochen. Die Steinfurter Aa führte an dieser Stelle nur wenig Wasser, außerdem ragten in der Uferzone Steine aus dem Flußbett. Und zwischen diesen Steinen hatte der Tote gelegen.

Das beschädigte Motorrad war aus dem Brückengeländer gelöst und auf eine Plane gestellt worden. Zwei Techniker machten sich daran zu schaffen.

Wir haben einfach zu wenig Leute, dachte Rohleff. Er trat an das verbogene Geländer und wäre beinahe ausgeglitten.

»Paß auf«, rief Lilli, aber da hatte er sich schon gefangen. Vor seinem Schuh glänzte eine große Lache auf dem Asphalt.

»Öl?« fragte er.

»Das Öl ist bei dem Unfall ausgelaufen«, erklärte Lilli und bemerkte, wie er zweifelnd das Gesicht verzog. »Die Techniker sagen, die Ölwanne ist aufgerissen worden, als das Motorrad über die Bordsteinkante geschrammt ist. Oder so ähnlich.« Lillis technisches Verständnis hielt sich ebenso in Grenzen wie Rohleffs.

Die Leiche war bereits abtransportiert worden, und der Rechtsmediziner hatte sich eindeutig für Genickbruch als Todesursache ausgesprochen. Ein simpler Unfall. Trotzdem zweifelte Rohleff, ihm behagte die Nähe der Schauplätze nicht. Es fehlten kaum siebenhundert Meter bis zum Tatort des Mordes. Und was, fragte er sich, hatte Niklas überhaupt zur Brücke geführt? Sie lag so abgelegen, daß er nicht auf dem Weg zur Arbeit oder zu irgendeinem erkennbaren Ziel daran vorbeigekommen sein konnte. Die Straße führte nur zu einer Handvoll Bauernhöfe.

»Wann soll der Unfall passiert sein?«

»Sehr früh morgens zwischen fünf und sechs. Er ist kurz nach sieben gefunden worden.«

»Lilli, es kann kein normaler Unfall gewesen sein. Aber ich weiß immer noch nicht genau, welche Rolle Niklas in dem ganzen Fall gespielt hat. Was hat er mir heute morgen mitteilen wollen? Das ist im Augenblick die entscheidende Frage, auf die ich die Antwort suchen muß.«

Rohleff berichtete ihr über seine zuletzt geführten Gespräche und vor allem über die Enthüllungen Beats.

»Wie bist du darauf gekommen, daß Beat Zeuge der Tat war?«

»Durch Decker. Ich habe auch ihn aufgesucht. Er hat beobachtet, wie fünf Motorradfahrer etwas Schweres in den Müllcontainer versenkten und danach mehr gehört als gesehen, wie ein sechster folgte, genauer, die Straße an den Müllcontainern befuhr. Ich habe erst nachträglich verstanden, daß ihm die Geräusche der ersten Motorräder anders vorgekommen sind als die des letzten, wobei ich nicht die Lautstärke meine. Es gab darüber hinaus einen Unterschied. Ein Zweiradhändler in Rheine half mir auf die Sprünge. Beat ist derjenige, der ein Moped fährt, und das klingt hochtouriger als die anderen Maschinen. Aber das ist jetzt nicht mehr so wichtig.«

»Karl, mit Beats Aussage haben wir eine eindeutig identifizierte Tätergruppe. Aber«, fuhr Lilli zögernd fort, »sollten wir nun nicht doch die französischen Kollegen einschalten?«

Rohleff ging in die Hocke und starrte wieder die Öllache an.

»Ich bin ein bißchen verwirrt, Lilli. Und ich habe jetzt etwas sehr Wichtiges zu tun, was ich nicht länger aufschieben kann. Wir treffen uns, sagen wir, in spätestens einer Dreiviertelstunde bei Harry im Labor. Laß uns dann noch einmal über alles reden.«

»Aber du hast doch nichts dagegen, daß ich Patrick die neuesten Ergebnisse maile?« fragte Lilli verunsichert.

»Überhaupt nichts«, Rohleff erhob sich, »mail alles nach Frankreich, was unseren Asphaltkrieger auf Trab halten kann.«

Knolle spürte, daß sich Ola dicht hinter ihm hielt und aufzuholen versuchte. Ihre Yamaha war ein leicht zu handhabendes Bike, zumindest auf gerader Strecke. Daß es aber nicht sehr geländegängig war und über deutlich weniger Speed verfügte als seine BMW, spielte beim Ritt durch die Stadt keine Rolle.

Er nahm die Einbahnstraße quer durch den Ort wieder in der falschen Richtung, doch diesmal wurde er durch den Verkehr behindert. Ein schrillendes Polizeifahrzeug saß zwischen anderen Autos eingekeilt, zwei Beamte gestikulierten zu ihm herüber, als er sich vorbeidrängte. Sehr knapp wurde der Platz entlang eines roten Einsatzwagens der Feuerwehr, der mit heulender Sirene auch nicht vorankam. Aufgeschreckte Passanten flohen zu Fuß vor einer Bedrohung, die sich zunächst nur in Lärm und in zunehmendem Brandgeruch manifestierte. Außer Knolle schlängelten sich noch andere Biker durch das Gemenge. Leider konnte er nicht ausmachen, ob sich Drag und Hog unter ihnen befanden. Er hatte beschlossen, sich auf der ihm bekannten Strecke nach Dijon durchzuschlagen, da er ohnehin nicht wußte, von wo sich der Brand ausbreitete. Dem Verhalten der Leute nach, schien es niemand zu wissen, deshalb würde er sich am Rauch orientieren und dann auszuweichen versuchen.

An der Hauptkreuzung, wo außer den beiden gegenläufigen Einbahnstraßen noch einige Quergassen zusammentrafen, schlug jeder Biker die ihm am aussichtsreichsten anmutende Richtung ein, um dem Chaos schnellstmöglich zu entkommen. Knolle gab Gas, als er gerade niemanden mehr vor sich hatte. Die Straße stieg die nächsten zwei, drei Kilometer stetig an und würde sich dann von Serpentine zu Serpentine etappenweise hinabschrauben und auf der ganzen Strecke durch den Wald führen. Poisot lag in Wald eingebettet.

Die ersten leichten Rauchschwaden trieben auf ihn zu. Durch das Sichtfenster seines Helms entdeckte er nirgendwo Flammenzungen, aber am höchsten Punkt, wo die Straße in einer weiten Kurve über den Höhenrücken führte, wich der Wald zurück und erlaubte ein bißchen Fernsicht. Schwelbrände leckten die Bergflanken hoch, hier und da schoß eine Feuergarbe in den Himmel. Knolle faßte den Lenker mit aller Kraft, bremste und riß die BMW herum. Poisot, ein Stück unter ihm, umwaberte ein Rauchteppich, und etwas tiefer stieg eine regelrechte Rauchwalze auf, hinter der sich ein größerer Brandherd verbergen mußte. An Umkehr war überhaupt nicht zu denken. Und noch etwas veranlaßte ihn, die Maschine wieder in die alte Richtung zu drehen und Gas zu geben. Drei Bikes folgten ihm die Straße herauf, er nahm an, daß es sich bei den Fahrern um Ola, Hog und Drag handelte. Etwas mochte sie aufgehalten haben, aber jetzt brausten sie heran, an Olas Lenker stach, deutlich erkennbar, auf einer Seite das Messer wie ein blitzender Drachenzahn hervor.

Knolles Aussichten, den dreien zu entkommen, standen nicht besonders günstig. Weit nach vorn gebeugt, raste Drag auf seiner Kawasaki mit Windgeschwindigkeit auf ihn zu. Und ausgerechnet in diesem Augenblick meldete sich Rohleffs Handy in Knolles Jackentasche.

Berni riß gähnend den Schlund auf, als Rohleff sein Wohnzimmer betrat. Der Hund warf ihm einen müden Blick zu und senkte dann das Riesenhaupt wieder auf den Läufer, von dem er ein gutes Stück abgekaut hatte. Nur sein Schwanz klopfte zaghaft zur Begrüßung auf den Boden.

Rohleff beugte sich herab und tätschelte das Gestrubbel an Bernis Stirn.

»Braver Hund. Du bellst nicht die Nachbarschaft zusammen, sondern du suchst dir eine halbwegs friedvolle Beschäftigung. Ich hoffe nur, der Teppich enthält keine Schadstoffe. Komm, Berni, heb den Hintern, jetzt geht's raus.«

Offenkundig hatte der Hund jegliches Vertrauen verloren. Erst als Rohleff demonstrativ die Leine vor seine Augen hielt, stand er auf. Mehrmals sah er fragend zu Rohleff auf, während er zu Tür tappte. Rohleff fühlte sich von dem sehr verhaltenen

Vorwurf in diesem Blick beschämt. Deshalb änderte er sein Vorhaben und beschloß, Mordaufklärung hin oder her, eine größere Runde mit Berni zurückzulegen, trieb ihn aber, sobald sie auf der Straße waren, zur Eile an.

Nach einigen Minuten erreichten sie ein Wäldchen, das von vielen Bewohnern der angrenzenden Siedlung als Hundeparcour genutzt wurde. Interessiert nahm Berni hier und da die Witterung anderer Vierbeiner auf, die Duftspuren hinterlassen hatten, allmählich erwachte er aus seinem Trübsinn. Rohleff mußte ihn nicht mehr hinter sich herzerren und hakte die Leine los.

Der Wald roch nach altem Papier und Staub. Rohleff meinte zu spüren, wie die Bäume nach Regen lechzten und versuchten, mit ihren tiefsten Wurzeln an Wasser zu kommen. Sogar die widerstandsfähigen Buchen rollten ihre Blätter ein.

Er hatte eine Zeit erwischt, die zwischen Mittagessen und Kaffee lag, und fand sich daher mit Berni bis auf einen älteren Mann, der rüstig vor ihm ausschritt, allein. Ihm fiel der Knotenstock auf, den der Mann trug, und die lederne Kniebundhose, beides machte ihn zu einer seltsamen Erscheinung. Er sah aus, als hätte er sich aus einer sehr fernen Gegend hierher verirrt.

Rohleff wollte den Fremden mit einem Ruf vor Berni warnen, kam aber dann zu der Einsicht, daß dieser Mann nicht den Eindruck machte, als fürchtete er sich vor großen Hunden.

Am Waldsaum blieb er stehen, und Rohleff stellte sich neben ihn. Der Weg führte auf der einen Seite an einer Brache und auf der anderen an einem abgeernteten Kornfeld und einer eingezäunten Weide entlang. Und auf der Weide lagerte eine Herde Schafe.

»Sie sind der Schäfer«, rief Rohleff überrascht. »Darf ich Sie begleiten?«

Kurz und abwägend musterte ihn der Schäfer von der Seite und nickte ihm stumm zu. Anscheinend war er einer von der schweigsamen Sorte.

Berni trottete heran, gemeinsam gingen sie den Weg hinunter. Rohleff konnte sich an den wollweißen Leibern der Schafe und ihren schwarzen Gesichtern nicht satt sehen.

Der Schäfer öffnete das Gatter in der Weide. Ohne eine Aufforderung abzuwarten, schlüpfte Rohleff samt Berni hindurch. Neben dem Schäfer, der ihn nicht weiter beachtete und eine Pfeife zu stopfen begann, setzte er sich ins Gras. Berni lief den Zaun entlang.

»Darf er das?« fragte Rohleff. »Ich rufe ihn zurück, wenn Sie möchten.«

Der Schäfer schien eine Antwort für unnötig zu halten. Rohleff lehnte sich auf die Ellbogen zurück. Die Gelassenheit des Mannes übertrug sich auf ihn, dagegen ermunterte ihn seine Wortkargheit zum Reden. Ohne es eigentlich zu wollen, verstrickte er sich in eine immer länger werdende Erzählung.

»Wissen Sie, daß das für mich der erste friedliche Moment seit Tagen ist? Ach, was sag ich: seit Wochen. Vielleicht sollte ich auf Schäfer umsatteln, das würde mir das Leben wieder erträglicher machen. Die Schafe, Berni und ich. Ich glaube, Berni mag Schafe, jedenfalls macht er keine Anstalten, sie zu beißen. Das Leben eines Schäfers stelle ich mir sehr gradlinig vor. In meinem Leben fehlt jede Gradlinigkeit. Vor drei Monaten ist mein einziger Sohn gestorben, er war ein halbes Jahr alt. Plötzlicher Kindstod, hieß es. Ich bin sicher, er wollte nicht bei uns bleiben, weil ich nur ein halbherziger Vater war. Ein zu spät gekommener Vater. Ich habe mich nicht recht getraut, Vater zu sein, und nun darf ich nicht einmal richtig trauern. Meine Frau verbietet es mir. Sie schläft seit kurzem mit einem meiner jüngeren Kollegen, aber ich kann sie verstehen. Sie will nicht den Anschluß ans Leben verlieren. Ich bin ihr nun wirklich zu alt, wissen Sie? Trotzdem wird sie sich entscheiden müssen, ich lasse sie entscheiden, es ist ihr gutes Recht, Harry und ich können da nur abwarten. Also warte ich und versuche, nicht auch noch zu hoffen. Aber Sie wissen zweifellos ebensogut wie ich, daß die Hoffnung immer zuletzt stirbt.«

Berni hatte die Weide umrundet, sich umgedreht und lief den gleichen Weg zurück, aber etwa zwei Meter mehr nach innen.

Schafe, an denen er dicht vorbeikam, standen auf und trabten etwas weiter zur Mitte, andere stupste er an, bis sie sich erhoben. Da es nicht aggressiv aussah, wie er mit den Schafen umging, und auch der Schäfer fortfuhr, ruhig an seiner Pfeife zu ziehen, ließ ihn Rohleff gewähren.

»Na, das ist ja was«, sagte eine jugendliche Stimme hinter ihm, »ist das Ihr Hund?«

Eine junge Frau mit brauner Zottelmähne, bekleidet mit einem robusten Norwegerpullover, ausgebeulten Kordhosen und Gummistiefeln, schlüpfte durch das Weidetor, ihr folgte ein großer schwarzer Schäferhund, der sofort schwanzwedelnd Berni entgegentrabte.

Die junge Frau tippte dem Schäfer auf die Schulter, er blickte auf, sie bewegte die Finger, als würde sie ohne Stricknadeln stricken, und tupfte sich hier und da hin, alles mit Windgeschwindigkeit, dann blitzte sie Rohleff fröhlich an.

»Ihr Hund treibt ja die Schafe, ist er ausgebildet?«

Inzwischen hatte der Schäferhund Berni erreicht. Die zwei beschnupperten sich, umrundeten sich, Berni beroch ausführlich das Hinterteil des anderen.

»Wie denn ausgebildet?« fragte Rohleff verwirrt, sein Blick glitt zwischen den Hunden und der heiteren jungen Frau hin- und her.

»Als Hütehund natürlich. Er hat sie bald alle zusammen.«

Rohleff schaute wieder auf die Weide. Tatsächlich hatten sich die Schafe dank Bernis Einsatz mehr und mehr in der Mitte der Weide versammelt. Und dann erkannte er, daß Berni, sein phlegmatischer Berni, seine wahre Bestimmung gefunden hatte.

»Stört Sie das?« fragte er vorsichtig.

Inzwischen trabten die beiden Hunde Seite an Seite und trieben die Schafe gemeinsam, es sah sehr gekonnt und sehr alltäglich aus, als müßte es so sein.

»Sie sind ein gutes Team, die beiden, unsere Bella und Ihr …?«

»Berni.«

Der Schäfer gestikulierte.

»Mein Vater fragt, was Sie für Ihren Hund haben wollen?«

»Berni ist übrigens ein blöder Name, er ist eben ein Berner Sennenhund. So viel ich weiß, waren seine Vorfahren Hütehunde. Diese Ahnen müssen in seinen Genen sehr mächtig sein. Sie können ihm natürlich einen passenderen Namen geben, wenn Sie mögen.«

Verblüfft schaute ihn die junge Frau an.

»Heißt das, Sie wollen sich wirklich von Ihrem Hund trennen? Mein Vater hat nur einen Scherz gemacht.«

»Berni hat sich von mir getrennt. Ich schreibe Ihnen meine Adresse auf, dann können Sie sich, bevor Sie weiterziehen, seine Papiere holen: den Abstammungsnachweis, die Kaufurkunde und die Impfkarte. Die Hundemarke hat er am Hals, und die Leine hab ich über den Zaun gehängt.«

»Das kann nicht Ihr Ernst sein, Sie verschenken einen solchen Hund?«

Rohleff begriff, wie die Frage gemeint war.

»Ja, ich will kein Geld für ihn. Berni ist eine freie Kreatur, die sich ihr Schicksal selbst gewählt hat und weiter wählen soll. Seine Entscheidung will ich nicht durch einen Geldtransfer in ein schlechtes Licht rücken. Es ist wirklich alles in Ordnung. Ich wäre sehr zufrieden mit dieser Lösung. Und danken Sie Ihrem Vater für das Gespräch, das ich mit ihm hatte. Ich weiß, daß er taub ist, aber es war trotzdem sehr angenehm mit ihm. Ich glaube, er hat mich auch so verstanden.«

Die junge Frau unterhielt sich eine ganze Weile mit ihrem Vater in der Taubstummensprache, bevor sich beide Rohleff zuwandten und nickten.

»Wissen Sie«, sagte die Schäferin, »einen zweiten Hund könnten wir durchaus gebrauchen, denn unsere Bella ist verspielt, und ihr Berni macht so einen angenehm gesetzten Eindruck, er hätte einen guten Einfluß auf sie.«

Sie stellte ein paar weitere Fragen, und mit jeder Frage wurde die Sache unumstößlicher.

Rohleff unterließ es, Berni zum Abschied zu rufen. Er sah ja, daß der Hund mit seinem neuen Leben vollkommen glücklich war, und da wollte er nicht länger stören. Außerdem war ihm eingefallen, wie er den Fall Alexander Schröder zu lösen hatte. Auch dabei spielte Lebensglück eine große Rolle. Er hatte es jetzt eilig, wegzukommen.

12

Knolle schlingerte über die Straße, ein riskantes Fahrverhalten, das die drei hinter ihm daran hindern sollte, sich neben ihn zu setzen oder zu überholen. War er erst einmal eingekeilt, konnte er aufgeben. Explosionen, die er trotz des Motorengebrülls hörte, machten ihm klar, wie der Brand voranschritt. Bäume verwandelten sich in Sekundenschnelle in Feuersäulen, die erhitzte Luft knallte. Der Wind fachte auf, peitschte die Bäume rechts und links. Mit einer halben Kopfdrehung erfaßte er Ola, die jetzt das Messer in der freien Hand hielt, dann schob sich die Harley von hinten zwischen sie beide. Knolle riß die BMW zur Seite, um der an Hogs Arm schwingenden Kette auszuweichen, und Ola mußte gleichfalls zusehen, daß sie nicht von der Harley gerammt wurde.

Auf der anderen Seite zog die Kawasaki mit ihm gleich, Knolle geriet in die ausweglose Zwickmühle, die er hatte verhindern wollen. Den oberen Hang herunter quoll eine gewaltige graue Rauchwolke auf sie alle zu, beißender Gestank geriet ihm in die Atemwege. Das Knallen verschärfte sich zu Salven, von einem Rauschen übertönt, als würde sich eine riesige Meereswoge auf sie zuwälzen. Der Hang über ihnen brannte. Flammenzungen loderten über den Wipfeln auf. Der Brand mußte vor ihnen den Berg hochgesprungen sein und begann sie nun einzukreisen.

Ola geriet an den Straßenrand. Unversehens legte sich ihre Maschine auf die Seite und begann zu rutschen, Ola war ein Bündel, das den Abhang hinabwirbelte, der Helm flog davon, prallte gegen einen der Bäume. Längst hörte sich Knolle schreien, längst trat er die Bremse durch und bändigte die bockende BMW, jeden Muskel angespannt. Rechts und links waren die zwei übrigen Motorräder an ihm vorbeigebraust, Hog und Drag so tief als möglich über die Lenker geduckt, um der Feuerwalze, die sich gleich von oben herabstürzen würde, zu entgehen. Knolle war sicher, daß beide Olas Unfall bemerkt hatten.

Sie zögerten nicht eine Sekunde, sie im Stich zu lassen.

Er wendete die BMW, fuhr zurück und ließ sie, zwischen den Bäumen lavierend, den Hang hinabgleiten, er wollte nicht glauben, daß Ola tot war, aber sie würde tot sein, wenn er sie liegen ließ. Sie würde verbrennen. Noch bevor er sie erreicht hatte, hob sie den Kopf und begann, auf Händen und Füßen davonzukriechen. Sie floh vor ihm. Er schob das Visier hoch.

»Ola!«

Sie stand auf und stolperte hangaufwärts, es war das dümmste, was sie tun konnte. Der Feuerwind tobte wie ein Wirbelsturm um die Bäume. Über ihr brach ein Ast, traf ihre Schulter, der Schlag riß sie von den Füßen. Mit aufjaulendem Motor kämpfte sich Knolle zu ihr durch. Der Waldboden war so knochentrocken, daß er unter den Rädern nicht mehr federte. Der Rauch, der sich von oben herabsenkte, wurde unerträglich. Bald würde er sich mit dem mischen, der von unten heraufkam. Knolle war sich sicher, es gab wenigstens zwei Feuerlinien, wenn nicht drei. Im Zunderwald sprangen die Flammen von Wipfel zu Wipfel.

Bevor sie der Rauch ersticken konnte, mußten sie die untere Feuerlinie durchquert haben. Ola hustete quälend und wehrte sich mit beiden Händen. Knapp schlug er sie auf beide Unterarme, um ihre Abwehr zu lähmen, griff in ihren schwarzen Schopf, zerrte sie, während sie kreischte, zum Koffer, klappte ihn auf und wühlte einhändig die Bierflasche heraus. Ließ den Verschluß aufschnappen. Spritzte ihr das zischende Bier ins Gesicht, goß es ihr über den Kopf und behielt den Rest in Reserve. Ola knickten die Beine ein, sie verdrehte die Augen.

An so etwas wie eine Schußfahrt den Hang hinab war nicht zu denken. Er setzte sie seitlich vor sich hin, klemmte sie zwischen seinen Armen halbwegs fest und wagte den motorisierten

Abstieg, jederzeit auf den Absturz gefaßt. Nach zweihundert Metern Höllentrip hatte er eine kleine Talsohle erreicht, danach ging's wieder etwas bergan, und von oben nebelte sie, wie er befürchtet hatte, der Rauch ein. Lärchen brannten frenetisch und verströmten Harz, Eichen und alte Buchen würden das Inferno eventuell sogar überstehen. Kahl, aber nicht tot.

In der nächsten Senke wuchsen Erlen und Weiden, Wasseranzeiger. Sie sollten ihn führen. Ola regte sich, geriet in Panik. Er mußte ihr entweder einen Kinnhaken zur Beruhigung verpassen oder ihr seinen Helm geben, nur würde letzteres ihre gemeinsamen Chancen, dem Brand zu entkommen, nicht erhöhen. Er wählte den Kinnhaken, schalt sich aber, ihren Helm nicht gesucht zu haben. Keine Zeit, antwortete er sich selbst.

Ola schrie wieder, als ein Funkenregen auf sie herabkam, das Leder zischte. Es mußte aber dick genug sein, um noch mehr Funken auszuhalten. Er goß ihr den Rest Bier über den Kopf und ließ die Flasche fallen. Inzwischen verklebten tote Insekten derart das Visier, daß er kaum noch etwas sah. Beim ungeschickten Versuch, es freizuwischen, verschmierte er nur den Dreck.

Wenigstens zweimal überquerte er die Straße auf einer unteren Schleife und tauchte wieder zwischen die Erlen und Weiden ein. Raste jetzt einen trockenen Bachlauf entlang, die Reifen knirschten im Kiesbett. Die Luft sang, sie zischte, die Feuer triumphierten auf beiden Seiten, feixten, tanzten, feierten ein ungeheures Fest, während sich Knolle in den kleinen Tunnel duckte, den die Erlen offenhielten.

Beinahe wäre es ihm nicht aufgefallen, daß die Lungen schon zwei, drei Atemzüge lang kaum noch Rauch einsogen. Vor ihm tat sich ein Ausblick auf. Er erkannte Weinhänge und etwa hundert Meter Luftlinie entfernt Feuerwehren, die die Straße von Dijon herauf auf das Brandgebiet zurasten. Hubschrauber kreisten. Knolle schüttelte Ola, sie reagierte nicht. Ihr Kopf pendelte kraftlos an seiner Schulter.

»Wir sind durch«, schrie er. Aber sie hörte einfach nicht.

Als Rohleff zur Dienststelle fuhr, reute ihn längst sein spontaner Entschluß, Berni zu verschenken. Nun fühlte er sich völlig verlassen. Ein Anflug von Erheiterung streifte ihn nur bei der Feststellung, daß das Auto des Oberrats nicht wieder zwischen den parkenden Fahrzeugen stand.

Harry saß schlecht gelaunt an seinem mit Geräten, Untersuchungsmaterial und Berichten übersäten Labortisch. Möglicherweise hatte auch er den ganzen Tag über keine Nachricht von Sabine erhalten, dachte Rohleff halb hoffnungs-, halb schadenfroh, möglicherweise hatte der Entscheidungsprozeß inzwischen eingesetzt. Sabine konnte den Aufenthalt bei ihrer Mutter dazu nutzen, Klarheit über ihr Leben zu gewinnen.

»Lilli hat mir alles erzählt. Wir brauchen nur noch den Typen, der die Keule geschwungen hat«, brummte Groß.

»Die Kette«, verbesserte Rohleff.

»Ich meine, was ich sage«, gab Groß schroff zurück.

Lilli lehnte an einem Geräteschrank und deutete auf ein Objekt, das vor Groß auf dem Tisch lag.

Die Luftpumpe kam Rohleff vage bekannt vor.

»Hier, studier erst mal dies. Eine Kopie davon müßtest du auf deinem Schreibtisch finden. Kam heute morgen von der Rechtsmedizin.« Groß schob mehrere zusammengeheftete Blätter quer über den Tisch zu Rohleff hinüber.

Das Schreiben enthielt die endgültigen Ergebnisse der Untersuchung von Alexander Schröders Leiche: viele Details, von denen eins mit grünem Textmarker hervorgehoben war. Dem Befund nach war Alexander mit einem kantigen Gegenstand an einer Stelle seitlich über dem Ohr der Schädel eingeschlagen worden. Ein einziger Schlag, der unmittelbar zum Tod geführt hatte.

Rohleff ließ die Blätter sinken.

»Also kein Kettenmörder. Meinst du, die Luftpumpe könnte die Tatwaffe sein?« fragte er spöttisch.

»Sie hat im Wasser gelegen, aber nicht allzu lange. Und die Oberfläche ist durch den Schlamm, der sich auf ihr abgesetzt hat, konserviert worden. Seit ich das Gutachten vorliegen habe, pussele ich an dem Ding herum. Es gehört zu Alexanders Motorrad, soviel steht inzwischen fest. Die Luftpumpe paßt nämlich genau in die dafür vorgesehene Halterung. Richtig angeschaut hast du sie dir nicht, stimmt's? Sonst hättest du dich gerade nicht darüber lustig gemacht, daß sie die Tatwaffe sein könnte. Das besondere an ihr ist der Metallkopf. Wenn du sie aufgehoben hättest, wäre dir das Gewicht aufgefallen. Das ganze Ding ähnelt einem kräftigen Hammer und gibt ein ausgezeichnetes Schlaginstrument ab, wenn nichts anderes zur Hand ist.« Groß tippte auf eine etwa zwei Zentimeter lange Stelle, an der der Schmutz zumindest teilweise entfernt war. »Unter dem Schlamm klebt was, was nicht aus dem Fluß stammt.«

»Haare? Blut? Warum ist die Rechtsmedizin nicht früher auf den tödlichen Schlag gekommen?« Rohleff wußte selbst, warum. Der Schädel war so schwer beschädigt, daß es nicht leicht gewesen sein konnte, alle Verletzungen eindeutig zu diagnostizieren. Und zu den Schädelverletzungen kamen ja noch andere, die untersucht werden mußten. »Mach weiter, Harry.« Er legte Groß die Hand auf die Schulter. »Ich hab mit Lilli einen Besuch vor, danach kann ich dir vielleicht etwas über die Luftpumpe erzählen. Komm, Lilli.«

Groß sah rasch auf. »Willst du nicht endlich die Franzosen einschalten?«

»Später«, sagte Rohleff und winkte Lilli mit sich hinaus.

»Du machst jetzt nicht auf geheimnisvoll und Überraschung. Du erklärst mir, was du vorhast«, flehte Lilli, sobald sie im Wagen saßen, »Streß ertrag ich heute nicht mehr.« Sie legte eine Pause ein, bis der Wagen vom Parkplatz rollte. »Detlev und ich haben uns letzte Nacht ausgesprochen, ich bin davon jetzt noch fertig. So haben wir miteinander seit Jahren nicht geredet, wir haben alles auf den Tisch gelegt, Verletzungen, Kränkungen, jeden miesen Kleinkram, es war eine Schlammschlacht. Ich habe endlich den elenden Verdacht gegen ihn eingestanden. Ob wir diese Art von Offenheit aushalten, wissen wir nicht, aber wir wollen einen Neuanfang wagen. Wenn er nicht klappt, werden wir uns trennen. So weit sind wir nun. Wir wollen uns nicht weiter gegenseitig quälen, bis unsere Zuneigung in Haß umschlägt.«

Rohleff schwieg.

»Warum sagst du nichts? Ein bißchen Anteilnahme könnte ich vertragen.«

»Ich auch. Vorhin habe ich Berni verschenkt. Jetzt fehlt er mir.«

»Du willst meine Ehekrise mit deiner Hundegeschichte gleichsetzen?« fragte Lilli empört.

»Will ich doch gar nicht. Es tut bloß so weh, wenn uns die Vernunft befiehlt, etwas aufzugeben, was man doch liebt. Loszulassen. Das ist das Problem. Wir müssen loslassen. Aber manchmal ist die Vernunft damit überfordert.«

»Trennung ist für uns die allerletzte Möglichkeit, wir wollen unsere Ehe retten, hast du das nicht begriffen? Von wegen loslassen!«

Lilli redete nicht mehr mit Rohleff, bis er den Wagen vor einem Einfamilienhaus im Steinfurter Stadtteil Borghorst anhielt. Stumm ging sie hinter ihm her bis zum Eingang.

»Wir werden uns Beat Wüllner noch einmal vornehmen. Bitte, laß mich reden, ich will einer bestimmten Idee nachgehen. Du hast Patrick hoffentlich nicht gemailt, daß wir die Dortmunder Biker unter dringendem Tatverdacht haben.«

»Aber natürlich habe ich das.«

»Dann müssen wir uns beeilen, bevor er seinen Kopf riskiert.« Rohleff drückte auf den Klingelknopf.

13

Knolle kroch die Straße entlang auf Dijon zu. Anzuhalten traute er sich nicht. Seine Gedanken waren auf die reglose Gestalt vor ihm gerichtet. Er betete darum, nicht wieder mit einer Leiche unterwegs, nicht wieder für einen Tod verantwortlich zu sein. Kurz vor der Stadt kam ihm ein rotweißer Ambulanzwagen entgegen. Es mußte eine Ambulanz sein. Knolle fuhr einhändig Schleifen, um auf sich aufmerksam zu machen, betätigte die Hupe und winkte hektisch, als das Fahrzeug an ihm vorbeifuhr. Verzweifelt deutete er auf Ola. Dann hörte er Bremsen quietschen. Er wagte nicht, seinem Glück zu trauen und sich umzuwenden, da zog die Ambulanz an ihm vorbei und hielt am Straßenrand. Auch er bremste.

Zwei Sanitäter sprangen heraus. Knolle rührte sich nicht. Er ließ sich Ola aus dem Arm nehmen und sah zu, wie sie auf eine Trage gelegt wurde. Die Männer beugten sich über sie, redeten miteinander, tasteten nach ihrem Puls, schüttelten den Kopf, und Knolle schloß entmutigt die Augen.

Als er sie wieder aufriß, befestigte einer der Sanitäter eine Infusionsflasche an der Trage. Ola wurde in den Wagen geschoben. Knolle blinzelte Tränen weg, er antwortete nicht, als einer der Männer auf ihn einsprach, denn er verstand außer Dijon und Hôpital kein Wort, nickte aber und gestikulierte, bis der andere begriffen hatte, daß er der Ambulanz folgen würde. Sehr behutsam tippte ihn der Mann auf den Arm, und Knolle zuckte vor Schmerz zusammen. Erst jetzt bemerkte er die tiefen Schmauchlöcher im Leder. Da war wohl doch etwas von den Funken und den glühenden Holzstückchen, die durch die Luft gewirbelt waren, durchgedrungen. Das war ihm egal, wichtig war nur, Ola lebte. Und endlich konnte er über sein eigenes Entkommen erleichtert sein.

Rohleff hatte Lilli noch rasch versprochen, mit Beat behutsam umzugehen, sehr behutsam, vorausgesetzt, sie würde sich nicht einmischen. Sie sollte nur die Aussagen mitschreiben und beobachten.

»Sag mal, haben die Wüllners ein Baby?« fragte Lilli und schaute sich im Wohnzimmer um. Frau Wüllner war in den oberen Stock hinaufgegangen, um Beat zu holen. Sie hatte nicht eben freundlich auf den neuerlichen Besuch der Polizei reagiert, dafür hatte Rohleff durchaus Verständnis.

»Sie haben nur einen kleinen Hund, den sie verhätscheln. Paß auf, wenn er dir nahe kommt. Entweder beißt er dich, oder er kaut dir Löcher in die Schuhe.«

»Mit mir macht er das nicht.«

»Guten Tag«, sagte Beat.

Er stand in der Tür, diesmal im Bademantel, noch blasser als bei Rohleffs Besuch vor einigen Stunden. Und wieder hielt er das Spray in der Hand. Wie eine Abwehrwaffe, dachte Rohleff. Er bat Beat, sich zu setzen, und kam ohne lange Umschweife zur Sache, denn Lillis mitleidiger Blick wollte ihm überhaupt nicht gefallen.

»Ich muß Sie noch einmal nach Freitagnacht befragen, ich glaube, Sie haben in Ihrer Schilderung etwas ausgelassen.«

Beat stützte den Kopf in die Hände. »Ich habe Ihnen alles gesagt, an mehr kann ich mich nicht erinnern.«

»Die Erinnerung ist ja das Problem. Deshalb werde ich Ihnen helfen. Wir werden Schritt für Schritt die Ereignisse durchgehen. Angefangen hat es mit dieser Verabredung an der Bahnunterführung. Sie wollten nicht, daß Alexander sie einhielt, Sie hatten Angst um ihn.«

Beat hob den Kopf, ein Anflug von Lebhaftigkeit huschte über seine Züge. »Das stimmt, ich habe ihm gesagt, ich habe Angst.«

»Er hat Sie doch nicht etwa ausgelacht?«

»Bestimmt nicht.« Die Abwehr klang überzeugend. »Er war ja schließlich mein Freund.«

»Und um Freunde muß man sich kümmern, auch wenn sie etwas falsch machen, das war Ihnen klar. Sie mußten sich also etwas einfallen lassen, um ihn aufzuhalten. Sie haben ihn aufgehalten, aber wie?«

Beat besann sich nicht lange. »Es war die Zündung. Sie hatte bei seinem Motorrad schon mal versagt, und ich wußte, wie man sie lahmlegt.«

Lilli schrieb die Aussage mit, Rohleff konnte sehen, wie sie Feuer fing, sie hatte schon immer schnell begriffen.

»Das war ein guter Gedanke. Nur leider ...«

»Er brauchte ungefähr eine Stunde, dann hatte er sein Bike wieder flott.«

Eine Stunde, die Knolle die Verletzung am Bein eingetragen hatte, weil er von den Dortmundern mit Alexander verwechselt worden war. Sie waren auf ihn gestoßen und hatten gedacht, daß er ein falsches Spielchen mit ihnen spielen wollte. Dann hatten sie ihren Irrtum eingesehen und waren noch einmal zum Treffpunkt gefahren.

»Er hat also trotz Verspätung versucht, die Dortmunder zu treffen. Und Sie?«

»Ich bin ihm nach.«

»Sie sind ihm nachgefahren, haben sein Motorrad an der Straße gesehen und Ihr Moped im Gebüsch versteckt. Und weil Sie Angst um ihn hatten – immer noch wollten Sie etwas zu seinem Schutz tun –, brauchten Sie etwas zur Verteidigung.«

»Ich habe mir die Luftpumpe gegriffen, weil sie einen massiven Metallkopf hat, und hab sie mir unter die Jacke gesteckt.«

Lilli schaute den Jungen unverwandt an.

Sag jetzt bloß nichts, dachte Rohleff.

»Und dann sind Sie Alexander nachgegangen, Sie haben ihn noch einmal sprechen und vor allem nicht allein lassen wollen. Was geschah dann?«

Beats Augen wurden starr. Er fixierte ein Bild, das über dem Sofa hing. »Ich weiß es nicht, ich habe so oft versucht, mich zu erinnern, aber ich kann es nicht.«

»Aber ich helfe Ihnen doch. Sie haben noch einmal auf ihn eingeredet.«

Beat nickte zustimmend.

»Hat er Australien erwähnt?«

Beats Kopf flog herum.

»Woher wissen Sie von Australien?« Seine Stimme klang voller, aber dafür aggressiv.

»Das ist unwichtig. In dieser Nacht erfuhren Sie von seiner Absicht, mit dem Geld aus dem Drogenhandel nach Australien auszuwandern und alles, auch Sie, hinter sich zu lassen.«

»Er hat mich gelinkt, nicht wahr?« fragte Beat dumpf.

»Man könnte es so sehen«, wich Rohleff aus.

»Er hat gesagt, hau ab, er hat gesagt, er braucht mich nicht, er wäre nicht länger an mir interessiert, und ich sollte nicht so ein Getue machen, als wäre ich seine Mutter. Es wäre lächerlich, daß ich hinter ihm her käme. Gerade ich. Er hat mir einfach den Rücken zugekehrt, als gäb's nichts mehr zu sagen. Haben Sie so etwas schon mal erlebt? Daß einer einfach sagt, er braucht Sie nicht mehr und Sie sind ihm egal?« Beats Hände waren in Bewegung geraten. Sie umklammerten nicht mehr eine kleine Sprayflasche, sondern einen größeren, länglichen Gegenstand. Rohleff legte alle Bestätigung, die Beat brauchte, in sein Nicken.

»Er hat mir den Rücken zugewandt, und da hab ich zugeschlagen. Jetzt weiß ich es. Aber nur einmal. Ich weiß nicht, warum ich das getan habe. Habe ich wirklich zugeschlagen?« Fragend sah er Rohleff an.

»Sie haben sich gerade daran erinnert«, sagte Rohleff vorsichtig.

»Ja, und jetzt weiß ich es wieder. Vielleicht ist mir nur die Hand ausgerutscht. Nur einmal. Oder vielleicht zweimal. Er ging in die Knie und fiel um. Er hat mich so erstaunt angesehen, als könnte er auch nicht glauben, daß ich zugeschlagen hatte. Man schlägt keinen Freund, zumindest glaubt man das von sich, und dann paßt man einen Augenblick nicht auf und tut es doch. Hätten Sie gedacht, daß ein Schlag jemanden töten könnte? Ich nicht. Und überhaupt, ich habe alles mißverstanden. Mit seinem Gerede wollte er erreichen, daß ich mich in Sicherheit brachte. Er wußte, es könnte gefährlich werden, und ich würde nie gehen, wenn er nicht einen Trick anwandte. Es war ein sehr blöder Trick.«

»Was haben Sie dann gemacht?«

»Ich habe die Motorräder gehört und wußte, daß ich nicht bleiben konnte. Ich wäre ja geblieben, ich wollte ihn nicht so liegen lassen. Aber weil ich die Motorräder hörte, bin ich den Bahndamm hinauf ins Gebüsch gekrochen.«

»Was haben Sie mit der Luftpumpe gemacht?«

»Mitgenommen. Als die Biker weg waren, bin ich zur Aa und hab sie reingeschmissen, ich dachte, da findet sie so leicht niemand.«

»Ungefähr das gleiche haben die Dortmunder gedacht und etwa an derselben Stelle das Motorrad versenkt. So hat sich beides zusammengefunden.«

»Mußte vielleicht so sein.«

»Ja«, Rohleff lächelte versonnen, »der angebliche Zufall ist oft keiner.«

Das Kokain, erfuhren sie später, hatte Beat über dem Wasser ausgestreut. Sie gingen mit ihm die Ereignisse noch einmal durch, es war noch viel zu klären und würde auch in den nächsten Tagen noch zu klären sein. Zum Beispiel der Unfall von Niklas. Aber die Befragung strengte Beat wieder so an, daß sie das Verhör fürs erste beenden mußten. Daher ließen sie einen Krankenwagen kommen, um Beat in eine forensische Klinik einzuweisen. Als er, inzwischen angekleidet, in den Flur trat, rannte ihm der kleine Hund in die Quere. Sein Fuß stieß vor, der Hund jaulte getroffen auf.

»War das jetzt Zufall oder Absicht?« fragte Lilli mißtrauisch.

»Vielleicht beides«, antwortete Rohleff.

Beat wollte nicht, daß seine Mutter ihn in die Klinik begleitete, er nahm ihr den Koffer ab, den sie rasch für ihn gepackt hatte, und ging ohne Zögern auf den Krankentransporter zu.

Knolle wurde am Krankenhaus von Dijon von einer hektisch wirkenden Schwester in Empfang genommen. Die Augen streng auf die vorausfahrende Ambulanz gerichtet, hatte er von Dijon wieder kaum etwas wahrgenommen. Das Absteigen fiel ihm schwer, sein Kopf dröhnte. Nur mit eiserner Willensanstrengung gelang es ihm, den Helm abzustreifen.

Und dann war die Schwester aufgetaucht. Sie ergriff ihn am Arm und schubste ihn durch die Tür, drehte ihn herum, ließ ihn geschickt auf eine Trage fallen und raste mit ihm einen Flur entlang. Als nächstes senkte sich eine Atemmaske auf sein Gesicht. Er dämmerte ein bißchen weg, spürte aber, wie er ausgezogen wurde, wie man ihn untersuchte und den Einstich einer Spritze. Bis sie wirkte, hatte sich das Gefühl, am ganzen Körper zu brennen, ausgebreitet. Tatsächlich zierten ihn hier und da, von allem an den Armen und am Rücken, weiße Wattetupfen und kleinere Verbände, sobald er wieder zu sich gekommen war. Er durfte sich aufsetzen, und eine andere Schwester half ihm, die Unterwäsche und die Hose überzustreifen. Seine Jacke klemmte er sich vorsichtig unter den Arm, dann begab er sich auf die Suche nach Ola. Sie lag unter einem Sauerstoffzelt, ihre Augen standen offen. Langsam wandte sie den Kopf zu ihm, der Blick aus ihren kühlen grünen Augen glitt über ihn hinweg und blieb irgendwo, nur nicht an ihm, haften. Verstehen würde er sie wohl nie.

Er zog sich auf den Flur zurück, als das Handy eine neue Nachricht ankündigte.

Lilli hatte auf dem Rückweg zur Dienststelle angefangen, in ihr Handy zu tippen. Rohleff sah ihr, vom Fahren abgelenkt, dabei zu.

»Nachricht an Patrick über die Lösung des Falls? Mail ihm, er soll zurückkommen, und zwar sofort«, sagte er mit Nachdruck.

»Mach ich, Chef.«

Knolle hielt das Handy in der Hand und ließ die letzte Nachricht durchlaufen. Ganz fest spürte er den Ruck an einer unsichtbaren Leine. Er saß in dem kahlen Krankenhausflur und bemerkte nicht, wie aufgeregt es um ihn herum zuging. Im Minutentakt wurden die Opfer der Brandkatastrophe eingeliefert, und er fragte sich, ob es Sinn machte, Hog und Drag unter ihnen zu suchen oder sich zu Kutte durchzufragen. Deutlich sah er noch einmal die Kawasaki und die Harley vor sich, wie sie im dichten Rauch verschwanden, zwei Gestalten, die auf ihren Feuerstühlen ins Inferno rasten. Noch einmal packten ihn die alte Wut und der Jagdtrieb, die ihn bis hierher geführt hatten. Vor seinem wilden Blick wich eine junge hübsche Krankenschwester, die nach ihm sehen kam, erschrocken zurück. Deshalb grinste er sie halb entschuldigend, halb beruhigend an.

Lillis letzte Nachricht – Lilli hatte sich als Absenderin zu erkennen gegeben – stand noch auf dem Display.

Langsam verabschiedete er sich von verschiedenen Vorstellungen und Wünschen. Es gelang ihm nicht, sich noch einmal das Meer auszumalen, den heißen Sand, die Sonne und die weiße Brandung, das hieß, die Vorstellung war da, blieb aber ohne Wirkung, der sehnsuchtsvolle Reiz ging in dumpf brütendem Kopfschmerz unter. Vielleicht auch in Resignation.

Sein Finger schwebte über den winzigen Tasten.

Lilli schrie auf. Rohleff verriß das Steuer und schrie ebenfalls.

»Bist du meschugge?« Aufgebracht hielt er den Wagen am Straßenrand an. »Also was?«

»Er hat geantwortet, Karl, er hat geantwortet. Patrick hat o.k. gemailt. Ist das nicht phantastisch?«

»Wieso o.k.? Was soll das o.k. bedeuten?«

»Aber Karl«, Lillis Stimme klang ganz sanft, »ich habe genau gemacht, was du gesagt hast. Ich habe ihm gemailt: Kommst du jetzt zurück? Und er hat o.k. geantwortet.«

»Ich habe dir nicht aufgetragen, die Aufforderung zur Rückkehr als Frage zu formulieren. Du hast dich eigensinnig über meine Anordnung ...«, moserte er und hielt inne. »Mail ihm noch etwas. Er soll uns alle Daten über die Bikerbrüder rübersenden, die er hat. Geht alles an die französischen Kollegen. Namen, polizeiliche Kennzeichen der Räder, mutmaßlicher Aufenthaltsort. Auch wenn sie Alexander Schröder nicht getötet haben, so haben die Kerle genug Dreck am Stecken, um sie einzubuchten. Schon wegen Körperverletzung, Drogenhandel, Verstümmelung eines Toten und ...« Er war entschlossen, sie für alles haftbar zu machen, was er ihnen nur anlasten konnte, einschließlich des Ärgers, den ihm der Ausreißer Patrick Knolle beschert hatte.

»Karl, Karl, hör auf. Was ich dich noch fragen wollte: Warum haben sie den Toten so zugerichtet?«

»Aus Wut, aus nackter Wut, weil ihr großartiger Deal gründlich in die Hose gegangen war. An wem sollten sie ihre Wut sonst auslassen? Und es sollte ihn natürlich niemand erkennen. Möglicherweise war die Zurichtung auch als eine Warnung für einen Partner Alexanders gedacht, den sie in den Deal verwickelt glaubten. Niklas könnte dieser Partner gewesen sein, bei seinen Geldproblemen scheint mir das nicht abwegig.«

»Und wie bist du auf Beat als Täter gekommen?«

»Schwer zu sagen. Ich glaube, dabei hat Berni eine Rolle gespielt.«

»Jetzt fang nicht wieder mit dem Hund an.«

»Aber du hast doch selbst etwas Wichtiges gesagt. Du und Detlev, ihr habt besprochen, euch, wenn es sein muß, zu trennen, damit eure Liebe nicht in Haß umschlägt.«

»Das hab ich dir aber erst erzählt, als wir schon auf dem Weg zu Beat Wüllner waren. Karl, bring bloß nichts durcheinander.«

»Keineswegs. Hör einmal zu.« Staunend lauschte Lilli, als Rohleff ihr schilderte, wie er Berni verschenkt hatte.

»Trotzdem versteh ich nicht, welche Schlüsse du in bezug auf Beat Wüllner gezogen hast«, sagte sie ungeduldig.

»Wir hatten über das Loslassen gesprochen. In dem Augenblick, als ich erkannte, daß sich Berni von mir abgewandt hatte, mußte ich eine Entscheidung treffen. Es ist mir nicht leichtgefallen, Berni gehenzulassen, das weiß ich nun. Um es klar auszudrücken: Es tat weh. Und ein bißchen habe ich Berni gehaßt.«

»Alexander war vielleicht Beats einziger Freund, um so mehr mußte es ihn treffen, daß er so leicht von ihm aufgegeben wurde. Einen Hund kann man ja vielleicht noch loslassen, aber den einzigen Freund ...«

»Wir haben noch viel zu klären, wir stehen erst am Anfang, aber das Wichtigste haben wir: den Täter. Daran halten wir erst einmal fest.«

»Aber was machen wir jetzt?«

»Das, was wir nach Lösung eines Falls immer machen, selbst wenn es vermutlich das letzte Mal sein wird und obwohl wir uns beschissen fühlen und einer von uns fehlt. Ruf den dicken Harry an, er soll uns in der Kneipe treffen. Wir fahren direkt dorthin und feiern, was es zu feiern gibt.«

Lilli seufzte theatralisch. »Daß uns immer nur Biertrinken einfällt.«

»Ich bestell dazu Mettendchen, ich hoffe, der Wirt hat noch welche. Auch die Kneipe macht diese Woche dicht. Es geht halt alles zu Ende.«

Magie, Traum, Wirklichkeit: Gegenwartsliteratur bei AtV

BARBARA FRISCHMUTH
Die Entschlüsselung
»Wie ein minuziös recherchierter Kriminalroman führt das Buch in die furchtbar schöne Steiermark mit ihren Originalschauplätzen der nicht allzu lang vergangenen Nazi-Geschichte und weiter zurück in die mythische Vorzeit der Druiden.« NEUE ZÜRCHER ZEITUNG
»Barbara Frischmuth verdreht dem Leser mit einem ungewöhnlichen literarischen Puzzle den Kopf.« DEUTSCHLANDRADIO
195 Seiten. AtV 1943

HANSJÖRG SCHERTENLEIB
Von Hund zu Hund
Geschichten aus dem Koffer des Apothekers
»Die Geschichten enthalten ein Geheimnis, das Schertenleibs lakonische Beschreibungsprosa um neue, fast kafkaeske Nuancen bereichert. Manchmal verdichten sich die Alltagsdetails und spröden Aussagesätze zu einer somnambulen Magie.« TAGESANZEIGER
208 Seiten. AtV 1912

LENKA REINEROVÁ
Das Traumcafé einer Pragerin
In all ihren Erzählungen beschreibt Lenka Reinerová, eine der letzten Zeitzeuginnen der Emigration, Stationen ihres Lebens – das Prag der dreißiger Jahre, das Exil in Frankreich und Mexiko, den Stalinismus in den Fünfzigern und jüngste Erfahrungen. Trotz aller bitteren, furchtbaren Geschehnisse sind es menschen- und lebensfreundliche Erinnerungen, weise und wehmütig.
2003 erhielt Lenka Reinerová mit Jorge Semprún die Goethe-Medaille des Goethe-Instituts Inter Nationes für ihre stete Würdigung der deutschen Sprache und ihren Beitrag gegen das Vergessen.
Erzählungen. 269 Seiten. AtV 1168

KLAUS SCHLESINGER
Trug
Klaus Schlesinger treibt ein perfektes, suggestives Vexierspiel um zwei Identitäten und zwei Lebensentwürfe im geteilten Deutschland.
»Schlesingers letzter Roman schließt auf eine paradoxe Weise Anfang und Ende eines Lebenswerks zusammen. Schlesinger ist ein begnadeter Erzähler gewesen.« FRANKFURTER RUNDSCHAU
Roman. 190 Seiten. AtV 1785

Mehr Informationen erhalten Sie unter www.aufbau-verlag.de oder bei Ihrem Buchhändler

AtV